Hello
Mr · 페퍼민트

가하

Mr. 옐로 페퍼민트

최인정 장편소설

옐로 미스터 페퍼민트

지은이 | 최인정
펴낸이 | 이형기
펴낸곳 | 도서출판 가하
기 획 | 박윤아
편 집 | 박윤아, 이승진
디자인 | 임은영

초판인쇄 | 2009년 7월 15일
초판발행 | 2009년 7월 20일
출판등록 | 2008년 10월 15일 제318-2008-00100호

주 소 | 서울 영등포구 당산동5가 33-1 한강포스빌 1209호
전 화 | (02) 2631-2846
팩 스 | (02) 2631-1846
www.gahabooks.com

ISBN 978-89-962195-9-0 03810

값 9,000원

Mr. 헬로 페퍼민트

7 + 01. 니가 먼데요

24 + 02. 죽지 말자, 유치하다

65 + 03. 다 지웠어, 악연이니까

78 + 04. 우리 우리 우리 형수님

96 + 05. 한 사람을 위한 비밀

117 + 06. 정신 차리고 사람 되기

139 + 사랑이다, 사랑이 아니다

175 + 07. 세 번만 만나줄래

202 + 08. 잊는 쪽이 이기는 게임

226 + 09. A군은 땡인가요

253 + 10. 굿바이, 마지막 데이트

281 + 기다리다, 울다, 기다리다

313 + 11. 나도 아마 잘 있겠지

346 + 12. 하느님 이제 우린는

390 + 13. 민유리가 있어야 할 곳

425 + 14. 필승, 미스 로즈메리

443 + 슈퍼스타 처제 되기

473 + 작가 후기

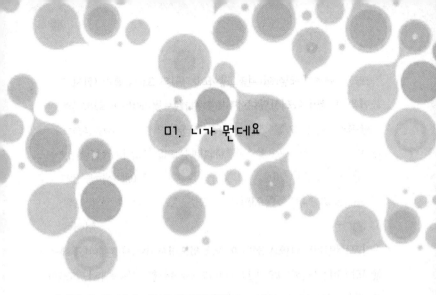

01. 니가 뭔데요

"귀동아, 밥 먹자. 배 많이 고팠지?"

갖은 나물에 고추장을 팍팍 넣고 비빈 빠알간 비빔밥, 그러니까 밖에서 사먹어도 5천 원은 치러야 할 것 같은 이 근사한 일품요리를 나는 지금 송아지만 한 덩치의 강아지에게 먹이고 있다. "귀동이는 비빔밥밖에 안 먹으니까 잘 부탁해." 했던 팬션 주인아주머니의 부탁이 머릿속에 맴맴 돌아, 얼핏 주워들었던 나트륨 많은 음식은 동물한테 안 좋다는 얘긴 곱게 삭제해버렸다.

"넌 질리지도 않니, 비빔밥?"

그릇에 빨려 들어갈 듯 필사적으로 비빔밥을 먹던 귀동이가 대답이라도 하겠다는 양 고개를 번쩍 들어 내 얼굴을 멀뚱멀뚱 쳐다본다. 구슬처럼 반짝이는 눈동자가 귀여워 머리를 쓱쓱 만져주자 별걸다 물어본다는 표정으로 이내 밥그릇에 다시 집중하는 녀석. 나는 그런 강아지를 앞에 두고 후유, 긴 한숨을 쉬었다.

"너도 5년 먹으면 질릴 거다."

5년을 만났던 내 애인은 두 달 전 나를 버렸다. 나는 영문도 모른 채 그의 이별선고를 들어야 했고 구차하게도 수십 번을 울며불며 매달렸다. 하지만 그게 다 무슨 소용이랴. 내가 어떻게든 잡아보려고 애썼던 가느다란 끈을 그는 한 치의 미련도 없이 싹둑 잘라냈다. "이 제 너한테 질렸어." 그가 나에게 남겼던 마지막 한마디였다.

……참 쉽다, 정말.

"잘 부탁해요. 별로 어려운 일은 없을 거야."

"네, 걱정하지 마세요."

"마당에 풀 마르지 않게 가끔 물이나 주고, 귀동이 밥만 좀 부탁해. 일주일에 한 번씩 청소대행업체가 오니까 다른 덴 신경 안 써도 돼요."

"그럴게요."

"근데 아가씨는 무슨 사연이 있기에 이 시골 팬션에 들어와 살겠다는 거야?"

"……그냥요. 공기도 좋고, 물도 맑고."

"요새 젊은 사람들, 도시로 못 나가 안달인데. 처자는 참 특이하 네."

"전 거기서 나고 자랐는데요, 뭐. 이젠 지겨워요."

그와 헤어지고 나는 서울을 버렸다. 집 앞 슈퍼, 단골 고깃집, 남 산, 강남역, 인사동……. 그의 흔적은 어디 하나 그냥 지나치는 법 없 이 서울 구석구석에 덕지덕지 묻어 있었다. 그 남자, 그리고 그 남자 와 함께 했던 나의 5년을 그대로 품고 있는 끔찍한 서울. 나는 징그러운 서울 땅을 탈출하고 싶었다.

생활정보지를 뒤지다가, 1년간 세계 일주를 떠난다는 노부부를 알게 되었다. 노부부가 운영하는 팬션을 돌봐주는 대가로 운 좋게 방네 개 중 마지막 남은 하나를 저렴하게 빌렸다. 한 입 베어 물면 이가 시릴 것 같은 하늘색 벽의 '페퍼민트' 방이 마음에 들었는데, 이미 예정된 입주자가 있다며 아주머니는 내게 '로즈메리'의 열쇠를 넘겨주었다. 벽이고 천장이고 온통 핑크색으로 치덕치덕 칠해진 그 방, 로즈메리. 정 주고 마음 주고 사랑도 줬던 남자한테 뻥 차인 지 한달도 안 된 내게 '핑크색'이 가당키나 하단 말인가! 이 귀신같은 핑크, 꼴도 보기 싫은 핑크, 썩 물러나라, 지긋지긋한 핑크 자식아!

비빔밥 마니아인 귀동이를 챙기는 것도, 꼴사나운 핑크색 방에서 잠드는 것도, 깜깜한 밤 발코니에 앉아 와인을 마시는 것도 이젠 제법 익숙해졌다. 후미진 산골에 덜렁 지어진 팬션이라 처음엔 조금 무섭기도 했지만, 5년 사귄 사람한테 하루아침에 차인 것보다 더 무서운 일이 어디 있겠나 생각하니 겁도 쏙 들어갔다. 가평의 깊은 산속은 서울 도심보다 훨씬 안전할 거다, 분명히.

와인 한 병을 홀짝홀짝 다 마시고 새 병의 코르크를 뽑고 있자니 "힘도 없는 게 끙끙대긴." 하며 가소롭다는 듯 웃던 그의 얼굴이 섬광처럼 스쳐간다. 나는 귀동이가 물기 털어내듯 머리를 힘껏 도리질친다. 날아가라, 날아가라, 알코올처럼 분해나 돼라. 다시는, 다시는 너 같은 것 볼 수 없게.

"어머, 아주머니! 잘 지내고 계시죠? 여행은 즐거우세요?"

- 응. 아가씨도 잘 있지? 여기 이집트야. 후끈후끈하네.

스물여섯 해를 살면서 만난 사람 중 가장 팔자 좋은 인물을 꼽아
보라면 나는 단연 이 펜션의 주인 부부를 꼽겠다. 무려 1년간의 세계
일주라니, 그것도 예순이 훌쩍 넘은 나이에. 지금쯤 손을 꼭 잡고 피
라미드를 보고 있을 노부부를 생각하니 부러워서 왈칵 눈물이 날
것만 같다. 나도 20년쯤 후에는, 익숙한 그 남자와 그렇게 살 수 있을
거라 믿었는데.

- 귀동이는 건강하지?

"그럼요! 밥도 얼마나 잘 먹는지……. 이젠 송아지가 아니고 소랍
니다, 소!"

- 고마워. 아가씨 덕분에 얼마나 마음이 놓이는지 몰라.

"에이, 제가 더 감사하죠. 저도 사장님 덕분에 이렇게 좋은 데서
잘 지내는걸요."

- 어머, 내 정신 좀 봐. 정작 할 말은 또 못 할 뻔했네. 아가씨, 오늘
옆방 사람 들어올 거야. 오래 비워둔 방이라 먼지 앉았을지도 모르는
데 미안하지만 쓱 한 번만 닦아줄래?

"아, 오늘 들어오는 거예요? 알았어요, 닦아둘게요."

- 고마워, 호호호.

웃음과 수다로 점철된 긴 국제전화를 끝내고 가벼운 한숨을 쉬며
'페퍼민트'의 문을 열었다. 사실 나는 그간 주인 없는 이 방에 가끔
잠입하곤 했다. 눈이 따가울 만큼 쨍한 파란색도 아니건만, 톤 다운
된 하늘색 벽지는 어쩐지 날카로운 칼끝을 연상시켰다. '페퍼민트'라
는 방 이름 때문일까, 코끝에선 알싸한 박하 향까지 맴도는 것 같았

다. 그래, 자고로 실연당한 사람에겐 이런 분위기가 어울리는 법이지. 핑크가 둥둥 떠다니는 로즈메리에서 탈출해 페퍼민트로 오면 가슴까지 뻥 뚫리는 기분이었는데…… 이제 이 방도 맘대로 들어오지 못하겠다 생각하니 괜스레 좀 섭섭하다.

"잘 있어, 침대야!"

보송보송한 하늘색 이불 위로 가차없이 몸을 던졌다. 푹신한 베개에 얼굴을 한가득 묻으니 이내 시야가 푸른 빛깔로 가득 찬다. 마치 수영장 물 밑에서 물안경 너머로 보는 세상 같아 뼛속까지 시원해지는 듯하다.

"어푸! 어푸! 자유형! 박태환 선수, 선두를 달리고 있습니다, 후우, 후우……. 배영! 네, 마치 한 마리의 수달 같죠? 푸, 하! 푸, 하! 역시 수영하면 버터플라이, 접영 아니겠습니까? 푸, 하!"

"……또라이냐?"

손발을 사방으로 휘저으며 침대 위에서 놀고 있는데, 순간 뾰족한 바늘 같은 음성이 귓가를 파고들었다. 예고 없이 닥쳐온 목소리에 너무 놀라, 나는 엎드린 자세 그대로 얼음처럼 굳어버렸다. 아, 얼굴 팔려.

"누군데 남의 방에서 난리야?"

맙소사, 이 방 입주자다. 제대로 망했다.

"죄, 죄송해요!"

냉큼 침대에서 내려와 고개를 푹 숙이고, 얼굴이 양껏 벌게져서는 페퍼민트를 뛰쳐나왔다. 달아나는 순간에도 침대보를 정돈해야 하나 말아야 하나 백번 망설였지만 다시 돌아가 정리하는 건 더 우습지 싶어 그만두기로 했다. 가뜩이나 '또라이' 취급받아 민망해 죽겠는데.

……아니, 아무리 그래도 그렇지, 처음 보는 사람한테 또라이가 뭐야, 또라이가. 그냥 '뭐 하세요?', '누구세요?' 하면 될 것을. 자식, 거 말본새 한번 오지게 아름답네.

"야, 나와."

쾅쾅쾅, '로즈메리'라고 곱게 붙인 목재 문패가 똑 떨어져 나갈 정도로 옆방 입주자는 내 방문을 세게 두드려댔다. '나 귀 안 먹었거든!' 하며 소리라도 지르고 싶지만……. 그래, 내가 참는다. 나는 관대한 B형이니까.

"왜 그러……?"

조심스레 문을 열고 고개를 내밀었더니 까만 슈트 차림에 키가 훌쩍 크고, 어딘지 모르게 뾰족하게 생긴 사람이 팔짱을 낀 채 아래위로 나를 훑어보고 있다. 이 사람이구나, 옆방 남자. 아이고, 반갑습니다그려. 그런데 어째 어디서 많이 본 인물처럼 낯이 익은데? 누구였더라……. 에잇, 착각했나 보다.

"너, 나 없을 때 내 방에 들어갔어?"

"어, 어차피 빈방이었잖아요."

"난 지난달부터 집세 내고 있었는데."

"주인아주머니가 청소하라고 해서 들어간 거예요."

"헤엄치고 있던 거 같은데."

"……근데 왜 반말이에요?"

창피는 창피고, 반말은 반말인 거다. 처음 보는 사람한테 다짜고
짜 '야'라느니 '너'라느니, 이건 경우가 아니어도 한참 아니지. 허우대
만 멀쩡하면 뭐 해? 성격이 저 모양인데.

"너 몇 살인데?"

"스물여섯인데…… 요."

"어리네."

"몇 살인데…… 요?"

"일곱."

저기 지금, 고작 한 살 갖고 유세 떠는 거유? 나 원 참, 어이가 없어
서.

"잠깐 나갔다 올 테니 청소해놔. 내가 주운 네 머리카락만 벌써 두
개니까."

"저기요, 저 파출부 아니거든요?"

"청소한다며?"

"주인아주머니 부탁받고 한 거지, 그쪽 명령 같은 거 들어줄 생각
없어요."

"너 여기 얼마 주고 들어왔냐?"

"이, 2백이요."

"한 달에?"

"아니, 이, 1년에……. 근데 그건 왜 물어요?"

"난 한 달에 3백."

"네? 왜, 왜요?"

"너 부릴 값."

"이봐요!"

"주인한테, 넌 분명 관리인이라고 들었는데."

"아니라고요!"

"그게 아니라면 나가."

"뭐라고요?"

"2백 돌려줄 테니까 나가라고. 난 관리인도 청소부도 아닌 사람이랑 같이 살 생각 없어."

뭐야, 이 자식. 펜션 짬으로 치면 내가 훨씬 고참인데 대체 뭘 믿고 이러는 건지. '처음 뵙겠습니다, 아무개라고 합니다, 앞으로 잘 부탁합니다.' 하면서 굽실굽실 시루떡을 돌려도 모자랄 판에 뭐? 청소? 부릴 값? 나가라고?

"청소를 하거나, 짐을 싸거나. 아니면 내가 나갈까? 주인양반이 들으면 참 좋아하겠군."

그 말에 뭐라 뭐라 대답하기도 전에, 남자는 자기가 타고온 은색 자동차에 다시 훌쩍 올라타곤 펜션을 유유히 빠져나갔다. 멍한 표정으로 돌처럼 굳어 있다가, 이게 어찌 된 영문인지 주인아주머니한테 물어봐야겠단 생각이 번쩍 들었다. 그래서 휴대전화를 꺼내 들었지만……. 젠장, 전화번호를 모른다! 아주머니는 지금 내 쪽에서는 절대 걸 수 없는 어딘가에 계신 거다. 아줌마, 그러게 로밍 좀 해가시지!

"휴……."

그래, 지금 당장 여기서 나갈 수는 없다. 지긋지긋한 서울 공기를 다시 마시기도 싫고, 고향에 계신 부모님댁에 훌쩍 내려가기도 뭐하다. 가서 뭐라고 해! 남자한테 차여서 끈 떨어진 갓 신세 됐다고 해? 창피하게 그럴 순 없잖아.

인정하긴 싫지만, 의지할 가족도 애인도 친구도 없는 나로서는 살아남으려면 썩은 지푸라기라도 무작정 잡아야만 한다. 일단 아주머니랑 연락이 닿을 때까진 이렇게 버텨야지 별수 있나. 아아, 내 나이 고작 스물여섯, 이 무슨 생존을 향한 처절한 몸부림이란 말인가.

"……청소하자."

결국 어깨를 축 늘어뜨린 채 빗자루를 쥐고 터덜터덜 페퍼민트로 들어갔다. 5년 사귄 남자에게 꼴좋게 차인 민유리, 이젠 하다 하다 할 게 없어 파출부 노릇까지 한다. 오, 신이시여, 제가 무얼 그리 잘못했나이까!

"그러니까 도대체 어떻게 된 거냐고요!"

- 그게 말이야…….

"저, 그 악마 같은 옆방 남자한테 파출부 취급까지 당했단 말예요!"

- 미안해, 유리 처자. 그 총각이 단단히 오해를 했나 봐.

"무슨 오해요?"

그러니까 옆방 총각은, 처음에 찾아와선 펜션 전체를 다 자기가 빌리겠다고 했단다. 아주머니야 아쉬울 게 없는 장사지만 아무래도 그 인간이 귀동이 밥을 꼬박꼬박 챙겨줄 위인으로는 보이지 않았던 게지. 한 방만 다른 사람을 들이자고 설득을 하면서 그냥 '펜션 관리인'쯤으로 생각하라고 흘리듯 말했는데 그 아메바 뺨치게 단세포스

15

러운 놈은 그걸 또 진짜로 믿었던 거다.

"그럼 어떡해요, 이제?"

- 내가 그 총각한테 잘 말해놓을게. 미안해 유리 처자.

"제발 좀 부탁드려요. 저 너무 억울해서 뜬눈으로 밤새우고 있다고요."

카이로 찍고 예루살렘으로 넘어가는 중이라는 신출귀몰한 아주머니와의 통화를 끝내고, 나는 귀동이 곁으로 다가가 소심한 모양으로 쪼그려앉았다. 녀석은 이미 비빔밥 한 그릇을 뚝딱 해치운 뒤 앞발로 흙바닥을 툭툭 차며 놀고 있다. 심심하구나, 짜식. 여자친구라도 구해다 줘야 하나.

청소를 하든지 짐 싸서 나가든지 택일하라던 그 귀동이만도 못한 자식은 그날 은색 자가용을 몰고 나간 이후로 사흘째 들어오지 않고 있었다. 아니, 오지도 않을 팬션을 왜 한 달에 3백씩이나 주고 빌리는 거며, 청소는 왜 해놓으라고 한 거며, 관리인은 또 왜 필요한 거며…… 에잇, 관두자. 내 알 바 아니니까.

"자, 나도 저녁 좀 먹어볼까?"

이곳에 살기 시작하면서 나는 시계를 잊었다. 대신 태초의 사람들이 그랬던 것처럼, 하늘의 색깔로 하루일과를 조정할 수 있게 되었다. 희뿌연 안개가 낄 때 기지개를 켰고, 해가 쨍하면 모아둔 빨래를 했고, 구름이 흘러가는 것을 보면서 번역을 했다. 그러다 귀동이가 왈왈 짖으면 비빔밥을 만들었고, 녀석에게 주기 전에 슬쩍 한 숟가락 맛보기도 했다. 이건 개밥이 아니야, 아트지, 혼자 감탄하면서.

그리고 지금처럼 해가 저 산 뒤로 넘어갈 때, 창공이 와인빛으로 물들 때, 나는 '팡' 하는 소리와 함께 코르크를 땄다. 내 저녁식사는 늘 그랬듯 와인 한 병이다. 총총 뜬 별을 눈으로 헤아리며 와인 한 잔, 별사탕 하나, 와인 한 잔, 별사탕 하나.

테라스에 앉아 앞마당을 바라보니 귀동이는 발장난에 지쳤는지 제 집에 들어가 스르르 잠이 들었다. 슬슬 여름이 다가오는지 밤바람이 따스하다. 그래도 나는 귀동이가 자는 걸 보면 이불을 덮어주고 싶어진다. 솜이불의 폭신함과 뽀송뽀송함을 귀동이도 알았으면 좋겠다고나 할까. 아아 민유리, 점점 개와 합일(合一)이 되어가고 있다. 안 돼, 안 돼. 이런 거 위험해.

"또라이 맞네."

위험해, 위험해, 하면서 머리를 좌우로 마구 도리질 치고 있는데 달갑잖은 목소리가 양쪽 귀에 확 꽂혀온다. 드디어 등장하셨군, 막돼먹은 옆방 놈.

"상모 돌리냐? 안 어지럽냐?"

"남이사…… 요."

"이게 뭐야, 와인 아냐? 만 원도 안 하는 싸구려네."

"별걸 다 참견하시네요."

"넌 와인잔도 없어? 사이다잔에 와인이 넘어가?"

남이야 상모를 돌리든 7천 원짜리 와인을 마시든 사이다 컵을 쓰든. 가만 보니 오지랖도 이런 오지랖이 없다. 다른 사람이랑 말 섞는 거 별로 안 좋아하게 생긴 사람이, 그래서 이 좋은 팬션도 자기 혼자 다 쓰겠다고 했다는 사람이 왜 애먼 날 붙잡고 난리래. 저기요, 형씨. 형씨가 나 안 괴롭혀도 나 지금 충분히 괴롭답니다.

"청소해놨어?"

"내 머리카락은 치웠으니 그렇게 아세요. 앞으론 페퍼민트에 들어가는 일도 없을 거고, 청소해주는 일도 없을 거예요."

"직무유기 아니야, 관리인?"

"이봐요, 주인아주머니 전화 못 받았어요?"

주인아줌마와 둘이 짜고 날 벗겨 먹을 작정인 건지, 아니면 전화를 받고도 못 받은 척하는 건지, 그것도 아니면 말귀를 못 알아듣는 건지……. 나는 슬슬 불안이 엄습해오기 시작했다. 이거 아무래도, 제대로 잘못 낚인 것 같다.

"그날 일은 미안. 아파트 경비원이나 도우미 아줌마 정도로 생각했거든."

"그분들한테는 막 대해도 된다는 거예요?"

"일단은 하수인이니."

"하!"

그냥 미안하단 한마디로 끝내면 얼마나 좋을까. 입에 담기도 꺼림칙한 '하수인'이란 단어를 서슴없이 쓰는 남자를 보니 '안하무인'이란 말은 요런 놈 때문에 만들어진 건가 싶다. 몰고 다니는 차, 음…… 외제차네, 이름은 모르겠지만. 입고 있는 옷도, 음……. 비싼 것 같네, 밤이라 잘 안 보이지만. 한 달에 3백씩이나 주고 여길 빌렸다고 할 때부터 좀 사는 집 도련님인가 보다 짐작은 했지만, 머리끝부터 발끝까지 '나 졸부요!' 하는 이 인간을 보니 한숨이 절로 나올 지경이다. 노블레스 오블리주 같은 건 죽었다 깨어나도 모를 놈이지.

"통성명이나 하지?"

"싫은데요."

"내가 계속 '야, 야' 하면 좋아? 은근히 마조히스트네."

"……그냥 '로즈메리 방에 사는 아가씨' 정도로 부르세요."

"이름 부르다 속 터지겠다."

"……민유리예요."

"예쁘지도 않은 이름, 비싸게 구네."

"휴, 그러는 그쪽은요?"

별로 알고 싶지도 않고, 알아봐야 부를 일도 없을 것 같지만 예의 상 물어봐 줬다. 안 물어보면 또 왜 안 물어보느냐고 한 소리 들을 것 같아서. 그런데 대뜸.

"너, 나 몰라?"

얼씨구, 내가 널 어떻게 아니, 이 자식아? 하여간 빤질거리게 생겨 가지곤 근거 없는 자신감만 차고 넘쳐요.

"정말 모르는 거냐, 모르는 척하는 거냐?"

"아, 내가 그쪽을 어떻게 알아요! 댁은 나 알았어요?"

"너 '박지안' 몰라?"

"박지안은 아는데요, 댁은 몰라요!"

박지안? 가수 박지안? 박지안이야 알지, 이름만. 아니 뭐, 얼굴도 좀 알지. 사실 TV랑은 영 안 친해서 애초에 끊었고, 인터넷으로 시시 껄렁한 연예기사 읽는 것도 취미 없고. 하지만 워낙 여기저기서 박지 안, 박지안 읊어대기에 노래 정도는 좀 들어봤고, 길 가다 붙어 있는 포스터로 얼굴도 몇 번 봤다. 쟤가 그 박지안이야? 뭐, 인물값 하게 생겼네. 흥, 그래도 어디 우리 자기만 할까, 우리 자기가 최고지! 그렇

Hello 페퍼민트

게 365일을 '우리 자기 짱짱짱!' 하다가 나는 뻥뻥뻥 차였고……. 아 뭐야, 왜 또 갑자기 그 자식 생각으로 빠지는 거야.

"나거든!"

어쩐지 첫날부터 낯이 익더라니. 그렇구나, 이 사람이 그 유명한 박지안이었구나. 에잇, TV가 훨씬 낫다, 훨씬 나아!

"혹시 문맹인? 원시인?"

"둘 다 아닌데요."

"근데 나를 몰라?"

"니가 뭔데요?"

"박지안이라고!"

"내가 알아야 해요?"

"넌 상식이라는 게 없구나?"

아니, 그럼 내가 무릎 꿇고 '황공하옵니다, 마마!' 하면서 손등에 입이라도 맞춰야 하나? 스물여섯 민유리, 연예인 뒤꽁무니 쫓아다닐 때는 한참 지났다 이 말씀이야. 아이고, 저 뻔뻔한 자만심 좀 보게. 눈꼴이 시리다 못해 얼어붙겠다!

"식사 중이거든요. 방해하지 말고 들어가 쉬시죠?"

"야, 너, 너! 너 진짜 날 몰라?"

"이제 알았으니까 됐잖아요."

"어쩐지 처음 볼 때부터 좀 이상하더라니. 속세랑 인연 끊은 지 한참 됐나 봐?"

"맘대로 떠드세요."

더는 말상대 해주기도 귀찮아져 와인병과 사이다잔을 양손에 들고 의자에서 일어나는 순간, 조금씩 올라오는 술기운 탓에 그만 휘청 중심을 잃고 말았다. 아, 모양 빠져. 민망한 마음에 옆방 남자, 아니 '박지안'을 힐끔 쳐다보니, 가지가지 한다는 듯 한심한 시선으로 내 쪽을 관망 중이시다. 그래, 내가 좀 한심하긴 한데…… 그래도 그렇게 보진 말지?

"너, 밥은 먹고 마시냐?"

대꾸하지 않고 로즈메리로 걸음을 옮겼다. 그래도 오늘은 한 병으로 끝나서 다행이네, 알코올중독자 같은 생각이 머릿속을 맴돌았다.

"으……."

숙취만은 없다고 자부했건만 어젯밤 재수 없는 놈과 마주친 탓인지 불쑥 후유증이 밀려든다. 깨질 것 같은 머리를 붙잡고 로즈메리 문을 열었는데, 평소와는 다르게 앞마당이 어쩐지 허전하다. 몇 번이고 눈을 비비고 다시 둘러보았더니, 앗! 귀, 귀동이! 귀동이가 없다!

목줄까지 깨끗이 사라진 채 덩그러니 놓인 개집을 보니 온몸에 소름이 오소소 돋았다. 간밤에 개 도둑이 왔다 간 게 분명하다. 난 진짜 망했다. 귀동이 돌보는 조건으로 싸게 빌린 방인데! 아냐, 지금 그게 문제가 아니지. 내가 그간 열과 성을 다해 비빔밥을 바쳤던 귀동이, 비록 살은 좀 쪘어도 귀여운 구석이 줄줄 넘치던 그 귀동이가 누군가의 탕 그릇으로 들어갈지도 모른다고 생각하니 눈물이 주르륵 흐른다. 안 돼, 절대 안 돼!

'adadis'라는 남부끄러운 상표가 찍힌 슬리퍼를 끌고 팬션을 뛰쳐나왔다. 산 위로 올라가야 할지 산 아래로 내려가야 할지 도무지 갈

피를 못 잡겠다. 뭐부터 해야 하지? 가평 경찰서에 신고부터? 그래, 휴대전화, 휴대전화! 경찰 아저씨, 우리 귀동이 좀 찾아주세요!

전화기를 가지러 다시 로즈메리로 달려가려는 순간이었다. 왕왕! 저 멀리서 우렁차게 개 짖는 소리가 메아리쳐왔다.

"귀, 귀동이니? 귀동아!"

정말 귀동이다! 귀동이가 누군가의 손에 목줄이 잡힌 채 좁은 흙 길을 힘차게 뛰어오고 있었다!

"으아아! 귀동아!"

괴성을 지르며 달려가 귀동이의 목덜미를 껴안았다. 귀동아, 어디 갔었어! 나쁜 놈의 자식! 누나한테 말은 하고 나가야지!

"쇼를 하네."

젠장. 눈물 콧물 대충 추스르고 나니 이제야 사태가 살짝 감이 잡힌다. 옆방 남자, 그러니까 '졸부아이돌' 박지안이가 귀동이를 데 리고 아침운동을 나갔던 거다. 이봐, 귀동이가 썰매 개라도 돼? 파 트라슈라도 되냐고. 삼시세끼 비빔밥 먹는 걸 일생의 낙으로 삼는 이 귀염둥이를 자기가 뭔데 똥개 훈련시키고 난리야, 난리가! 아, 똥 개…… 맞구나.

"너, 애 한 번이라도 산책시켜준 적 있냐?"

"……."

"하도 뒤룩뒤룩 살이 쪄서, 처음 봤을 때 송아진 줄 알았다."

"그게 애 개성이에요."

"비만견 만들어서 개 도둑한테 스틸 당할 일 있어? 상식이 없어, 상식이."

그러고선 목줄을 내게 던지고 유유히 팬션 안으로 들어가는 밉상 자식. 뭐, 틀린 말은 아니지만 그래도 기분은 무지 나쁘다. 자기가 귀 동일 봤으면 얼마나 봤다고! 언제 귀동이 밥 한 번 먹인 적 있나? 오 늘이 겨우 팬션에서의 첫 아침인 주제에 꼭 몇 년간 산책담당이었던 것처럼 생색. 웩, 암튼 여러모로 밥맛없다.

"귀동아 배고프지? 누나가 밥 맛있게 비벼줄게. 그리고 앞으로는 어디 가면 간다고 누나한테 쪽지라도 한 장 써놓고 가, 안 그럼 누나 삐칠 거다!"

쫄래쫄래 따라오는 귀동이가 '쟤 뭐라는 거니?' 하는 눈빛으로 나 를 바라본다. 산책하는 동안 박지안이 학습시킨 게 분명하다. 하여 간 개나 사람이나 안 좋은 건 빨리도 배워요.

아점으론 뭘 먹을까, 비빔밥은 물리니까 라면 끓여야지. 오늘은 몇 페이지까지 번역한담? 머리 아프니까 조금만 하자. 이런저런 잡념 에 흠뻑 빠져 있는데 옆방 문이 쾅 닫히더니 자동차에 시동 걸리는 소리가 들렸다. 드디어 가는구나! 제발 좀 가라, 가. 단 하루 같이 지 냈을 뿐인데도 어쩜 이렇게 피곤한지. 특권의식으로 똘똘 뭉친 저런 부류는 정말이지 상대하기 어렵다. 처음 만난 그날부터 '나는 톱가 수 박지안이니까 알아서 기어라.', 뭐 이런 심산이었겠지만, 형씨, 미 안하게도 나는 댁한테 발가락의 털만큼도 관심이 없답니다.

……라고 중얼거리면서 인터넷 검색창에 '박지안'을 입력했다.

민유리, 엔터키는 네가 누른 게 아니야. 네 오른손이 누른 거지. 아아, 이 몹쓸 놈의 오른손…….

ㅁㄹ. 죽지 말자, 유치하다

먹을 게 똑 떨어졌다. 그야말로 '똑'.

"안녕하세요. 여기 팬션 허브인데요."

- 어, 허브 아가씨! 배달?

"네, 냉장고가 텅 비어서요."

- 어쩌지? 우리 집 양반 서울 갔어. 내일모레나 올 텐데.

"앗, 정말요?"

이 산골까지 식료품을 배달해주는 읍내의 유일한 마트건만 하필이면 오늘 운전을 담당하는 사장님이 출타 중이란다. 이거 정말 큰일이다. 라면도 하나 없고 귀동이 먹일 밥도 한 그릇밖에 남지 않았는데. 이렇게 지내다간 귀동이랑 나, 모레 아침쯤이면 아사상태로 발견될지도 모른다.

설상가상, 하늘이 잔뜩 흐려지더니 추적추적 비가 내리기 시작했다. 그리 많은 양이 아님에도 비포장 흙길인 팬션 앞은 금세 질퍽질퍽해졌다. 이런 날은 콜택시를 불러도 들어오지 않을 게 뻔하다. 콜

24

택시 요금만 해도 얼만데 부르기마저도 어렵다니!

"아니, 아가씨. 차도 없이 여기서 어떻게 살려고 그래?"

"괜찮아요. 어차피 잘 나가지도 않을 건데요."

가방 두 개 달랑 든 채 혈혈단신으로 찾아온 나를 보며 주인 내외가 깜짝 놀랄 때 알아차렸어야 했다. 산골생활은 생각처럼 만만한 게 아니었다. 역시 사람은 치밀하게, 계획적으로 살아야 하는 건데.

"귀동아, 누나 갔다 올게. 맛있는 거 많이 사올게."

운동화 끈을 질끈 묶고, 태풍이 몰아쳐도 쉽게 뒤집히지 않을 시커먼 우산을 집어들고 나는 애써 씩씩한 척 팬션 울타리를 벗어났다. 산 아래까지 재게 걸으면 적어도 한 시간 안에는 도착할 수 있겠지. 아냐, 생각보다 더 걸릴지도. 그럼 두 시간? 근데 올 때는 어떡하지? 택시가 잡히려나. 에잇, 몰라. 승차거부하면 신고한다고 해버릴 테다.

이런저런 고민 속에서 매우 기계적인 걸음을 터덜터덜 걷고 있는데, 저쪽에서 은빛 갈치 같은 자동차 한 대가 서서히 다가오고 있다. 안 봐도 비디오, 박지안이다. 아는 척하기 싫어 우산으로 얼굴을 스윽 가렸다. 추레한 지금의 내 꼴, 별로 남에게 보이고 싶지 않다.

하지만 이내 빵빵, 거침없이 들려오는 클랙슨 소리. 얼씨구, 성격은 나쁜 게 눈은 또 좋지. 내키지 않는 표정으로 걸음을 멈추자 멈춰 선 자동차의 창문이 스르륵 열린다.

"야."

"오랜만이네요."

박지안이 들어온 지 한 달이 넘었다. 내가 들어오기 전부터 이미

방세를 치르고 있었다고 들었으니, 못해도 박지안은 이곳과 인연을 맺은 지 두 달은 되었다는 거다. 그런데 나는 박지안을 이제 겨우 세 번째 만난다. 두 달 동안 고작 세 번 오면서 한 달에 3백씩이나 내고 있다니. 돈 많이 버는 건 알겠다만 이러려면 차라리 불우이웃돕기나 좀 하지 싶다.

"너 설마 여길 걸어 내려가냐?"

"왜요?"

"버스정류장까지 10킬로미터쯤 남았거든?"

"오늘 안에는 도착하겠죠."

"그래? 그럼 수고해라."

박지안은 너 좋을 대로 하라는 듯 한 치의 망설임 없이 차창을 닫았다. 까맣게 코팅되어 속이 전혀 보이지 않는 은갈치 한 마리가 아스팔트를 유유히 미끄러져 올라간다. 애초에 차 얻어타는 건 바라지도 않았지만, 앞으로 걸어갈 길이 10킬로미터나 남았다는 확인사살을 당하고 나니 김이 쭉 빠진다. 하여간 남 약 올리는 데는 귀신이다.

그때였다.

"타."

어느새 유턴하여 하행도로로 갈아탄 박지안의 차가 내 옆으로 활주하듯 다가왔다. 오호, 그래도 측은지심이라는 건 있나 보군. 이걸 타야 해, 말아야 해? 괜스레 어물쩍거리고 있는데,

"없는 핑계 만들어내지 말고 빨리 타."

예, 예.

못 이기는 척 우산을 접고 조수석에 쌩하니 올라탔다. 겉모양은

제 주인 생김마냥 뾰족하고 날렵했는데 실내는 의외로 제법 널찍하고 승차감까지 최고다. 역시 비싼 게 좋긴 좋구나, 흐흐.

"매트."

"네?"

"빨아놔."

무슨 소린가 싶어 발밑을 봤더니 흙길을 밟고 온 내 운동화 때문에 새까만 매트가 진흙투성이로 변했다. 그럼 그렇지. 곱게 태워줄리가 없지.

"어디 가냐?"

"마트요."

"귀동이 밥 사러?"

"뭐……."

"그래서 태워주는 거야. 귀동이 때문에."

"알았거든요."

생색은.

한 시간을 헤매다 겨우 가평의 가장 큰 마트에 도착했다. 어떻게 된 게 이 촌구석은 내비게이션마저 안 먹히는 거냐며 박지안의 짜증은 극에 달했다. "같잖게 쇼핑 같은 거 하면 죽는다.", "30분 안에 튀어나와라.", 꿍얼꿍얼하는 그의 잔소리는 고이 접어 훨훨 나빌레라. 오랜만에 속세의 대형마트를 구경할 생각에 주차장에서부터 나는 잔뜩 들떴다.

"야!"

있는 힘껏 조수석 문을 닫고 나가려는데 박지안이 급히 불러세운

다. 귀찮은 마음에 찡그리며 쳐다보니 녀석이 어울리시도 잃게 쭈뼛
거리기 시작한다.

"왜요!"

"비 오는데 파전 좀 부쳐봐. 아, 소주도 네댓 병 사오고."

돈이나 주고 시켜먹어라, 양심 없는 자식아.

"이게 뭐냐?"

"파전."

"뭐 넣었냐?"

"파, 밀가루, 소금……."

비 오는 날 차도 태워줬으니까 오늘만은 내가 봉사한다 싶어 로즈
메리에서 열심히 전을 부쳤다. 사방에 기름 다 튀겨가면서, 얼굴에
밀가루반죽 묻혀가면서 열과 성을 다해 만들었건만, 페퍼민트 문 너
머로 "드세요!" 하고 내미니 박지안은 마치 못 볼 거라도 봤다는 듯
경악을 금치 못한다.

"너, 파전 못 먹어봤냐?"

"먹어봤죠!"

"뭐 들어 있던?"

"파, 밀가루……."

"또?"

"오, 오징어, 조갯살, 양파……. 음……. 고추?"

"사왔냐?"

"아니요."

어쩐지 만들면서도 뭔가 이상하더라. 파전이라는 게, 이름은 심플해도 이렇게 쉽게 되는 음식이 아닐 텐데 싶었다니까.

"넌 초등교육부터 다시 받아야겠다."

"……."

"어디 출신이냐? 나중에 애 낳으면 너 나온 학교는 절대 안 보낸다."

"이, 씨!"

"박 씨거든! 소주나 갖고 와."

쾅 닫힌 페퍼민트의 문 한 번, 내 손에 들린 파전 접시 한 번, 저쪽에서 진흙 바닥에 뒹굴며 노는 귀동이 한 번 번갈아 쳐다보다 한숨을 폭 내리쉬었다. 젠장, 21세기판 콩쥐팥쥐가 따로 없다.

"왜 자꾸 먹어요? 먹지 마요!"

"뭐, 토할 정도는 아니네."

파와 밀가루, 그리고 소금으로만 이루어진 '오리지널' 파전을 자칭 '슈퍼스타' 박지안이 쉴새없이 뜯어먹고 있다. 그는 찬장에 고이 놓인 멀쩡한 소주잔 대신 알프스 소녀 하이디나 쓸 법한 프로방스풍 커피잔을 꺼내 소주를 콸콸 따르고 한 큐에 원샷했다. 혹시 내가 만든 파전 때문에 미각이라도 마비된 걸까? 의학적 근거가 전혀 없는 한심한 걱정이 왈칵 솟았다.

나는 박지안이 먹는 소주 대신 조금 전 마트에서 사온 '마주앙'을 마시고 있다. 페퍼민트 방에서 마시는 와인은 어쩐지 박하 향을 솔솔 풍겨내는 것만 같다. 음, 역시 나는 여기가 좋다. 박지안이 조금만 친절한 인간이었어도 방 좀 바꿔달라고 슬쩍 말해보는 건데.

"와인잔 좀 쓰랬지!"

"커피잔이나 치우시죠?"

모름지기 펜션이란 놀러 오는 사람들의 취향을 고려해 온갖 걸 다 갖추고 있는 법이다. 숟가락, 포크, 젓가락, 소주잔에 심지어 와인잔까지 전부 자그마한 찬장 안에 차곡차곡 들어 있다. 하지만 매일 밤 꼬박꼬박 7천 원짜리 와인을 마시는 나는 절대 와인잔을 쓰지 않는다. 손 안에 착 감기는 사이다잔, 이거야말로 딱 내 취향. 와인이 아주 그냥 꿀떡꿀떡 넘어간다.

"헤헤. 난 와인잔 싫어요. 헤헤."

맙소사, 웃기 싫은데 웃음을 제어할 수가 없다! 민유리 주사 제1단계, '이유 없이 실실대기'가 드디어 시작. 술이 술을 부른다고, 취기가 올라오는 걸 느끼는 와중에도 내 손은 자꾸만 잔을 입으로 갖다 댄다. 내 방으로 가야 해, 가야 해, 머릿속으로 수없이 되뇌어보지만 어쩐지 의자에 엉덩이가 철썩 달라붙은 기분이다. 에라, 모르겠다. 그저 웃지요, 허허허.

"와인잔이 싫어? 그건 또 무슨 심보야?"

"너무 얇아서 싫어요."

"얇을수록 비싼 게 와인잔이야."

"깨지잖아요! 난 깨지는 거 싫어요. 뭐든 깨지지 말았으면 좋겠어요."

"하, 네가 든 칠성사이다잔, 그건 안 깨질 것 같아?"

"안 깨져요."

"안 깨져도 무섭지. 온 세상이 사이다잔으로 넘쳐흐를걸."

아, 그런 건 좀 이상하네. 그럼 사이다잔은 취소.

"그래요, 딴 건 몰라도요. 사! 랑! 사랑만은 안 깨졌으면 좋겠어요. 세상이 사랑으로 넘쳐흐르면 좋은 거잖아요? 그, 러, 니, 까! 한번 시작한 사랑은 죽기 전까지는 절대, 안 깨졌으면 좋겠거든요!"

내가 지금 애먼 남자 붙잡고 무슨 소리를 하는 건지. 아아, 와인에 소주 섞지 말걸 그랬다. 그렇게 마시면 맛있다는 박지안의 말에 홀랑 속아 넘어간 민유리가 바보 멍청이지.

"그거 끔찍한데."

정말 끔찍한 건 5년간의 사랑을 한순간에 깨고 달아난 내 엑스보이프렌드야. 머릿속을 끈질기게 맴도는 옛 남자의 얼굴을 떠올리는 순간, 나도 모르게 허리가 스르르 무너져내렸다.

"악!"

익숙지 못한 향기, 그러니까 내 이불에서 나는 것과는 전혀 다른 냄새에 놀라 눈을 번쩍 뜨며 비명을 질렀다. 정신을 차려보니 나는 페퍼민트의 하늘빛 침대에 누워 있었다. 그리고 박지안은 침대 밑에 기대앉아 재가 떨어질락말락 한 담배를 입에 물고 게임기 컨트롤러를 신나게 두드리는 중이었다.

"뭐, 뭐야!"

"뭐긴 뭐야."

"이 변태 새끼!"

"지가 먼저 덤벼놓곤."

"뭐라고요?"

아, 망했다. 기억이 전혀 안 난다. 나 설마, 박지안이랑 잔 건가? 아닐 거야, 이래 봬도 술김에 사고나 치는 정신 빠진 여자는 아닌데. 아니지 또 모르지, 나 남자친구랑 헤어진 지 꽤 됐잖아. 그래, 나도 모르게 독수공방에 지쳤을 수도 있어. 그래서 에라 모르겠다 싶어 눈 풀린 채 박지안한테 엉겼을 수도 있어. 아, 도대체 뭐야! 민유리, 너 간밤에 무슨 짓을 한 거니!

"너 주사 심하더라."

"뭐, 뭐가요!"

"재원이가 누구야?"

"……!"

"목이 터져라 부르더만. 재원 님, 재원 씨, 재원아, 재원이 이 개자식아."

"……."

"딴 남자 이름 부르는 여잔, 다 벗고 덤벼도 이쪽에서 사양이야. 네 방 가서 잠이나 더 자라."

술 냄새 폴폴 풍기는 벌건 얼굴로 주섬주섬 페퍼민트를 나와 핑크로 점철된 로즈메리로 들어갔다. 아직도 덜 빠진 식용유 냄새가 진동하는 그곳에 주저앉아, 나는 술에 취해 파전을 손으로 뜯어먹던 박지안과 내가 어젯밤 그렇게도 불러댔다는 옛 남자를 번갈아 떠올렸다. 심장께가 아주 조금 쓰릿해졌다. 술 때문에 위벽이 상한 탓이야, 나는 애써 자신에게 둘러대고 있었다.

"12시……."

휴대전화 액정화면에 선명히 뜬 디지털시계가 정오를 새기고 있다. 이렇게 오래 자본 적이 얼마만이지. 못해도 석 달쯤은 흐른 것 같은 제법 까마득한 기억을 끄집어내며 나는 쓸쓸한 표정으로 아주 조금 웃었다. 민유리, 굿모닝, 아니 굿애프터눈이야.

일부러 그런 거 절대 아니다. 익스플로러를 켰더니 제멋대로 '박지안'이라는 이름이 인기검색어 1위에 올라와 있는 거다. 난 절대 검색창에 '박지안' 친 적 없다.

「잠적 5일째, 박지안은 어디에?」

「박지안 소속사, '심려 끼쳐 죄송'.」

「가수 박지안, 친누나의 결혼식에도 불참.」

「**이동통신 광고 진행 차질, 위약금 50억에 달할 듯.」

얘 여기 있거든요. 경기도 가평군 북면 도대리 팬션 허브 페퍼민트 방에서 배 벅벅 긁으며 자고 있어요.

왔는지 안 왔는지도 모르게 슬쩍 머물렀다 가는 바람 같은 박지안이었다. 그런데 이상하게도 요 며칠간 계속 이곳에서 생활하는 것이다. 귀동이 밥도 주고, 앞마당에서 줄넘기도 하고, 엊그저께는 내 방문을 두드리더니 "읽을 만한 책 있음 줘봐."라고 까지 했다. 술 마시고 뻗은 그날 이후, 이쪽은 눈 마주치기도 껄끄러운데 말이다.

그리고 역시, 약 두 시간쯤 떨어진 서울 땅에선 박지안이 증발했다며 난리가 났다.

"저기요!"

테라스의 나무탁자 위에 두 다리를 턱 올려놓은 채 내가 건네준

소설책에 골똘히 빠져 있는 박지안. 허벅지 절반이 훤히 드러나는 빨간 핫팬츠 차림으로 앉아 있는데, 다리 한번 진짜 비현실적으로 길다. 꼬박꼬박 제모라도 하나 봐, 남자 다리가 어쩜 저렇게 매끈해? 흥, 호모 같다 호모!

"할 일 없으면 잡초라도 좀 뽑죠?"

"간이 탈출했구나, 너?"

"여러 사람 너무 난처하게 만드는 거 아니에요?"

"무슨 소리야?"

"박지안 잠적 닷새째라는데요."

"인터넷뉴스 볼 시간에 파전 레시피나 읽지?"

"지금 그런 말이 아니잖아요."

"신경 꺼라."

그래, 내 알 바 아닌 건 맞지만, 옆방에 멀쩡히 살아 있는 사람을 자꾸 '잠적'이니 '실종'이니 하니까 어쩐지 기분이 이상해서 말이지. 마치 내가 박지안을 납치해 산장에 가둬둔 미저리라도 된 것 같잖아.

"오늘 친누나 결혼했다면서요. 어떻게 거기도 안 가요?"

"……그건 또 어떻게 알았냐?"

"알기 싫어도 알게 돼요. 인터넷에서 원체 떠들어대야지."

"그런데도 여태껏 내 얼굴을 잘 몰랐다고?"

"네."

그간 내 인생에 '정재원'을 빼고 남자란 없었으니까. 가수 박지안이 아무리 날고 긴다 한들 민유리에겐 오직 정재원만이 전부였으니까. 정재원의 얼굴만이 내 머릿속을 가득 채우고 있었으니까.

"암튼 사람들 골탕먹이는 것도 적당히 하세요. 그쪽 처신에 다른 사람 목이 몇 개나 달렸는지 생각 좀 하라고요."

내 어른스런 꾸짖음에 살짝 반성하는 듯 시선을 내리깐 박지안. 어쩐지 어울리지 않는 그의 풀죽은 얼굴을 보며 나는 마음속으로 승리의 V를 그렸다. 그래, 너도 사람이라면 양심의 가책쯤은 느낄 줄 알아야지. 암, 그렇고말고.

"야, 너, 진짜 나 몰랐냐? 나를? 박지안을?"

"몰랐다고요!"

그럼 그렇지. 쟤가 의기소침해진 건 반성도 뭣도 아닌 그냥 저 이유 때문이었다. 신이시여, 어쩌다 저런 인간을 찍어내셨나이까.

"야!"

오랜만에 맘 잡고 일 좀 해볼까 했더니 눈치 없는 옆방 남자는 쾅쾅, 로즈메리 부서져라 문을 두드려댄다. 아, 한참 진도 잘 나갔는데! 하여간 인생에 도움 안 되는 자식.

"왜요!"

"한잔 안 할래?"

"안 해요!"

손가락에 불이 붙기 시작했을 때 빨리빨리 페이지를 넘겨야 한다. 수백 쪽에 달하는 일본소설을 최대한 매끄럽게 한역해내는 게 이번에 내가 맡은 일. 나는 문학적 감수성이 풍부한 번역'가'는 절대 아니고, 대기업의 보고서든 전자제품의 설명서든 뭐든 닥치는 대로 트랜

스해야 하는 번역'기'다. 이거라도 해야 사람 구실 하며 산다는 소릴 듣지.

"후회하지 마!"

"안 하거든요!"

고작 닷새간 자취를 감춘 걸로 대한민국을 발칵 뒤집어놓은 박지 안은, 무슨 속으로 저러는 건지는 몰라도 팔자 좋게 산골에 기거하 며 술이나 퍼마시고 있다. 확 방송국에 제보라도 해버릴까? '조만간 50억 물어줘야 할 박지안, 여기 있어요, 여기!' 하고.

"으하함……"

거하게 하품을 하며 창문 너머로 고개를 돌리니 어느새 새까만 하늘에 점점이 별이 반짝이고 있다. 딱 두 시간만 맘 잡고 하려고 했 는데 금세 반나절이 뚝딱 흘러가버렸다. 장하다, 민유리! 이 페이스 로 가는 거야!

기지개를 한 번 쭉 편 후, 잠든 귀동일 구경하며 와인이나 마실까 싶어 방문을 활짝 열었다. 맨팔에 닿는 실바람이 살랑살랑 따스해 서 새삼 풀 내 그윽한 여름밤에 반해버렸다. 앞마당 한편에 자리한 귀동이 집 쪽으로 시선을 옮기는데 이미 누군가 그 앞에 쭈그리고 있었다. 긴 다리 접고 앉아 있느라 애쓰는, 암만 봐도 자세가 영 엉성 한 박지안이었다.

등짝을 툭 때리며 '워!' 하고 깜짝 놀라게 할 심산에 까치발로 살 금살금 걷는데, 얼핏 중얼대는 그의 목소리가 공기를 타고 들려왔 다. 자세히 살펴보니 누군가와 심각하게 통화하는 중이다. 그래, 저도 똥줄 좀 타겠지, 50억을 물어줘야 한다는데. 무슨 심사가 뒤틀려서 잠수를 타고 있는 건지는 몰라도, 귀하신 톱가수님, 아마 이번엔 무릎 좀 진탕 꿇어야 할 겁니다.

"결혼 축하해, 요안나."

"행복해?"

"타히티……. 나랑은 안 갔던 곳이네."

"아니, 끊지 마. 요안나, 끊지 마."

"동생이랑 통화도 못 해?"

"씨발!"

……그런데 이건 무슨 상황일까. 내가 예상했던 '50억'은 조금도 언급되지 않은, 하지만 50억 따위보다 훨씬 더 무게감이 느껴지는 어두운 통화. 험한 욕설을 마지막으로 전화를 끊은 박지안이 곁에 놓인 소주병을 거칠게 잡아들었다. 휴대전화를 던져버려 휑해진 오른손은 어느새 귀동이의 머리를 쓰다듬고 있고, 입으로 가져간 술병은 순식간에 절반 이상 비워졌다. 장난이나 칠까 하고 도둑걸음을 걷던 나는 이 이상 어찌할 바를 몰라 그의 등 뒤에 얼음처럼 굳어 있었다.

"도청하냐?"

"……."

"쥐새끼마냥."

"그게 아니라요……."

어쩐지 죄지은 기분이 들어 말끝을 흐렸다. 몰래 들을 생각은 추호도 없었는데. 아냐, 괜찮아. 나는 박지안에 대해서 아무것도 아는 게 없으니까. 지금 그의 '심각해 보이는' 이야기를 조금 주워들었다 한들, 전후 사정을 전혀 모르니 어디 가서 발설할 수도 없을 것이다.

잠깐, 그런데 요안나라면.

박…… 요안나.

「가수 박지안이 닷새째 잠적한 가운데, 박지안의 친누나이자 유명 첼리스트인 박요안나(29)의 결혼식이 오늘 오전 11시 서울 모 호텔에서 거행되었다. 그러나 식이 끝날 때까지 박지안의 모습은 보이지 않았고, 그의 등장을 기다리던 많은 기자는…….」

"우습지?"

"뭐, 뭐가요?"

다짜고짜 들려온 그의 목소리가 한겨울 칼바람처럼 날카로웠다.

"나는 이름도 바꾸었어. 하지만 요안나는 바꾸지 않았지."

"……."

"대신 시집을 갔어."

"무슨 말인지 모르겠어요."

"몰라도 돼."

그가 자꾸만 초록색 소주병을 입술로 가져간다. 앞마당을 밝히는 할로겐 불빛이 박지안의 옆에 놓인 세 개의 빈 병까지 함께 밝혔다. 박지안은 오래도록 귀동이와 마주앉아 술병을 기울이고 있었나 보다. 이럴 줄 알았으면 아까 방문을 두드릴 때 못 이기는 척 나와줄 것을. 지독하게 눈치 없는 나 자신이 조금 미워졌다.

"나는 평범했어."

"……."

"수학 점수 몇 점보다 점심시간에 축구공 차는 게 더 좋은, 그냥 그런 고등학생이었지. 점심시간에 떡볶이 사먹으러 나갔다가 벌점도 받아보고 야간 자습이 싫어서 담 넘었다가 학생 주임한테 맞아도 본. 양친 모두 건강하시고, 착하고 예쁜 누나도 하나 있는."

"……."

"멀쩡한 고등학생이었다고."

그는 무슨 말이 하고 싶은 걸까. 박지안의 가장 중요한 한마디는 차마 터져 나오지 못한 채 입가에서 빙글빙글 맴돌고 있었다. 나는 어느새 온 신경을 박지안에게 집중했다. 나와는 아무런 상관도 없는 이야기인 것을 알면서도, 그가 만들어내는 단어 하나하나에 마음을 전부 기울였다.

"……누나가 좋았어."

"……!"

"박요안나, 내 친누나가 좋아서 어쩔 수가 없었어."

"마, 말도 안 돼요."

"당사자인 나는 어땠을 것 같아?"

"……."

"죽고 싶었어. 벌레가 된 느낌이었지."

너무 놀라 두 눈이 휘둥그레진 나를 보며 박지안이 피식 웃었다. 그의 어깨가 작게 떨리고 있었다. 오른손은 여전히 귀동이의 머리 위에 얹힌 채였다. 박지안은 귀동이의 체온을 통해 일말의 위로를 받고 있는 건지도 모른다. 그가 이 팬션에 오기 전, 내가 귀동이를 앞에 두고 하염없는 혼잣말을 중얼거렸던 것처럼.

"스물한 살이나 먹어서야 알게 됐어."

"뭐, 뭘요?"

"홀트 아동복지회."

"거긴……."

이름도 거처도 알 수 없는 새파랗게 어린 여인이 미혼모 시설에서 꾸역꾸역 낳은 아이. 머지않아 타국 어딘가로 날아갈 준비를 하고 있던 이름 없는 사생아는 우연히 독실한 천주교 신자인 부부와 인연이 닿아 그 가정으로 인도되었다고 했다. 박지안, 어떻게 이 사람이, 누구에게나 선망의 대상인 이 화려한 사람이 이다지도 아픈 과거를 가지고 있을 수 있을까. 도무지 믿을 수가 없다. 믿기질 않는다.

"사회복지사한테 그 얘기를 듣는데 이상하게 웃음이 나오는 거야."

"어째서요?"

"적어도, 적어도 같은 유전자를 물려받은 여자를 탐내는 개자식은 아닌 거니까."

"……."

"가까스로 패륜아에서 벗어났는데, 이번엔 나더러 고아라네."

실소를 내뱉듯 그가 말했다. 조금의 눈물도 보이지 않는 그는, 우는 것 따위는 허사일 뿐이라는 사실을 일찍이 깨달은 것 같았다. 얼마나 오랫동안 울고 나야 박지안처럼 건조해질 수 있을까. 더는 우는 데 질려버린 나는 박지안이 부러워졌다. 그리고 동시에, 그가 안쓰러워졌다.

"이름을 바꿨어."

"본명이 아니었네요."

"박, 요한이었어."

요안나, 요한. 세례명까지 꼭 닮은 남매. 하지만 얼굴은 조금도 닮지 않았을 남매.

"성당에만 가면 두 다리가 후들후들 떨렸어. 나는 십자가를 앞에 두고 개만도 못한 짓을 하고 있는 거야. 어떻게 친누나를 사랑해, 어떻게! 난 세례명 같은 거 가질 자격도 없는 놈이야. 그래서 바꿨어. 그런데 요안나는 바꾸지 않았어. 요안나는……."

본의 아니게 듣고 말았던 통화에서 "타히티, 나랑은 안 간 곳이네."라고 했었던 박지안의 목소리가 떠올라 나는 조용히 고개만 숙였다. 그랬구나. 요안나도 박지안과 같은 마음이었구나. 두 사람은 같은 곳을 보고 있었구나.

금방이라도 바스라질 것 같은 아슬아슬한 그의 감정에 내가 끼어들어도 될지 잠깐 망설였지만, 나는 용기를 내어 주저앉은 박지안의 곁으로 다가가 떨리는 그의 등을 조용히 껴안았다. 차라리 아무 말도 하지 않는 편이 낫겠다 싶다. 그가 손으로 전달받는 귀동이의 체온과 등으로 전달받는 내 체온이 그저 박지안에게 아주 조금이나마 따스하게 느껴졌으면 좋겠다. 풀냄새가 가득한 초여름 밤, 첫사랑의 여인을 다른 남자에게 보낸 밤. 먼 훗날 그가 이 밤을 떠올리며 '그래도 누군가로부터 위로받을 수 있었지.'라고 생각하게 된다면 그걸로 좋겠다. 그걸로.

"박지안 씨, 나는 매일 밤 와인을 마셔요. 벌써 석 달째예요."

"……."

"옛 남자 때문에 잠을 잘 수가 없거든요."

내가 나지막이 읊조리자, 박지안이 갑자기 내 품에서 벗어났다. 그리고는 몸을 돌려 시선을 내 얼굴로 향했다. 나는 어색한 미소를 지으며 눈을 한 번 깜빡였다. 고여 있던 눈물이 빗줄기처럼 잔디 위로 떨어졌다.

"참 많이 사랑했는데…… 차였어요."

"……왜?"

"몰라요. 질렸대요. 나한테 왜 질렸을까……."

박지안의 두 손이 내 어깨 위로 올라왔다. 강한 악력이 느껴지는 바람에 부질없는 넋두리를 잠시 멈추었다. 그의 얼굴이 점점 가까워진다고 느끼는 건 맺힌 눈물이 만든 착각일 거라 믿었다. 하지만 놀랍게도 입술이, 따뜻한 그와 나의 입술이 조용히 포개어졌다.

나는 잠시 얼어붙었다. 하지만 저항의 몸짓 대신 그의 키스를 순순히 받아들였다. 조용히 눈을 감자, 박지안의 맥박이 내 피부를 타고 고스란히 전해졌다. 그 작은 고동이 어느덧 내 가슴을 콩콩 때리기 시작했다.

별은 반짝이고, 앞마당의 조명은 어렴풋이 빛났다. 짭짜름한 액체가 눈동자를 거치고 두 뺨을 지나 벌어진 입술 틈으로 스며들고 있었다. 하얗게 바랜 머릿속으로 옛 남자의 잔영이 꺼질 듯이 휘청거렸다.

상대가 별로 안 부끄러워하니 나도 뭐 그냥 그렇다. 하긴, 천하의 박지안이 이 정도 뽀뽀쯤이야 어디 한두 번 해봤을까. 그래도 예의

상 얼굴 정도는 붉혀줘야 하는 거 아닌가? 우린 사귀는 사이도 아니고, 엄밀히 말하자면 외간 남녀의 생뚱맞은 키스인데.

잠든 귀동이의 집 앞에 나란히 앉은 그와 나는 말없이 하늘만 바라보았다. 소주를 그렇게 들이붓고도 전혀 취한 기색이 없는 박지안을 보니 절로 혀가 내둘린다. 아무튼 여러모로 굉장한 인간이다.

"민유리."

"네?"

눈을 끔뻑거리며 별을 올려다보고 있는데 갑자기 박지안이 부르는 바람에 놀란 목소리로 대답했다. 생각해보니 처음이다, 박지안이 나를 '야'가 아닌 '민유리'라고 부른 것은. 얼씨구, 내일은 해가 서쪽에서 뜨려나 보네.

"넌 원망 안 해?"

"누구를요?"

"너 버린 남자."

왜 안 하겠어, 이가 바득바득 갈릴 만큼 원망스럽지. 하지만 이마저도 다 부질없는 감정이라는 것을 나는 가평에 들어와 살면서 서서히 느끼고 있다. 미워해봐야 뭐 해, 저주해봐야 뭐 해, 이미 나와 그는 다 끝난 사인데…….

"이제 안 하려고요. 원망 따위."

"왜?

"우리 엄마가 그랬거든요. 마음을 곱게 써야 얼굴도 고와지는 법이라고. 좋은 생각만 해야 얼굴도 예뻐진다고."

"어려서부터 엄마 말씀 좀 잘 듣지 그랬냐."

못생겨서 미안합니다, 이 자식아.

"암튼 난 슬슬 피부노화를 걱정해야 할 나이거든요. 안 좋은 기억 떠올리면서 미간 찌푸리기 싫어요."

"현실적이라 해야 할지, 속이 없다 해야 할지."

"뭐, 둘 다예요. 박지안 씨도 이제 주름 관리해야죠? 비싼 피부 관리실 다니지 말고 평소에 인상이나 좀 펴세요."

그 말에 박지안이 피식 웃는다. 아슬아슬하게 올라간 한쪽 입가가 영 마뜩찮다. 이왕 웃을 거면 좀 확실하게 웃지, 남자가 좀스럽긴.

"나도 그렇게 좀 만들어봐."

"응?"

"너처럼 지나간 사람 원망 안 하게 만들어보라고."

"음, 무슨 방법을 써야 하나……. 아, 이게 위로가 될지 모르겠는데요……."

"일단 해봐."

"내가 여동생이 하나 있거든요. 나랑 다섯 살 차이 나는 어린앤데……. 얘가 네 살 땐가? 우리 이모아들, 그러니까 사촌오빠한테 빠져서는 시집가겠다고 울고불고……. 근데 지금은 언제 그랬느냐는 듯 아무렇지도 않게 잘 살고 있거든요! 남자친구도 어찌나 철마다 바뀌는지, 어휴, 고 계집애 고거……."

"너 지금 그걸 위로라고 하는 거냐?"

"그러니까 확신이 없다고 했잖아요."

"됐다, 너한테 뭘 기대한 내가 참……."

"흥!"

내 콧방귀에 박지안이 또 한 번 피식한다. 그래, 웃음이 뭐 크기가 중요한가? 이렇게 표정이라도 풀리면 된 거지. 소주병을 붙들고 있던 조금 전에 비해 한결 혈색이 나아진 것 같아 마음이 놓인다. 그렇게 차근차근, 차근차근 현명하게 극복해나가길 바라, 박지안 씨.

"박지안 씨, 사실 말이에요."

"사실 뭐?"

"나 여기 처음 들어온 날이요. 우연히 창고에 갔다가 농약병을 봤어요. 해골무늬 그려진 제초제. 마당 가꾸려고 사장님이 사두신 것 같더라고요."

"그런데?"

"먹고 죽을까, 생각했었죠."

"……자살 한번 하드코어군."

"근데요, 제초제 병을 보고 있으니까 괜히 오기가 생기는 거예요. 민유리, 니가 풀이냐 저걸 마시게? 그렇게 죽어버리면, 나 스스로 민유리 인생은 연애 빼면 시체라는 걸 증명하는 꼴이 되잖아요. 그럼 내가 지금껏 해온 공부는? 지금껏 벌었던 돈은? 사귀었던 친구들은? 다 아무것도 아닌 건가?"

"……"

"그래서 곱게 제자리에 두고 나왔어요. 나 진짜 바보 같죠?"

"……"

"난 조용한 이곳에서 모든 감정을 슬렁슬렁 넘기는 법을 배우고 있어요. 괜한 잔걱정에 시달리지 않고, 어설픈 고민에 괘념치 않는 법을. 물론 잘 안 돼요. 가끔은 울컥하고 심장에서 화기가 올라오기도 하고, 아직 술기운이 없으면 잠도 못 자거든요. 하지만 조만간 나아질 거라 믿어요. 이곳에 있다 보면 언젠가는 그 남자를 만나기 전의 왈가닥 민유리로 다시 돌아갈 수 있으리라 믿어요."

"……갈 수 있을 거야."

"그럼 박지안 씨도 날 좀 닮아봐요, 얼른 나아질 수 있을 테니까. 아, 죽을까 말까 했던 멍청한 생각은 빼고."

그제야 박지안이 하하하, 듣기 좋은 소리를 터뜨린다. 앗싸, 드디어 웃었다! 나는 지구라도 구한 양 뿌듯해져서 어깨까지 으쓱했다.

"민유리."

"네?"

"죽지 말자, 유치하다."

박지안이 불쑥 오른손을 내밀었다. 망설임 없이 덥석, 나도 내 오른손으로 그의 손을 잡았다. 허공에서 가볍게 흔들리는 두 손이 협상의 체결을 알리고 있었다. 캄캄한 하늘 아래서 그와 나는 '유치하게 죽지 않기'를 굳게 맹세했다.

「박지안, 곡 작업 차 시골에 머물렀던 것으로 확인.」

「친누나 박요안나 씨 결혼식 불참, 가족에게 사전 통보했었다 해명.」

「3집 앨범 발매를 앞두고 약간의 우울증 앓았던 듯.」

「스케줄 차질 없이 진행, 팬들과 광고주에 사과의 뜻 밝혀.」

그 밤, 기나긴 키스와 기나긴 대화, 또 기나긴 악수를 마친 뒤 박지안은 "이제 돌아가야겠구나." 했다. 나는 그의 감정이 나락으로 치달지 않게 되었음을 다행이라고 생각했다. 꼭꼭 숨겨두었던 비밀을 나에게 털어놓은 것에 대해 딱히 후회하지 않는 것 같아 마음이 놓이기도 했다. 하지만 어쩐지 가슴 한편이 섭섭해졌다. 그래, 박지안이 있어야 할 곳은 가평의 조용한 산골이 아닌 서울의 화려한 무대 위였지. '돌아가야겠다'는 한마디에 담긴 칼 같은 사실이 이제 좀 친해졌나 싶었던 옆방 남자를 다시금 낯선 존재로 만들어버린다.

"귀동아, 밥 먹자."

빨간 비빔밥을 귀동이 밥그릇에 가득 부어주고 달아나다시피 로즈메리로 들어왔다. 사실 나, 요즘 귀동이랑 눈도 잘 못 마주치겠다. 내가 박지안과 키스하는 것을 귀동이가 말똥말똥 쳐다보고 있었을 거라 생각하니 녀석을 보기가 어쩐지 창피하다. 나 아무래도 좀 이상한 것 같다. 어떻게 개한테까지 부끄러움을 느낄 수 있지?

그가 서울로 돌아간 지 사흘이 지났다. 우리는 서로 전화번호조차 모르기 때문에 연락을 취할 방법은 어디에도 없다. 그러니 '잘 지내냐' 같은 아주 사소한 안부도 기대해서는 안 되는 것이 자명하다. 한데 왜 나는 자꾸만 박지안이 미울까? 입술 한 번 준 것 두고 애인이라도 된 양 착각하는 유치한 족속은 아니다. 하지만 우리는 동거 중…… 은 아니지! 하우스메이트…… 도 아니지! 그래, 이웃사촌 아닌가, 이웃사촌! 이웃사촌끼리, 서로 잘 살고 있는지 궁금할 수도 있는 거잖아.

흑갈색 선글라스를 쓰고 수십 개의 마이크를 독대한 채 앉아 있는 박지안의 '긴급기자회견' 사진을 모니터에 그득 띄워놓았다. 조용히 그리고 천천히 가운뎃손가락을 살포시 세웠다. 에잇, 이 매정한 도시 남자 같으니!

- 유리 씨, 보내준 거 잘 받았어요.

"아, 벌써 검토하셨어요?"

번역을 마무리해 출판사 이메일로 보냈더니 몇 시간 지나지 않아 담당자로부터 확인전화가 왔다. 직접 가서 제출하는 게 예의라면 예의겠지만 굳이 찾아가고 싶은 곳이 아닌지라 훌쩍 파일만 보내버렸다. 건방지다는 이유로 다음부터는 일을 안 준다 해도 할 말 없다, 민유리.

- 유리 씨 작업은 늘 맘에 들어. 손댈 곳도 별로 없고.

"고, 고맙습니다."

- 별로 급한 원고는 아니었지만, 이번엔 왜 이렇게 늦었어요? 석 달이 넘게 걸렸잖아.

"몸이 좀 안 좋아서요. 독촉 전화 주셨음 더 빨리 보내드릴 수 있었을 텐데."

- 아냐, 그 정도까지 재촉할 건 아니었어. 아 맞다, 민유리 씨?

"네."

- 편집장님이 식사 한번 대접하고 싶대요. 유리 씨 원고 오면 보고해 달라고 하셨어.

"……그래요?"

- 지금 며칠 자리 비우셨는데, 이번 주말엔 오실 거야. 조만간 연락 줄게요.

"아, 아니에요. 바빠서요."

- 그래도 편집장님 제의니까 시간 좀 빼봐요. 머지않아 우리 출판사 오너 될 분인데 잘 보여서 나쁠 거 없잖아.

'편집장'이라 불리는 '정재원'이 나에게 식사대접을 하겠단다. 내가 자기 얼굴 보면서 태연하게 밥알을 목구멍으로 넘길 수 있을 거라 생각하나 보다. 마지막까지 잔인한 자식, 급체라도 해서 응급실에 실려가야 속이 시원하겠니?

다음번 번역해야 할 책을 보내준다기에 몇 번을 망설이다 결국 팬션 주소를 불러줬더니 상대방이 대뜸 "요양 가 있는 거야?" 한다. 몸이 얼마나 안 좋으면 가평까지 가 있느냐는 걱정 어린 목소리에 "그냥 농땡이예요."라고 답했지만, 마음 같아선 가평이 아니라 주인아주머니 짐가방에 실려 지구 반대편에라도 가버리고 싶다. 정재원이랑 같은 나라에 있다는 것, 생각만으로도 이제 끔찍해. 이 출판사와 일하는 것도 진짜 이번 책이 마지막이다.

뿌옇게 흐려진 머릿속을 달래보려 커피 물을 얹고 있는데, 귀동이가 갑자기 큰 소리로 왕왕 짖어댔다. 무슨 일인가 싶어 로즈메리의 문을 열었더니 '1톤 용달'이라고 적힌 자그만 트럭 한 대가 쿠르릉 하며 팬션 울타리 안으로 진입하고 있었다. 잔뜩 박스가 실려 있는 걸 보니 택배차인 것 같은데, 설마 출판사에서 보낸다는 책이 지금 도착했을 리는 없고. 게다가 이 산골까지 택배기사들 오가게 하는 게 어쩐지 미안해 인터넷 쇼핑은 애초에 끊었다. 그러니 당최 여기엔 볼일이 없을 텐데.

"어떻게 오셨어요?"

"민유리 씨 되세요?"

"그런데요."

"아이고, 드디어 찾았네! 배달왔어요."

뭐가 그리 좋은지 한껏 상기된 아저씨는 다짜고짜 짐칸에 실린 박스 다섯 개를 내리기 시작했다. 이 무슨 변고인가 생각하는 사이 순식간에 모든 짐이 내려졌고, "여기 사인 한 번 부탁합니다." 하기에 '민유리'라고 또박또박 적어줬다. 사실 그럴싸한 사인 좀 만들어보려고 몇 번이나 A4용지를 펴고 연습했었다. 근데 어찌 된 일인지 모조리 실패했다. 세상에 쉬운 일이라곤 진짜 하나도 없다. 제 이름 석자 갈겨쓰는 것마저도 이렇게 어려워서야.

"누가 보낸 건데요?"

"모르겠어요. 강남서 왔는데."

"강남?"

"받는 사람 휴대전화번호도 모른다 하고. 이름이랑 주소만 달랑 줘서 혹시 못 찾으면 어떡하나 오면서도 내내 걱정했어요."

"아……."

"워낙 산골이라 찾기 어찌나 어렵던지."

"죄송해요, 본의 아니게."

"암튼 배달시킨 분하고 연락되면 앞으로 우리 비둘기용달 자주 좀 이용해달라고 전해줘요. 공임은 무지 잘 쳐주더라고."

아저씨는 임무를 완수한 자신이 무척이나 대견한 듯 보무당당하게 돌아갔다. 나는 앞마당에 놓인 박스들을 풀어야 할지 말아야 할지 주저하기 시작했다. 이거 혹시 정재원이 보낸 건가? 그간 내가 갖다바친 선물 전부 돌려보내 놓고 자기가 준 거 다 뱉어내라고 하는 거 아냐? 아우, 이 쌍쌍바 같은 자식, 진짜 그래만 봐라. 아니지, 아니지, 시한폭탄일지도 몰라. 평소 펜션 노부부에게 원한을 가지고 있던 사람이 이곳을 폭파하기 위해 익명으로 배달! 젠장, 내가 무슨 죄가 있어! 나한테 왜 이래!

……밑도 끝도 없이 부푸는 망상을 차곡차곡 접어 넣고, 나는 뭐가 들어 있든 절대 굴하지 않겠다는 강한 마음가짐 아래 천천히 테이프를 뜯기 시작했다. 하지만 정말 박스 안에서 사람 머리라도 쑥 나올 것 같아 사실은 너무너무 무서웠다. 귀동아, 누나 잘 지켜보고 있어. 누나가 갑자기 거품 물고 기절하걸랑 잽싸게 119에 신고 좀 해 줘!

"어?"

그런데 테이프를 뜯어내자마자 보이는 건 에어 캡이 잔뜩 감겨 있는 '무언가들'이었다. 뭐, 일단 절단된 시체나 폭발 직전의 다이너마이트는 아닌 듯해 안도의 한숨을 쉬었다. 용감하게 하나를 집어들어 귀 가까이에 대고 흔드니 '찰랑' 하는 귀여운 소리가 들려온다. 하나하나 빵빵한 에어 캡으로 곱게 싸여 있는 그것은…….

와인이었다. 열 개씩 세 박스에서 와인이 나왔다. 무려 서른 병, 전부 이름도 병 모양도 색깔도 다른 것들이다. 알 수 없는 알파벳이 잔뜩 적혀 있는 와인 라벨을 보니, 잘은 몰라도 제법 값나가는 게 분명했다. 7천 원짜리만 마시던 내 막입에는 다 그게 그 맛 같겠지만, 태양빛을 반사하며 반짝반짝 빛나는 호화로운 와인병들을 보니 당장이라도 코르크를 따고 싶은 마음이 간절해진다.

나머지 두 박스에선 황당하게도 라면, 참치, 즉석 밥, 3분 요리, 통조림, 과자 따위가 잔뜩 쏟아져나왔다. 슈퍼마켓의 인스턴트 코너를 통째로 쓸어온 것 같은, 퍽이나 감동적인 구성이다. 이게 다 뭔가 싶어 정신이 멍해져 있는데 흡사 그 전쟁구호물품 같은 것들 사이에 푸른색 종이 하나가 삐죽 고개를 내밀고 있었다. 나는 일말의 망설임도 없이 얼른 쪽지를 집어들었다.

이왕 마실 거면 좋은 걸로 마셔라. 싸구려 말고.
그리고 안주 없이 마시지 마라.
나쁜 건 널 버린 그놈이지, 네 위장이 아니잖아?
010-9987-0315

박지안의 글씨는 이렇게 생겼구나. 어딘가 뾰족, 제 얼굴 생긴 것과 별반 다르지 않은 모양이다. 다른 사람들도 내가 쓴 글자를 보며 내 얼굴을 떠올릴까? 아마 그렇지 않을 것이다. 나는 박지안처럼 달랑 글씨 하나만으로도 존재감을 풍기는 대단한 사람은 못 되니까.

박스 안에서 비스킷을 꺼내 내 입에 하나 물고 귀동이 밥그릇에 슬쩍 하나 놓아주었다. 녀석은 처음엔 수상한 듯 냄새를 킁킁 맡더니, 순식간에 입 안으로 홀랑 넣어 이를 딱딱거리며 잘도 씹어 삼킨다. 아니 이 자식, 비빔밥 말고도 먹을 수 있는 게 있었잖아! 괜히 주인아주머니가 겁주는 바람에 매일 밥 비비느라 고생했네. 흐흐 귀동아, 우리 이제 같이 라면 먹자.

주는 족족 비스킷을 날름날름 받아먹는 귀여운 귀동이에게 한참 정신이 팔려 있다가, 아무리 그래도 최소한 고맙단 말은 전해야 할 것 같아 휴대전화를 꺼내 들었다. 직접 전화를 걸어 말을 할까 했지만 어차피 바빠서 못 받을 게 뻔하므로 문자메시지를 날리기로 결정.

[잘받았어요바쁠텐데신경써줘서감사]

전송완료 후 슬라이드를 닫고 또 과자를 집어들려는 순간,

[과음하란 소리는 아니야. 하루에 한 병만 마셔.]

맞춤법과 띄어쓰기, 거기다 문장부호까지 정확하게 맞춘 메시지는 시도때도없이 들어오는 대출회사 스팸 빼곤 받아본 적이 없는 것 같은데.

[ㅇㅋ땡큐]

메신저 대화 부럽지 않게 초고속 대답을 보낼 정도로 한가할 줄 알았으면 차라리 전화를 걸걸 그랬나 보다. 하지만 박지안같이 까칠한 상대에게 직접 고맙다고 할 생각을 하니 어째 영 쑥스럽다. 그래, 문자 보내길 백번 잘한 거지.

귀동이 과자도 다 먹었고……. 이제 뭘 해야 하나 고민하고 있는데 조금 전 배달온 용달차에 정신이 팔려 로즈메리에 커피 물을 얹은 채 그냥 나왔다는 사실이 문득 생각났다. 으악! 괴성을 지르며 벌떡 일어선 순간, 앗, 맞다! 물이 끓으면 자동으로 꺼지는 전기 주전자였지. 이런 바보.

[페퍼민트 들어가도 된다. 그 30병으로, 인제 그만 잊어라.]

박지안이 보낸 마지막 문자를 보며, 문득 내가 30병의 와인을 다 마실 때까지 그는 이 팬션을 찾지 않을지도 모른단 생각이 들었다. 그는 단 며칠 사이에 너무 멀리 가버린 것 같다. 내가 사는 곳과는

다른, 그래서 내 발길이 닿을 수 없는 세상으로.

"쳇, 언제는 가까웠나, 뭐!"

애써 아무렇지도 않은 척 툴툴대며 로즈메리를 향해 걸어갔다. 출처를 알 수 없는 허전함이 뭉게뭉게, 가슴 한편에서 피어올랐다.

빌라M 무스카텔. 약간의 탄산이 섞인 달달한 화이트 와인. 아무런 라벨도 없이 병 목에 태그만 대롱대롱 묶인 이 와인을 보고, 나는 멍청한 표정으로 "여기에 대나무 스티커 하나만 갖다 붙이면 그대로 참이슬 되는 거네요?" 했었다. 정재원은 재미있다는 건지 한심하다는 건지 모를 표정으로 피식 웃어댔었지. "이거 레스토랑에서는 7만 원에 파는 거야.", 좀스런 사족이나 덧붙이면서.

처음 정재원의 집에 놀러 갔을 때 그가 갖은 치즈와 함께 내어주었던 와인이 바로 빌라M 무스카텔이었다. 그리고 그 자리엔, 홀짝홀짝 주는 족족 술을 받아마셨던 철없는 여대생 민유리가 있었다. 마냥 어렸던 그때의 내 모습이 지금 곁에 놓인 빌라M 무스카텔의 초록색 병에 그대로 투영되고 있는 것만 같다. 아, 창피해서 얼굴이 다 화끈거린다.

박지안은 이 서른 병으로 그만 그를 잊으라고 했지만, 자세히 들여다보니 배달된 서른 병의 와인 중 절반 정도는 지난 5년간 정재원과 함께 마셔보았던 것들이었다. 그래, 어차피 국내 와인 숍에서 파는 게 다 거기서 거기인 거지. 정재원과 마주앉아 아로마는 어떠네 부케는 어떠네 했던 와인들을 지금부터 나는 혼자서 복습해야 한다. 이런 극악의 상황에서 내가 과연 정재원을 지울 수 있을까. 박지안의 말처럼 30일 만에 그를 잊을 수 있을까.

대한민국에 금주령이 내려지지 않는 이상, 나는 아마 정재원을 잊을 수 없겠지.

한 잔 두 잔 와인이 비워지면서 서서히 취기가 올라오기 시작한다. 그깟 알코올 얼마에 몸의 중심을 잃어버리는 나 자신이 싫으면서도 한편으론 드디어 잠들 수 있겠구나 싶어 다행이라는 생각도 든다. 나는 언제쯤이면 술기운을 빌리지 않고 밤을 보낼 수 있을까. 실연의 아픔을 이겨내는 방법은 새로운 사랑을 하는 것밖에는 없다는데, 지금으로선 도저히 새로운 사랑을 할 자신이 없다. 사실 민유리가 태어나 사랑다운 사랑을 한 건 정재원이 처음이자 마지막이다. 민유리는 정재원을 사랑하는 방법은 알지만 불행히도 아직 새로운 사랑을 하는 방법은 모른다. 젠장, 젠장, 젠장.

술김에 인터넷 익스플로러를 켜고, 시작페이지 검색창에 '박요안나'를 입력했다. 사실 얼마 전부터 나는 인터넷에 접속만 하면 습관적으로 '박지안'의 이름을 쳐넣었다. 박지안의 새 기사, 새 사진, 새 영상까지 꼼꼼히 살펴보았고, 최고로 큰 팬카페에 방문해 가입신청서를 넣기도 했다. 이 나이 먹고 참 잘하는 짓이다, 혼자 부끄러워하면서.

하지만 요 조그만 네모난 창에 '박요안나'를 입력하기는 처음이다. 어쩐지 성역을 침범하는 것 같아 몇 번을 망설이다 눈을 딱 감고 엔터키를 눌렀다. 화면이 빠르게 전환되고, 박요안나의 사진이 모니터에 새겨졌다. 세상에서 가장 행복한 사람이라는 듯 그녀는 티없이 해맑게 웃고 있었다.

박요안나(Joanna Park) — 첼리스트

출생 19XX년 3월 15일 (서울특별시)

학력 서울대학교

경력 200X년 문화관광부 장관상

200X년 1월 타임지 주목해야 할 차세대음악인 선정

박요안나의 프로필을 살피다 문득 주머니에 손을 넣어 푸른색 쪽지를 꺼냈다. 낮에 문자메시지를 보냈던 박지안의 전화번호가 적혀있다. 나는 그만 피식 웃고 말았다. 내 평생 숫자를 읽으면서 웃게 될 줄은 몰랐다.

"자기도 잊지 못하는 주제에 누구더러 잊으라 마라야."

박지안의 전화번호 뒷자리는 아마 평생 바뀌지 않을지도 모른다. '0315'는, 굳게 잠긴 그의 마음을 여는 유일한 패스워드일 테니까.

"하하, 그런 건 아니고……."

"에이, 차이셨죠? 맞죠? 차인 거죠?"

"아니라니까요, 하하."

깐죽거리는 MC와 어리바리한 패널들이 박지안을 사이에 두고 마구 떠들어대고, 박지안은 당황한 듯 당황하지 않은 말투로 그들의 공격을 막아내고 있다. 토크의 요지는 대략 이랬다. 3집 앨범 타이틀 곡이 아무래도 심상치 않다, 가사를 보나 곡의 분위기로 보나 실연의 아픔이 그득한데, 박지안, 여자한테 차이고 맘 상한 채로 쓴 곡이 아닌가?

"그거 맞을걸."

박지안이 보내준 열여섯 번째 와인을 사이다잔에 따라 마시며, 나는 처량하게도 TV 앞에서 혼잣말을 하고 있었다. 박지안과 여러 번 직접 마주쳤지만 그가 저렇게 시원하게 웃는 모습은 처음 본다. TV 속 박지안은 제법 명랑하고 또 제법 능구렁이 같구나. 박하사탕같이 알싸하고 날카로웠던 그의 첫인상과는 놀랄 만큼 다르다.

　로즈메리엔 TV가 없다. 어느 날 갑자기 고장이 나는 바람에 읍내로 수리 보냈다며, 주인아주머니는 시간 날 때 가서 찾아오란 당부만을 남기고 펜션을 떠났다. 하지만 스무 살 이후로 TV를 본 적이 손에 꼽을 정도인 나는 굳이 즐기지도 않는 가전제품 따위 때문에 먼 길을 나서고 싶지 않았다. 바보상자 같은 건 취급하지 않아, 도도한 척 쿨한 척 온갖 '척'을 다 해댔었지.

　그러나 지금 나는, 언제 그랬느냐는 듯 '루이보스'라는 주황색 벽지가 그득한 빈방에 홀로 앉아 박지안이 출연하는 TV 프로그램을 실실대며 보고 있다. 아, 창피하다, 이놈의 청승…….

　그때였다.

　"너 왜 여기 있냐?"

　스피커에서 나는 소리인지 문가에서 나는 소리인지 분간이 되지 않아 잠깐 얼이 빠졌다가, 비로소 현실을 직시하곤 고개를 번쩍 돌렸다. 카메라에 클로즈업되어 전국적으로 전파를 타고 있는 박지안이 신기하게도 지금 루이보스의 문을 활짝 열고 서 있다. 새삼 옆방 남자가 연예인, 그것도 톱스타라는 사실을 절실히 깨닫게 되는 순간이다.

　"오랜만이네요."

"왜 여기 있냐고."

"TV 보려고요."

"페퍼민트에도 있잖아."

"주인도 없는 방에 어떻게 들어가요."

"엄밀히 따지면 여기도 내 방이야. 내가 빌렸으니까."

"……그러네요."

에라, 이 치사한 놈.

"먼지 잔뜩 앉은 데서 도대체 뭐 하는 거야? 방 꼴을 좀 봐라. 너 앉아 있는 부분 빼고는 전부 뿌옇다."

"……청소할게요."

"야! 니가 청소부야?"

갑자기 소리를 버럭 지르는 박지안에 놀라 나는 얼어붙은 얼굴로 그를 바라보았다. 그러다 손가락으로 TV를 가리키며, 그를 향해 화난 투로 물었다.

"다중인격이에요?"

"뭐?"

"이거 좀 봐요. 이렇게 깔깔대고 웃으면서 왜 여기만 오면 그렇게 까칠해요?"

"내, 내가 언제!"

"지금도 그렇잖아요! 오랜만에 봤으면 인사하고 들어가서 쉬지, 내가 그쪽이 빌린 방에 와서 TV 좀 보는 게 그렇게 아니꼬워요? 알았어요, 다시는 안 들어오면 되잖아요!"

나는 "에잇, 퉤퉤." 침 뱉는 시늉을 하며 거칠게 TV를 끈 뒤 박지안의 어깨를 밀치고 루이보스를 나섰다. 박지안은 지금 '저게 미쳤나!' 하는 표정으로 내 뒤통수를 노려보고 있을 거다. 이 밴댕이 같은 인간아, 내가 내일이라도 당장 읍내 내려가서 TV 찾아온다, 두고봐라!

씩씩대며 로즈메리의 문을 열었는데, "밥은 먹었냐?" 하는 낮은 목소리가 들려왔다. '뭐 대충……'이라고 답하려다가 얄미워서 관두기로 했다. 하지만.

"먹고 싶은 거 없어?"

"그건 왜요?"

"인스턴트만 먹었을 거 아냐. 그때 보내준."

하긴 그랬지. 나는 그 자리에 서서 머뭇머뭇 하다가 순간 좋은 생각이 떠올라 무릎을 탁 치며 뒤돌아섰다. 갑자기 두 눈을 반짝이는 내 모습에 박지안은 적잖이 당황한 표정이다. 다중인격은 내가 아니라 너네, 그가 피싯 웃으며 말했다.

"나, 고기가 너무너무 먹고 싶어요."

"뭐?"

"오늘은 너무 늦었으니까 내일 나랑 갈비 먹으러 안 갈래요? 내가 쏠게요. 아, 아니다. 돈 많이 버니까 그쪽이 쏴요. 이래 봬도 나, 그쪽 없을 때 가끔 페퍼민트 청소도 했다고요."

"넌 내가 불판 앞에서 고기 구워먹을 수 있을 거라 생각해?"

"왜요? 귀한 몸이라 안 돼요? 그럼 내가 구워줄게요, 맛있게 잡숫고 계산만 해요."

"가평 시골바닥 갈빗집에서 여자랑 단둘이 고기 굽다가 사진이라

59

도 찍히면, 내 음반 판매량은 니가 책임질 거냐?"

아, 맞다, 톱스타셨지. 참 희한하단 말이야. 왜 나는 가끔 저 인간의 정체에 대해서 새카맣게 잊어버리는 거지?

"에이 씨. 그럼 왜 물어봤어요! 좋다 말았네."

"어차피 새벽에 서울 가야 해. 내일 너랑 갈비 먹을 시간 없어."

"그럼 이 늦은 시간에 여긴 왜 온 거예요?"

"내 맘이지."

"120을 밟아도 두 시간 걸리는 거리를, 참 부지런도 하시네요."

"귀, 귀동이 보러 왔다, 어쩔 건데? 너 귀동이 밥은 제때 주는 거냐? 왜 갈수록 애가 삐쩍 말라?"

"쟤 살 더 쪘거든요! 눈 좀 비비고 제대로 보시죠?"

앞마당에 있는 송아지만 한 귀동이는 영문도 모른 채 박지안과 나를 끔뻑끔뻑 쳐다보고 있었다. 박지안은 어정쩡한 표정으로 꼼지락거리며 서 있다가 토라진 듯 페퍼민트 문을 쾅 닫고 들어갔다. 쟤 뭐야, 왜 저래? 뭘 잘못 먹었나.

흥, 마음껏 열 받으라지. 난 고기 먹는 꿈이나 꾸면서 자야겠다.

"어?"

어느새 몸집이 더 커진 귀동이를 질질 끌고 팬션 뒤편의 언덕을 한 바퀴 돌았다. 한여름 정오의 햇살은 살갗을 찌르는 것처럼 따가웠지만 이맘때의 서울과는 달리 상쾌함이 느껴졌다. 귀차니즘으로 가득한 질펀한 엉덩이의 귀동이를, 나는 폴짝폴짝 뛰어다니며 억지로 산책시켰다. 어느새 사라져버린 박지안의 은갈치 자동차는 애써 괘념치 않으며. 아니, 근데 그 인간은 이렇게 갈 거면서 도대체 왜 온 거야? 기름 값 아깝게.

그런데, 산책을 마치고 돌아오니 박지안이 아닌 다른 얼굴이 팬션 울타리 안에서 서성이고 있었다. 귀동이는 고작 30분의 나들이에 지쳐버렸는지 낯선 이를 보고도 짖지도 않았다. 어휴, 내가 이런 놈을 믿고 이 산골에서 홀로 살고 있다니.

"민유리 씨!"

"어머, 아저씨 안녕하세요."

며칠 전 보았던 비둘기 용달 아저씨다. 아저씨는 나를 보더니 대뜸 스티로폼 상자 두 개를 건네준다. 용달차에 실려올 만큼 대단한 크기도 아닌데, 이거 배달하려고 먼 길을 왔을 용달 아저씨를 생각하니 어쩐지 미안해진다.

"이게 뭐예요?"

"그때 그 사무실에서 보낸 거. 빨리 갖다 줘야 한다고 어찌나 성화를 부리던지."

"정말요? 수고 많으셨어요."

비둘기 용달로 이곳에 무언가를 보낼 사람은 박지안밖에 없다. 이렇게 생돈 들여 작은 상자 몇 개 보낼 바엔 차라리 어젯밤 자기 차에 실어오지. 설마 가죽 시트에 흠집이라도 날까 봐 그런 거? 아우, 쫀쫀한 놈. 갖은 투덜거림을 죄다 쏟으며 주섬주섬 스티로폼 박스를 열었는데.

"우왓! 고기다! 고기!"

놀랍게도 상자 하나엔 쇠고기, 그리고 다른 하나엔 돼지고기가 가득 들어차 있었다.

"귀동아, 먹어. 아!"

빠알간 노을이 곱게 내려앉은 시간, 나는 혼자만의 고기파티에 심취되어 있다. 마당 한편에 놓인 바비큐 통을 보면서, 언젠가는 반드시 숯불을 피우고 석쇠를 올려 지글지글 고기를 굽겠다 마음먹었었다. 좀처럼 기회가 생기지 않아 입맛만 쩝쩝 다실 뿐이었고……. 하지만 드디어 오늘, 꿈에 그리던 바비큐 파티가 열리고야 말았다. 아아, 이 역사적인 순간!

쓸 줄도 모르는 토치로 억지로 숯에 불을 붙이고 석쇠를 올려 달군 다음 박지안이 보낸 고기를 정성스레 얹었다. 지글지글 삼겹살 익는 냄새가 천지사방에 진동을 한다. 목줄에 묶인 귀동이도 고소한 냄새를 이기지 못하는지 왼쪽으로 갔다 오른쪽으로 갔다 신나게 춤을 춰댔다.

화력이 좋은 탓에 금세 다 익어버린 고기에 쌈장을 듬뿍 찍고, 마당에서 따 깨끗이 씻은 이파리에 꼭꼭 싸서는 한 입 그득 넣었다. 오마이 갓, 바로 이 맛이야! 눈물이 흐를 만큼 맛있다!

이럴 때는 어쩐지 소주를 마셔줘야 할 것 같지만 나는 꿋꿋이 사이다잔에 와인을 가득 따라 고기 한 점, 와인 한 모금을 번갈아가며 입에 넣었다. 귀동이 밥그릇으로 고기 몇 점을 던져줬더니 녀석은 거의 들이마시는 수준으로 단숨에 해치워버린다. 아, 뭐야! 너 분명 비빔밥만 먹는다며!

"고오기, 고오기, 꼬꼬꼬꼬꼬, 꼬오기!"

남들이 들으면 마구 비웃을 이상한 가사의 노래를 부르면서 나는 바비큐의 황홀한 맛을 맘껏 즐기고 있었다. 생고기 때깔부터가 훌륭한 게, 이것도 박지안이 보내준 와인만큼이나 비싼 게 틀림없다. 그래, 이런 건 먹는 게 남는 거지. 배가 터질 때까지 먹어주겠다, 고기!

그때 별안간 울려오는 전화벨 소리. 액정화면을 슬쩍 봤더니 박지안의 이름이 또박또박 뜬다. 짜식, 또 무슨 생색을 내려고 친히 전화를 하셨을까. 뭐, 어쨌든 고마운 건 고마운 거니까. 나는 쌈을 우물우물 씹으면서 전화기를 귓가에 갖다 댔다.

- 받았으면 받았다고 연락을 해야 할 거 아냐!

"그게 아니, 고요, 쩝쩝, 고기를 보고, 끅, 흥분을 좀 해서, 쩝쩝."

- 다 씹고 얘기해라!

"그러게 왜, 끄윽, 먹고 있을 때 눈치 없이 전화를 하고 난리, 쩝쩝, 예요?"

- 어휴, 나 참.

한심하다는 듯 혀를 차는 박지안이었지만 어쩐지 목소리에 부러움이 살짝 섞여 있는 것 같다. "먹고 싶죠?" 하고 얄밉게 놀렸더니 이내 버럭 화내는 척을 한다.

- 너 같음 안 먹고 싶겠냐?

"저녁 안 먹었어요?"

- 종일 햄버거 하나 먹었다.

"힘드네, 그 직업."

- 젠장, 다 먹고 살자고 하는 짓인데.

"그러니까 좀 챙겨 먹어요. 매니저 닦달해서라도."

- 휴······.

"몸 다 상하겠다. 헬스장에서 보충제 같은 거 먹지 말고 식사를 하시라고요, 식사를."

그렇게 시골 아낙네라도 된 듯 걱정 반, 핀잔 반을 섞어 이야기하고 있는데,

"유리야."

갑자기 들려오는 이질적인, 아니 너무나도 익숙한 음성에 나는 그만 전화기를 스르륵 바닥에 떨어뜨리고 말았다. 5년간 내 이름을 불러왔던 그 목소리, 그리고 그 목소리의 주인이 눈앞에서 날카롭게 내 오감을 자극해오고 있었다.

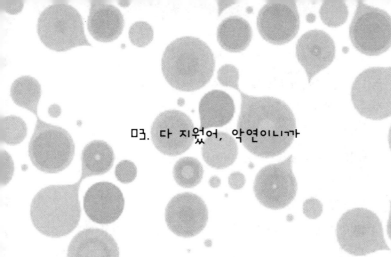

03. 다 지웠어, 악연이니까

"여긴 어떻게 온 거예요?"

"너야말로 왜 이런 곳에 와 있니?"

댁과의 기억이 치덕치덕 묻어 있는 서울 땅이 싫어 도망온 거라고 소리라도 지르고 싶었다. 하지만 차마 그럴 수 없었다. 지금 눈앞에 있는 사람은 다른 이도 아닌 정재원이다. 내가 지난 5년간 끔찍이도 '모셔왔던' 바로 그 남자. 습관처럼 어깨가 움츠러드는 게 느껴져 나는 애써 의식을 다잡았다. 더는 작아져서는 안 된다, 작아질 이유가 없다.

"이건 다 뭐야, 바비큐?"

"……보면 알잖아요."

"너 고기 별로 안 좋아하잖아."

"이젠 좋아해요."

내가 살았던 원룸 앞의 조그만 삼겹살집은 그와 나의 단골 데이트코스였다. 처음 그 식당을 찾았던 날, 옆 테이블에서 상추쌈을 한 입 그득 넣고 우물우물 씹는 한 여자 손님을 보며 정재원은 나지막하게 내뱉었다.

"천박하다. 유리야, 넌 절대 저러지 마라."

삼겹살은 원래 저렇게 먹는 거예요, 저렇게 먹어야 더 맛있는 법이거든요.

"……네, 그럴게요."

하지만 나는 끝내 하고 싶은 말을 할 수 없었고, 대신 이후 그와 고깃집에 갈 때마다 조심스러워 어쩔 줄 몰라하는 버릇이 생겼다. 늘 소화불량에 시달리다 견디다 못해 "나 원래 고기를 싫어해요." 하고 몇 번이나 말을 했는데도, 정재원은 들은 척 만 척 지겹게도 나를 끌고 삼겹살 구워 먹으러 다녔었지. 자기는 365일 단백질이 부족하다 어쩐다 하면서.

"그거, 와인?"

"그런데요."

"와인을 왜 그런 컵에……."

"왜 왔냐고요!"

더는 내 삶에 간섭하지 마. 내가 고기를 우적우적 씹어 삼키건, 사이다잔에 와인을 부어 원 샷을 하건 당신이 도대체 무슨 자격으로 참견하는 거야?

날이 잔뜩 선 목소리로 이곳에 온 목적을 묻자 당황한 정재원이 움찔하는 게 느껴진다. 정재원, 잘 들어. 나는 예전의 민유리가 아니야. 당신이 툭 던지는 한마디에도 며칠을 고민하고, 당신이 시키는 일이라면 뭐든지 하고, 당신이 가는 곳이라면 어디라도 따라갈 거라

했던 정신 나간 여자가 아니란 말이야.

"책 전해주러 왔어."

"무슨 책 말씀이시죠?"

"이번에 네가 번역할 책."

"편집장님께서 왜요? 왜 직접 가지고 오신 거죠?"

"경제경영 전문서적이라 소설보다 훨씬 어려울 거야. 한역하는 데 참고가 될 만한 책 몇 권도 같이 가지고 왔어."

"고맙네요. 거기다 놓아두시고 조심해서 가세요."

"유리야."

"이제 그렇게 부르지 마세요. '민유리 씨'라고 존칭 똑바로 하세요."

"유리야."

"말귀 못 알아들어요?"

나는 왈칵 고함을 지르며 손에 들고 있던 집게를 땅바닥에 던져버렸다. 화가 머리끝까지 치밀어 견딜 수가 없었다. 만약 언제 어디에선가 정재원과 재회하는 날이 온다면 그와 만나던 시절보다 훨씬 예쁘고 정돈된 모습이고 싶다고 생각했었다. 네까짓 놈이 떠났다고 망가지지 않아, 이것 봐, 난 더 잘살고 있잖아 하면서. 그런데 불행히도 현실은 시궁창이다. 나는 지금 문구점에서 파는 adadis 슬리퍼를 신고 낡아빠진 반바지와 티셔츠를 입은 채, 핀으로 긴 머리를 대충 말아 올리고는 개 한 마리와 돼지고기를 나눠 먹고 있다. 누가 봐도 추하고 초라하기 짝이 없는 이런 몰골로 그를 마주하자니 차라리 고기 대신 혀라도 깨물어버리고픈 충동이 인다.

"이야기 좀 하자."

"할 말 없어요."

"……미안하다."

"닥쳐요."

"다 잊었니?"

"네."

나는 짧고 단호하게, 눈 하나 깜빡이지 않고 다 잊었다고 대답했다. 그래, 나는 모조리 다 잊었다. 5년의 사랑을 한순간에 갈가리 찢고 달아난 매정한 사람 앞에서 아직도 지난 추억을 붙잡은 채 치덕거리는 구질구질한 여자는 되지 않을 것이다. 어디서 무얼 하고 살든 이제 그와 나는 하등 상관없는 사람이다. 다시는 내 눈앞에 나타나지 않았으면, 다시는 그의 입에서 내 이름이 불리지 않았으면.

"나는 이제 나이도 먹을 만큼 먹었어요. 더는 철없이 굴지 않아요."

"……."

"그러니까 앞으로 절대 만나는 일 없었으면 좋겠어요. 난 다 지웠으니까."

"다 지웠다면서, 왜 얼굴 보는 것도 괴로워하는 거지?"

"악연이니까."

"……악연이라."

그는 씁쓸한 코웃음을 뱉었다. 그리고는 미련 없이 내게서 등을 돌렸다. 울타리 밖을 향해 팔을 뻗자 '삐빅' 하는 기계음과 함께 자동차에 시동이 걸린다. 5년 전 나와 함께 대리점에서 골랐던 블랙

SUV는 어느새 잿빛 승용차로 바뀌어 있었다. 여자를 바꿀 때마다 차도 바꾸나 보지, 나는 입꼬리를 비스듬히 올리며 차갑게 웃었다.

"또 보자."

짧은 마지막 말을 남긴 그가 자동차를 타고 산길을 내려갔다. 어떻게든 와인 서른 병 만에 다 잊겠다 몇 번이고 결심했는데, 열일곱 병째 코르크를 딴 오늘, 그 각오는 허망하게 무너지고 말았다. 박지안 씨, 미안한데, 당신과 한 약속은 못 지키겠어.

"흑, 흐윽……."

내 팔을 붙잡고 한 번만 더 이야기 좀 하자고 사정해줬다면, 다 잊었다는 나의 대답에 '내가 아는 민유리는 그럴 리 없어.'라고 말해줬다면 지금쯤 그와 나는 테라스의 나무탁자에 인스턴트커피를 놓고 마주앉아 있었을지도 모른다. 어째서 그는 "너에게 질렸어."라는 말을 하고 돌아설 때와 똑같이 저토록 냉정하게 가버리는 걸까. 정말로 내가 자기를 다 지웠다고 생각하는 걸까? 되새기기 싫지만 나는 내 인생의 5분의 1을 정재원과 함께했다. 그런데 어떻게 고작 서너 달 만에 지울 수 있겠어? 당신은, 5년이나 민유리를 봐온 당신은 어떻게 그 말을 믿어?

"돌아와요……."

새로 바뀐 정재원의 차가 어디를 지나고 있을지를 생각했다. 아직 산비탈을 내려가는 중일 테니 지금이라도 뛰어가 붙잡아볼까. 나를 버리고 그는 전화번호도 차도 바꾸었는데, 내 흔적이 묻어 있는 것이라면 무엇이든 처분하고 싶을 만큼 그는 나를 지독하게 싫어하는데 어째서 나만은 그를 버리지 못하고 몇 달째 술기운 없이는 잠도 이루지 못하는 걸까. 그리고 또 이렇게 그의 얼굴을 잠깐 본 것만으로도 심장이 요동치고 눈물이 마르지 않는 걸까.

"······제대로 돌았어, 민유리."

정신이 멍해질 때까지 울다보니 숯은 이미 재로 변했고 귀동이는 단잠에 빠져 있었다. 참 오래도 징징거렸구나. 몇 개월을 이토록 울어댔으면 마른 풀처럼 푸석푸석해질 만도 한데, 내 몸 어딘가에는 퍼내도 퍼내도 마르지 않는 샘이 있는 모양이다. 징그럽다 정말.

마음을 추스르다 문득, 정재원이 오기 전까지 내가 박지안과 통화를 하고 있었다는 사실이 떠올랐다. 갑자기 전화가 끊어져서 황당했겠군, 그 사람. 바닥으로 추락한 휴대전화를 주워들어 묻은 흙을 툭툭 털어내는데, 떨어지면서 받은 충격 때문인지 전화기의 전원이 나가 있다. 빨간 동그라미가 그려진 버튼을 길게 눌렀다. 액정화면에 밝은 빛이 다시 들어오며 삐릭, 삐릭, 삐릭······. 기다렸다는 듯, 쉴새 없이 문자메시지가 쏟아졌다.

[갑자기 끊는 건 어디서 배운 버릇이냐? 언제 또 나 같은 톱스타랑 통화해본다고.]

[적당히 먹어라, 안 먹던 거 갑자기 많이 먹으면 탈 난다. 병원 갈 차도 없는 게.]

[이 여자 좀 보게, 아직도 전화기 꺼놨네. 술 취해서 귀동이 옆에 뻗은 거 아니야?]

[나 녹화 들어간다. 메시지 보는 즉시 답장 넣어놔라. 부재중 전화라도 띄워놓든가.]

조금 전까지 목놓아 울었던 민유리는 어디로 갔는지, 나는 이내 박지안의 문자메시지를 보면서 피식 피식 웃고 말았다. 온종일 한 끼밖에 먹지 못했다는 그는, 전화선을 통해서라도 팬션 바비큐의 즐거움을 전달받고 싶었던 모양이었다. VIP 행사다, 셀러브리티(celebrity) 파티다 하면서 온갖 좋은 건 다 먹고 다닐 톱스타님이 이렇게 삼겹살에 집착하실 줄은 또 몰랐네.

"거기, 계십니까?"

"악!"

그때였다. 갑자기 얼굴로 혹 다가오는 눈부신 빛 때문에 소스라치게 놀라 비명을 질렀다. 누군가 손전등을 들고 이쪽으로 걸어오고 있었다. 나는 주춤주춤, 본능적으로 뒷걸음질을 쳤다.

"누, 누구세요!"

"지구대에서 나왔습니다. 민유리 씨 되십니까?"

"지, 지구대가 뭔데요? 지구 지키는 거예요?"

"쉽게 말해 파출솝니다. 지구까지는 못 지켜도 동네는 지킵니다."

아하, 파출소. 하도 울어 퉁퉁 부은 눈을 쓱 비비며 내다보니 확실히 제복차림의 경찰 아저씨가 맞다. 무식한 민유리, 지구대도 모르다니……. 그런데 경찰 아저씨께서 이 야심한 시각에 여기까진 웬일이신지.

"신고가 들어왔습니다. 사람이 쓰러진 것 같다고."

"네?"

"어디 편찮으신 데라도 있습니까? 얼굴이 안 좋아 보이는데."

"아, 아니, 괜찮아요."

"정말 괜찮은 거 맞죠?"

"네, 정말 맞아요. 근데 누가 그런 이상한 신고를……?"

"신고하신 분 성함이……."

그는 가지고 온 노란 폴더를 열어 잠시 뒤적거리더니, 손전등을 비추어 서류의 글자를 읽어내려갔다.

"박, 요한 씨라는 분이네요. 아는 분이시죠?"

"……네."

"빨리 가보라고 어찌나 재촉을 하시던지. 혹시 사랑싸움 때문에 전화 안 받으시는 거면 그러지 말아요. 이 시골 산속에 여자친구 혼자 남겨두고 남자친구가 얼마나 걱정되겠어요."

"그런 거 아니거든요!"

소설 한번 잘 쓰시는 경찰 아저씨를 얼른 돌려보내고 황당한 마음에 박지안에게 전화를 걸었다. 일하는 중인지 그는 받지 않았다. 창피하게 경찰이 다 뭐냐며 따박따박 문자라도 보낼까 하다가 그래도 내 신변을 걱정하고 궁금해하는 사람이 있다는 게 어쩐지 감격적이라서, 그리고 조금은 고마워져서 그만두기로 했다. 용달 아저씨에, 정재원에, 경찰에. 오늘은 아마 내가 이 펜션에 온 이후 가장 많은 사람이 드나든 날일 것이다.

웃지 못할 해프닝 발생 며칠 후 박지안은 어쩐 일로 이른 아침부터 펜션에 왔다. 왜 왔느냐고 물어봤다간 내 방에 내가 오는데 뭡느냐는 둥, 욕만 왕창 먹을 것 같아 잠자코 로즈메리에 앉아 번역에 열중하고 있었다. 하지만 얼마 지나지 않아 또 문이 뚫릴 듯 쾅쾅쾅. 아우, 좀 살살 두드리지!

"왜요!"

"너는 사람이 왔는데 인사도 안 하냐?"

"내가 귀동이예요? '다녀오셨어요.' 하면서 꼬리나 살랑살랑 흔들게?"

"네가 하면 귀엽지도 않아."

"즐 드세요!"

쉬러 왔으면 곱게 쉬었다가 갈 것이지 왜 또 살살 시비를 걸어대고 난리래. 저기요, 저는 지성과 미모를 겸비한 엘레강스 레이디로 살고 싶답니다. 댁 때문에 이러다 욕쟁이 할머니 되겠어요.

"밥 좀 줘."

"네?"

"밥 좀 달라고. 어제저녁부터 아무것도 못 먹었어."

"내가 왜 그쪽 밥을 차려줘야 하는 건데요?"

"야, 네 안전을 위해 공권력까지 투입한 내가 고맙지도 않냐? 이거 상식만 없는 줄 알았더니 예의도 없네."

"……젠장. 들어와요."

박지안은 기다렸다는 듯 성큼 로즈메리로 들어와 방 이곳저곳을 휘젓고 다녔다. 실평수 열 평도 안 되는 조막만 한 방에 당최 볼 게 뭐가 있다고 눈을 번뜩이는지. 아, 그러고 보니 박지안이 로즈메리에 발을 내디딘 건 오늘이 처음이다. 이거 괜히 부끄럽고 쑥스럽고 그러네. 방에서 냄새는 안 나겠지? 킁킁.

"핑크……."

"네?"

"너랑 진짜 안 어울린다, 으하하!"

"댁이 다른 방 다 낚아채가서 그런 거잖아요!"

"그럼 남자인 내가 핑크색 방에서 뒹굴리?"

"핑크색 양복 입고 잡지화보도 찍은 주제에."

"그새 또 다 찾아보셨구면? 관심 없는 척하면서 엉큼하기는. 참 이상하단 말이지, 대한민국 여자치고 나 안 좋아하는 사람이 없더라고."

"말을 맙시다."

김치찌개에 넣을 신 김치를 팍팍 써는데, 나조차 귀찮아서 자주 안 해먹는 요리를 왜 밉상 박지안의 한 끼를 위해서 하고 있는 건지 도무지 알 수가 없었다. 아우, 열 받는데 머리카락이나 좀 섞어야겠네.

김치찌개와 통조림 햄, 달걀프라이에 쌀밥이 상차림의 전부였지만 박지안은 식탁까지 씹어 삼킬 기세로 무섭게 먹어댔다. 밥 먹는 사람을 혼자 두기도 뭣해, 나는 그의 맞은편에 앉아 김치찌개만 멍하니 바라보고 있었다. 요리란 정말이지 비합리적이다. 30분, 한 시간을 끙끙대봤자 결국 먹어치우는 덴 10분이면 충분하니 말이다. 라면과 3분카레를 발명한 사람은 인류의 구원자가 틀림없다. 아아, 그 감동적인 효율성이라니!

"내가 그렇게 좋냐? 왜 혼자 헤벌쭉 웃어, 징그럽게."

조금 전까지만 해도 걸신들린 듯 밥그릇에 얼굴을 박고 있던 인간이 언제 그랬느냐는 듯 티슈로 입가를 닦으며 도도하게 앉아 있다.

'3분카레를 생각하니 절로 웃음이 나오네요.'라고 말했다간 진짜 광녀취급 받을 것 같아 잠자코 있었더니 대뜸 "나 너무 좋아하지 마라, 네가 가질 수 없는 남자다." 한다.

"줘도 안 가지고요, 어쨌든 경찰 불러준 건 고마워요."

"응?"

"나 걱정해줘서 고맙다고요."

"아……. 그거 너 걱정해서 그런 거 아닌데."

"그, 그럼요?"

"시체 치우기 싫어서. 너 죽어 있기라도 해봐라. 팬션 왔다가 무슨 낭패냐?"

"뭐라고요?"

"'박지안, 가평 팬션 사망사건에 휘말려.' 이런 기사라도 뜨면 골치 아프잖아?"

"먹은 거 다 토해내요."

"진짜? 여기서? 원한다면……."

목구멍으로 손가락 넣는 시늉을 하는 박지안이 미치도록 얄미워서 식탁 밑의 발등을 콱 밟아주었더니 "악!" 하는 외마디 비명과 함께 그가 자리에서 벌떡 일어난다.

"어머, 벌써 가시게요? 안녕히 가세요, 호호호."

나는 박지안의 등을 떠밀어 로즈메리 밖으로 쫓아내고 방문을 쾅 닫아버렸다. 후후, 아마 지금쯤 박지안은 이글거리는 눈으로 복수의 칼날을 갈고 있을 거다. 민유리, 네가 감히 내 발을 밟아? 이 몸이 얼마짜린지는 알고 그러는 거야!

오늘은 기필코 문 밖으로 나가지 말아야겠다.

"이게 뭐예요?"

하지만 그 결심도 잠시, 밥 먹은 지 몇 시간 되지도 않아 다시 서울로 간다는 박지안이 배웅도 안 할 셈이냐고 고래고래 소리를 질러대기에 나는 결국 못 이기는 척 로즈메리를 나오고 말았다. 몹시 형식적인 표정으로 성의 없이 손을 흔들고 있는데 그가 불쑥 종이 한 장을 내 쪽으로 내민다.

"3집 쇼 케이스 티켓."

"이거 왜요?"

"너, 여기만 처박혀 있으면 우울증 안 생기냐?"

"처박혀 있으려고 온 거거든요!"

"서울 좀 드나들고 그래라. 친구도 없어?"

"없어요."

"얼씨구, 자랑이다."

불행히도 정말 없다. 고등학교 친구들은 전부 고향에 있고, 대학 핑계로 서울에 올라와서는 정재원 뒤꽁무니 졸졸 쫓아다니느라 선후배 사이도 죄다 끊겼다. 정재원이 떠난 서울은 나를 완벽하게 '혼자'로 만들었다. 이러니 내가 서울을 싫어하지. 나는 서울에 갈 마음도, 갈 필요도 없다.

"내일모레야. 시간 맞춰서 와."

"왜 가야 하는데요?"

"그냥."

"서울까지 어떻게 가란 말이에요!"

"차 보낼 테니 타고 와."

"그렇담 한번 고려해보죠, 후후."

굳이 나를 초대하려는 이유는 모르겠지만 차까지 보내준다니 그 핑계로 콧구멍에 바람이나 넣을까 싶다. 에잇, 한 번 가주지, 뭐. 나는 대단한 선심이라도 쓴다는 양 짧고 굵게 후후, 웃었다. 박지안이 어이가 없다는 듯 말했다.

"이 티켓은 돈으로도 못 사는 거야. 복에 겨운 줄도 모르고."

"자꾸 토 달면 옥션에 팔아버리는 수가 있어요."

"……."

"하하하!"

이번에는 뒷짐 진 대감님의 자세로 거만하게 웃었다. 이거 이거, 어쩐지 승리감이 몽글몽글 솟는군. 나는 오른손에 쥔 티켓을 팔랑거리며 로즈메리를 향해 뛰어갔다. "팔면 죽는다!" 뒤통수에서 박지안의 목소리가 요란하게 울려 퍼졌다.

……안 팔아 인간아. 그걸 또 믿니, 순진하게.

04. 우리 유리 우리 형수님

풍선과 플래카드를 한 아름 껴안은 여학생들로 공연장 입구는 인산인해를 이루고 있었다. 어째 여기서 내 나이가 제일 많은 것 같아 괜히 혼자 민망해졌지만 오랜만에 하는 사람구경이 그리 나쁘지만은 않았다. 하긴, 나 역시 학창시절엔 지방공연 납신 연예인들 좀 뵈려고 친구들과 우르르 몰려다니곤 했었지. 한껏 들떠 있는 소녀 떼를 보고 있자니 열여덟의 철없던 내가 생각나 웃음이 났다. 할 수 있다면 시간을 그때로 훌쩍 돌리고 싶다. 그러면 정재원이라는 지뢰는 밟지 않을 수 있을 텐데.

풀린 실타래처럼 끝도 없이 늘어진 줄을 보니 절로 한숨이 터진다. 이거 오늘 안에 입장할 수나 있으려나. 오라고 해서 오긴 했지만 후텁지근한 날에 줄까지 서 있을 만큼 이 쇼 케이스를 볼 열과 성은 없다. 왔다 간다는 인증사진이나 하나 날려주면 그만이지 싶어 전화기를 꺼내 공연장을 찍으려는데 문득 눈앞에 '네가 주제도 모르고 감히 내 공연을 거부해?'라고 할 분노의 박지안이 그려졌다. 그래

뭐, 이왕 왔는데 들어가서 한 곡만 듣고 나오자. 절대 박지안이 무서워서 그런 거 아니다. 이건 다 내가 관대하기 때문이다.

꾸역꾸역 줄어드는 줄을 따라 걷다 보니 어느덧 입구에 도착, 떡 버티고 서 있는 까만 양복의 아저씨에게 소심한 손길로 티켓을 내밀었다. 순간 갑자기 나를 아래위로 유심히 훑어보는 그 남자. 웨이터에게 수질검사 당하는 것 같아 살짝 기분이 상하려는데 아저씨가 누군가와 무전기로 몇 마디 주고받더니 "저쪽으로 가시죠, 안내해 드릴 겁니다."란다. '뭘 안내해준다는 건가요, 저는 그냥 의자에 엉덩이만 살짝 걸쳤다가 나올 건데요.' ……라 말하고 싶었지만, 정신을 차려 보니 어느새 나는 또 다른 양복 아저씨의 손에 이끌려 공연장 안으로 들어서고 있었다.

"이쪽에 앉으시면 됩니다."

"아, 예, 예."

원래 이런 공연은 일일이 자리까지 데려다 주는 건가? 딱딱한 얼굴과는 전혀 어울리지 않는 남자의 친절에 고맙다고 꾸벅 인사를 건넸다. 등받이도 없는 의자가 빽빽이 들어찬 1층 객석과는 달리 2층은 푹신한 극장 시트가 서른 개 정도 놓여 있다. 이거 원, 흰 장갑 낀 손에 망원경 들고 오페라라도 봐야 할 것 같네. 예상치 못한 어색한 분위기가 당황스러워, 나는 고개를 갸웃대며 이쪽저쪽을 살폈다. 그런데 어쩐지 내 왼편에 앉아 팸플릿을 읽고 있는 남자가 어디서 많이 본 듯한 얼굴을 하고 있다.

"유, 유, 유, 윤혁?"

오 마이 갓, 진짜 윤혁이다, 윤혁! 고교시절 내 짝꿍이 하루에도 백번씩 사진에 뽀뽀해댔던 그 아이돌 가수! 어찌나 놀랐던지 손가락으로 삿대질까지 해가며 "윤혁이다!"를 몇 번이고 연발했다. 처음엔 황당하게 웃던 그가 이내 사람 좋은 표정으로 안녕하세요, 한다. 이게 웬일이니, 내가 윤혁 님과 말을 다 섞다니! 세상에!

"아, 안녕, 안녕하세요!"

폭발 직전까지 타오른 얼굴을 감쪽같이 가려주는 컴컴한 공연장에 진심으로 고마움을 표하며, 나는 짝꿍 녀석의 세뇌 덕택에 어쩔 수 없이 외우게 된 윤혁의 프로필을 머릿속에 떠올렸다. 본명 지윤혁, 나이는 나와 동갑인 스물여섯, 그리고 혈액형은 A형에, 키는 182센티미터? 몸무게는…… 70킬로그램! 세상에, 아직도 이런 걸 줄줄 외우고 있다니, 민유리, 너의 천재성은 참 쓸데없는 데서 발휘되는구나!

"박지안 씨와는 어떻게 되세요?"

"네?"

"아, 처음 뵙는 분 같아서."

"아, 그게…….."

"이쪽 자리는 지인들한테 배분된 거거든요. 지안 형이랑 어떻게 아시나 싶어서요."

"아니에요, 잘 몰라요. 그냥 다른 사람 대신 왔어요."

"잘 오셨어요. 오늘 공연 기대하셔도 좋아요."

"그, 그래요?"

"박지안 무대는 늘 최고니까요, 뭐. 데뷔는 제가 먼저 했는데 자꾸 한 수씩 밀리는 것 같아요, 하하."

"어머, 무슨 말씀이세요! 윤혁 씨 하면 끔뻑 죽어나갔던 애들이 몇 명인데요."

"하하, 고맙습니다. 근데 성함이?"

"민…… 유리요."

"유리 씨도 제 팬?"

"네? 네, 그럼요! 완전 팬이에요!"

"농담삼아 한 질문인데 고백받았네, 하하."

그는 열여덟 풋풋했던 시절에 비해 훨씬 성숙한 얼굴로 변해 있었지만, 사진으로 보았던 그 장난기 어린 웃음만은 여전했다. 지금도 예전처럼 인기가 많으려나? 그랬으면 좋겠는데. 집에 돌아가면 당장 검색창에 윤혁을 쳐봐야겠다, 흐흐.

"누나, 안녕하세요!"

순간, 갑자기 벌떡 일어나 90도로 꾸벅 인사하는 윤혁 때문에 나는 적잖이 당황하고 말았다. 이거, 나도 일어나서 인사해야 하는 건가? 뭔 대단한 인물이기에 이러나 싶어 오른쪽으로 고개를 돌리니 하늘하늘한 몸매에 긴 생머리를 한 우아한 여인이 싱긋 웃으며 "윤혁 씨 오랜만이야." 한다. 와, 예쁘다. 얼굴도, 목소리도, 미소도.

가만, 저 사람……. 맞다! 검색 사이트에서 본 '박요안나'와 닮았다!

……가 아니라, 본인이구나.

"안녕하세요?"

"아, 안녕하세요."

예의 그 예쁜 웃음을 보이며 먼저 인사를 건네오는 그녀에게 '박요안나 씨죠? 팬이에요!' 하면서 대뜸 들이대야 하나 말아야 하나 고민하기 시작했다. 하지만 안타깝게도 나는 클래식과는 담을 쌓았기 때문에 어떤 연주가 특히 좋으냐고 물어보기라도 한다면 엄청나게 망신을 당할 게 분명하다. 안 돼! 나의 아이돌 윤혁 앞에서 죽어도 그런 추한 꼴을 보일 수는 없어! 나는 고개를 설레설레 저으며 곧 시작될 박지안의 무대를 기다리는 데 집중하기로 했다. 박요안나가 윤혁과 몇 마디를 더 나누더니 내 어깨를 가볍게 두드리며 말했다.

"아가씨가 민유리 씨 맞죠?"

"네? 어, 어떻게 아셨어요?"

세상에, '타임지가 선정한 주목해야 할 차세대음악인' 박요안나가 내 이름을 안다! 이 무슨 언빌리버블한 일이란 말인가! 이건 정말 가문의 영광이다. 아버지 어머니, 기뻐해주세요, 비록 5년 사귄 남자한테 차이고 방구석에서 궁상만 떠는 딸이지만 이렇게 유명인이랑 친분(?)도 있답니다!

"요한, 아니 지안이가 잘해줘요?"

"네?"

"사귄 지 석 달이라던데. 한창 좋을 때구나. 부러워라."

"무슨…… 말씀……?"

"에이, 벌써 지안이가 다 실토했어요. 유리 씨랑 교제하는 중이라고."

"네에?"

"예전부터 만나고 싶었는데 내가 바빠 이제야 얼굴을 보네. 반가워요, 유리 씨. 우리 지안이 잘 부탁해요."

이 무슨 마른하늘에 날벼락 같은 소린지. 누가 누구와 사귄다고? 내가 박지안이랑 사귀어? 나는 뭔가 단단히 착각하고 있는 박요안나에게 당장 사실을 털어놓으려다가, 아무래도 심상치 않은 낌새가 느껴져 일단 한번 두고 보기로 마음먹었다. 박지안, 도대체 무슨 일을 벌이는 건지.

"혹시 알고 있을지 모르겠는데, 나 얼마 전에 결혼했거든요. 아무래도 결혼하고 나면 동생한테 소홀해지니까⋯⋯. 그래서 얼마나 걱정했는지 몰라요."

"⋯⋯."

"그런데 여자친구가 있다고 하기에 어찌나 맘이 놓이던지. 오늘 소개해준다고 이렇게 티켓 좌석번호까지 맞춰 보낸 거 있죠?"

"그, 그랬군요."

"우리 지안이, 무대 위에서나 TV 안에서는 굉장히 씩씩해 보여도 힘든 일이 많은 아이예요. 울기도 얼마나 잘 우는지, 어려서부터 눈 앞에 안 보이면 내내 불안할 정도였어요."

"네⋯⋯."

"그러니까 유리 씨가 잘 좀 보살펴주세요. 부탁할게요, 누나로서."

"네."

정말 누나로서인가요, 아니면 이루어질 수 없는 사랑으로서인가요. 뭐, 어느 쪽이든 나와는 관계없지만요. 나는 조금 착잡한 심정이 되어 묵묵히 고개를 숙였다.

이제야 알겠다. 박지안이 차까지 보내가며 나를 굳이 이 자리에 부른 이유는 동생 '요한'의 걱정에 맘이 다 타버린 누나를 안심시키기 위함이었다. 미리 자초지종을 설명해줬더라면 더 완벽한 여친 연기를 할 수 있었는데. 아무튼 배려심이라곤 찾으려야 찾을 수도 없는 놈이다.

"뭐야, 지안 형 여자친구였어요?"

"네? 아, 네, 뭐……."

"왜 아무 사이도 아니라고 하셨어요! 이럴 줄 알았음 아까 슬쩍, 박지안의 여성편력이나 읊을걸!"

"윤혁 씨도 짓궂긴."

나를 사이에 두고 두 사람이 까르륵 웃는다. 한결 마음을 놓은 듯 표정이 편안해진 박요안나는 검색 사이트에서 본 사진보다 백 배, 아니 천 배는 더 예쁘다. 반짝이는 눈, 매끈한 콧날, 가녀린 턱선, 뽀얀 피부. 이름만 유리인 나와는 달리 그녀는 정말로 손대면 깨질 듯한 유리공예품 같은 사람이었다. 이런 여자를 옆에 두고 세상 그 어떤 남자가 반하지 않을 수 있을까? 스무 해를 꾹꾹 묵힌 박지안의 힘겨움이 비로소 현실감 있게 느껴지기 시작했다.

"꺄아악!"

갑자기 공연장의 모든 조명이 소등되고 1층에 앉은 관객들이 소리를 질러댔다. 슬슬 공연이 펼쳐지려는 모양이다. 대형 스크린이 켜지고 10, 9, 8, 7, 카운트가 끝나자, 뜬금없이 제법 눈에 익은 여배우의 얼굴이 멀티비전 한가득 클로즈업되었다. 무슨 일인가 궁금해 들여다보고 있는데 이윽고 박지안이 불쑥 등장하여 여배우의 두 뺨을 부여잡고 진한 키스를 하기 시작했다. 매우 자극적이고 또 격정적인 영화의 한 장면만큼이나 아름다운 키스였다.

"유리 씨, 괜찮아요?"

한참 선남선녀의 찐한 러브신에 빠져 허우적대고 있는데 박요안나가 조심스러운 표정으로 내 얼굴을 살펴왔다. 괜찮냐니, 뭐가?

"저 녀석은 여자친구까지 불러놓고 보여준다는 게 키스신이야."

"괘, 괜찮아요, 전."

"이따 만나면 혼내줘요. 그리고 저거보다 훨씬 멋있게 키스해달라고 해. 지안이 키스 잘……."

"……?"

"잘하네, 저거 보니까."

"아, 네……."

박요안나는 잠시 멈칫하는 듯했지만 이내 침착한 얼굴로 돌아가 무대에 시선을 고정했다. 박지안의 키스신에 괜찮지 않은 사람은 내가 아니라 당신 같은데요, 나는 하고 싶은 말을 꿀꺽 삼켰다. 순식간에 나 자신이 초대받지 못한 손님으로 전락해버린 것 같다.

"꺄아악! 박지안! 박지안!"

리프트를 타고 서서히 올라오는 박지안이 보인다. 입고 있는 새하얀 슈트가 조명을 받아 파랗게 빛나고 있다. 스포트라이트 아래 서 있는 그는 무릎 나온 트레이닝바지를 입고 귀동이를 산책시키거나, 내가 끓여준 김치찌개를 들이마시거나, 고기가 먹고 싶다고 전화로 투덜거렸던 그 박지안이 아니었다. 뭐, 확실히 이쪽의 박지안이 훨씬 멋있기는 하지만, 괜스레 원인 모를 섭섭함이 간지럽게 꼬물꼬물 피어오른다.

2층 객석에 앉아 있는 사람 중 누구도 소리를 지르거나 환호를 보내지 않았다. 늘 보는 박지안이니 딱히 특별할 게 없다는 눈치다. 재미없는 공연이 될 것 같아, 나는 조그맣게 중얼거리며 무릎 위에서 살살 손뼉을 쳤다.

　다시는 이런 사랑 하지 말자, 두 손을 놓고 심장을 도려내는,
　수백 번 울고 수천 번 원망하는, 우리 이런 사랑 다시는 하지
　말자, 이런 사랑 하지 말자…….

　오케스트라의 선율에 섞여 흐르는 박지안의 3집 타이틀곡을 들으
며 박요안나는 조용히 눈물을 흘렸다. 오열 대신 열창을 택한 박지
안의 모습이 내 심장 한 구석을 저릿하게 만들었다.

　"와줘서 고마웠다."

　이제는 개 도둑이 아니라 소도둑이 눈독 들일 것 같은 헤비급 귀
동이에게 밥을 먹이는데 은갈치가 스르륵 미끄러지듯 들어와 앞마
당에 섰다. 박지안이 차에서 내리자 귀동이는 먹던 밥도 내팽개치고
꼬리를 흔드는 데 정신이 없다. 이 배은망덕한 놈아! 너를 이만큼 기
른 사람이 누군데!

　"뭐, 볼만했어요. 공짜로 좋은 구경 하고 왔네요."

　"어떤 곡이 제일 좋던?"

　"몰라요, 막귀라서."

　"넌 입도 막입이고, 귀도 막귀고. 도대체 제대로 생겨먹은 게 뭐
냐?"

　첫 곡 시작부터 마지막 곡 끝날 때까지 줄곧 울어대는 박요안나
덕택에 박지안의 노래는 제대로 듣지도 못했다. 눈물이 그렁그렁 맺
힌 채 "우리 지안이 너무 멋있죠?"라며 뿌듯하게 앉아 있는 그녀를
보고 있자니 골머리가 다 쑤셔왔다. 아, 불편해, 빨리 가평으로 돌아
가고 싶어, 박지안에게는 미안하지만 쇼 케이스가 진행되는 한 시간

반 내내 나는 그야말로 가시방석에 앉아 있는 기분이었다.

"누나 얘긴 미리 못 해서 미안하다."

"말 좀 해주지. 완전 놀랐잖아요."

"사실대로 얘기하면 안 온다고 할까 봐."

"나 말고 여자 없어요? 이왕 여자친구 역할을 맡기려면 좀 그럴싸한 사람을 골랐어야지, 댁 같은 사람이 나처럼 평범한 여자랑 사귄다고 하면 퍽도 현실성 있겠네요."

"너, 네가 평범하다고 생각해?"

"그, 그럼 아니에요?"

"넌 평범 이하야."

"……shit."

박지안의 입에서 '넌 결코 평범하지 않아. 네가 얼마나 예쁜지 모르는구나.'라는 이야기가 나오길 0.3초간이나마 기대했던 내가 진짜 바보천치다. 민유리, 얼마나 더 구박을 당해야 정신 차릴래.

"내 부탁 들어줬으니까, 갚아줄게."

"뭘 갚아요?"

"너도 나한테 소원 하나 얘기해."

"됐어요. 별로 소원이라 할 만한 것도 없고."

"나중에 후회하지 말고 하라면 해. 키스라도 한번 찐하게 해줄까? 오프닝에서 했던 것처럼."

"저리 꺼지시죠. 잘하지도 못하더구먼."

"너 이제 판단력까지 상실했구나. 내가 저번 달 잡지에서 '키스하고 싶은 남자연예인' 1위로 뽑힌 걸 모르나 보지?"

"알고 싶지도 않거든요!"

"나 참, 야, 너 당장 눈 감아. 이게 내 자존심을 건드려?"

"아악!"

정말로 키스라도 할 기세로 가까이 다가오는 박지안을 훌쩍 밀쳐 버리고 로즈메리를 향해 냅다 달렸다. 풍선 든 소녀들한테나 가서 그래라, 이 변태 자식아!

"진짜 소원 없어?"

뒤통수에 대고 소리를 지르는 박지안 때문에 멈칫, 뜀박질을 멈췄다. 당최 빚지고는 못 사는 성격인지 참 끈질기기도 하다. 적당히 둘러댈 말을 몇 초간 생각하다 에라 모르겠다 싶어 다시 몸을 돌렸다.

"윤혁, 윤혁 씨 사인 받아다 줘요."

"뭐?"

"팬이거든요. 게다가 그날 공연장에서 내 옆에 앉았었어요."

"너 TV 안 본다며! 윤혁은 어떻게 알아? 나도 몰랐다더니!"

"스무 살 되기 전까지는 그래도 봤어요. 나 고등학교 땐 윤혁 씨가 최고로 인기였거든요. 직접 만나니까 어휴, 어찌나 그냥 광채가 줄 줄 흐르던지. 범접할 수 없는 아우라, 어쩜 좋아!"

"지금은 박지안 시대야. 넌 트렌드도 모르냐?"

"난 유행 같은 거 안 타거든요! 한 번 좋아하면 끝까지 좋아해요."

"대단도 하네."

"그러니까 다음에 올 땐 윤혁 씨 사인 갖고 와요. 아, 추신에는 '유리 씨, 사랑해요'라고 적어달라고 하세요."

"그 나이 먹고 창피하지도 않아?"

"이런 사람들 때문에 밥벌이하는 박지안 씨께서, 그렇게 말씀하시면 곤란하죠."

"어휴."

나는 혀를 날름 내밀어 잔뜩 그의 약을 올리고는 다시 로즈메리로 힘차게 달려갔다. 귀동이 곁에 가만히 서 있던 박지안은 주머니에서 전화기를 꺼내더니 누군가와 열심히 통화하기 시작했다.

"어, 그래. 가평군 북면 도대리 산 13-5. 내비에 찍으면 나온다. 그래, 지금 당장 와라."

갑자기 들이닥친 윤혁의 모습을 보니 어안이 벙벙하다. 박지안의 리퀘스트라도 받은 듯 양손 가득 먹을거리를 사 들고 온 그는 "와, 진짜 좋다"를 연발하며 팬션 구석구석을 구경하고 다녔다. 윤혁의 뒤를 쫓으면서 입 모양으로 "뭐예요?" 하고 물었더니 박지안이 작은 소리로 "왜, 좋아한다며?" 한다. 아, 진짜! 사인 한 장이면 된다고! 사람 민망해지게 꼭 일을 벌여야겠냐!

테라스의 나무탁자에 윤혁이 사온 치킨이며 피자며 샐러드를 풀어놓고는 와인 한 병을 따서 나누어 마시고 있다. 당대의 톱스타 두 사람과 나란히 술을 마시다니 내 친구들이 들으면 기절초풍할 일이다. 분명 '뻥치지 마, 지지배야!'라면서 마구 비웃겠지. 이따 기회를 봐서 인증 샷이라도 한 장 박아놔야겠다.

그런데 참 신기하다. 박지안 얼굴은 백만 번을 바라봐도 민숭민숭한데, 윤혁과는 눈만 마주쳤다 하면 심장이 제멋대로 콩콩 뛰어대니 말이다. 박지안이 이 사실을 알면 '내장기관이 고장 났구나.' 따위의 유치한 시비를 걸어오겠지. 흥, 내 심장은 정직하다고. 아무리 요즘 박지안이 대세라고 해도 지조가 넘치는 나는 원조아이돌 윤혁이 더 좋다 이 말씀이야.

"우리 유리가 왕년에 네 팬이었대서."

"안 그래도 쇼 케이스 때 슬쩍 고백하시더니. 형수님, 영광입니다."

우리 유리? 형수님? 두 남자의 입에서 나오는 어처구니없는 호칭들을 듣고 있자니 닭살이 일렬종대로 줄을 선다. 이 순간만 넘기면 되겠지 싶어 못 들은 척 가만히 앉아 있는데, 이번엔 나란히 앉은 박지안이 팔을 쭉 뻗어 내 어깨에 척하고 올린다. 손모가지 비틀기 전에 당장 치우지 못할까!

"우리 유리가 아직 순진하고 애 같은 데가 있어. 그래서 내가 반한 거지만."

"나도 그런 성격 좋아해요. 요즘엔 하도 약아빠진 여자들밖에 없어서. 형수님, 저 소개팅 좀 시켜줘요. 형수님처럼 예쁘고 순수한 사람으로."

"네? 아, 네……."

순간 '윤혁 님, 저는 안 될까요? 저도 알고 보면 괜찮은 여자랍니다!' 하며 그의 바짓가랑이를 붙잡고 싶어졌다. 참 볼만하겠다 싶어 나도 모르게 피식 웃어버렸더니 갑자기 박지안이 내 뺨을 살짝 꼬집어온다. 아파, 이 자식아!

"우리 유리 기분 좋아? 어때, 윤혁. 웃으니까 더 예쁘지?"

"뭐야, 이 팔불출은. 형 이런 사람이었어?"

"당연하지. 하하."

'또라이, 처웃기는!'이라고 해야 정상인 자식이 뭘 잘못 드셨는지 몇 시간째 장난 섞인 미소를 풀풀 날리고 있다. 피자에 마약이라도 발라왔나, 애가 왜 이 지경이 됐대? 박지안의 180도 변한 행동에 도무지 적응이 안 되어 나는 불편한 표정으로 그저 따라 웃을 수밖에 없었다. 이 사람은 도대체 얼굴이 몇 개인 걸까. 박지안, 뭐가 진짜니?

그렇게 시간가는 줄 모르고 실없는 이야기로 웃고 떠들고 있는데 갑자기 요란하게 울리는 전화벨 소리에 셋 다 일시정지 상태가 되었다. 품 안에서 휴대전화를 꺼내 액정화면을 힐끗 본 박지안이 조금 당황한 낯빛으로 말했다.

"사무실이네. 유리야, 나 전화 좀 받고 올게. 윤혁, 재롱 좀 떨고 있어라."

"하하, 알았어."

좀처럼 그칠 것 같지 않던 끈질긴 전화벨 소리는 박지안이 페퍼민트로 들어가는 것과 동시에 뚝 멎었다. 윤혁과 단둘이 남은 나는 어색해진 분위기를 돌려보려고 식어빠진 닭다리를 집어들어 열심히 뜯는 척을 했다. 쳇, 맛있네 뭐.

"형수님."

"네? 아, 네!"

맞다, 나 '형수님'이었지. 갑자기 불러오는 윤혁에게 화들짝 놀란 목소리로 대답해버리곤 이내 부끄러워 얼굴이 빨개졌다. 침착하자 민유리. 괜찮아 괜찮아, 아이돌이 별거냐!

"제가 쇼 케이스 날 그랬죠? 박지안 여자 얘기나 할걸 하고."

"아, 네······."

"사실 저, 지안 형 데뷔 전부터 봤거든요. 같은 사무실이라서."

"그렇구나."

"벌써 한 5년째 보는 사인데요."

"와, 오래됐구나."

"여자친구 소개받은 거, 형수님이 처음이에요."

"네? 의, 의외네······."

"그렇죠? 사실 지안 형, 겉으로 보면 되게 잘 놀 것 같잖아요. 거기다 좋다고 따라다니는 여자도 여럿이었는데."

"그, 그랬겠죠."

"아, '이라나' 아시죠? 광고모델. 몇 달을 형 뒤꽁무니만 졸졸 따라다녔는데, 눈길 한번 제대로 못 받았어요. 천하의 이라나를 그렇게 취급한 사람은 아마 박지안이 유일할 거예요."

"딱하네요, 그 여자분."

"형수님이랑 인연이 닿으려고 그런 것 같아요."

"그, 그런가요."

박지안의 과거 행적에 대해 조목조목 이야기를 늘어놓는 윤혁은 '나는 인간 박지안을 매우 신뢰합니다.'라는 무언의 메시지를 온몸으로 발산하고 있었다. 그는 박지안이 소개한 첫 번째 여자친구인 내가 다른 여자들이 지니지 않은 특별한 무언가를 가지고 있다고 믿는 듯했다. 윤혁 씨, 미안하지만 나도 별로 박지안의 인연은 아니에요. 나는 그의 말마따나 '평범 이하'의 여자일 뿐이거든요.

"아, 그날 박요안나 씨 봤죠? 지안 형 친누나."

"네."

"둘이 정말 사이가 좋거든요. 남매인 걸 모르고 보면 연인이 아닌가 할 정도로."

"네……."

"아, 오해하는 거 아니죠? 우애예요, 우애. 요안나 누나가 투어 때문에 국내에 잘 없다 보니까 지안 형이 더 애틋하게 생각하는 것 같아요."

"오해 안 해요."

"하하, 나도 참 별 걱정을 다 하네. 사실 예전엔 누나 입국했다 하면 자기 스케줄이고 뭐고 다 제쳐놓고 만나러 가는 바람에 매니저들 여럿, 진땀 뺐었거든요."

"철없네, 박지안 씨."

"그런데 몇 달 전부터는 안 그러더라고요. 남매가 싸우기라도 한 건가 걱정했는데, 형수님 때문이었구나? 이제야 의문이 좀 풀리네요."

'요안나 씨가 결혼을 해서 그래요.'라고 얘기해주려다가 꿀꺽 집어삼켰다. 내 앞에서는 박요안나와 박요한의 오랜 관계를 술술 풀어냈던 박지안이 왜 5년을 넘게 알아왔다는 친동생 같은 윤혁에게는 끝까지 함구하고 있는 걸까. 어쩌면 그는, 이 팬션을 떠나면 두 번 다시 볼 일이 없는 나에게 객기 한번 부린답시고 '질러버렸던' 건지도 모른다. 대숲에서 '임금님 귀는 당나귀 귀'를 수만 번 외쳤던 이름 모를 사람처럼 말이다. 뭐, 이래 봬도 나는 입이 꽤 무거운 편이니까, 안심해도 좋아 박지안.

기나긴 통화 끝에 얼굴이 조금 상기된 박지안이 페퍼민트에서 나왔다. 윤혁은 깨닫지 못한 것 같지만 나는 이쪽으로 걸어오는 박지안의 눈가에 촉촉한 기운이 앉아 있는 것을 발견했다. 그는 페퍼민트에서 사무실 사람이 아닌 박요안나와 통화를 했다. 그리고 전화기 너머의 그녀에게 소리를 지르고, 울고, 매달렸을 것이다. 내가 정재원과의 통화에서 몇 번이나 그랬던 것처럼.

무엇 하나 해결되지 않은 채 황망히 끊어진 전화를 보며 그는 얼마나 큰 허무함을 느꼈을까. 눈물을 추스르느라 서둘렀을 것을 생각하니 입가에 씁쓰레함이 감돌기 시작한다. 좀 더 울고 나와도 되는데, 강한 척하기는.

"둘이 무슨 얘기를 그렇게 재미있게 해?"

아무 일도 없었다는 듯 다시 내 옆에 와 앉은 박지안이 대뜸 자신의 잔에 와인을 가득 붓더니 단숨에 벌컥벌컥 들이켜댄다. "왜? 사무실에서 뭐라고 해?" 하며 묻는 윤혁에게 그는 슬프도록 안쓰러운 미소를 지은 채 "아냐, 아무것도."라고 대답했다. 나는 무심결에, 테이블 위에 올라온 박지안의 왼손을 내 오른손으로 덥석 잡았다. 와인을 마시던 박지안이 깜짝 놀라 내 쪽으로 고개를 돌렸다. 내 눈을 마주하는 새까만 그의 눈동자가 불안한 감정을 숨기지 못하고 좌우로 극렬히 흔들리고 있었다.

"지안 씨, 나 놔두고 무슨 통화를 그렇게 오래 해요?"

나는 장난이 가득 섞인 미소를 지으며 그의 왼손을 더욱 꼭 잡았다. 자그맣게 떨리던 그의 손이 점차 평정을 되찾는 듯했다.

"어휴, 뭐야 이 닭살은!"

윤혁의 농담을 신호탄 삼아 그제야 세 사람 모두 크게 웃었다. 저 멀리 귀동이는 나비라도 쫓는 건지, 좌우를 바삐 오가며 신나게 뛰어다니고 있었다.

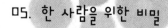

05. 한 사람을 위한 비밀

"……두 번 다시 연락하지 말라고 했잖아요."

- 유리야.

"도대체 왜 이래요! 나한테 무슨 소리가 듣고 싶은 거예요!"

모르는 번호가 액정화면에 뜰 때부터 예감이 좋지 않았다. 요즘 들어 보험에 들라는 둥 인터넷 회사 바꾸라는 둥 귀찮은 전화가 부쩍 늘어 될 수 있으면 낯선 번호로 걸려오는 건 받지 않았는데, 그저 평범한 휴대전화 번호라 안심하고 덜컥 슬라이드를 열었던 게 문제였다.

"전화번호 바꿀 거니까 다시는 연락하지 말아요."

- 업무 때문이야.

그의 말에 피식, 실소를 감출 수 없었다. 정재원과 나 사이에 '업무'를 놓고 할 이야기가 있었던가? 일개 초짜 번역가 나부랭이와 출판사의 차기 사장님이.

- 이번에 네가 번역한 경제서, 수정해야 할 부분이 많아. 국내 사정

과 차이가 심한 부분은 아예 새로 써야 할 정도로.

"그런 건 제가 할 일이 아니에요."

- 프로라면 맡은 일은 끝까지 책임져야 하는 거 아닌가?

프로라면, 여자라면, 정재원의 애인이라면……. 지난 5년간 그는 너무도 간단한 몇 마디로 내 발목에 무거운 사슬을 채웠다. 나는 그것이 족쇄인지도 모르고 그저 나를 향한 관심과 애정이라고만 생각했다. 그래, 재원 씨는 나보다 훨씬 인생 경험이 많은 사람이니까, 나보다 똑똑하고, 나보다 가진 것도 배운 것도 많은 사람이니까. 나는 그가 시킨 대로 무릎 위로 올라가는 스커트도 입지 않았고, 유치한 드라마를 보며 깔깔대지도 않았고, 삼겹살을 상추에 싸서 먹지도 않았고, 술도 두 잔 이상 마시지 않았다. 그의 말이라면 무조건 복종하고 수긍했다. 그런데 지금 나에게 남은 건 뭐지? 끈질기게 잔소리를 늘어놓았던 정재원이 떠나자, 나에겐 아무것도 남지 않았다.

- 아직도 그 팬션에 있니?

"알 거 없어요."

- ……있구나. 차 보낼 테니 타고 와.

"장난해요?"

- 그럼 걸어올 거야?

"걸어가지도, 당신이 보낸 차를 타고 가지도 않을 거예요. 내가 알아서 갈 테니까 괜한 참견 하지 말아요."

결국 나는 또 이렇게, 바보처럼 족쇄를 풀지 못했다.

"3장 같은 경우, 여기 나온 이 경제학 이론이 얼마 전 미국인 학자에 의해 뒤집혔어. 엉터리가 되어버린 거지. 라이선스 계약을 해버린 거라 물리기는 아깝고, 그냥 이 부분만 삭제할 생각이야."

"이걸 굳이 내가 해야 할 이유가 있나요? 이깟 일이랑 번역이 무슨 상관인데요?"

"이 원고, 전부 네가 만들고 다듬은 문장이야. 중간 부분을 들어 낸 티가 나지 않도록 자연스레 연결해야 하지 않겠어?"

……당신은 지우는 게 참 쉽군요. 당신의 삶에서 나와 함께했던 5년은 이제는 쓸모없어진 이 경제학 이론처럼 소리없이 삭제되었겠죠. 그리고는 아무 일도 없었다는 듯 다음 인생을 곱게 풀칠하여 이어붙였나요.

"이왕 맡은 일, 끝맺음까지 잘 부탁해."

"그렇게 깔끔한 끝을 좋아하는 분이 연애의 끝은 참 지저분하게도 맺으셨네요."

"유리야……."

"잘 알아들었습니다. 이메일로 주고받아도 충분했을 이야기를 괜히 여기까지 와서 듣느라 차비만 버렸네요. 이만 가봐도 되겠죠."

"저녁 같이하자."

"체해서 실려가고 싶지 않아요."

커피숍 의자를 박차고 일어서는 나의 손목을 정재원이 움켜쥐었다. 나는 소리를 지르지도, 그의 손을 뿌리치지도 못하고 가만히 굳어 있었다. 어째서 나는 이 사람 앞에만 있으면 아무것도 맘먹은 대로 하지 못하는 머저리가 되는 걸까. 민유리의 인생에서 정재원이란 도대체 어떤 존재로 남은 거지? 이미 관계가 단절된 사람 앞에서 나는 왜 조금 더 단호해지지 못하는 걸까.

"데려다 줄게."

"⋯⋯집어치워요."

차갑게 그를 떼어내고 커피숍 바깥으로 걸음을 옮겼다. 정재원은 미동도 없이 그 자리에 가만히 앉아 있었다. 그래, 고고한 출판사 편집장님은 떠나는 여자를 쫓아 나와 잡는 격 떨어지는 짓은 하지 않으실 테다.

압구정 보도블록의 한가운데에 황망히 서 있자니 나 자신이 한심하게 느껴져 견딜 수가 없다. 나는 그에게 무슨 말이 듣고 싶어서 이 먼 길을 나선 걸까. 지독하게 끔찍한 서울 땅을, 지독하게 끔찍한 기억을 안긴 사람과 만나려고 또 한 번 밟았다. 정말로 나는 정신이 나갔다. 배알도 없다.

내 기분만큼이나 잔뜩 찌푸린 하늘은 금방이라도 비를 쏟아낼 것 같았다. 우산 파는 곳이 어디 있을까, 두리번거리며 거리를 걷는데 성미 급한 먹구름이 똑똑 빗방울을 떨어뜨리기 시작한다. 옛 애인을 만나고 돌아가는 주제에 비까지 맞으면 너무 비참할 것 같아 일단 근처 아무 건물의 처마 밑으로 숨어 들어갔다. 어느 방향으로 뛰어가야 편의점이 나오려나, 눈동자를 열심히 굴리며 계산하고 있을 때.

빵빵, 집채만 한 시커먼 차 한 대가 내 쪽을 향해 사납게 경적을 울려대기 시작했다. 예고 없는 정재원에, 예고 없는 비에, 예고 없는 클랙슨까지. 아, 짜증 나, 짜증 나, 짜증 나!

"야!"

"어⋯⋯?"

새까맣게 선팅된 창문이 내려지자 안에서 박지안의 얼굴이 삐죽 나온다. 맞다, 이 사람, 압구정에 사무실이 있다고 했었지. 하필이면 이렇게 궁상떨고 있을 때 만날 게 또 뭐람.

"네가 왜 여기 있냐?"

"……."

"일단 타."

내 인생 두 번 다신 못 타볼 것 같은 호화로운 대형 밴. 행여 주변에 보는 사람이라도 있을까 봐 두리번거리다 큰맘 먹고 훌쩍 올라탔는데, 뒷좌석은 사방에 널린 옷에, 일회용 식기에, 빈 음료수 캔에……. 정말이지 혼이 쏙 빠질 만큼 지저분했다.

"이 좋은 차를 이렇게밖에 못 타다니."

"내 차 아니니까 상관없어."

"어머, 쿨하기도 하셔라."

"내가 좀 멋있지."

말을 말자 싶어 묵묵히 앉아 있었더니 박지안이 여긴 어쩐 일이냐며 재차 물어온다. 차마 옛 남자 만나러 왔다고는 못 하고 대충 일 때문에 왔다고 둘러댄 채 창문 너머 압구정 거리를 무심히 바라보았다. 나는 정재원과 이 길을 걸으며 커피를 마셨고, 저 극장에서 영화를 보았고, 또 이 레스토랑에서 식사를 했었지. 밴이 스르륵 달릴 때마다 머릿속의 잔영들이 필름처럼 지나가고 있다. 이래서 서울이 싫어. 다시는, 다시는 서울에 오지 않을 거야.

"가평엔 어떻게 가려고?"

"편의점 앞에서 내려줘요. 우산 사서 버스터미널로 가게."

"나 남은 스케줄 하나 하고 가평 갈 거야. 기다렸다가 내 차 타고 같이 가든가."

"빨리 돌아가고 싶어요."

"버스 타고 가서 또 택시 잡아타고 들어가는 거나, 나 기다렸다 같이 가는 거나 시간은 비슷할 텐데."

"……"

"게다가 차비도 공짜고."

"……닥치고 기다릴게요."

그의 마지막 일정은 잡지화보 촬영이었다. 차 잘 지키라는 말을 남긴 채 박지안은 매니저를 대동해 스튜디오로 쏙 들어가버렸다. 나는 쓰레기장을 방불케 하는 광활한 밴 안에 덩그러니 홀로 남았다. 눈이라도 붙일까 하다가 도저히 이런 난지도 같은 곳에선 잠도 오지 않을 것 같아 굴러다니는 까만 봉지를 집어들고 쓰레기를 모으기 시작했다. 온통 탄산음료에, 김밥 도시락에, 도넛 상자에…… 이런 것만 먹고도 몸이 버티는 게 신기할 지경이다. 내가 만들어준 맛도 없는 파전과 김치찌개를 "먹을 만하네."라고 할 때부터 눈치챘어야 했는데. 가평에 돌아가면 있는 재료 없는 재료 끌어모아 뭔가 요리라도 해줘야겠다. 아 그냥, 불쌍하니까.

순간 어디선가 요란한 멜로디가 울려 퍼졌다. 박지안이 입고 왔던 재킷 안에 그의 휴대전화가 남아 있었다. 슬쩍 꺼내 들었더니 액정 화면에 선명하게 'Joanna'라고 뜬다. 안 받으면 끊겠지 했는데 몇 번이고 부재중 전화의 흔적을 남겨대는 게 아무래도 급한 건가 싶어 전화기를 들고 밴에서 나왔다. 스튜디오 문을 열고 살금살금 들어가자, 새하얀 조명 아래서 이런저런 자세로 피사체가 되는 데 열중한 박지안이 보였다.

"좋아, 좋아. 지안 씨, 고개 조금만 왼쪽으로, 좋아."

어딜 가나 저렇게 주목을 받는 사람은 도대체 어떤 기분으로 하루하루를 살아갈까? 있는 듯 없는 듯 그저 그렇게 나이를 먹어온 나로서는 죽었다 깨어나도 그 감정을 알 수 없을 것이다. 오롯이 혼자 있을 수 있는 공간을 만들려고 그 깊은 산골의 팬션을 임대했을 박지안에게 나는 그저 귀찮은 불청객일 뿐이겠지. 어쩐지 미안한 마음이 덜컥 생겨버린다. 내 돈 주고 내가 빌린 집인데 참, 이게 무슨.

"잠깐 쉬었다 하죠."

멀리서 나를 발견한 박지안이 촬영을 중단시키고는 성큼성큼 이쪽으로 걸어왔다. 본의 아니게 일을 방해한 것 같아 당황스럽다. 말없이 전화기를 불쑥 내밀자, 그 역시 말없이 전화기를 받아들었다.

"요안나 씨한테 자꾸 전화가 와서요."

"······그래."

"그럼 나가볼게요."

"배 안 고파?"

"그냥······."

아침부터 정재원의 전화를 받고 서울로 오느라 온종일 아무것도 먹지 못했다. 그나마 다행이랄지 지금은 식욕도 입맛도 없다. 이따 팬션에 도착해 와인이나 마시다 자야겠다 생각하고 있었는데.

"금방 끝나니까 기다려. 저녁 먹고 들어가게."

불청객에게 와인을, 고기를, 저녁을 사주는 박지안은 아마 생각보다 조금은 더 따뜻한 사람일지 모르겠다.

"자냐."

밴 안에서 일이 끝나기를 기다리다 깜빡 졸아버렸다. 한심하다는 얼굴로 차에 올라탄 박지안은 "네 팔자나 귀동이 팔자나 참 상팔자다." 한다. 일하느라 지쳤을 사람한테 따박따박 대들자니 차마 양심에 찔려, 어정쩡한 웃음으로 "그, 그렇죠? 헤헤."라고 대답했다. 입 닫고 침이나 닦으란다. 따뜻한 사람이라고 했던 거 취소다.

"너, 회 먹냐?"

"회요?"

없어서 못 먹지, 이 사람아! 아이고, 생각만 해도 벌써 입에 감칠맛이 도네그려.

"누나랑 이 앞 일식집에서 만나기로 했어."

"……그, 그래요?"

"너 회 안 좋아하면 다른 데 갈 거야. 요안나도 안 만나고."

박요안나와 박지안을 사이에 두고 그 쫀득쫀득한 회를 씹어 삼킬 생각을 하니 벌써부터 명치께가 답답하다. 하지만 내게 두 사람의 만남을 방해할 자격 같은 건 애초에 없겠지. 못 이기는 척 따라가 그냥 젓가락질만 열심히 하다 와야지 싶어 박지안의 제안을 받아들였다. 내 대답이 끝나기 무섭게 그는 대뜸, 누나가 이미 룸도 잡아두고 주문도 해두었으니 너는 그냥 조용히 먹기만 하면 된단다.

"뭐야, 내가 회 안 먹는다고 하면 어쩔 뻔했어요?"

"니가 그렇게 환장하는 고기 먹으러 가야지."

"요안나 씨는 벌써 식당에 가 있다면서요."

"매형도 오기로 했대."

"아······."

신혼부부의 데이트에 '짝퉁 커플'이 끼어도 될지 모르겠지만 이래야 누이의 마음이 편해질 거라고 박지안은 믿고 있는 게 분명하다. 이왕 연극해주는 거 끝까지 제대로 한번 해보자고 나는 마음속으로 굳은 결의를 다졌다. 뭐, 잘하면 나중에 콩고물이라도 떨어지겠지.

"어서 와요, 유리 씨. 더 예뻐졌네?"

더 예뻐진 건 제가 아니라 그쪽이에요, 남동생은 본체만체 두 팔 벌려 나부터 반기는 요안나의 환한 웃음을 마주하며 나는 절로 그렇게 얘기할 뻔했다. 박지안은 내게 방석을 깔아주면서 "누나, 시집 가더니 변했어." 한다. 장난삼아 뱉은 소리 같은데 어째 생각할수록 말에 뼈가 있는 듯하다. 기분 탓일까, 허공을 가득 채운 공기의 농도가 두 사람을 감싸고 있는 부분만 미묘하게 달라져 있다.

"유리 씨, 술 좋아해요? 우리 청주 한 잔씩 할까?"

"누나 술 잘 못 하잖아."

"한 잔 정도는 괜찮아."

"또 업혀 들어가지 말고 그냥 참아. 이젠 내가 못 데려다 줘."

"매형 오는데 어때."

마주앉은 요안나의 얼굴이 굳었으니 박지안 역시 그럴 것이다. 조금만 민감한 화두를 꺼내도 이렇게 어색해할 거면서 기어코 얼굴을 보려는 이유가 뭘까. 정말 잊으려면, 잊고 싶다면 어떻게든 두 사람의 연결고리를 끊어야 하는 거 아닌가? 정재원처럼 차를 바꾸거나, 전화번호를 바꾸거나, 나처럼 시골로 잠적을 하거나. 그래야 적어도 남들한테 잊으려고 애 많이 쓰는구나 하는 동정이라도 사지.

그러다 피식, 나는 그만 실소를 뱉어버렸다. 옛 남자의 만나자는 전화에 이 먼 길을 꾸역꾸역 기어온 내가 무슨 자격이 있다고 남들에게 훈계질인지. 게다가 이 두 사람, 엄연히 동기간(同氣間)이다. 한 부모 아래서 자란 남매가 어떻게 완전히 인연을 끊을 수 있겠어.

스물여섯 해, 살 만큼 살았다고 생각했지만 아직도 세상은 내가 알 수 없는 감정과 사건들 투성이다. 정말이지 머리가 다 아프다. 그러고 보면 민유리, 넌 그동안 참 심플하게도 살았구나. 아이고, 기특도 해라.

"자기, 어디예요?"

급랭된 분위기를 깨고 싶은 건지, 박요안나는 전화기를 꺼내 누군가와 통화하기 시작했다. '자기'라고 부르는 것을 보니 아마도 그녀의 남편인가 보다. 전화하는 모습까지 어쩜 저렇게 아름다울까. 나는 애피타이저로 나온 겨자샐러드는 안중에도 없이 박요안나의 얼굴만을 멍하니 들여다보고 있었다. 다시 태어나면 꼭 저런 모습이었음 좋겠다, 생각하면서.

"들어왔어요? 세 번째 방이에요. 아님 종업원한테 안내해달라고 해요. 응, 내 이름으로 예약했어."

전화를 끊은 그녀는 한층 밝아진 얼굴로 "안 들고 뭐 해요, 유리 씨." 한다. 박지안은 몹시 술이 당기는 표정이었지만 가평까지 운전을 해야 하는 탓에 청주 병만 만지작거리고 있었다. 나는 그의 손에서 병을 빼앗아 박요안나에게 한 잔을 따라주고 내 잔에 가득 자작을 했다. 아니, 이 남매를 보게, 잔 채워줄 생각을 않네. 흥, 귀하신 몸들이라 이거지!

"요안나."

창호지를 바른 문이 조용히 열리고, 등 뒤에서 낮은 음성의 남자가 요안나의 이름을 부르며 들어오는 소리가 들렸다. 이거 어쩐지 기분이 이상하다. 마치 있어서는 안 될 자리에 있는 것 같고, 안 만나도 될 사람을 만나는 것 같고…… 에잇, 모르겠다. 어쨌든 나는 현재 박지안의 여자친구로 설정되어 있으니 박요안나의 남편과도 적당한 사이를 유지해야만 한다. 자, 민유리, 여기에 있는 너는 네가 아니야, 연극배우야. 마음속으로 백번 되새기며 조심스레 자리에서 일어나 뒤돌아섰다. 애써 환하게 웃으며,

"처음 뵙겠습니다, 민유……."

……왜, 어째서, 그곳에 당신이 서 있는 거야, 정재원.

"음식이 입에 안 맞았어?"

박지안의 차를 타고 가평으로 향하는 길, 나는 한마디도 입 밖으로 꺼내지 않았다. 아직도 손끝이, 무릎이 사정없이 떨리고 있었다. 주체할 수 없을 만큼 하얗게 질린 얼굴을 차마 남 앞에 보일 수 없어, 결국 조수석 차창에 머리를 기댄 채 아주 작게 대답했다.

"맛있었어요."

"그런데 왜 안 먹어?"

"속이 좀 안 좋아서."

"청주만 그렇게 들이켜대니까 속이 안 좋지. 비싼 술은 또 귀신같이 잘 안다니까."

처음 뵙겠다며 꾸벅 인사를 하다 정재원과 눈이 마주쳤고 그 즉시 굳게 얼어붙었다. 동요하는 기색 하나 없이 정재원이 멀쩡한 표정으로 내 맞은편에 앉았다. 나는 그 이상 어찌할 바를 몰라 술잔만 붙잡았다.

"반가워요 민유리 씨. 이런 자리에서 다 만나네요."

태연하게 인사를 건네는 정재원을 보고 있자니 오장육부가 뒤틀리는 것 같았다. 당장 문을 박차고 나갈까, 뺨이라도 서너 대 때릴까, 그것도 아니면 들고 있던 술잔을 부어버릴까. 온갖 생각을 거듭했지만 무엇 하나 실행에 옮겨진 것은 없었다. 나는 또 그의 앞에서 그렇게 바보가 되어가고 있었다.

"어머, 두 사람 아는 사이예요?"

"우리 출판사 프리랜서 번역가. 하도 일을 잘해서 고정으로 붙들어 놓고 싶다는 직원들이 한둘이 아니야."

닥쳐, 당신이 뭔데 나에 대해 이러쿵저러쿵 떠드는 거야. 테이블 아래 내려둔 왼손이 사시나무 떨리듯 요동쳤다. 나는 오른손으로 술잔을 쥐어 또 한 번 입가로 가져갔다. 같이 마셔요 민유리 씨, 정재원이 자신의 술잔을 내 쪽으로 내밀었다. 태연하다 못해 뻔뻔하기까지 한 그의 행동에 치가 떨려왔다.

"처남, 우리 이렇게 식사하는 거 처음이지?"

"……그러네요."

"우리 이제 가족인데 자주 좀 보자고. 하긴 워낙 바쁜 사람이니 자수 보자고 조르면 실례인가."

"호호, 재원 씨도 참. 매형이 처남 보고 싶다는 게 무슨 실례예요. 지안아, 누나가 부르면 매일 올 거지?"

"……."

"유리 씨, 유리 씨가 끌고 와줘요. 아, 그리고 지안이한테 끼니 거르지 말라고 잔소리 좀 많이 해요. 내가 자기 식사 때문에 얼마나 걱정하는지 저 녀석은 모를 거야."

"……네."

"유리 씨만 믿을게요."

나는 초점 없는 눈으로 허공을 응시했다. 요안나와 박지안 사이의 비밀, 정재원과 민유리 사이의 비밀이 공중에서 팽팽하게 기 싸움을 하고 있었다. 우스운 건 누가 뭐래도 넷 중 가장 초라하고 하찮은 존재인 민유리가 두 가지 비밀 모두를 알고 있는 유일한 사람이라는 사실이다. 어느쪽의 실이 먼저 툭 끊어질지는 두고 봐야 알겠지만 나는 이 이상 어떠한 전투에도 휘말리고 싶지 않다. 마음을 비우려고 찾은 팬션인데, 어째서 그곳은 나를 이토록 복잡하게 만드는 것일까.

"지안아, 유리 씨랑은 어떻게 만났니?"

"……어쩌다 보니."

"유리 씨, 재원 씨랑 나는 어떻게 만났는지 안 궁금해요? 나 지안이한테도 자세히 얘기한 적 없는데."

"어머니한테 얼핏 들어 알고 있어. 책 출간 때문에 처음 만났다며."

"응. 1년쯤 전인가? 타임지 랭킹에 뽑혔을 때 여기저기서 책 내자는 제안이 많았거든요. 그런데 재원 씨네 출판사 측 기획이 제일 맘에 드는 거예요. 계약금도 약했는데."

"책 핑계로 만나 연애한 거지. 덕분에 이렇게 잘나가는 부인도 얻고 톱스타 처남도 얻고. 난 참 운이 좋은 사람인 것 같아요. 고마워, 요안나."

……세상에. 나의 남자라고 믿었던 정재원은 1년 전부터 박요안나와 만나고 있었단다. 너무나 치밀하게 그는 나와 박요안나 사이를 오갔던 것이다. 문득 작년 크리스마스를 홀로 자취방에서 보냈던 쓸쓸한 기억이 떠올랐다. 회사에 갑자기 일이 생겼다던 그의 변명을 나는 한 치의 의심도 없이 믿었었지. 이런 날도 못 쉬어서 어떡해요, 불쌍한 우리 재원 씨. 그때 안쓰러워하던 내 목소리가 그의 귀엔 얼마나 우습게 들렸을까.

왜 정재원이 5년이라는 긴 시간을 한순간에 난지도에 묻어버렸는지 나는 이제야 정확히 알 것 같다. 박요안나와 견주기에 민유리는 너무도 형편없고 보잘것없음이 분명하다. 그러니 양자택일의 순간, 나는 당연한 듯 박요안나에게 패배했다. 어쩌면 내가 정재원이었더라도 망설임 없이 민유리가 아닌 박요안나를 선택했을 것이다.

차라리 그렇게 생각하고 나니 오히려 마음이 편했다. 감히 대적할 수도 없는 누군가와 모르는 사이에 경쟁을 하고 있었다니, 이런 건 오히려 영광으로 생각해야 하나. 마주앉은 요안나의 아름다운 얼굴을 보며 나는 어울리지 않게 피식 웃어버리고 말았다.

처음 이 일식당에 들어오기 전, 자리를 불편하게 만들 사람은 박요안나와 박지안, 두 사람일 거라 예상했다. 하지만 좌불안석의 장본인은 바로 나였다. 줄줄이 나오는 음식은 안중에도 없이 청주만 들이붓는 나를 심상치 않다 여긴 박지안이 "왜 그래, 컨디션이 안 좋아?" 하고 물어왔다. 나는 대답 없이 고개만 끄덕였다. 박요안나가 걱정 가득한 표정으로 박지안과 나를 번갈아 바라보았다.

그 작은 방 안에서 오직 정재원만 아무런 움직임이 없었다. "우리 먼저 일어나볼게." 하며 박지안이 나를 부축해 나오는 순간조차도. 저렇게나 무서운 남자였구나, 나의 엑스보이프렌드는.

태워줘서 고맙다는 말 대신 피곤하다는 말이 먼저 튀어나왔다. 표정이 썩 좋지 않은 박지안을 뒤로하고 로즈메리로 들어와 침대에 누웠는데 허공에 둥둥 떠다니는 박요안나와 정재원과 박지안, 세 사람의 얼굴 때문에 좀처럼 잠을 이룰 수가 없었다.

내가 이 팬션에 들어와 박지안을 만나지 않았다면 나는 어쭙잖은 여자친구 연기를 하지 않아도 되었을 것이고, 호화로운 일식당에서 정재원과 박요안나의 러브스토리를 들을 필요도 없었을 것이다. 나를 괴롭히는 이 모든 사건이 전부 박지안 때문에 일어난 것 같아 화가 머리끝까지 차오르기 시작했다. 실은 모두 다 내 잘못이라는 것을 알면서도. 과거라는 덫에 묶인 채 갖은 궁상을 떨고 있는 민유리의 자폭임을 알면서도.

끝없이 솟는 상념을 깨뜨리듯 허공에 전화벨 소리가 울려 퍼진다. 머리맡에 놓인 휴대전화를 집어 드니 주소록에 등록되지 않은 번호가 새겨져 있었다. 오늘 아침 나를 압구정 거리로 끌어냈던 바로 그 번호였다. 받지 않고 가만히 내버려 두자 벨이 10분이 넘도록 끊이지 않고 울려댄다. 마치 내가 일부러 피하고 있다는 사실을 알고 있기라도 하다는 양.

　"……왜 전화했어요."

　- 유리야.

　"왜 전화질이냐고요!"

　- ……미안하다.

　나는 미안하다는 말이 싫다. 애초에 미안할 짓을 하지 않으면 된
다. 실컷 밟고 으깨고 뭉개놓았다가 고작 한마디 사과의 말로 아픈
기억을 삭제시키려 드는 게 폭력이 아니고 뭐란 말인가. 이 세상에
서 없어져야 할 두 마디가 있다면 그건 바로 '사랑해'와 '미안해'다.
책임지지도 못할 그딴 부질없는 말들, 아, 정말 싫다. 싫어죽겠다.

　- 1년 전 요안나를 처음 만났어. 너에게는 미안하지만 그녀가 점점
욕심나는 내 마음을 어쩔 수 없었…….

　"듣기 싫어요."

　- 두 사람을 번갈아가며 만나는 나 자신이 참 한심했지. 어떻게든
기회를 봐서 정리해야지, 그렇게 하루하루 죄책감에 시달렸어.

　"듣기 싫다고 했잖아요!"

　- 그러다 갑자기 그녀에게 슬럼프가 왔어. 이유는 모르겠지만, 내가
잡지 않으면 금방이라도 무너질 것 같았지.

　"……."

　- 넌 강해 보였어. 늘 밝고 명랑한 아이였으니. 하지만 그녀는 달랐
어. 내가 헤어지자고 하면 당장 시들어버릴 것처럼.

　"내가 강하다고……?"

　- 그래, 넌 강해. 게다가 넌 아직 어리고 예쁘지. 나보다 더 좋은 남

자를 만날 수 있을 거라 믿었어.

"하, 도대체 당신이란 인간은……!"

나는 강하지 않다. 나는 정재원에게 이별 선고를 받고 도망치듯 서울을 떠났다. 공기 좋은 시골펜션까지 와서도 석 달이 넘도록 지독한 불면증에 시달리고 있고, 때문에 하루도 거르지 않고 술을 마시면서 이러다 알코올중독이라도 되지 않을까 걱정을 거듭하고 있다. 이런 나더러, 강하다니.

당신은 지난 5년간 나의 무엇을 보며 만나 온 거지? 민유리를 제대로, 한 번이라도 제대로 살펴본 적이 있었어? 나는 밝고 명랑하지도, 강하지도, 예쁘지도 않아. 그저 당신만 바라보며 하루하루 지낸 미련하고 멍청한 여자일 뿐이었지. 그런 나를, 당신은, 어떻게 그렇게…….

- 박지안, 아니, 처남이랑은 어떻게 만난 거니.

"그쪽에서 연애사를 다 불었으니, 이제 이쪽에서 불 차례다, 이건가요?"

- 유리야!

"내 이름 부르지 마요. 끊어요."

- 유리야, 잠깐!

"왜요! 왜! 도대체 왜 나를 이렇게 못살게 구는 거예요? 들을 말 없다고 했잖아요!"

세상에 태어나 이렇게 큰 소리를 입 밖에 내어본 적이 있었던가. 그래, 지금껏 단 한 번도 없었다. 나는 원래 목소리가 작은 편이다. 게다가 소리를 지를 일도 목놓아 울 일도 없이 그저 그런 평범한 인생을 살아왔다. 그러니 이런 고함은 내게 어울리지 않는다. 정재원,

제발 끊어줘. 이 전화도, 당신과 나의 연결고리도, 제발 전부 끊어줘.

- ……요안나에게 이야기할 생각이니?

"뭘 말이죠?"

- 우리 비밀……. 지켜주었으면 좋겠다. 물론 전적으로 네 자유지만.

"하, 갈수록 가관이네요."

- 요안나와 난 이미 가정을 이루었어. 그러니 이제 그만 네가 용서해주었으면 한다.

"용서라……. 뻔뻔하기도 하시지."

- 이왕 뻔뻔해진 김에 한마디 더 하지. 주제넘은 말일지도 모르지만, 처남하고도 헤어지는 게 좋을 거야.

"닥쳐요, 더 험한 말 나오기 전에."

- 박지안은 연예인이야. 너와는 사는 세계가 달라. 아마 오래 사귀지 못할 거다. 또다시 사랑 때문에 상처입지 말고, 나는 유리 네가 더 좋은 사람을 만났으면 해.

고양이 쥐 생각한다더니 지금이 딱 그 꼴이다. 정말 가지가지 하는구나, 이 남자. 이젠 콧방귀조차 아깝다.

"아, 내가 박지안과 헤어져야 속이 좀 편하겠군요? 그래야 박요안나와 당신 곁에서 영원히 사라질 수 있을 테니."

- 그런 게 아니라…….

"이거 듣던 중 재미난 소리네. 앞으로 시나리오를 어떻게 써나갈지 고민 좀 해봐야겠어요. 기대하세요, 그럼 이만."

슬라이드를 내리는 것과 동시에 전화기를 힘껏 던져버렸다. 벽에 부딪힌 전화기가 요란한 소리를 내며 바닥으로 추락했다. 맥없이 빠져버린 배터리가 한쪽 구석에서 초라하게 뒹군다. 내 심장도 저렇게 빠져나갔으면 좋겠어, 눈물 섞인 목소리로 나는 조용히 읊조렸다.

펜션 울타리를 꼭꼭 닫고 귀동이의 목줄을 풀어주었더니 녀석은 신난다는 표정으로 앞마당 이쪽저쪽을 열심히 뛰놀았다. 진즉에 이렇게 운동시킬걸, 괜히 이 더운 날 산책이다 뭐다 하면서 진땀만 뺐네. 활기찬 귀동이의 움직임을 보고 있자니 풀썩 가라앉은 기분이 조금이나마 회복되는 듯하다.

"어젯밤에 무슨 일 있었냐?"

반바지에 민소매 티셔츠차림을 한 박지안이 수건으로 젖은 머리를 털면서 페퍼민트를 나왔다. 일찍 서울로 나설 것 같더니 아니었나 보다. 그가 쓰는 샴푸에는 아로마테라피 효과라도 있는 걸까. 박지안이 가까이 다가올수록 어쩐지 마음이 한결 진정된다.

"왜요?"

"소리 소리를 질러대기에 시끄러워 잠을 잘 수가 있어야지."

"……"

"걱정 마, 무슨 말을 하는지 정확히 들리진 않으니까. 그런데 왜 그렇게 꽥꽥댔냐? 옛 애인한테 전화라도 왔어?"

"……"

"맞구나?"

"그게……."

"돗자리 깔까 봐, 나."

박지안은 뿌듯한 표정을 지으며 테라스의 나무탁자에 걸터앉았다. 나의 옛 애인이 지금 자신의 매형이 되어 있다는 사실을 그는 전혀 모르는 것 같았다. 언젠가 그 사람의 이름을 내 입으로 뱉어냈던 적이 있었던 것 같은데…… . 하긴, 요안나의 결혼 때문에 이미 정신이 반쯤 나가 있었던 박지안이 흔하디흔한 그 이름을 제대로 들었을 리도, 기억하고 있을 리도 만무하다. 설령 기억하고 있다 한들, 그 정재원이 이 정재원이라고는 꿈에도 생각하지 못하겠지. 이 상황이 다행인지 불행인지 나는 아직 잘 모르겠다.

"그쪽에서 매달리면 한 번쯤 못 이기는 척 받아줘라."

"뭐라고요?"

"꽥꽥대는 걸 보니 네가 매달리는 건 아닌 거 같고, 그쪽에서 좀 풀어보자고 전화 걸어온 거 같은데. 틀려?"

"……틀려요."

"그럼 네 쪽에서 매달리는 거?"

"절대 아니거든요!"

"그럼 왜 그렇게 박 터지게 싸워? 다시 만날 것도 아닌 사이가."

"…… ."

"묘하네."

고개를 갸우뚱거리는 박지안에게 차라리 모든 것을 사실대로 털어놓고 싶다는 충동이 밀려왔다. 자신이 끔찍하게 사랑하는 한 여자, 단지 '호적'이라는 서류 한 장 때문에 이루어질 수 없었던 소중한 여자가 5년차 여자친구를 배신하고 양다리나 걸치던 형편없는 남자에게 시집갔다는 사실을 알게 된다면 그는 과연 어떤 표정을 지을까.

어쩌면 박지안은 할렐루야를 부르며 환호성을 지를지도 모른다.

그 남자에게서 박요안나를 빼앗아올 수 있는 좋은 핑곗거리를 얻은 셈이니까. 그럼 정재원은 어떻게 되는 거지? 박요안나에게 버림받은 채 초라하고 냄새 나는 이혼남으로 전락하는 건가? 오호라, 이 시나리오 제법 괜찮은데?

"저기요."

"왜?"

"요안나 씨, 찾아오고 싶죠?"

"갑자기 무슨 소리야?"

"다시 되돌리고 싶지 않아요? 박요한의 요안나로."

나는 박지안이 OK라고만 한다면 하나도 빼놓지 않고 사실 그대로를 전해줄 생각이었다. '가요, 가서 그 비열한 정재원을 박 터지게 패고 박요안나를 찾으세요!' 하면서. 어깨를 툭 치며 열과 성을 다해 파이팅이라도 외쳐줄 수 있을 것 같았다.

"아니."

그런데 어째서 박지안은 이 절호의 찬스를 거부하는 걸까.

"왜, 왜요?"

"누나가 행복해 보여."

정재원. 당신 소원대로 나, 비밀을 지킬 수밖에 없게 되었어. 모든 사실이 밝혀져서 가장 힘들 사람은, 당신도 박요안나도 나도 아닌 박지안이 될 것이 분명할 테니까……

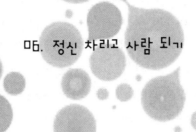

06. 정신 차리고 사람 되기

경제서 번역 마감 이후 정재원의 회사와는 다시는 일하지 않기로 마음먹었다. 그랬더니 졸지에 나는 백수가 되었다.

어린 시절 몇 년간 일본에서 산 적이 있었다. 귀국해서도 별 고민 없이 일문과에 입학했다. 정재원은 이런 나를 두고 부모님께 감사하라고 했었다. 일본어마저 못 했다면 뭐 먹고 살았겠어? 거저 배운 외국어, 행운이라고 생각해라. 가시 섞인 그의 말에 나는 바보같이 웃기만 했다. 자존심 같은 건 조금도 상하지 않은 채.

사실 번역일은 처음부터 정재원의 출판사에서 시작했다. 간간이 매뉴얼이나 팸플릿 같은 사소한 작업들도 했지만 굵직굵직한 수입원은 늘 정재원의 손아귀에서 나왔다. 그는 나의 애인이자, 선배이자, 오너였다. 내 안에 너무도 깊이 자리한 그를 한 큐에 지워야만 한다는 사실을 나는 오랜 시간 받아들이지 못해 무척 괴로워했었다. 하지만, 이제 정말 끝이다, 끝. The End.

시골에 들어와 살다 보니 쓸데없는 지출이 몽땅 사라졌다. 일주일에 한 번쯤 식료품을 주문하는 것 빼곤 그다지 돈을 쓸 일이 없다. 하지만 이렇게 계속 백수로 지내다간 서울에서 빼온 원룸 보증금마저 야금야금 갉아먹게 될 게 뻔하다. 빨리 일을 찾아야지, 하면서도 선뜻 다른 출판사에 연락하지 못하는 나는 아무래도 B형이 아니라 더블에이(AA)형, 아니, 트리플에이(AAA)형이 분명한 것 같다.

귀동이 밥을 챙겨주고 고무호스로 앞마당에 물을 주고 나니 더는 할 일이 없어졌다. 슬쩍 시계를 봤더니 겨우 오후 4시. 아직 해가 창창한데 벌써 와인을 마실 수야 없어 오랜만에 TV나 볼까 싶어 루이보스의 문을 벌컥 열었더니, 기다렸다는 듯 뽀얀 먼지가 콧속을 마구 파고 들어와 천식 환자나 된 양 쿨럭쿨럭 기침을 했다. 으악, 이번 주 청소회사 오는 날엔 절대 까먹지 말고 꼭 루이보스도 부탁해야지.

하는 수 없이 최후의 보루인 페퍼민트로 들어갔다. 빈방에 대고 "실례합니다!" 인사하는 내 모습이 조금 우습고 또 조금 창피했다. 침대 위에 아무렇게나 놓인 리모컨을 들어 TV를 켜니 갑자기 "우와아악!" 하는 소리가 스피커를 타고 들려온다. 애 떨어질 뻔했네, 이게 무슨 난리야? 자세히 들여다보니, 학창시절 한창 많이 봤던 음악 프로그램이 진행 중이었다.

대여섯 명쯤 되는 댄스가수들이 카메라를 향해 방실방실 웃고 있는데, 가사는 하나도 귀에 들어오지 않을 뿐더러 현란한 춤사위에 머리까지 다 멍해진다. 나 정말 많이 늙었구나. 한때는 토씨 하나 틀리지 않고 저런 노래를 다 외우던 시절도 있었는데. 예를 들면, 윤혁이 불렀던 댄스곡 같은 거 말이다. 트렌드조차 버겁게 느껴질 만큼 나이를 먹었다는 게 와락 실감이 나 괜히 기분이 묘해졌다. 아직 스물여섯밖에 안 된 주제에 노인네처럼 이게 뭐람.

시끌벅적한 댄스그룹이 무대를 마치고 들어갔다. 이제 좀 조용해지겠지 했더니, 아까보다 두 배는 커진 괴성이 고막을 마구 찔러온다. "이번엔 또 어떤 놈이야, 애들 목 다 터지겠다." 하고 투덜대고 있으니 순간 화면에 낯익은 얼굴이 쑥 튀어나온다. 뭐야, 박지안이잖아?

……이런 사랑 다신 하지 말자느니 뭐라느니 지지리도 궁상맞은 노래를 부르는 박지안을 향해 방청객의 소녀 떼들은 뭐가 그리 좋은지 난리법석이다. "사! 랑! 해! 요! 박! 지! 안!", 잠시도 쉬지 않고 고래고래 고함을 질러대는 통에 노랫소리가 다 묻힐 정도다. 얘들아, 너희 '오빠'가 프로방스풍 커피잔으로 소주를 원 샷 하시는 건 알고 있니? 맛도 없는 파전을 맨손으로 뜯어 우악스럽게 잡수시는 건 알고 있니? 박지안의 팬 카페에 이 사실을 알려 소주를 박스째 선물로 받아볼까, 갖은 망상을 거듭하고 있는데 문득 열창하는 박지안의 얼굴이 무척이나 처연하게 다가왔다.

저렇게나 자기를 사랑해주는 사람들이 많은데도 그는 어째서 사랑해서는 안 될 단 한 사람을 사랑하는 걸까. 객석에 앉은 수많은 이들을 잘 살펴보면 요안나만큼 예쁘고 착한 여자도 어딘가 있을지 모른다. 그런데 박지안은 왜 하필이면 박요안나일까, 지지리 복도 없이. 그리고 보면 저 사람 인생도 참 기구해, 나만큼이나. 아니지, 나보다 더 기구한 것 같기도 하고…….

"이번 주 영예의 1위는 박, 지, 안, 씨! 축하합니다!"

박지안이 1등을 했고 트로피와 꽃다발을 한 아름 받았다. 소감 한마디 해달라는 진행자에게 그는 "사무실 식구들 고맙습니다, 팬 여러분 사랑합니다." 같은 진부한 이야기를 건넸다. 앙코르 무대에 들어서는 박지안을 보며 나는 조그맣게 "쳇, 재미없어." 하고 읊조렸다. 그리고는 스르륵, 무거워진 눈꺼풀을 내리깔았다.

"아무튼 이 귀동이 같은 팔자."

얼핏 들려오는 말소리에 놀라 번쩍 눈을 떴더니 박지안이 팔짱을 끼고 떡하니 서서 엎드려 자는 나를 내려다보고 있다. 저기요, 니 노래가 너무 지루해서 깜빡 잠든 거거든요.

"어, 언제 왔어요?"

"지금."

"미안요. 조금만 보다 나가려고 했는데."

"뭐 봤는데?"

"제목이 뭐였더라. 생방송 음악축제?"

"그거 보려고 들어온 거야?"

"트니까 나오던데요."

"나 1등 하는 거 봤냐?"

"뭐, 별로 보고 싶진 않았지만……."

"축하는?"

"축하해요. 근데 기념파티 같은 거 안 해요? 은혜로우신 사무실 식구들과 팬들한테 한 턱씩 쏴야죠."

"하루이틀 하는 1등도 아닌데 새삼스럽게 파티는."

"열나 잘났네."

잘난 척 대마왕 박지안을 살짝 흘겨주고 주섬주섬 페퍼민트를 나

오려는데 갑자기 그가 테이블 위에 올려져 있던 무언가를 내게 불쑥 내밀었다. 투명하고 찬란하게 반짝이는 그것은 몇 시간 전 무대 위에서 MC에게 건네받은 축하 트로피였다. 와, 실제로 보니까 더 예쁘네. 좀처럼 트로피에서 눈을 뗄 수 없어 황홀한 얼굴로 서 있는데.

"이거 너 가질래?"

"네? 왜, 왜요?"

"나 이런 거 많아."

"재수 없어."

"그 대신."

"그 대신?"

"밥 줘."

"네에?"

이 자식이 두어 번 해줬더니 얻어먹는 데 재미 붙였나, 이젠 아주 내 얼굴만 보면 밥 타령이네!

"나 그쪽 식모 아니거든요!"

"오늘은 정말 한 끼도 못 먹었단 말이야!"

"그래서 나더러 어쩌라고요!"

"밥 줘!"

갑자기 짜증이 훅 치민다. 도대체 박지안네 회사는 어떻게 생겨먹은 데야! 소속가수가 기특하게 1등을 따왔는데, 파티는 못 해줄망정 저녁도 안 먹어? 에라, 이 개념 없는 회사 같으니!

"미안한데, 먹을 거 없어요."

"왜!"

"저번 주에 배달온 것도 다 떨어졌고, 세다가 나 요즘 긴축재정 들어갔단 말이에요. 이제 와인도 소주로 바꿔야 할지 모른다고요!"

"너 돈 없냐?"

"뭐, 아주 없는 건 아니지만…… 이제 백수 됐으니 아껴야 해요!"

"백수? 으하하!"

"좋단다, 흥!"

분을 이기지 못하고 씩씩거리며 페퍼민트를 나섰다. 내가 백수 된 게 그렇게 고소하고 쌤통이냐, 이 나쁜 자식아! 너 미워서라도 내일 당장 새 출판사 알아본다!

여름밤을 밝히는 달이 챙하고 떴으니 벌써 꽤나 늦은 시간인가 보다. 그러고 보니 아침에 라면 하나 끓여 먹고 여태 아무것도 못 먹었다. 으으, 배고파, 박지안 저 자식은 자기 배만 고픈 줄 알겠지.

테라스에 서서 달구경을 하다 힘없이 로즈메리로 들어가려는 순간 박지안이 페퍼민트의 문을 열고 밖으로 나왔다. 편안한 티셔츠와 반바지차림의 그가 두 번째 손가락으로 자동차 열쇠고리를 뱅글뱅글 돌리며 장난스런 표정을 지었다.

"나 고기 먹으러 갈 건데. 집 지킬래, 같이 갈래?"

"……."

"집에 있겠다고?"

"사! 랑! 해! 요! 박! 지! 안!"

나는 박지안보다 먼저, 그의 자동차를 향해 전속력으로 뛰었다.

"고기 먹으러 간다면서요?"

은갈치가 멈춰 선 곳은 언젠가 비가 오는 날 함께 들렀던 읍내 마트의 지하주차장이었다. 갈빗집에 가서 소갈비를 잔뜩 시킬 거라 굳게 마음먹고 있었는데, 갑작스런 박지안의 진로 변경에 나는 심히 실망하고야 말았다. 에잇, 김새게 이게 뭐야!

"장봐서 밥해."

"네에?"

"바깥 음식 먹어버릇하면 못 써."

"저기요, 도시락에 햄버거에 도넛 포장지만 잔뜩 있던 밴 뒷좌석, 아직도 기억에 생생하거든요!"

"잔말 말고 장 봐."

박지안은 내 말을 무시하고 시동을 끄더니 훌쩍 차에서 내렸다. 나는 기겁을 하면서 따라나서 "그쪽도 가게요?" 하고 물었다.

"내가 두더지냐? 땅굴에 숨어 있게."

바짓주머니에서 새까만 선글라스를 꺼내 얼굴에 척 걸친 박지안은 긴 다리로 성큼성큼 마트 입구를 향해 걸어갔다.

"난 몰라요! 소녀 떼들한테 밟혀도!"

……엥, 없네.

소녀 떼는커녕 장보는 아주머니들도 몇 없는 한적한 매장 광경에 나는 조그맣게 안도의 한숨을 내쉬었다. 맞벌이다 뭐다 하며 늦은 시간에 장을 보는 건 서울에서나 있는 일인지, 가평읍내의 마트는 9시 즈음하여 벌써 폐장할 것 같은 분위기였다.

박지안은 카트 하나를 밀기 시작하더니 지나가는 족족 "이거 먹어야지.", "이것도.", "이것도 맛있겠다."를 연발하며 주워담아댔다. 어느새 카트는 채소에, 과일에, 냉동식품에, 갖가지 식재료들로 넘쳐났다. 보다 못한 나는 잽싸게 입구로 달려가 빈 수레 하나를 더 끌고 왔다.

"이걸 다 어쩌려고 사는 건데요?"

"먹으려고."

"언제 다 먹어요!"

"먹다 보면 먹히겠지."

아무리 생각해도 사치고 과소비다. 도대체 뭘 얼마나 드시려고 두 수레 가득 먹을거리를 산단 말인가! 이 인간, 기껏 담아놓고 돈 없다며 나한테 계산하라고 하는 건 아니겠지?

"저기요."

"왜?"

"요즘 음반 시장 불황이라던데."

"그런데?"

"돈벌이는 좀 되세요?"

"뭐, 예전만 못한 것 같지만."

"가수가 음반 못 팔면 뭐 먹고 살아요? 밤무대? 지방행사?"

"음…….. CF?"

"얼마 받는데요?"

"한 5억? 확실히는 모르겠네, 계약은 사무실에서 하니까."

5억…….. 5억이 뭐지? 돈인가? 애 이름인가? 젠장, 소고기나 사러 가자. 내가 지금 주제도 모르고 누굴 걱정하는 건지!

"아주머니, 세상에서 제일 맛있는 부위로 주세요!"

"호호, 아가씨. 그렇게 말하면 내가 어떻게 줘."

"그냥 여기 있는 것 중 제일 비싸고 제일 때깔 좋은 걸로 주세요!"

"그럼 한우로 가져가. 꽃등심?"

"네! 그거요! 그거 주세요!"

15초짜리 CF 한 편에 5억을 받아 잡수시는 박지안 님이니 이 정도는 빌붙어도 되겠지. 나는 죄다 먹어주겠다는 전투적인 기세로 진열장 안의 살코기들과 열심히 눈싸움을 했다. 전의를 불태우는 내 모습을 보며 박지안이 피식 웃었다.

"아주머니, 삼겹살도 주세요."

"어머 총각, 얼마나?"

"한 50인분?"

응? 뭐? 며, 몇 인분? 50인분? 아니, 이 사람이 미쳤나!

"으악, 그걸 다 뭐 하게요!"

"자주 사러 나오기 귀찮으니까 얼렸다 먹게. 그래도 되죠?"

"그럼 그럼. 이거 신선한 생삼겹이라 잘만 얼려두면 오랫동안 맛있게 먹을 수 있어."

"거 봐."

결국 꽃등심 10인분과 삼겹살 50인분을 카트에 싣고 얼빠진 얼굴로 계산대로 향했다. 식료품으로 가득 찬 카트 두 대를 끄는 나와 박지안의 모습은 흡사 일행을 대표해서 장을 보는 MT 온 대학생, 아니 야유회 온 회사원 같다. 태어나 한 번도 지불해본 적 없는 어마어마한 금액을 보고 입이 쩍 벌어졌지만 박지안은 별거 아니라는 듯 덤덤히 신용카드를 내밀었다. 계산대에 서 있던 중년의 아주머니가 고개를 갸우뚱하더니 그의 얼굴과 내 얼굴을 번갈아 살핀다.

"저 혹시, 가수 박지안?"

"······!"

"맞구나! 어머 웬일이야, 웬일이야!"

"쉿!"

당황해서 얼굴이 하얗게 질린 것은 당사자가 아닌 내 쪽이었다. 박지안은 캐셔 아주머니를 향해 한껏 미소를 지으며 손가락을 자신의 입술로 곱게 가져다 댔다. 그가 취하는 행동을 보던 캐셔 아주머니가 놀랍게도 똑같이 "쉿" 하며 부동자세가 되었다.

"여자친구랑 놀러 온 거예요?"

옆 카운터에서 들을세라 소곤소곤 이야기하는 캐셔 아주머니의 행동이 나이가 무색도록 귀엽다. 하지만 괜한 오해는 금물, 행여 박지안에게 피해라도 끼친다면 큰일이지. 아니에요, 전 박지안 씨 회사 직원이에요 하려는데,

"아주머니, 비밀입니다!"

"알아, 알아. 가수도 연애는 해야지. 아이고, 아가씨, 참 예쁘기도 하지."

예상치도 못한 박지안의 대답에 너무 놀라, 그만 그 자리에 털썩 주저앉을 뻔했다.

"아깐 왜 그런 소릴 했어요?"

1개 중대는 먹을 법한 어마어마한 양의 식재료를 사 들고 팬션으로 향한 시간은 밤 10시였다. 이 시간에 뭐 먹으면 살찌는데 싫으면

서도 트렁크에 실린 때깔 좋은 삼겹살 생각에 군침이 멈추질 않는다. 들어가자마자 바비큐 통에 숯불을 지필 작정을 하고 있는데, 문득 캐셔 아주머께 건넨 박지안의 마지막 말이 머릿속에 떠올랐다.

"무슨 소리?"

"계산원 아주머니한테……."

"아, 그거."

"이상한 오해라도 사면 어떡해요?"

"순진하네."

"네?"

"그런 사이 아니라고 해봤자 믿을 것 같아?"

"엥?"

"사람은 자기가 믿고 싶은 것만 믿게 되어 있어. 보아하니 그 아줌마, 우리가 연인이라고 철석같이 믿는 것 같던데. 먹히지도 않을 변명을 주절주절 늘어놓는 건 시간낭비잖아?"

"그래도 아닌 건 아니잖아요."

"왜, 사실이었으면 좋겠어?"

"그런 게 아니라!"

어쩌면 그의 말이 정답이었다. 스캔들 터진 연예인들이 아무리 해명을 해도 나 역시 '진짜면서.' 하며 의심하곤 했으니까. 얼떨결에 나는 박지안의 '의혹의 여인'이 되어버렸다. 캐셔 아주머니가 괜한 소문을 내지 않기를 바랄 수밖에 없는 퍽 불쌍한 처지에 놓인 것이다.

"괜히 나 같은 사람이랑 소문나면 박지안 씨도 창피할 텐데."

"너 같은 게 어떤 건데?"

"평범…… 이하?"

"알긴 아네."

"씨이!"

"걱정하지 마."

"네?"

"소문이라는 거, 생각보다 쉽게 나는 거 아니니까."

"다행이네요."

한두 번 겪는 일이 아니라는 듯 박지안은 덤덤하게 나를 안심시켰다. 하긴, 그간 크고 작은 가십에 어디 한두 번 시달려봤겠어. 하지만 지나치게 평범한데다(아니, 평범 이하인데다) 전형적인 민간인인 나는 이런 일들이 도무지 적응되지 않는다. 앞으론 죽었다 깨어나도 박지안과 같이 다니지 않을 거야, 나는 두 주먹을 불끈 쥐며 굳게 다짐했다.

뒷마당에서 가져온 바비큐 드럼에 숯을 가득 넣고 활활 타오르도록 불을 지폈다. 밤 11시에 고기파티라니, 몸매관리에 영혼이라도 걸 것 같은 톱스타 박지안에겐 너무도 어울리지 않는다. "얼굴 부으면 어떡해요?" 물었더니, 내일 스케줄은 밤에 하는 라디오 하나밖에 없으니 괜찮단다. 자긴 잘생겨서 좀 부어도 된다나. 흥, 부어 터져버려라.

"톱스타는 엄청 바쁜 줄 알았는데 박지안 씨는 왜 늘 한가해요?"

"나도 바쁠 땐 바빠."

"다른 연예인들은 과로로 실려가고 그러잖아요."

"뭐, 예능 하거나 지방행사 뛰면."

"그쪽은 안 해요?"

"안 해도 돼. 그래도 걔들보다 더 버니까."

……뻥이다, 뻥.

발갛게 달아오른 숯이 타닥타닥, 노랗게 익어가는 삼겹살이 지글지글. 온갖 맛있는 소리를 쏟아내는 바비큐 드럼을 박지안은 젓가락을 입에 문 채로 초조하게 바라보고 있다. 진짜 어지간히 먹고 싶었나 보네. 얼른 익어라, 얼른 익어. 기다리다 저 남자 속 다 타겠다.

"너, 라디오는 듣냐?"

"안 듣는데요."

"그러다 진짜 은둔형 외톨이 된다."

"방 밖으론 자주 나오니까 괜찮아요."

"내일 밤 10시, 생방이야. 들어."

"로즈메리에 라디오 없는데요?"

"인터넷으로 들어, 인터넷! 너 도대체 지금이 몇 년도라고 생각하는 거냐?"

"한 번도 안 해봤는데……. 아이 씨, 귀찮게."

"좀 문명인답게 살아라. 암자에 있는 스님들도 너보단 낫겠다."

"흥!"

청취율 조사기간이라도 되는지, 박지안의 새삼스런 라디오 타령에 콧방귀를 한 번 뀌어주었다. 애꿎은 고기만 이리 뒤적 저리 뒤적 하고 있으니 드디어 다 익은 삼겹살이 고소한 냄새를 솔솔 풍겨온다. 귀동이 밥그릇에 잘 익은 몇 점을 던져주고는 다른 한 점을 쌈장을 듬뿍 찍어 상추에 고이 쌌다. 입이 터져라 집어넣는 순간, 우아앙! 이것이 바로 천국의 맛!

하지만 나보다 더 고기를 먹고 싶어했던 박지안은 보는 사람도 식욕이 떨어질 만큼 깨작거리고 있었다. 젓가락으로 비계 떼어내는 건 스무 살 계집애들이나 하는 짓이라고! 나는 버럭 흥분하며 두 팔을 동동 걷어붙이고 '민유리표 상추쌈'을 만들기 시작했다. 상추 한 장, 깻잎 한 장을 겹친 다음, 고기 두 점에 쌈장에 푹 찍은 풋고추와 마늘을 얹고, 불에 구운 김치 한 조각을 얹어 꼼꼼하게 잘 싸서…….

"자, 먹어봐요."

"너, 이게 입에 다 들어갈 거라고 생각하냐?"

"사람 입이라는 게 의외로 크답니다!"

"됐다, 너나 먹어라."

"어우 참! 그렇게 자꾸 깨작대니까 고기맛 다 떨어지잖아요!"

인상을 팍 쓰는 내 얼굴을 보더니 박지안이 잠시 멈칫했다. 그러다 못 이기는 척 입을 벌리고는 내가 내미는 상추쌈을 받아먹는데……. 맛있지? 맛있을 거다. 어이구, 그냥 황홀해 죽겠다는 표정이네. 이봐 총각, 오늘 내 덕분에 신세계를 경험한 줄 아셔.

"예술이죠?"

"뭐…… 괜찮네."

"고기는 그렇게 먹는 거라고요."

나는 어깨를 으쓱으쓱 하며 부지런히 상추쌈을 싸기 시작했다. 이젠 만날 이렇게 먹을 거야, 이렇게. 하루가 멀다 하고 정재원 꽁무니를 쫓아 삼겹살집 다니기 바빴지만 한 번도 맛있게 먹어본 적이 없었다. 앞으론 절대 삼겹살 앞에서 어울리지도 않는 고상한 척, 우아한 척 따윈 하지 않을 거다.

"너…… 진짜 맛있게 먹는다."

씹어먹어도 시원찮을 정재원을 떠올리며 상추쌈을 우걱우걱 먹고 있는데 갑자기 박지안이 내 얼굴을 보며 신기하단 투로 말했다. 놀리는 건지 감탄하는 건지 모를 박지안의 목소리를 듣자마자 우습게도 목구멍에서 무언가가 울컥해왔다. 추하지 않아요? 천박하지 않아요? 여자는 이렇게 먹으면 안 되는 거 아니었어요? 나는 그에게 묻고 싶었지만 차마 할 수 없었다. 입을 떼는 순간, 목소리에 눈물이라도 섞여 나올 것만 같아서.

"천박하다. 유리야, 넌 절대 저러지 마라."

"너…… 진짜 맛있게 먹는다."

활활 타오르는 뜨거운 숯불 앞에서, 복잡 미묘한 마음이 왔다갔다하고 있었다.

"아우, 이 자식은 진짜!"

와인 한 잔을 곁에 두고 컴퓨터 앞에 앉아 어젯밤 박지안이 이야기했던 라디오를 들으려는데, 어느 방송국에서 하는 프로그램인지 모르겠다. 제대로 좀 가르쳐주든가! 결국 공중파 라디오 홈페이지에 모두 접속해보고서야 가까스로 박지안이 게스트로 나오는 프로그램을 찾았다. 열 받아서 확 듣지 말아버릴까 하다가 지금까지 찾으러 다닌 노력이 아까우니 그냥 켜놓고만 있기로 맘먹었다.

"지안 씨는 요즘 어떤 게임 하세요?"

"전 인터넷게임은 하지 않고 콘솔게임을 주로 합니다. 그…….

축구게임 아시죠? 위닝 뭐뭐뭐."

"어머, 그렇구나. 지안 씨가 축구게임 하는 모습을 상상하니 어쩐지 잘 어울려요!"

"하하, 썩 잘하지는 못합니다."

뻥 치신다, 마우스 딸깍대며 고스톱 치는 거 다 봤는데! 지금 국민오락 고스톱 무시하나요? 올인 당했다고 징징거릴 땐 언제고, 쳇.

"어제 음악프로그램에서 1위 하신 거, 축하한단 메시지가 게시판에 가득해요."

"감사합니다."

"지안 오빠, 방송 끝나고 뭐 하셨어요? 축하 파티는 하셨어요? 라고 아이디 지안사랑 님께서 물어보시네요."

"집에 가서 쉬었습니다, 하하."

"엣, 정말요?"

"네. 같이 사는 친구가 고기를 구워줘서 가볍게 한잔했어요."

"와, 좋았겠다. 하긴, 밖에서 불편하게 먹는 것보다 역시 집이 최고예요."

"그런 것 같아요. 예전엔 안 그랬는데 요즘은 시간만 나면 집에 가고 싶어지고."

"어머, 그거 나이 들었다는 증거인데."

"하하."

장가 갈 나이가 다가오니 이젠 '가정적인 남자'로까지 보이고 싶나 보다. 새삼스레 무슨 집 타령이래, 멀쩡한 오피스텔 놔두고 애먼 산골 팬션이나 빌린 사람이.

"노래 한 곡 듣고 가죠. 어제 당당히 1등을 차지한 박지안 씨의……."

"아, 제 노래 대신 신청곡 좀 틀어주세요."

"어머, 따로 듣고 싶은 곡 있으세요?"

"윤혁……."

"아, 윤혁 씨 새 음반 말씀하시는구나."

"아니, 새 노래 말고 윤혁 씨 데뷔곡. 갑자기 그 노래가 듣고 싶
네요."

"우와, 벌써 10년쯤 된 곡이죠? 저도 학창시절 푹 빠졌던 노래
예요. 최 PD 님, 준비되나요? 아, 밖에서 OK 사인 들어왔네요.
그럼 나갑니다. 영원한 아이돌 윤혁의 데뷔곡, '너를 내 곁에'."

우와! 바로 이 노래다, 내가 유일하게 줄줄 외는 윤혁의 히트곡!
짝꿍 지지배가 어찌나 지지배배 불러댔던지, 외우려고 외운 게 아니
라 저절로 외워졌다는 게 차라리 정답. 뭐, 어찌 되었든 간만에 추억
의 노래를 들으니 감회 한번 새롭다. 어르신들이 '가요무대'를 보면
이런 느낌일까? 아악! 나이 먹기 싫어!

쿵작쿵작 10년 전의 촌스런 비트에 맞춰 고개를 까딱거리다 나도
모르게 어깨까지 슬쩍슬쩍 흔들었다. 정말 오랜만이다, 이렇게 가벼
운 기분으로 밤을 보내는 건.

박지안과 헤어지라느니 어쩌라느니 온갖 추태를 부렸던 정재원의
전화를 받은 이후 나는 오히려 마음이 한결 편해졌다. 그래, 민유리
는 정말 지뢰를 밟은 거였어. 내가 모자라고 부족해서 이 사달이 난
게 아니야. 정재원은 원래 그런 형편없는 놈이었던 거야. 난 그저 그
지뢰를 너무 오래 밟고 있었을 뿐이야…… 이렇게 생각하니까 이제

정재원을 새까맣게 잊을 수 있을 것 같기도, 지루한 불면증을 고칠 수 있을 것 같기도 했다. 물론 마음먹은 대로 잘 될지는 미지수지만.

"오랜만에 이 노래 들으니까 정말 신나네요."

"그렇죠?"

"그런데 이 곡, 가사만 보면 별로 밝은 노래는 아니에요. 옛 애인을 잊지 못하는 여자지만 어떻게든 내 곁에 붙잡아두고 싶다, 뭐 이런 내용인데……."

"윤혁 군은 십 대 때 잘도 이런 노래를 불렀네요. 뻔뻔하기도 하지."

"하하, 윤혁 씨와 지안 씨, 정말 친하신가 봐요."

"이제 그만 제 곁을 떠나줬으면 좋겠습니다."

"하하하."

이것 보세요, 박지안 씨. 윤혁 씨가 너랑 놀아주는 거거든요! 윤혁 빼고는 친구도 없는 주제에 잘난 척은.

"지안 씨는 헤어진 연인을 어떻게 잊으세요?"

"저요?"

"설마 연애도 안 해봤다고 하시는 건 아니죠?"

"연애라……. 글쎄요……."

"머뭇거리는 걸 보니 연애 제대로 해보셨구나! 어떻게 잊으셨어요, 옛 연인?"

"……안 잊습니다."

"그럼요?"

"생각이 나면 그냥 생각나는구나, 합니다."

"하지만 괴롭잖아요. 자꾸 보고 싶고 만나고 싶고."

"잊으려고 애써도 봤는데, 우연히 마주치기라도 하면 그간의 노력이 전부 허사가 되더군요. 그래서 그냥 시간에 맡기곤 합니다. 생각이 다 닳아 없어질 때까지."

"와, 쿨하신데요."

"뭐, 생각하는 데 돈 드는 것도 아니니까요."

"하하."

쿨하긴 개뿔. DJ 아가씨, 저분은요, 아직도 요안나 전화만 오면 울고불고 난리를 치는 인간이랍니다. 요안나 마음 편하게 해주려고 애먼 나까지 자기네들 연애사에 끌어들인 인간이죠. 그래서 결국, 망할 놈의 정재원하고도 마주치게 한 인간이 바로 저 자식이라고요! 아, 생각하니까 또 열 받네!

삐릿, 갑자기 울리는 기계음에 흠칫하고 작게 몸을 떨었다. 나는 요즘 전화기에서 소리만 울렸다 하면 깜짝깜짝 놀라곤 한다. 행여 정재원에게 걸려온 것일까 봐 액정화면을 확인하기도 껄끄럽다. 하지만 다행히도 그날의 통화 이후 정재원으로부터는 소식이 없었다. 그래, 저도 양심이 있으면 다시는 연락 못 하겠지. 어디 또 한 번만 진상 부려봐라, 박지안 마음이 상하고 뭐고 간에 확 다 불어버리고 바라는 대로 시원하게 사라져줄 테니까.

[듣고 있냐?]

이거 뭐야? 어안이 벙벙해져서 화면을 들여다보니 액정화면에 박지안이라는 이름이 선명하게 뜬다. 우와, 진짜 신기해! 라디오 방송에서는 박지안의 목소리가 나오고, 휴대전화로는 박지안의 메시지가 뜨고. 어쩐지 실감이 나질 않아서 컴퓨터 모니터와 전화기 액정화면을 번갈아 바라보았다. 역시 21세기는 놀라워. 아니, 박지안은 놀라워.

[재미없어서끄려고요말주변열나없어]

[끝까지 들어.]

[윤혁노래한곡더틀어주면]

[기다려.]

입으로는 마이크에 열심히 떠들고 있으면서 손으로는 휴대전화를 만지작거리고 있을 그의 모습을 생각하니 어쩐지 웃음이 나왔다. 마치 선생님 몰래 책상 서랍 안에서 문자메시지를 보내는 철부지 고등학생 같다. 뭐 귀엽기는 한데, 이봐요 박지안 씨! 방송 너무 거저 드시는 거 아니고?

"같이 사는 친구가 얼마 전에 실연을 당했어요."

"어머, 그 고기 구워주셨다는 친구분?"

"네. 그래서 몇 달째 폐인인데."

"그분 상처 많이 받으셨겠어요. 지안 씨도 곁에서 지켜보기 안쓰러우시죠?"

"불쌍하긴 한데 한편으론 참 미련하죠."

"아니, 왜요?"

"그 친구 옆에 이전에 만난 사람보다 더 괜찮은 사람이 분명히 있거든요. 내 눈엔 너무 잘 보이는데 그 친구는 전혀 못 보고 있네요."

"어머, 안타까워라."

"옛 사람을 자꾸 떠올리면 돈은 안 들지만 눈은 머는 것 같아요. 좀처럼 주변을 살필 생각을 못 하니."

"그러게요."

"그만 정신 차리고 힘내라고 전해주고 싶었어요. 본인은 물론이고 주위도 좀 제대로 둘러보라고. 아, 이거 방송을 너무 개인적으로 쓰는 건가."

"어우, 아니에요. 사실 지안 씨, 워낙 무대 위에서 카리스마가 넘치는 분인지라 처음 뵈었을 땐 좀 멀게 느껴지기도 했거든요. 그런데 윤혁 씨와의 해프닝을 전해듣거나 지금처럼 같이 사는 친구분 이야기하실 때를 보면 굉장히 따뜻하고 다정한 분인 것 같아요."

"그런가요?"

"나도 지안 씨랑 친해지고 싶다!"

"우리 이미 친한 거 아니었어요? 하하."

"어머, 정말요?"

"그런 의미에서 노래 한 곡만 더."

"뭐든 말씀하세요, 뭐든!"

"윤혁의……."

"또요? 하하."

아쉽지만 박지안 씨를 보내드려야 한다는 매우 상투적인 클로징 멘트와 함께 귀에 익은 윤혁의 노래가 흘러나오고 있다. 나는 마구 엉키는 머릿속과 덜컹거리는 심장을 애써 부여잡고 노래가 끝나기도 전에 라디오 플레이어를 후다닥 꺼버렸다.

실연의 상처를 잊고자 매일 밤 술을 마신다고 고백한 그날, 그는 나에게 작은 위로조차 건네지 않았다. 대신 꾸역꾸역 자기 울기에만 바빴다. 게다가 몇 달째 부닥치는 지금도 따뜻한 말 한마디는커녕 눈만 마주쳤다 하면 구박만 일삼고 있는 그다. 그런데 무슨 연유에 선지 박지안은 나에게 힘내라는 메시지를 전하려고 무려 공중파 라디오를 동원했다. 이렇게까지 할 필요는 없는데 싶을 만큼 그는 나에게 어마어마한 놀라움을 안겨주고 있었다. 아이고, 힘을 안 내려야 안 낼 수가 없군.

　[들었냐.]

　[위로감사]

　[한 줄로 요약해봐. 잘 들었는지 체크해보자.]

　[미련한폐인아정신차리고사람좀돼라]

　[그게 다야? 네가 들은 게?]

　[또뭐가있었는데요?]

　밤 12시, 그와 주고받던 문자메시지는 이렇게 끊어졌다. 이 야심한 시각에 또 다른 스케줄이라도 있는 건지 박지안은 더는 답장이 없었다. 그의 메시지를 기다리던 나는 잔에 남은 와인을 꼴깍 삼키고 그대로 잠이 들었다. 박지안의 말처럼 이제 진짜 정신 차리고 사람 좀 되어야지, 굳게 다짐하면서.

사랑이다, 사랑이 아니다

#1

"브라보!"

쏟아지는 기립박수 속에 빨간 드레스를 입은 요안나가 활짝 웃으며 목례를 한다. 뉴욕 현지 오케스트라와의 협연은 이번에도 대성공이다. 요안나는 얼마 전 세계적인 잡지에서 '차세대음악인'으로 선정되었다. 내가 받는 '가요대상' 따위는 요안나의 영예에 비하면 아무것도 아닌 셈이다. 그래서 나는 더 행복하다. 영원히 내 여자일 박요안나, 그녀가 행복하니까.

"어땠어?"

"Perfect."

긴장이 풀려 한층 표정이 밝아진 요안나의 이마에 살짝 입을 맞추었다. 이 정도 키스는 한국에서도 할 수 있잖아, 샐쭉이는 요안나의 입술이 너무나 아름다워 나는 한참을 멍하니 바라보기만 했다.

"왜 그래, 창피하게."

"뭐가 창피해."

"쑥스럽잖아. 쳐다만 보고."

"이제부터 할 거야. 눈 감아."

서서히 감기는 요안나의 눈꺼풀에 키스했다. 발갛게 상기된 뺨에도, 예쁘게 솟은 코끝에도. 그리고 나의 체온을 애타게 기다리는 그녀의 입술에도. 나는, 미치고 싶을 만큼 그녀를 사랑했다. 나의 하나밖에 없는 누나, 박요안나를.

정신병이라고 생각했다. 패륜도 이런 패륜이 없다고, 머리가 크면서부터 줄곧 나 자신을 학대했다. 박요한, 이 개만도 못한 놈아, 어떻게 네가 한 부모 밑에서 나고 자란 사람을 사랑할 수 있어, 어떻게.

끔찍할 만큼이나 부모와 누나, 그리고 나는 닮은 구석이 없었다. 아담한 키와 하얀 피부를 가진 그들에 비해 나는 또래보다 키가 훌쩍 컸고 얼굴이 가무잡잡했다. "왜 나는 아빠랑 다른가요?" 하고 물으면 아버지는 늘 내가 돌아가신 할아버지를 닮았다고 대답했었다. 멍청하게도 나는 그 말을 철석같이 믿었다.

스물한 살에 내 출신성분이 '주워온 아이'라는 사실을 알게 되었을 때 나는 오히려 웃었다. 모든 것이 너무도 쉽게 해결되었다. 나는 드디어 요안나를 마음껏 사랑할 수 있는 자격을 얻은 것이다. 이름을 바꿈과 동시에 성당에 발길을 끊었다. 지난 20년간 나를 마음껏 가지고 놀았던 이기적인 신이시여, 안녕히. 나는 두 번 다시 조물주 앞에 나가지 않을 것을 다짐했다. 그래야만 아무런 죄책감 없이 평생 요안나를 사랑할 수 있을 것 같았다.

그녀의 결혼식 날짜가 확정된 날, 망설임 없이 가평의 펜션을 임대했다. 연예인 하기 참 힘들어, 너도나도 불면증이네. 담당의사가 아무렇지도 않은 표정으로 하루에 한 알씩만 먹으라며 건네준 수면제 통은 조수석 글러브 박스 안에 고이 모셔져 있었다. 백 알쯤 삼키면 되려나. 매스컴에 추한 꼴 보이기 싫으니 이왕이면 한 큐에 끝내고 싶은데.

요안나, 당신의 결혼식 날 나는 이 세상에서 사라질 거야.

#2

"어푸! 어푸! 자유형! 박태환 선수, 선두에 달리고 있습니다, 후우, 후우……. 배영! 네, 마치 한 마리의 수달 같죠?"

대낮부터 술이라도 마신 건지, 생긴 건 말짱한 여자가 침대에 누워 어린애 같은 장난을 치고 있었다. 펜션 주인이 말했던 관리인이 바로 이 여자인가. 당연히 나이 지긋한 남자일 거라고 생각했는데, 예상치 못한 젊은 여자의 모습에 나는 크게 당황했다. 어쩐지 조금씩 계획이 뒤틀리는 것만 같다. 오랫동안 세워왔던 박지안의 자살계획이.

원맨쇼에 버금가는 여자의 움직임을 지켜보는데 슬쩍 웃음이 나왔다. 이 정도라도 웃어보는 게 얼마 만인지, 떠올려보니 까마득하다. 괜히 말을 걸었다간 저쪽도 나도 창피해질 것 같아 웬만하면 알아서 눈치챌 때까지 기다려주려고 했지만, 슬슬 접영까지 돌입하는 걸 보니 아무래도 말리지 않으면 밤새도록 저럴 모양새다.

"또라이냐?"

뱉어내 놓고도 아차 싶다. 이렇게까지 막말을 하려고 했던 건 아니었다. 하지만 이내 미안한 마음을 접었다. 죽기 직전의 놈이 체면이고 예의고, 차려서 무엇 하나.

그제야 나를 발견하곤 벌게진 얼굴로 후다닥 달아나는 여자. 부끄러움을 아는 걸 보니 정신은 제대로 박혀 있군. 어이없는 웃음을 지으며 문을 닫고 방에 들어왔는데, 방금 나간 여자의 것으로 보이는 갈색 긴 머리카락이 눈 안에 가득 들어온다. 요안나, 당신의 머리카락이 아닌 거 아는데, 내 가슴은 왜 이리 아픈 거지.

"잠깐 나갔다 올 테니 청소해놔. 내가 주운 네 머리카락만 벌써 두 개니까."

민유리. 침대에서 수영하는 이상한 여자의 이름이었다. 그녀가 '가수 박지안'을 모른다는 소리에 처음엔 피식 콧방귀를 끼었다. 하긴, 간혹 가다 그런 여자들이 있긴 했다. 어머, 누구세요? 전 그쪽 잘 모르겠는데. 바빠서 텔레비전 같은 거 안 보거든요……. 주로 나이트클럽에서 부킹하다 만난 여자들이 그렇더군. 나이트 다닐 시간은 어디서 나셨는지.

그런데 이 여자는 정말로 나를 잘 모르겠다는 눈치다. 아니, 어디서 본 사람 같긴 한데 딱히 부러 떠올리기 귀찮다는 낌새라고 해야하나. 차라리 잘됐다. 괜히 오빠, 오빠거리며 꺅꺅대는 것보다야 훨씬 낫지. 팬이에요 어쩌고 하는 여자에게 시퍼렇게 질린 내 시체를 발견하게 하는 건 아무리 생각해도 좀 잔인한 짓이다.

테라스의 탁자에 혼자 앉아 사이다잔에 와인을 따라 마시던 민유리는, 방해하지 말라는 경계의 자세를 취하더니 와인병을 들고 제 방으로 들어가버렸다. 어쩐지 저 여자, 안색이 별로 좋지 않다. 요양이라도 온 건가? 아니지, 아픈 사람이 저리 술을 마실 리는 없고. 하, 어쩐지 점점 미스터리하게 느껴지는 여자다.

별로 비싸 보이지도 않는 와인을 하도 맛있게 마시고 있기에 얼떨결에 다가가 같이 마시자고 할 뻔했다. 박지안, 함께 술 마셔줄 상대가 그렇게도 필요한 거냐. 한심하기 짝이 없군.

"비 오는데 파전 좀 부쳐봐. 아, 소주도 네댓 병 사 오고."

그런다고 정말로 사올 줄은 몰랐는데 마트 상호가 찍힌 비닐봉지 너머로 대파 한 단이 슬쩍 삐져나와 있었다. 우당탕탕, 쾅쾅, 벽 너머로 온갖 요란한 소리를 내던 민유리는 잠시 후 페퍼민트의 문을 두드리더니 정체를 알 수 없는 밀가루 떡을 턱하고 내밀었다. '파전'이라며. ……이게 어딜 봐서.

"왜 이렇게 안 끝나지. 빨리 집에 가고 싶은데."

"집에 꿀이라도 발라놨냐?"

"엄마가 잡채 해놨대."

"씨, 좋겠다. 내 동생은 라면밖에 안 끓여줘."

"박요한, 네 야식은 뭐냐?"

수험생활에 찌든 고3 교실의 야간자습시간은 코밑이 시커먼 징그러운 녀석들의 불평으로 가득했다. 어머니의 잡채, 여동생의 라면에 한순간 기분이 나아지는, 몸만 어른이고 생각은 아직 꼬맹이인 철없는 녀석들. 사업을 하는 부모님과 첼로로 바쁜 누나를 둔 나는 녀석

들이 진심으로 부러웠다. 교복 주머니에는 만 원짜리가 그득했지만
내겐 라면 하나 끓여줄, 달걀 하나 부쳐줄 사람이 없었다. 사춘기 객
기를 핑계로 술을 사다 마시고 담배를 사다 피워도 누구 하나 말려
주지 않았다.

"왜 자꾸 먹어요? 먹지 마요!"

"뭐, 토할 정도는 아니네."

……사실은 먹을 만하다. 아니, 맛있다. 진심으로.

#3

"한 잔 안 할래?"

……박지안의 마지막 술인데.

"안 해요!"

"후회하지 마!"

미안하다, 본의 아니게 뒷정리 같은 걸 시켜서.

"안 하거든요!"

미안해.

이름을 알게 된 것도, 이야기를 나누게 된 것도, 술잔을 함께 기울이게 된 것도 불과 며칠 지나지 않은 낯선 당신에게 이렇게 난처한 일을 떠넘겨서 미안해. 내일 아침 나를 발견하면 많이 놀라겠지. 행여 당신의 기억 속에 내 마지막 모습이 상처가 되지 않았으면 좋겠다. 터질 것 같은 고름 덩어리를 껴안고 가는 건 나로서 끝났으면 좋겠는데, 나는 또 누군가에게 원치 않은 흉터를 남기고 가게 되는구나.

남몰래 감추어두었던 수면제 통은 이미 차가운 소주병 옆에 나란히 세워져 있다. 이제 이것만 삼키면, 이것만 내 몸에 흡수되면 모든 것이 끝난다. 오늘 낮 요안나가 입고 있었을 하얀 드레스처럼 내 의식은 하얗게 변해갈 것이고, 이 진부하고 구차했던 낡은 사랑도 비로소 하얗게 바랠 것이다.

하지만 어쩐지 울컥 눈물이 쏟아졌다. 몇 달을 계획해온 오늘인데, 어째서 나는 실전을 앞두고 이토록 나약해지는 걸까. 박요한으로 살아온 21년, 박지안으로 살아온 그 후의 삶…… 모든 게 '박요안나'라는 한 사람 때문에 그 가치를 잃어가리라 생각하니 가슴이 먹먹해진다. 내 인생의 주춧돌이었던 그녀, 내 삶의 뿌리였던 그녀. 그녀를 잃는 순간 내 전부를 잃었다고 생각했건만…… 이 지긋지긋한 세상을 향한 몹쓸 미련이 스멀스멀 올라온다. 내일이면 안색이 새파랗게 질릴 민유리의 얼굴이 그 속에 뒤섞였다.

"좀 더 취해야겠어."

지천으로 널린 소주 몇 병을 가지고 밖으로 나왔다. 선선한 밤바람이 코끝을 간질인다. 나는 밤을 좋아했지. 늦은 시각까지 레슨을 받는 가련한 누나를 데리러 가는, 자전거를 쌩쌩 달렸던 그 밤을 좋아했지.

"결혼 축하해, 요안나."

- 지안아…….

"행복해?"

- ……응. 타히티 섬…… 참 예뻐.

"타히티……. 나랑은 안 갔던 곳이네."

- ……미안, 이만 끊을게.

"아니, 끊지 마. 요안나, 끊지 마."

- 그이가 불러.

"동생이랑 통화도 못 해?"

- 나 신혼여행 중이야. 흔들지 마.

"……"

- 잘 지내, 내 동생…….

"씨발!"

소리를 질러도, 욕을 해도 소용없다. 그녀는 이미 다른 이의 여자
가 되었다. 사랑하는 여자를 다른 남자에게 보내는 것도 모자라, 그
남자를 죽을 때까지 '매형'이라고 불러야 한다니 도대체 이게 무슨
삼류영화 같은 이야긴가.

전화기를 내던지고 소주를 입 안에 들이붓는데 등 뒤에서 바스락
거리는 소리가 들려왔다. 옆방 여자였다. 요안나와 나의 통화를 들었
을 텐데도 놀라는 기색을 하지 않는 걸 보니 아직 상황파악을 제대
로 못 하고 있는 것 같다. 둔하기도 해라. 이게 얼마짜리 기삿거리인
줄 알면 기절할 텐데.

"우습지?"

"뭐, 뭐가요?"

죽지도 못하고 미적거리는 내가.

술기운에서 비롯되었을 새삼스런 고해성사를 마친 후, 눈물을 흘
리는 로즈메리의 민유리를 품에 안았다. 이별 때문에 불면증에 시달

린다고 털어놓는 그녀는 애처로울 만큼 앙상한 어깨뼈를 가지고 있었다. 지지리 궁상떠는 인생이 여기 하나 더 있었군. 그녀와 나의 포옹이 마치 구제받지 못한 자들의 초라한 몸부림처럼 느껴진다. 어떤 사랑을 했는지는 모르겠지만, 박요한보다는 덜 아프고 덜 유치할 테니까 힘내 아가씨. 오랜 시간 그녀와 입을 맞추며 나는 마음속으로 그렇게 어울리지 않는 위로를 건넸다. 박지안은 죽지만 민유리는 이겨내길 바라면서.

"내가 여동생이 하나 있거든요. 나랑 다섯 살 차이 나는 어린앤데…… 얘가 네 살 땐가? 우리 이모아들, 그러니까 사촌오빠한테 빠져서는 시집가겠다고 울고불고……."

듣자 듣자 하니 위로 한번 기가 막힌다. 그러니까 이 아가씨, 지금 내가 네 살짜리 자기 여동생과 정신연령이 같다고 말하는 건가? 이거 화를 버럭 내야 할 것 같은데 어쩐지 피식 웃음이 터져버린다. 머쓱한 표정을 짓던 그녀가, 또 한 번 조심스레 입을 연다.

"나 여기 처음 들어온 날이요…… 우연히 창고에 갔다가 농약병을 봤어요. 해골무늬 그려진 제초제. 마당 가꾸려고 사장님이 사두신 것 같더라고요."

뜬금없이 민유리가 제초제 이야기를 꺼내왔다. 나는 애써 놀라움을 삼키며 두 귀를 기울였다. 설마, 내가 짐작하는 그건 아니겠지.

"먹고 죽을까, 생각했었죠."

젠장, 짧은 욕지기를 삼키며 나는 눈을 감았다. 시선을 어디에 둬야 할지 몰랐다. 민유리는 스물여섯이라는 나이가 무색하게 말괄량이 같은 구석이 차고 넘치는 사람이었다. 비록 그녀를 알게 된 지 얼마 되지 않았지만, 천성이 밝고 명랑하다는 것을, 주변 사람까지 기분 좋게 만드는 재주가 있다는 것을 나는 어렴풋이나마 느낄 수 있었다. 그런 그녀가 죽겠다는 마음을 먹었다니. 이 어둡고 음침한 박지안처럼, 자살을 하겠다 했었다니. 도무지 믿을 수가 없다. 잘못 들은 것만 같아 몇 번이고 고개를 저었다.

"……그렇게 죽어버리면, 나 스스로 민유리 인생은 연애 빼면 시체라는 걸 증명하는 꼴이 되잖아요. 그럼 내가 지금껏 해온 공부는? 지금껏 벌었던 돈은? 지금껏 사귀었던 친구들은? 다 아무것도 아닌 건가?"

그때였다. 울컥, 심장쯤에서 올라오는 뜨거운 기운이 머릿속을 어지럽혔다. 민유리는 불과 몇 시간 전 내가 페퍼민트에서 했던 생각들을 청명한 목소리로 재현하고 있었다. 구차한 집착일 뿐이라 치부해도 멈출 줄 모르고 자꾸만 솟아났던 삶에 대한 상념들이 그녀의 입을 통해 맑게 울려 퍼졌다. 두 손이 떨려왔다. 가슴이 요동쳤다. 박지안 이 미련한 자식아, 너의 인생에 요안나를 빼면 정말 아무것도 남는 게 없는 거냐. 정녕 그런 거냐.

"난 조용한 이곳에서 모든 감정을 슬렁슬렁 넘기는 법을 배우고 있어요. 괜한 잔걱정에 시달리지 않고, 어설픈 고민에 괘념치 않는 법을. 물론 잘 안 돼요. 가끔은 울컥하고 심장에서 화기가 올라오기도 하고, 아직 술기운이 없으면 잠도 못 자거든요. 하지만 조만간 나아질 거라 믿어요. 이곳에 있다 보면 언젠가는 그 남자를 만나기 전의 왈가닥 민유리로 다시 돌아갈 수 있으리라 믿어요."

쑥스러운 듯 작게 웃는 그녀를 보자 눈물인지 미소인지 모를 무언가가 내 얼굴 위를 맴돌기 시작했다. 나는 조용히 속삭였다. 갈 수 있을 거야, 당신이라면 예전의 즐거웠던 시절로 돌아갈 수 있을 거야. 문득 그녀가 부러워졌다. 불행히도 내게는 돌아갈 '예전'이 없으니까. 나는 양부모에게 입양된 핏덩이 때부터 본능적으로 요안나를 사랑했다. 스물일곱, 이제 와서 그 시절로 돌아갈 수는 없지 않은가.

"박지안 씨도 날 좀 닮아봐요, 얼른 나아질 수 있을 테니까. 아, 죽을까 말까 했던 멍청한 생각은 빼고."

내 인생에서 요안나가 존재하지 않았던 시간은 1분 1초도 없었다. 옛 연인이 없던 과거로 기억을 돌리고 싶다는 바람은 나에게는 어울리지 않는 것이었다. 나는 그 사실이 괴로워 스스로 세상과 등지고자 했다. 사는 게 죽는 것보다 더 힘들 거라 믿었다. 그래서 사람들의 눈을 피해 산골로 몸을 숨겼다.

하지만 우연히 만난 한 여자가 대뜸 나에게 자신을 좀 닮아보라 한다. 얼른 나아지라고, 아픔은 다 잊으라고, 죽겠다는 생각도 버리라고. 아직 본인의 상처도 모두 치유하지 못했으면서 그녀는 나를 향해 끊임없이 위로 아닌 위로를 건네고 있었다. 이상하다. 바위처럼 딱딱하게 굳었던 심장이 그 목소리에 조금씩 동요한다. 갑자기 정말 민유리를 닮아보고 싶다는 마음이 생기기 시작했다. 차근차근 생채기를 회복해나가는 왈가닥 아가씨의 용기 있는 발걸음. 나는 문득 그 발걸음을 부지런히 따르고 싶어졌다. 어쩌면……. 나는 더 살고 싶었던 걸까. 실은 나 자신을 포기하고 싶지 않았던 걸까…….

"민유리."

"네?"

"……죽지 말자, 유치하다."

그 말에 민유리가 소리높여 까르르 웃는다. 불쑥 오른손을 내밀자 그녀가 자연스럽게 내 손을 맞잡고 위아래로 씩씩하게 흔든다. 서늘한 피부 너머로 오가는 그녀와 나의 따스한 체온이 새삼 살아 있음을 실감케 한다. 찬란한 달빛 아래 우리는 그렇게 오랜 시간 악수를 나누었다.

나는 수면제가 든 병을 서랍에 도로 넣었다.

정처 없이 표류하던 뗏목 같은 내 삶이, 오늘 밤 새로운 섬을 발견했다.

Hello
페퍼민트

#4

 더 수척해져 있는 걸 보니, 보내준 인스턴트마저도 제때 챙겨 먹지
않은 듯하다. 또 밤마다 안주도 없이 와인만 홀짝홀짝 마셔댔을 테
지. 도대체 저 녀석의 술은 누가 가르친 거야? 어른한테 안 배운 것
만은 확실하다.

 "먹고 싶은 거 없어?"

 "그건 왜요?"

 "인스턴트만 먹었을 거 아냐."

 "나, 고기가 너무너무 먹고 싶어요."

 그래서 소원대로 고기를 보내줬더니 다행히 반가워하는 것 같아
내심 마음이 놓였다. 아무리 그럴싸한 바비큐라지만 혼자 하는 식사
가 맛이 있어봐야 얼마나 있을까 싶어 좀처럼 그녀와의 통화를 끊
을 수가 없었다. 고기가 구워지는 소리, 귀동이가 짖는 소리, 오물오
물 씹어 넘기는 소리…… . 전화기 너머로 전해오는 생생한 현장감에
당장에라도 가평으로 달려가고 싶었지만 슬슬 녹화가 시작될 조짐

이 보여 아쉽게도 전화를 마쳐야만 했다. 그런데 예상치 못하게 저쪽에서 먼저 통화종료음이 울려온다. '끊겠다는 말도 없이 어디 감히!' 따위의 실없는 농담이나 해주려고 몇 번이나 되걸었지만 어쩐 일인지 좀처럼 연결되지 않았다. 문자메시지를 여러 개 보내놓고, 찜찜한 마음으로 스튜디오에 들어섰다.

"가평경찰서 맞습니까."
- 네, 그렇습니다만…….
"북면 도대리 산 13-5 팬션 허브, 순찰 좀 부탁합니다."
제초제, 갑자기 머릿속에 그 흉물이 떠오를 게 또 뭐란 말인가. 우리는 며칠 전의 밤, 죽지 않기로 서로 약속까지 했다. 하지만 눈앞에 자꾸만 쓰러진 민유리의 환상이 아른거려 좀처럼 녹화에 집중할 수가 없었다. 그녀는 사랑을 잃은 슬픔 때문에 스스로를 산골에 가두고 살아가는 사람이다. 욱하는 마음에 죽으려 든다면 그날의 실없는 약속 따윈 아무런 효력도 없겠지. 주체할 수 없을 만큼 마음이 다급해져 끝내 녹화를 잠시 중단시켰다. 형, 왜 이래요? 아마추어같이. 짓궂은 로드매니저의 놀림에도 나는 웃지 않았다.

- 박요한 씨 되십니까?
"네."
- 가평경찰서 북면 지구대입니다. 말씀하신 곳에 다녀왔는데, 민유리 씨는 무사히 잘 계셨습니다. 그런데…….
"그런데……?"

- 몸이 안 좋은지 많이 우신 것 같더군요. 꼭 쓰러질 듯하던데. 본인은 괜찮다고 했지만 영 신경이 쓰여서 말이죠. 얼른 모시러 가는 게 좋을 것 같습니다.

"……알았습니다. 수고 많으셨습니다."

살아 있는 것에 기뻐해야 할까, 쓰러질 만큼 울었다는 것에 속상해해야 할까. 바비큐 도중 옛 남자와 여행 갔던 추억이라도 떠올린 모양이지. 그녀를 그렇게 목놓아 울게 했을 이유가 눈에 선해서 나는 어느새 씁쓸한 표정이 되었다. 감정을 슬렁슬렁 넘기는 법, 아직 전부 배우지 못했나 보군.

- 쇼 케이스 언제야?

"오지 마. 누나를 위한 자리는 이제 없어."

- 둘이 있을 때 그렇게 부르지 말라고 했잖아.

"익숙해져야지. 매형 앞에서도 요안나라고 부를 순 없잖아?"

- 요한아…….

"나는 박지안이야."

- 나한테 이러지 마, 요한아.

쾅, 쥐고 있던 컵을 내던졌다. 대기실의 콘크리트벽에 부딪힌 유리잔이 무기력한 모습으로 산산조각 났다. 박지안, 애꿎은 것만 때려 부수고 있구나. 진짜 깨져야 하는 건 내 머릿속에 남은 요안나의 잔상인데.

"이러지 마? 내가 뭘 어떻게 했는데?"

- 박요한!

"흔들지 말라면서! 원하는 대로 해주고 있잖아! 당신 곁에서 떨어졌잖아! 무책임하게 도망친 쪽이 누군데, 이제 와서 이러지 말라니? 내가 이 이상 뭘 어떻게 해줘야 하는데!"

- 예전처럼, 옛날처럼 나 사랑해줘. 그러면 돼.

"미쳤구나. 당신, 이제 남의 여자야. 남편은 내팽개치고 남동생과 붙어 다니시겠다? 우린 이제 함께할 명분을 잃었어. 그걸 버린 사람이 바로 당신이야!"

- …….

"여자친구 있어. 다시는 이런 일로 연락하지 마."

- 뭐?

"연애는 당신만 해? 나도 이제 당신이란 그물에서 벗어났어. 그러니 앞으로 신경 쓰지 마."

- 소개해줘. 그 여자, 나한테 보여줘.

"신경 끄라고 했잖아!"

- 나 잠 못 자는 거 알잖아……. 너랑 이렇게 싸우고 나면, 나 밥도 못 먹는 거 알잖아…….

"이제 내가 알 바 아니야. 유부녀엔 관심 없어."

- 너 이러면…… 나 죽어…….

"도대체 왜 이래!"

전화기 한 대를 부여잡고 나는 짐승처럼 울부짖었다. 우리는 이제 어떻게 될까. 막막한 그녀와 나의 미래에 숨이 턱 막혀온다. 둘 중 하나가 죽어야 끝날 수 있는 이 지독한 관계. 나는 앞으로 어떻게 해야 할지 도무지 모르겠다. 내가 죽지 못했으니, 요안나 쪽이 먼저 죽어주기를 기도라도 해야 하는 걸까.

　하루하루 지쳐만 간다. 겨우 새로이 찍은 삶의 점이 자꾸만 희미
해지고 있다.

#5

　윤혁의 사인을 받아달라는 게 고작 소원인, 욕심이라곤 하나 없는 이 여자의 정체는 대체 뭔지. 나는 민유리의 부탁 아닌 부탁에 어이가 없어 웃다가 차라리 윤혁을 눈앞에 데려다 놓기로 결정했다. 윤혁과 마주앉자마자 얼굴이 빨갛게 달아오르는 그녀를 보니 괜히 기분이 복잡해졌다. 왜? 그렇게 좋으면 팬클럽에라도 가입하시지? 창피나 한번 줄까 하다가 마음을 고쳐먹고 어깨에 슬쩍 손을 얹었다. 움찔하는 기운이 느껴지는 찰나, 이번에도 영락없이 얼굴이 빨개진다. 그런데 아까의 안색과는 달리 어째 붉으락푸르락…… 뭐야, 그렇게 싫어? 이 팔이 얼마짜린데!

　윤혁과 나는 전 국민이 다 아는 베스트프렌드다. 아, 민유리는 몰랐던 것 같지만. 처음 내가 사무실의 연습생이 되었을 때 윤혁은 이미 회사 수입의 절반 이상을 벌어들이는 톱스타였다. 나로선 감히 우러러볼 수도 없을 만큼 대단한 자리에 있었던 그는, 어떤 이유인지는 몰라도 일개 연습생인 나를 처음 본 날부터 형, 형 하며 따르기

시작했다. (나중에 얘길 들어보니, 머지않아 내가 제대로 '터실 싻'
같았단다. 머리는 나쁜 놈이 선견지명은 있다.) 그 인연이 지금까지
이어져, 우리는 둘도 없는 친구이자 동료가 되었다.

윤혁을 지금껏 정상의 자리에 있게 한 것은 그가 지닌 타고난 의
리와 명랑함이다. 차가운 표정, 적은 말수, 다가가기 어려운 첫인상
으로 대중에게 어필하는 나로서는 윤혁이 가진 따뜻하고 친근한 분
위기가 때때로 부러웠다. 그리고 지금, 내 앞에서는 떽떽거리기 바쁜
여자가 윤혁 앞에서는 생글생글 웃고 있는 모습을 보니 더 많이 부
럽다.

요안나에게 걸려온 전화를 받으려고 방으로 들어가는데, 등 뒤에
서 금방 딴 캔 맥주같이 시원한 민유리의 웃음소리가 끊임없이 들
려왔다. 쟨 뭐가 저리도 좋은 건지. 대세는 박지안인데.

- 왜 이렇게 연락이 안 돼?
"무슨 연락이 필요한데."
- 쇼 케이스 이후로 전화도 안 받잖아.
"바빴어."
- ……지금 어디야?
"어디면?"
- 방송국이야? 나 이따 SBC에서 녹화 있거든.
"그런데?"
- 요한아……. 너 나랑 방송국에서 만나는 거 좋아했잖아. 우리 둘,
비슷한 일 하는 사람인 거 실감 난다면서 많이 좋아했잖아.

"지난 얘기 꺼내지 마!"

- ……주변이 조용하네. 방송국 아닌가 봐. 집이야?

"요안나, 제발!"

- 나 녹화 금방 끝나. 우리 오랜만에 맛있는 거 먹으러 가자. 이태원에 있는 인디아레스토랑 어때? 너 거기 음식 제일 좋아하잖아.

"제발 그만 해!"

당신을 잊으려고 발버둥치는 내 모습이 불쌍하지도 않아? 내가 단 한 번이라도 당신 전화에 답하지 않은 적 있었어? 너라면, 너의 부름이라면, 스케줄이고 뭐고 전부 제쳐놓고 너를 향해 뛰기부터 했던 나였어. 그랬던 내가 이렇게 이를 악물면서 당신을 피하고 있는데, 왜 알아주지 않아, 왜.

- 나한테 이러지 마, 요한아……. 나, 정말 죽어. 네가 나 버리면, 나 정말 죽어.

"죽는다는 소리 좀 그만 해!"

- 나 빈말 안 하는 사람인 거, 알잖아……. 응?

그래, 알지. 당신이 얼마나 대단한 사람인지 잘 알지.

"첼로가 하고 싶어요."라며, 요안나는 초등학교 4학년 때 처음 음악을 시작했다. 대여섯 살 때부터 신동이라 불렸던 이들이 널려 있는 그 바닥에서, 열 손가락이 다 터지도록 밤을 새워 연습하던 그녀는 결국 세계 유명 콩쿠르를 모조리 석권하며 신성으로 떠올랐다.

나와 심하게 다툰 어느 날 난데없이 '결혼할 거야.'라는 문자메시지를 보내왔을 때, 나는 아무렇지도 않게 '결혼은 혼자 해? 남자가 있어야 하지.'라고 답장을 보냈다. 우리의 막막하고도 답답한 관계에 대한 가벼운 투정이겠지, 불쌍한 요안나에게 내가 더 잘해야지, 그렇게만 생각했었다. 하지만 몇 달 후, 요안나는 정말로 결혼을 했다.

그녀는 빈말 따위 하지 않는다. 어려서부터 진중하고 당당했던 그녀는 절대 경솔하게 말을 뱉어내는 사람이 아니다. 나는 그래서 가끔 요안나가 무서웠다. 범접할 수 없는 대상 같아서. 그녀를 향한 나의 마음은 어쩌면 애정을 넘은 경외(敬畏)였는지도 모른다.

"……그럼 죽든가."

- 요한아, 너 어떻게 나한테!

"나라고 죽을 생각 안 해봤는지 알아?"

- 설마 너…….

"정말 죽고 싶으면 나한테 전화하지 말고 그냥 죽어!"

- ……미안해.

"이럴 거면 결혼은 왜 했어! 이렇게 놓지도 못할 거면서 왜 엉뚱한 짓을 했느냐고!"

- 흐흑…….

요안나는 끝내 울었다. 나도 따라 울었다. 그녀의 결혼 전으로 시간을 돌린다면 우리가 지금쯤 무엇을 하고 있을지를 떠올렸다. 여전히 남들의 눈을 따돌리며 대기실에서 키스를 하고, 국외로 밀월여행을 다니고 있을 것이다. 두더지처럼, 박쥐처럼, 빛을 피하고자 안간힘을 써댔을 것이다.

"박지안 씨, 아무리 누님 연주회라지만 너무 따라다니는 거 아닙니까? 본인 스케줄도 미룰 정도라니……. 이거 아무래도 두 분 관계가 수상합니다, 하하."

1년 전 즈음부터, 나를 만날 때마다 장난삼아 슬쩍 질문을 던져 오는 스포츠신문 기자가 하나 있었다. 그리고 몇 주 후, 요안나에게 가서도 똑같은 질문을 했다는 이야기를 전해 듣고 나는 비로소 직감했다. 냄새를 맡았구나.

꼬리가 길면 밟힌다. 우리는 얼마 지나지 않아 엄청난 스캔들의 장본인이 될 것이 분명했다. 그날이 왔을 때 요안나와 나는 명예와 인기를 모두 버리고 세상으로부터의 돌팔매를 각오하며 평생 함께할 수 있었을까.

"나는 자신 있었어. 거부한 건 바로 누나야."

억지로 쥐어짜낸 냉정한 목소리를 마지막으로 전화를 끊었다. 오른팔로 쓱 눈물을 훔치며 거울을 보았다. 무대 위의 힘이 넘치는 박지안, 카메라 앞의 당당한 박지안은 사라지고 실연에 상처입어 질질 짜거나 하는 무기력한 이십 대 얼간이가 서 있었다. 도저히 이 꼴로는 밖으로 나갈 자신이 없어 한참을 멍청하게 서 있다가, 한숨을 한번 크게 쉬고 방문을 열었다. 민유리의 시선이 내게 와서 꽂혔다. 어설픈 미소를 보이며 다가가 타는 목을 감추려 와인을 들이켜는데, 그녀가 조심스레 자신의 손을 내 손 위에 포개왔다.

……들켜버린 모양이다, 애써 숨기려 했던 초라한 나의 절규를.

#6

금방이라도 눈물을 뚝뚝 떨어뜨릴 것 같은 한 여자가 비를 피하려는지 미용실 처마 밑에 우두커니 서 있었다. 그 모습이 마치 민유리인 것처럼 보여 나는 양손으로 내 눈을 마구 비볐다. 피곤하니 별의별 환상이 다 나타나는군, 지금쯤 민유리는 산골짜기 펜션에서 귀동이 밥이나 챙겨주고 있을 텐데.

하지만 밴이 가까이 갈수록, 그녀가 정말로 민유리라는 것이 확실해졌다. 늘 헐렁한 티셔츠 한 장에 무릎을 덮는 치마 차림이었던 산골의 민유리는 압구정의 다른 여자들처럼 잘 차려입은 모양새로 번화가 한복판에 있었다. 가평에서 보는 그녀와 서울에서 보는 그녀는 너무도 다른 사람 같아서, 부끄럽지만 차를 세우고 말을 거는 데도 한참 용기를 내야 했다.

"네가 왜 여기 있냐?"

말은 꼭 이렇게 한 바퀴 비틀어져 나온다. 그냥 '여긴 어쩐 일이야' 하면 될 것을.

"……급한 일이 생겨서 나왔어요."

'무슨 급한 일?' 하고 물으려다 그만두었다. 취조하는 것도 아니고, 나에게 그녀의 사생활을 꼬치꼬치 캐물을 자격 따위 없겠지. 근처 편의점까지만 바래다달라는 민유리의 말을 무시한 채 사진촬영이 있는 스튜디오로 무작정 끌고 와버렸다. 억지로라도 데리고 들어갈까 하다가, 낯선 사람들 사이에서 괜히 불편해할 것 같아 차에 그냥 두기로 했다. 매니저가 받쳐주는 우산을 쓴 채 촬영장으로 들어가는데, 옆에서 잠자코 걷던 녀석이 의아함이 가득 섞인 말투로 슬쩍 물어온다.

"형, 웬일이에요? 일할 때 다른 사람 따라오는 거 싫어하잖아."

"……차에만 있는데 뭐 어때."

"밴에는 코디들도 태우지 말라고 했으면서."

"시끄러, 인마."

이럴 줄 알았으면 뒷좌석에 만화책이라도 몇 권 가져다 둘걸 그랬다. 하염없이 기다리는 거, 꽤나 무료할 텐데.

"요안나 씨한테 자꾸 전화가 와서요."

끈질기게 울려대는 벨 소리에 지친 모양이다. 민유리가 어쩔 수 없다는 표정으로 쭈뼛거리며 스튜디오에 들어섰다. 할로겐 조명을 어슴푸레 받은 그녀의 얼굴이 평소와는 확실히 달리 느껴진다. 수척해진 거야 하루 이틀이 아니라지만, 오늘은 어쩐지 조금 더 피곤하고 조금 더 지쳐 보여 마음이 영 편치 않다. 안 하던 화장을 해서 그래 보이는 건가.

"금방 끝나니까 기다려. 저녁 먹고 들어가게."

괜히 여기까지 끌고 왔나 싶어 미안한 마음을 고작 이렇게밖에 표현하지 못하는 나 자신이 한심하기 그지없다.

- 저녁 같이 해.

"바빠."

- T 스튜디오 촬영으로 오늘 스케줄 끝인 거, 알아.

"사무실에 전화하지 말랬지!"

- 네가 연락이 안 되니까 그런 거잖아!

"요안나, 제발⋯⋯."

- 요한아, 정말 왜 그래? 내가 너희 사무실에 전화한 게 그렇게 화낼 일이야? 예전엔 자주 그랬었잖아.

"지금은 그러면 안 되잖아. 안 되는 거, 누나가 더 잘 알잖아!"

- 왜 안 되는데? 동생이랑 식사하는 것도 안 돼?

"당신이 지금, 정말 누나와 동생으로서 만나자고 하는 거야? 내가 바보야?"

- 이렇게 너랑 편하게 만나려고 난 결혼까지 했어! 그런데 넌 도대체 왜 이래!

"희생양인 듯 말하지 마!"

내가 당신에게 원했던 건 이런 관계가 되는 것이 아니었어. 다 버리고, 부질없는 명예도 인기도 부도 미련 없이 다 버리고, 이 세상에 당신과 나, 단둘만 남은 것처럼 그렇게 사랑만 하면서 살길 바랐어. 그깟 스포츠신문 따위가 뭐가 무서워! 요안나, 당신은 그저 도망친 거야. 아무것도 잃기 싫어서, 무엇 하나도 놓치기 싫어서 훌쩍 달아나 놓고는 이제 와서 이기적인 욕심을 부리는 거야.

- 요한이 너까지…… 너까지 이러면……. 흐흑…….

"……."

- 내 마음이 어떤지 알면서……. 흑…….

"……그만 해. 일하러 가야 해."

- 저녁, 같이 할 거지? 응?

"……유리와 같이 있어."

- 누구?

"민유리."

- ……그 여자 아직도 만나니?

"……."

- 이번엔 오래가네. 또 객기인 줄 알았는데.

"그런 식으로 말하지 마."

- ……같이 나와, 그럼. 아, 짝이라도 맞춰야 남들 보기에 나을까……. 남편이라도 불러야겠어.

"도대체 그런 불편한 자리까지 만들면서 저녁을 같이 먹어야 하는 이유가 뭐야!"

- 네가 너무 보고 싶어…….

요안나. 당신과 나는 언제쯤 이 시궁창 같은 미로에서 벗어날 수 있을까.

#ㄱ

요안나의 남편과 민유리가 예전부터 알던 사이라는 사실에 나는 지독하게 좁은 세상을 다시 한 번 절감했다. 직장상사라는 게 원래 대하기 어려운 상대라고는 하지만, 음식을 앞에 두고도 그저 얼음처럼 굳어 있는 민유리는 가련해 보일 정도였다. 왈가닥 말괄량이가 웬일이지? 아까부터 컨디션이 나쁜 듯하긴 했지만.

기껏 저 밥 먹으러 왔더니만 민유리는 젓가락을 들 의욕조차 나지 않는 모양이다. 핼쑥해진 낯빛으로 그녀는 술잔만을 움켜쥐고 있었다. 하긴, 요안나와 내가 함께 있는 것만으로도 불편한 자리에 직장 상사까지 있으니 오죽할까 싶다. 결국 그녀의 손을 붙잡고 레스토랑을 나섰다. 원망스러운 눈빛을 보내는 요안나에게 조소를 건네면서.

지금 그런 표정을 지어서 어쩌자는 거야. 당신 옆에, 당신의 남편이 있어.

피곤하다는 사람을 붙잡고 아깐 왜 그랬냐고 물어볼 수는 없는 노릇이라, 나는 조금 힘이 빠진 채 내 방에 들어와 침대에 털썩 걸터 앉았다. 술 한잔 없이는 잠들 수 없을 만큼 괜스레 심란한 날이다. 냉장고에 있던 소주를 꺼내며 TV에 전원을 넣으니 마침 얼마 전 촬영했던 토크쇼가 방영되고 있었다. TV에 나오는 가식적인 내 얼굴을 보는 건 데뷔한 지 5년이 다 되어가는 지금도 아직 익숙해지지 않는다.

"……좋단다."

화면 너머의 가수 박지안은 진행자의 과장된 칭찬에 쑥스러워하며 조용히 웃고 있다. 저때의 나는 민유리가 혹시 시체로 발견될까 봐 조마조마해하고 있었고, 요안나의 예측 불가능한 행동들에 폭발하고 있었다. 하지만 카메라에 찍힌 내 얼굴에서는 마음 어느 한 자락도 제대로 드러나지 않는다. 어쩌면 정말로 무서운 사람은 빈말이나 거짓말을 못하는 요안나가 아니라, 빈말도 거짓말도 진실도 숨긴 채 태연한 척 앉아 있는 박지안이 아닐까.

"……냐고요!"

그때였다. 별안간 벽 너머로 고함이 터져 나왔다. 무슨 일이라도 생겼느냐며 당장 방문을 열고 뛰쳐나가려 했다. 그러다 민유리가 누군가와 통화 중이라는 사실을 벽에 귀를 기울여보고서야 알게 되었고, 나는 용수철처럼 튕기던 내 몸을 다시 의자에 붙박았다.

제대로 알아들을 수 없는 고성이 이어지다가, 벽에 쾅하고 둔탁한 물체가 날아와 부딪치는 소리가 났다. 민유리가 무언가를 저렇게 집어던질 정도로 화가 났다면 원인은 너무도 뻔하다. 옛 남자, 그가 또 전화를 걸었겠지.

그녀가 어떤 이유로 처절한 이별을 맞이하게 되었는지 나는 잘 모른다. 분명한 건 민유리가 그 남자에게 일방적으로 차였다는 사실이다. 어떻게든 스스로 생채기를 달래보려 노력하지만, 불행히도 민유리는 아직 그 남자를 잊지 못한 듯하다. 저렇게 화를 내고 소리를 지르고 물건까지 집어던지면서도 그 남자의 전화를 거부하지 못하는 것을 보면.

지금껏 전혀 다른 삶을 살아왔고 또 살아가는 박지안과 민유리, 하지만 어찌 된 영문인지 미련한 구석만큼은 참 많이도 닮았다. 이렇게 제 감정 하나 제대로 정리하지 못하다니. 그녀의 옛 남자와 나의 옛 여자는, 참 멍청한 사람들과 연애를 했다.

"요안나 씨, 찾아오고 싶죠?"

"갑자기 무슨 소리야?"

"다시 되돌리고 싶지 않아요? 박요한의 요안나로."

뜬금없는 그녀의 말에 머리를 닦고 있던 수건을 떨어뜨릴 뻔했다. '박요한의 요안나'라……. 이제 그런 건 있을 수 없지. 나는 판타지 영화만큼이나 현실성이 없는 민유리의 말에 피식 웃어버렸다.

"……아니."

"왜, 왜요?"

인제 그만, 온전한 사랑을 하고 싶으니까.

"……누나가 행복해 보여."

제발 그랬으면 좋겠는데.

#8

3집 음반이 1위를 달리고 있다. 한여름에는 어울리지 않는 발라드 곡인데도 생각보다 반향이 빠르다. 역시 대세는 박지안이야. 트렌드 좀 익혀라, 이 원시인 같은 여자야.

잠이 덜 깬 듯 눈이 풀려 있는 민유리를 향해 "가질래?" 하며 슬쩍 크리스털 트로피를 내밀었다. 두 눈이 이내 반짝반짝 빛난다. 인심이라도 쓴다는 양 밥 한 끼와 트레이드하자 했더니, 이제 백수라서 먹을 것도 없다며 그녀가 아쉬운 소리를 쏟아냈다. 그날 요안나 부부와의 식사자리 때문에 무슨 문제가 생긴 게 틀림없다. 처남의 여자친구라면 페이를 올려줘도 모자랄 판인데, 그는 무슨 의도로 민유리와의 계약을 끊은 것일까. 갑자기 화가 난다. 민유리의 일을 망쳐놓은 장본인이 꼭 나인 것만 같아서.

마트에 나가 이것저것 부지런히 주워담았다. 꼭 다 먹어야 한다, 민유리. 며칠 후에 만났을 때는 그녀의 혈색이 부디 온전하기를 바라며 나는 신선한 과일과 상하지 않는 냉동식품들을 카트에 채워나

갔나. 어니 고기 먹다 배 한번 터져봐라 싶은 심정으로 삼겹살 역시 과할 만큼 주문했다. 민유리, 입 다물어라, 턱 빠지겠다.

"저 혹시, 가수 박지안?"

"쉿!"

이런 것쯤이야 흔히 있는 일이다. 선글라스나 모자로 얼굴을 가린다 해도 신용카드를 내밀 때면 늘 확인사살을 당하곤 한다. 핑곗거리라도 찾고 있는지, 민유리는 새하얗게 질린 와중에도 눈동자를 이리저리 굴리고 있다. 금방이라도 터질 것 웃음을 억지로 집어삼키느라 목구멍이 간질간질해졌다.

"알아, 알아. 가수도 연애는 해야지. 아이고, 아가씨, 참 예쁘기도 하지."

그 말에 결국, 나는 조그만 미소를 피워올렸다. 아주머니 눈에도 이 여자가 그렇게 보이나요? 제 눈에도 이제 그렇게 보이기 시작하네요. 아주머니가 나와 민유리를 번갈아 보며 푸근하게 웃었다. 그녀는 아마, 내 작은 표정의 변화를 알아차린 모양이었다.

#ᄀ

아직 완전한 사랑은 아니다. 나는 의식이 생긴 순간부터 이미 누나를 사랑하고 있었고, 다른 사람의 여자가 된 요안나를 지금도 전부 잊지는 못했다. 이러한 마음으로 어떻게 또 다른 무결한 사랑을 품을 수 있단 말인가.

하지만 민유리가 내 곁에 있어준다면 왠지 지독하고 지리멸렬했던 지난 사랑을 깨끗이 떨칠 수 있을 것이란 확신이 든다. 비록 우연히 생긴 일이었다지만, 나는 그녀의 키스 덕분에 수면제를 서랍에 넣어버릴 수 있었다. 몇 달간 죽을 준비만 해왔던 놈이 우습게도 제 입으로 먼저 죽지 말자고도 했었다. 어쩌면 그녀에게는 머저리 같은 박지안을 제대로 된 인간으로 갱생시켜 줄 힘이 있는 것이 아닐까.

우리는 지금 뾰족한 칼날에 잔뜩 상흔을 입은 채 허공을 허우적대고 있다. 나는 이제 그만 민유리에게 정식으로 위로받고 싶다. 그리고 그녀를 진지하게 위로해주고 싶다. 그녀와 내가 만들어내는 시너지는 기대 이상의 회복 속도를 안겨줄 것이다. 우리는 치유될 것이다, 그리고 온전한 마음으로 사랑할 수 있을 것이다.

윤혁, 윤혁 해대는 민유리의 문자메시지에 피식 웃음이 나온다. 명색이 윤혁의 팬이라면서 최근에 그의 새 음반이 나왔다는 사실은 알지도 못하고 있다. 하는 수없이 10년이나 지난 히트곡을 DJ에게 부탁했다. 내 노래 홍보하기도 바쁜 지금 이게 무슨 짓인지…….

"친구가 얼마 전에 실연을 당했어요. ……그 친구 옆에 더 괜찮은 사람이 분명히 있거든요. 내 눈엔 보이는데 그 친구는 못 보고 있네요. ……그만 정신 차리고 힘내라고 전해주고 싶었어요. 주위도 좀 제대로 둘러보라고. 아, 방송을 너무 개인적으로 쓰는 건가."

이 정도의 말로 민유리가 내 마음 전부를 알게 되리라곤 기대하지 않는다. 다만, 박지안의 생각과 관심이 조금씩 요안나를 벗어나 저를 향해 달려가고 있다는 정도만 눈치채 줬으면 했다. 지금 민유리의 주위에 있는 건 강아지 귀동이와, 민유리만 몰라주지 세상 사람들은 다 알아주는 나 박지안, 단둘뿐이다. 몇 번이고 주위를 둘러보라는 힌트를 주었으니 '설마 박지안이 나를?' 하며 혼란스러워하는 상태까지만 가도 이 작전은 성공이다. 차근차근 내 솔직한 마음을 전할 수 있는 바탕이 다져지는 셈이니까.

[한 줄로 요약해봐. 잘 들었는지 체크해보자.]

[미련한폐인아정신차리고사람좀돼라]

아무리 그래도 그렇지, 이건 좀 심하지 않은가.

라디오스튜디오의 창문 너머로 보이는 깜깜한 하늘처럼, 민유리와 나의 앞날도 어쩐지 깜깜하다.

어휴…….

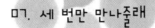

07. 세 번만 만나줄래

홈페이지에서 다시 듣기를 열 번쯤 하고서야 겨우 박지안이 '인간 좀 돼라' 말고도 다른 이야기를 했다는 사실을 깨달았다. 옆에 좋은 사람이 있다? 주위를 둘러봐라?

이 인간이 누구 약 올리나! 산골에 처박혀서 도 닦듯 사는 나한테 도대체 뭐라는 거야. 좋은 사람? 웃기시네. 개 한 마리밖에 없거든요!

그러다 문득, 현재 민유리가 살고 있는 팬션 허브에는 귀동이 말고도 '박지안'이 있다는 사실을 깨달았다. 미안해 박지안, 잊고 있었어. 그런데 설마 내 주위에 있는 그 '좋은' 사람이 당신을 가리키는 건 아니지? 댁이 어딜 봐서 '좋은' 사람이야, 양심이 있으면 그런 말 못 하지.

"귀동아, 혹시 윤혁 아닐까?"

내 말이 끝나기가 무섭게 갑자기 귀동이가 몸을 부르르 털어댔다. 파리라도 쫓아내려는 거겠지만, 꼭 '님아, 착각 좀 작작하셈!' 하는

175

것 같아서 괜히 얄미워진다. 알아, 알아, 윤혁을 가리키는 게 아니라는 거.

결론은 박지안이 자기 자신을 '좋은 사람'이라고 했다는 건데, 그럼 나더러 자기를 좀 보라는 뜻이야? 내가 왜? 설마 귀하신 박지안 님께서 청승녀 민유리한테 모종의 관심을 갖고 계신 건 아닐 테고……. 그래, 그건 진짜 말도 안 되지. 박지안은 아직도 '요안나' 하면 끔뻑 죽어나가는 인간인데. 아아, 도대체 무슨 의도냐, 이 잔망스런 놈아.

"으하하, 알았다! 드디어 알았다! 유레카!"

순간 번쩍하고 섬광이 스치더니 박지안이 구상했을 시나리오가 눈앞에 획 하고 지나갔다. 괴성을 지르는 나를 귀동이가 두 눈을 끔뻑거리며 바라보았다. 나는 깡충깡충 뛰며 녀석의 목을 꽉 껴안았다. 귀동아, 이 누나가 수수께끼를 풀었다!

……그러니까 박지안은 사실 무지하게 자존심이 상했던 거다. 세 살짜리도 다 안다는 박지안을 몰라준 아둔한 민유리가 영 신경에 거슬렸던 게지. '민유리, 너 같이 평범 이하인 여자에게 푸대접받는 건 세상 모든 여성의 로망인 이 박지안 인생의 수치야! 반드시 너를 박지안의 늪에 빠져 허우적대는 광팬으로 만들고 말겠어!' 모르긴 몰라도 그는 그간 이를 바득바득 갈며 팬션생활을 했을 거다.

하지만 와인을 갖다바쳐도, 삼겹살을 50인분이나 사줘도, 진하게 키스까지 해줘도 별 반응이 없는 'So Cool'한 도시여자 민유리! 결국 그는 최후의 수단을 쓰기에 이르는데……. 그건 바로, 생방송 라디오까지 동원해 위로하는 척을 하다 '주위를 둘러봐, 유리!' 하며 대놓고 낚시질하기! 감동의 도가니탕을 잡순 나는 눈에 별을 초롱초롱 품고선 '소녀, 지안 씨께 이 한 몸 바치겠사와요!' 하고, 이로써 드디어 목표를 달성한 박지안은 배를 잡고 깔깔대며 웃다가 한마디를 남기고 유유히 사라진다. "그럼 팬클럽이나 가입하든가. 입회비 2만 원이라더라."

……박지안의 '민유리 엿 먹이기' 시나리오, 이렇게 완성.

그래, 문자로 잘 들었는지 어쨌는지 확인사살 할 때부터 알아봤다. 박지안 이 속 보이는 놈아, 이래 봬도 나는 네 머리 꼭대기에 있다! 그깟 알량한 페이크(fake)에 배운 여자 민유리가 무릎 꿇을 것 같으냐! 확, 약 더 오르게 윤혁 팬클럽에나 가입해버려야지. 한 손엔 풍선 들고 다른 한 손엔 피켓 들고 방송국으로 응원 다닐 테다!

좋은 사람이 있다느니, 주위를 둘러보라느니……. 쳇, 대사 한번 더럽게 달콤하네. 하마터면 낚일 뻔했잖아? 나쁜 놈, 치사한 놈, 개미 똥구멍 같은 놈.

수법 한번 궁색하기 짝이 없는 놈이지만, 그래도 그가 쟁여두고 간 먹을거리 덕분에 나는 점심으로 무려 만둣국을 해먹을 수 있었다. 브라보! 이 얼마 만에 맛보는 인간다운 메뉴인가! 적당히 식힌 만둣국을 귀동이 밥그릇에 가득 덜어주니 녀석은 꼬리까지 흔들며 신나게 먹기 시작한다. 넌 인마, 주인아주머니 오시면 다 이를 거야. 귀동이 저거, 그동안 사기 쳤던 거예요! 비빔밥 마니아는 얼어 죽을!

꼭꼭 잘도 씹어먹는 귀동이를 쓱쓱 쓰다듬어주고, 먼지가 깨끗이 사라진 루이보스로 들어가 TV를 보며 식사하기 시작했다. 생각보다

나, 세법 요리에 소질 있단 말이지. 아, 파전은 빼고…….

후루룩 만둣국을 삼키려는데 문득 하루 내내 굶었다며 징징대던 박지안의 밉상스런 얼굴이 떠올랐다. 오늘은 뭘 좀 먹었으려나……. 빌어먹을 회사, 또 사람 쫄쫄 굶기고 있는 거 아냐? 15초 CF에 5억을 받으면 뭘 해, 굶기를 밥 먹듯 하는데. 가뜩이나 요안나 때문에 마음 허한 사람이 뱃속까지 허할 거라 생각하니 그렇게 애처롭게 느껴질 수가 없다. 만둣국을 좀 더 끓여 페퍼민트의 냄비에 넣어둘까 하다 가, 언제 팬션에 올지도 모르는 사람에게 괜한 친절이다 싶어 그만 두기로 했다. 아, 문자라도 보내볼까.

……하지만 내가 어떻게 박지안에게 '팬션 언제 와요?', '만둣국 좋아해요?', '만들어놓을게요.' 같은 간질거리는 메시지를 보낼 수 있단 말인가! 가뜩이나 특권의식에 왕자병까지 골고루 갖춘 그 녀석 은 분명 내 연락을 받자마자 '홋, 그럼 그렇지. 역시 민유리는 박지안 의 노예였어.'라며 비웃을 게 분명하다. 으악, 생각하지 말자, 입맛 떨 어진다.

그렇게 한참 식사에만 집중하고 있는데 이상하게 TV에서 자꾸만 박지안의 이름이 흘러나왔다. 진행자가 잔뜩 들뜬 목소리로 어쩌고 저쩌고 해대기에 혹시 무슨 사고라도 쳤나 싶어 귀를 쫑긋 세웠더 니.

"톱가수 박지안 씨와 모델 이라나 씨의 교제사실이 알려져 많 은 팬들의 관심이 쏠리고 있습니다. 보도가 나가고 이라나 씨 측에서 교제를 인정한 것과는 달리, 박지안 씨 측에서는 묵묵 부답으로 일관하고 있는데요, 이제 갓 시작된 교제가 벌써 언

론에 공개되어 박지안 씨가 많은 부담을 느끼는 것으로 보입니
다. 늘 신중한 행보를 보였던 박지안 씨인 만큼 이번 열애설에
도 매우 조심스럽게 대응할 것으로 예상됩니다."

챙, 쥐고 있던 숟가락이 식탁유리 위로 떨어졌다. 뭐, 뭐야 저건?
박지안 열애? 이라나와 교제?

세기의 커플이 탄생했다느니 어떻다느니 떠들어대는 진행자의 목
소리와 함께 화면에는 박지안의 얼굴과 한 여자의 얼굴이 번갈아 나
오고 있었다. 어, 저 여자……. 백화점 1층에 대문짝만 한 사진이 붙
어 있는 그 사람이잖아? 아! 혹시, 저번에 윤혁이 말했던 그 광고모
델? 박지안 뒤꽁무니만 쫓다가 제품에 지쳐 나가떨어졌다는?

드디어 박지안이 요안나를 잊은 건가! 순간 기립박수라도 보내고
싶을 만큼 속이 후련해졌다. 암, 댁도 이제 슬슬 정신 차릴 때 됐지.
그렇구나, 라디오에서 했던 말이 그런 뜻이었구나. 난 정신 차렸으니
이제 너만 차리면 된다는…….

아니, 그럼 거기서 깔끔하게 끝내면 되지 왜 괜히 좋은 사람 운운
해서 불쌍한 실연녀를 낚시질하려 든 건지? 지금 애인 생겼다고 재
는 거야 뭐야! 아무튼 저 인간은 연애를 해도 철이 안 들어요, 철이.
저딴 게 도대체 어디가 좋다고 저리 예쁜 아가씨가 졸졸 따라다닌
거야?

……하긴, 그래도 나를 대하는 태도와 저 아가씨를 대하는 태도
가 설마 같을까 싶다. 요안나에게만 주었던 다정하고 따뜻한 눈빛이
'이라나'라는 이름도 얼굴도 예쁜 저 사람에게 그대로 옮겨갔을 테
지. 축하한다 박지안, 드디어 요안나의 늪에서 빠져나오는구나. 실은

나도 정재원 같은 건 이제 생각하기도 싫어. 이만하면 우리 둘 다 성공적인 은둔생활이지?

……에이 씨, 이렇게 될 줄 알았으면 박지안 옆에 좀 더 찰싹 붙어 있을걸. 정재원 자식의 안절부절못하는 모습을 구경하면서 약이나 박박 올렸어야 했다. 히잉, 아까워라. 나 너무 쉽게 떨어져 나갔잖아…….

절반가량 남은 식어빠진 만둣국을 괜스레 휘휘 젓고 있는데 낯선 번호로 불쑥 전화 한 통이 걸려왔다. 정재원이 전화기 바꿔가며 장난질하는 건가 싶어 받지 않고 두었더니, 얼마 지나지 않아 '삐빅' 하면서 문자메시지가 도착한다.

[유리 씨 맞죠? 나 요안나예요. 시간 나면 전화 좀 해줄래요?]

으응? 요, 요안나? 이 사람이 웬일이지? 게다가 내 전화번호는 어떻게 알았고. 아, 박지안이 가르쳐준 건가.

남아도는 게 시간뿐인 백수가 괜히 바쁜 척하는 것도 우스워 문자메시지를 읽자마자 그녀에게 전화를 걸었다. "여보세요" 하는 요안나의 목소리는 어쩐지 예전보다 한층 더 밝고 쾌활한 것 같다.

"안녕하세요, 민유리예요."

- 유리 씨, 잘 지냈어요? 아, 잘 지낼 수가 없나…….

"네? 무슨 말씀이신지…….

- 지안이 스캔들, 소식 들었죠?

"아, 지금 TV로 보고 있어요."

- 괜찮…… 아요?

"네? 뭐가요?"

- 지안이, 이라나 씨랑 만난다는데…… 너무 미워하지 말아요. 일단 직접 확인받을 때까지는 지안이 믿어줘요.

"아, 네……."

- 이라나 씨 회사에서 인정했다고 하니까 더 걱정되네. 지안이 이 녀석, 이렇게 경솔한 남자 아닌데…….

걱정 어린 목소리로 말을 이어가는 마음씨 한번 천사 같은 요안나에게, 박지안과 민유리의 진짜 관계를 털어놓아야 하나 말아야 하나 몇 번이나 망설였다. 사실은 요안나 당신을 안심시키기 위한 박지안 연출 민유리 주연의 삼류 드라마였답니다, 그러니 제 걱정은 하지 않으셔도 돼요, 하고.

- 유리 씨, 나 지안이 누나니까 한마디만 해도 돼요?

"네? 말씀하세요."

- 지안이 직업이 워낙 특수하잖아요. 이런 걸로 일일이 속상해하면, 유리 씨 지안이랑 연애 못 해요. 참고 견딜 수 있겠어요? 여려 보이는데…….

"벼, 별로 여리지는 않아요, 하하."

요안나 씨의 남편이 단언하더군요, 민유리는 강하다고. 뭐, 똑똑한 사람이 한 말이니 틀리지는 않겠죠. 생각해보니 강해서 나쁠 것도 없고.

- 앞으로 계속 이런 일이 생길 건데, 괜찮겠어요? 난 유리 씨가 지안이 때문에 상처 많이 입을까 봐 걱정되는데.

"그런 게 아닌데……. 사실은 그게……."

사실 우리는 가짜 커플이에요, 박지안의 진짜 연인은 '이라나'고

민유리는 지나가는 엑스트라였어요, 그러니 열애설 같은 건 아무렇지도 않아요, 라고 말하려는데.

- 차라리 이번 기회에 지안이랑 헤어져 버려요. 뻥 차버리라고요. 나쁜 자식, 여자친구도 있으면서 처신 하나 똑바로 못 하고.

"네? 헤어…… 지라고요……?"

- 응. 헤어져요. 유리 씨처럼 예쁘고 착한 아가씨가 철없는 지안이하고 얽혀서 고생하는 거 도저히 못 보겠어. 나는 유리 씨가 꼭 내 여동생 같거든요.

"……신경 써주셔서 감사해요."

- 잘 생각해봐요. 유리 씨 힘들지 않은 쪽으로.

"네, 그럴게요."

비록 말은 저리 예쁘게 하지만 나는 어쩐지 박요안나의 숨겨진 진심을 읽을 수 있을 것 같다. 그래, 박지안의 상대로는 나보다 이라나 쪽이 훨씬 나을 게 뻔하지. 어차피 자기가 가질 수 없는 남자이니 그녀는 이왕이면 동생에게 여러모로 좀 더 괜찮은 여자를 맺어주고 싶은 모양이었다. 정말이지 눈물 나는 우애가 아닐 수 없다.

하지만 암만 그래도 그렇지, 어째 정재원이며 박요안나며 나만 보면 박지안이랑 헤어지라고 난리들이래. 아이고, 그렇게 양방향 서라운드로 말씀들 안 하셔도 됩니다. 알아서 퇴장해 드릴 테니 걱정 마세요. 애초부터 난 그 남자와 사귀지도 않았다고요.

고만고만한 얼굴로 태어나 고만고만한 대학을 나왔고 남들처럼 고만고만한 인생을 살아가고 있었다. 어디 가서 공주대접을 받진 못했지만 그렇다고 딱히 푸대접을 받는 편도 아니었다. 그런데 이게 무슨 신의 장난인지 나는 얼떨결에 세계적인 첼리스트 박요안나와 비교 대상이 되었고 전국구 미인 이라나와도 견주게 되었다. 참가신청서 한 번 낸 적 없는 토너먼트에서 나는 너무도 당연하게 KO당했다. 승패가 뻔한 이런 싸움, 어쩌다 말려들어 초라한 패배자 꼴이나 된 건지.

불쑥 서러움이 휘몰아쳤다. 천덕꾸러기 신세로 전락한 것 같아 눈물이 왈칵 쏟아지려 했다. 이거 왜 이러셔! 나도 집에 내려가면 울 엄마 아버지의 귀한 딸이라고! 울 아빠는 심은하, 고소영보다 내가 더 예쁘다고 했단 말이야!

암튼 이게 다 박지안 때문이다. 얌체 같은 놈, 같이 저지른 쇼면서 자기만 쏙 빠지겠다 이거지? 여자친구 생겼다고 파트너 따윈 무시한다 이거지? 잠깐이나마 만둣국이라도 해 먹일까 했던 내가 바보다. 쫄쫄 굶다가 위에 구멍이나 나라, 이 나쁜 놈아!

"여기 있었냐."

한숨을 폭 쉬면서 식탁에 엎어졌는데 그 상태 그대로 잠이 들었나 보다. 난데없는 목소리에 놀라 번쩍 허리를 세우니 박지안이 곁에 서서 내 얼굴을 바라보고 있다.

"왜 여기서 이러고 있어?"

"그냥, 밥 먹다가……. TV 보다가……."

화내야 해, 화내야 해! 내 인생을 시궁창으로 몰아넣고 있는 이 자식에게 마구 마구 화내야 해!

……하지만 어쩐지 눈 밑이 거칠해 보이는 박지안에게 나는 차마

분통을 터뜨릴 수가 없었다. 열애사실 때문에 사장님한테 혼이라도 났는지 가뜩이나 표정없이 뻣뻣한 얼굴이 아예 딱딱하게 굳었다. 아아, 불쌍한 아이돌, 연애도 마음대로 못 하고.

"너, 울었냐?"

"네?"

뜬금없는 박지안의 물음에 서둘러 얼굴을 매만졌는데, 우왓, 당황스럽게도 축축한 기운이 손바닥에 느껴진다. 분명히 이 악물며 설움을 참아냈건만 자면서 찔끔 눈물이라도 흘렸나 보다. 하긴, 나 요즘 무지하게 억울했다고. 축구공도 동네북도 아닌데 여기저기 뻥뻥 차이고 얻어맞느라 정말 힘들었단 말이지.

"우, 울긴요. 침이에요, 침."

"너는 침을 눈으로 흘리냐."

……예리한 놈.

어색해진 분위기를 전환할 만한 적당한 화두를 찾고 있는데, 갑자기 박지안이 내 쪽으로 손을 뻗어왔다. 놀라서 움찔하는 나를 지나, 그는 태연히 하얀 사기그릇을 집어들었다. 내가 먹다 남긴, 식어서 퉁퉁 불어터진 초라한 만둣국이었다. 망설임 없는 동작으로 그릇에 꽂힌 숟가락을 꺼낸 그는 미처 말릴 새도 없이 음식을 가득 떠 한입에 쑥 넣어버렸다.

"으악! 뭐 하는 거예요?"

"맛있네."

"먹다 남은 걸 왜 먹어요!"

"전염병 없지?"

"그래도 더럽잖아요!"

"안 더러워."

"내가 미쳐!"

걸어 다니는 중소기업 박지안이 왜 그런 걸 먹어요! 당신한테 목 메는 소녀 떼들이 이 사실을 알면 날 죽이려 들 거라고!

"아우, 새로 끓여줄게요! 그거 좀 그만 먹어요!"

"그래?"

박지안은 어두운 표정을 풀고 씩 웃더니 그릇을 테이블에 내려놓 았다. 그런데 젠장, 만둣국이 그새 하얗게 사라져 있다. 저 불어터진 걸 다 먹다니, 입고 있는 비싼 양복이 아깝다 이 진상아! 아, 이럴 줄 알았으면 아까 남기지 말고 다 먹었어야 했는데. 아니, 깨작거리지 말 고 깨끗하게라도 좀 먹을걸……

"만둣국은 먹었으니까 피자 먹자, 이제."

테이블 한편에 놓인 네모반듯한 상자가 그제야 눈에 띄었다. 뭐야, 맛있는 거 사 왔으면서 왜 남이 먹다 남긴 거나 주워 먹는 거야. 아 무튼 성격 진짜 이상해.

피자 한 조각씩을 집어 든 박지안과 내가 루이보스의 테이블에 마 주앉았다. 침묵이 흐르는 가운데 피자는 좀처럼 줄어들지 않고 썰렁 한 방 안에는 텔레비전만 윙윙댔다. 더 식기 전에 귀동이나 한 조각 갖다줘야겠다 싶어 의자에서 일어나는 순간, 또 특종 연예뉴스랍시 고 박지안과 이라나의 열애소식이 흘러나오기 시작한다. 도대체 하 루에 몇 번이나 나오는 거냐. 다 큰 남녀가 연애 좀 하는 게 저렇게 호들갑 떨 만한 일인가?

"나한테 말 좀 해주지 그랬어요."

"무슨 말?"

"요안나 씨한테 창피하잖아요. 하긴, 이젠 요안나 씨 만날 일도 없 겠지만."

"무슨 소리야?"

"이라나 씨 만난다면서요. 요안나 씨한텐 뭐라고 둘러대려고 그래 요?"

"휴……."

박지안은 땅이 꺼지라 한숨을 쉬더니 주머니에서 담배를 꺼내 입 에 물었다. 하긴, 자기 연애사를 이렇게 전국에서 떠들어대면 담배가 아니라 담배 할아버지라도 피워야 속이 시원하겠다 싶다. 그는 길고 늘씬한 손가락 사이에 담배를 끼우고 뚜껑을 열면 '퐁' 소리가 나는 은색라이터를 들어 불을 붙였다. 그냥 500원짜리 쓰지, 하여간 허세 는.

"넌 도대체 날 뭐로 보냐?"

"저기, 설마 '내가 저런 애랑 사귈 사람으로 보이냐?' 이러려는 건 아니죠? 푸하하, 이라나 씨가 백 배는 더 아깝거든요?"

"넌 멍청한 거냐, 멍청한 척하는 거냐?"

"멍청해요. 멍청하니까 박지안 씨한테 골탕이나 먹는 거겠죠."

"골탕이라니?"

"여자친구가 있으면 있다고 말을 좀 해줬어야죠! 갑자기 요안나 씨 전화받고 얼마나 놀란 줄 알아요? 사실대로 말해야 하나 말아야 하나 백번을 망설였다고요!"

"요안나에게 전화가 왔었어?"

"전화번호도 가르쳐줘놓고 모르는 척은!"

"내가 가르쳐준 거 아닌데."

뭐야, 그럼 정재원이 가르쳐준 건가. 아우, 징글징글 귀신같은 정재원. 제발 좀 나가 죽어라 이 자식아.

"요안나가 뭐라고 하던."

"스캔들 봤느냐며 걱정해주던데요."

"그래서?"

"봤다고 했죠!"

"설마, 너랑 나랑 지금껏 연기했다고도 말했어?"

"그건…….."

안 했어요. 기다렸다는 듯 헤어지라고 말하는 요안나한테 괜히 심통이 나서 입을 꾹 다물었죠. 예전엔 정재원이 요안나와 나를 두고 저울질했었는데, 이번엔 요안나가 이라나와 나를 두고 재더군요. 그 장난질에 동조해주기 싫어서, 사실대로 말하지 않았어요.

"그건 박지안 씨가 알아서 하세요."

"뭐?"

"애초부터 박지안 씨가 벌인 일이니까 알아서 처리하라고요. 난 이제 요안나 씨 볼 일도 없고, 박지안 씨와도 상관없어요."

"상관있어."

"싫어요! 없을래요! 이제 상관 안 해요! 이라나인지 저라나인지 당신 여자친구하고나 잘 해보란 말이에요!"

결국 참았던 화를 벌컥 터뜨리고야 말았다. 평범 이하의 민유리를 낭신들같이 잘난 사람들의 사랑싸움에 끌어들이지 마. 나는 정재원 하나 잊기에도 빠듯한 사람이야. 스케일 큰 애정신은 스케일 큰 사람들끼리 찍으란 말이야.

소리를 빽 지르는 나를 박지안이 잔뜩 힘이 들어간 시선으로 쳐다보았다. 그러더니 갑자기 주머니에서 휴대전화를 꺼내 들었다. 어디론가 전화를 걸자 '샤랄라' 하는 상큼한 샹송이 전화기 너머로 울려퍼진다. 전화기를 스피커폰 모드로 설정해둔 것 같다.

- 오빠!

"이라나."

- 왜 이제 전화해요! 얼마나 기다렸는데!

앗, 모델 이라나다. 이라나의 목소리가 루이보스의 공기를 생생히 울리고 있었다. 젠장, 얼굴만 예쁜 줄 알았더니 목소리까지도 예쁘네, 불공평한 조물주 같으니. 그나저나 이것 봐요, 애인이랑 통화하려거든 스피커폰은 좀 끄고 하시죠. 하여간 커플부대는 동서고금을 막론하고 매너가 없단 말이지, 매너가.

"까불면 혼난댔지."

- 오빠, 그게 아니고…….

"언제부터 너랑 내가 사권 거지? 너하고 내가 연인이라고?"

- ……사무실에서 터뜨린 거야, 사무실에서.

"왜! 도대체 왜!"

- 내가 오빠 때문에 밥도 제대로 못 먹으니까! 일도 제대로 못 하니까!

"이런다고 뭐가 달라지는데?"

- 어쩔 수 없이 나한테 오게 되어 있다고……. 매니저 오빠가 그랬단 말이야!

"미쳤구나, 그 회사. 겁도 없이 박지안을 건드리고."

- 오빠…….

"이틀 준다. 고소장 넣기 전에 빨리 끝내라."

- 오빠, 내가 뭐가 부족해? 가르쳐줘. 다 고칠게.

……이게 도대체 무슨 상황인지 한 번에 짐작이 가질 않는다. 고래고래 소리지르는 박지안과 엉엉 우는 이라나의 통화를 듣고 있자니 그저 스크린을 앞에 두고 앉아 있는 것 같을 뿐이다. 박지안, 이라나 주연의 로맨스영화라, 이거 그럼 꽤나 나오겠는걸? 아깝다, 내가 모아둔 돈만 있었어도 당장 제작해보는 건데. ……민유리, 정신 좀 차려라. 보아하니 두 사람은 꽤나 심각한 분위기 같은데 왜 너 혼자 신나서는 난리야, 난리가.

- 오빠, 나 한 번만 만나주면 안 돼? 나 진짜 너무 힘들어.

"잘 들어. 나 사랑하는 여자 있어. 한 번만 더 장난질하면 이 바닥 뜰 각오해라."

- 거짓말! 오빠 오랫동안 여자친구 없었다는 거 알아!

"누가 그러던? 나 애인 없다고."

- 지금껏 오빠만 쭉 지켜봤던 난데, 그 정도도 모를 것 같아?

"미안한데 지금도 난 내 여자친구랑 같이 있어. 바꿔줘? 민유리, 받아봐. 이라나가 네 목소리 듣고 싶단다!"

이건 또 무슨 귀동이 풀 뜯어먹는 시추에이션이래. 박지안은 머리 끝까지 화가 난 채 대뜸 내게 전화기를 내밀었다. 나는 그것을 받아들 생각조차 하지 못하고, 멍한 표정으로 박지안의 격앙된 얼굴만 바라보았다.

- 싫어! 집어치워! 짜증 나, 진짜!

유리창이라도 깰 듯 앙칼진 목소리를 남긴 채 이라나가 전화를 끊었다. 황망한 기계음만 이어지는 스피커폰을 박지안이 거칠게 꺼버렸다. 나는 도무지 혼란스러움이 가시지 않았다. 박요안나 앞에서 가짜 연인행세를 시키는 것도 모자라 이번엔 이라나 앞에서도 그러란 건가? 역할대행을 시키려면 돈이나 주고 부탁하든가. 가뜩이나 온종일 분해 죽겠는데, 이 남자까지 예고 없이 쳐들어와서는 긁힌 속에 식초를 칠갑해대고 있다.

"하긴, 박지안 씨 같이 대단한 사람 눈엔 내가 만만해 보이긴 하겠지……."

"무슨 소리야?"

"그만 좀 해요. 참는 데도 한계가 있어요."

"알아듣게 얘기해."

"모르는 척하지 말고요."

다 알아들으면서, 내가 하는 말이 무슨 뜻인지 다 알면서 태연하게 모르는 척하는 그 모습에 화가 불쑥 치밀었다. 더는 얼굴을 마주하기조차 싫어져 그 자리에서 벌떡 일어섰다. 박지안이 문을 향해 돌아서려는 내 손목을 거세게 부여잡았다.

"좀 놓죠?"

"왜 이래, 너?"

"이라나, 이쯤 하면 떨어져 나갔겠죠? 축하해요."

"……."

"진짜 사람 써먹을 줄 아시네. 뭐, 내가 멍청해서 이용당한 것 같아 할 말은 없지만."

"이용한 거 아니야!"

"그럼요? 그럼 이 꼴이 도대체 뭔데요!"

나는 박지안의 손을 힘껏 뿌리치며 벌겋게 열이 오른 얼굴로 그를 노려보았다. 곤란한 표정으로 어쩔 줄 몰라하는 박지안이 퍽 낯설게 느껴진다. 왜 그런 얼굴을 하고 있는 거야? 평소처럼 아래위로 훑어보면서 비웃기라도 하지.

"널 이용한 게 아니야."

"사랑하는 여자가 민유리? 그런 식으로 아무렇게나 이야기할 때는 언제고 이제 와서 뻔뻔하게 이용한 게 아니라뇨? 당신은 사랑이라는 감정이 그렇게 쉬워요? 옆에 있는 아무 여자나 붙잡고 이 여자를 사랑한다고 말하는 거, 그게 돼요?"

"……."

"사과받는 건 바라지도 않으니까 제발 이제 그만 하죠. 나 비록 그쪽처럼 하루에 몇 억씩 벌지는 못해도, 그래도 사람은 맞거든요. 심장도 좌뇌도 우뇌도 콩팥도 다 있는 사람이거든요! 나도 속상할 줄 알고 머리 아플 줄 알거든요……. 그러니까, 그만 괴롭혀요……. 흑……."

나는 울음을 터뜨리고 말았다. 아, 울기 싫었는데. 징징거리면서 '내 맘 좀 알아줘요.' 하는 미련한 짓은 누구 앞에서도 하기 싫었는데. 게다가 박지안의 앞에서라면, 더더욱 싫었는데.

정말이지 끔찍하게 치욕적이다. 차라리 땅속으로 푹 꺼져버렸으면 좋겠다 싶다. 얼른 이 상황을 벗어나고자 미련 없이 등을 돌렸다.

그때 뒤에서 박지안의 낮은 음성이 들려왔다. 앞뒤 다 잘라먹은, "세 번만 만나보자." 하는. 나는 이해할 수 없는 박지안의 말에 나가려던 걸음을 다시 멈췄다.

"……사랑은 아닐지도 몰라."

"무슨 소릴 하는 거예요?"

"그간 내 사랑은 미친 듯이 울고 괴로워하고 자학하는 것이었어. 나에겐 그런 게 사랑이었어. 그런 것만이 진짜 사랑이라고 믿었지."

"……"

"너를 생각하면 재미있는 기억만 떠올라. 웃음도 나고 기분도 좋아지고 어쩐지 머릿속까지 맑아져. 지금껏 내가 느꼈던 사랑과는 너무 달라. 그래서 혼란스러웠어. 이렇게 시시덕거리는 건 사랑이 아니야, 그냥 민유리가 너무 엉뚱하고 귀여워서 웃는 거야, 사랑은 이렇게 쉬울 수가 없어……. 몇 번이고 그렇게 생각했지."

"도대체 무슨 말이 하고 싶은 거예요?"

"너의 사랑은 어땠니. 즐거웠니? 아니면 괴로웠니?"

"……즐겁기도 하고 괴롭기도 했어요. 사랑이 원래 그렇듯……."

"내 사랑은 괴롭기만 했어. 구역질이 날 만큼, 가슴이 죄다 찢어질 만큼. 그런데 도저히 멈춰지지가 않더라."

"……"

"이제 겨우 브레이크라는 게 생기려는 것 같아. 스물일곱이나 먹어서야 겨우."

"축하해요. 축하할 일이 맞는 건지 모르겠지만."

"네 덕분이야. 그러니까 세 번만 만나자. 그럼 알 수 있을 것 같아. 이게 정말 사랑인지, 내가 널 정말로 사랑하는 게 맞는 건지."

"뭐라고요?"

"넌 아무것도 하지 않아도 돼. 그냥 세 번만 나와 만나줘."

"……내가 왜 그래야 하는데요?"

"……네가 날 살려났으니까."

모르겠다. 정말 하나도 모르겠다. 나는 끝내 아무 말 못 한 채 박지안을 뒤로하고 로즈메리로 돌아왔다. 침대에 털썩 몸을 던지고 양손으로 얼굴을 감쌌다.

박지안은 내 앞에서 '사랑'을 운운했다. 나를 사랑하는 것 같다고 했다. 그리고 나를 떠올리면 웃음이 나고 기분이 좋아진다고도 했다. 내 기억이 정확하다면, 그건 분명 5년 전 정재원을 처음 만났을 때 내가 느꼈던 그 감정이다. 사랑…… 비슷한 거.

하지만 그럴 리가 없다. 천하의 박지안이 평범 이하의 민유리를 사랑할 이유는 어디에도 없다. 우리는 그저 박요안나의 눈을 속이려 연인인 척을 했을 뿐이고, 몇 번 식사를 함께했을 뿐이고, 서로 술동무나 되어줬을 뿐이다. 그리고 달빛이 어슴푸레한 어느 밤, 망망대해에 원죄를 외치듯 고해성사를 하고 위로의 키스를 나누었을 뿐이다.

그래, 솔직해지자. 상대가 박지안만 아니라면, 이라나 같은 전국구 미인도 본체만체하는 그 대단하신 박지안만 아니라면 이 정도의 일만으로도 남녀 사이엔 충분히 묘한 감정이 싹틀 수 있으리라 생각한다. 하지만 박지안이다, 박지안. 어떻게 박지안 같은 사람이 나를 사랑한다고 상상할 수 있겠는가. 나는 책상에 조각칼로 '윤혁♡수진'을 새겨두었던 고교시절의 내 짝꿍이 아니다. '세계'가 다른 사람들 끼리는 사랑할 수 없다는 것 정도는 아는, 스물여섯의 지극히 일반적인 여성이란 말이다.

사랑 아니야, 공허해진 몸과 마음을 추스를 길이 없어 만만한 나에게 의지하려고 하는 거겠지. 나는 그냥 그렇게 생각하기로 했다. 괜히 박지안이 나를 정말로 사랑하고 있다고 믿었다가 사실이 아닌 게 되어버리면 내 자존심은 정말 태평양 저 밑바닥으로 곤두박질칠지도 모르니까. 이래 봬도 나, 나 자신을 꽤나 아끼는 사람이다. 그러니 타인의 감정에 농락당하는 일 따윈 이만 사양하련다. 이제 좀 안정되게, 편안하게 살아도 되는 거잖아.

새벽에 귀동이와 산책이나 하고 와야지, 그리고는 오늘 있었던 모든 일은 새하얗게 날려버려야지. 애써 긍정적인 생각들을 떠올리며 오지도 않는 잠을 청하고 있는데, 진동으로 맞춰놓은 전화기가 화장대 위에서 부르르 떨어댔다. 이 늦은 시간에 웬 전화람, 투덜투덜 침대에서 내려와 전화기를 집어들었더니 황당하게도 화면에 '박지안'이라는 세 글자가 떠 있다. 문만 열면 되는 데서 무슨 전화래. 하긴, 지금은 아무리 쾅쾅거린다 해도 나가지 않을 거지만.

"왜요."

- 나오라고 해도 안 나올 것 같아서.

……아무튼 쓸데없이 예리하단 말이지. 이렇게 눈치 빠른 인간이 왜 내 마음 상하는 건 눈곱만큼도 생각을 못 하는지. 하여간 저만

아는 이기주의자.

- 뭐 해?

"……자려고요."

- 미안.

"뭐가요?"

- 전부 다.

그럼 그렇지. 사랑이다 뭐다 했던 건 전부 헛소리였어. 미안하단 한마디로 상황정리를 끝내 버리려는 박지안이 정말이지 지독하게 얄밉다. 내가 이래서 '미안하다'는 말을 싫어한다니까.

- 사랑…… 인지 아닌지 가르쳐줘. 그건 진심이야. 그러니까 미안한 거에서 제외야.

"그만 좀 하죠?"

- 자꾸만 부정하고 싶어. 민유리 얼굴만 생각하면 실없이 웃게 되고, 밥은 먹었나, 더 마르지 않았나 걱정만 쌓이고, 귀동이랑 잘 놀고 있는지 내 눈으로 확인하고 싶고……. 이딴 사소한 감정은 사랑이 아니라고 부정하고 싶어.

"……."

- 그동안의 내 사랑은 패륜아와 고아의 사이를 왔다갔다했어. 도피와 은둔이 일상이었다고. 둘러보면 온통 깜깜했어. 감정은 하루하루 바닥을 쳤지. 그런데 너를 알고 난 이후로 문득 너무 화가 나는 거야. 젠장, 이게 뭐지. 남들은 지금껏 매일 이렇게 살았던 거야? 얼굴만 떠올라도 피식 웃고, 함께 마트에서 카트도 끌고, 여자친구가 끓여준 김치찌개도 먹으며 그렇게 행복하게 살았다는 거야? 그래서 연애할 때마다 그렇

게 시시덕댔던 거야? 박지안 이 불쌍한 놈아, 네 인생 한번 진짜 엿 같구나.

"……."

- 억지로 날 좋아해달라는 말까지는 하지 않을게. 내가 너를 보며 느끼는 이 마음이 사랑인지 아닌지 확인만 시켜줘. 멀어지지 말고, 떠나지 말고 내 곁에 조금만 머물러줘. 솔직히 말하면, 낯선 내가 조금은 무서워.

"……사랑은 스스로 깨닫는 거예요. 누가 일부러 가르쳐주는 것도 아니고 확인시켜줄 수도 없어요. 본인이 사랑이라고 생각하면 그게 사랑이에요.

- …….

"나 많이 당황돼요. 아직도 그쪽 말을 전부 이해 못 하겠어요. 차라리 내 옛 애인이 찾아와서 다시 만나자고 하는 게 더 현실성 있겠다 싶을 정도네요."

- ……아직도 그 사람 사랑하니?

"아니요, 나는 이제 단언할 수 있어요. 나는 그 사람을 사랑하지 않아요."

- 다행이네.

"요안나 씨, 사랑해요?"

- ……모두 잊지는 못했어.

"솔직하네."

- 그게 박지안의 매력이지.

풋, 그 말에 조그맣게 웃었다. 이 심각한 순간에도 어김없이 튀어

나오는 저 심각한 나르시시즘. 하긴, 이 역시 박지안의 매력이겠지.

- 허락해주는 거야?

"박지안 씨."

- 응.

"세 번만 데이트해주면 되는 거죠? 설마 세 번 만에 내가 박지안 씨한테 빠질 거라 생각하는 건 아니죠?"

- ……

"이렇게 된 거 솔직하게 말할게요. 나도 박지안 씨 싫지 않아요. 그간 알게 모르게 박지안 씨가 나 많이 챙겨줬다는 것도 알고 있어요. 고마워요. 그런데 나, 여유가 없어요. 예전 사랑은 다 잊었지만 아직 새 사랑을 할 만큼 마음이 안정되지는 않았어요."

전화기 너머 그의 긴 침묵이 이어졌다. 하지만 사실이다. 박지안이 평생 요안나만을 사랑이라고 믿었던 만큼 나는 얼마간 정재원만을 사랑이라고 믿어왔다. 비록 박지안처럼 다이너마이트 급은 아니지만 민유리 역시 수류탄 급 정도는 상처를 입었다고 생각한다. 내게는 아직 추슬러야 할 상흔이 제법 남았다. 벌써 새로운 사랑을 하는 건, 맘 작은 민유리에게는 분수에 맞지 않을지도 모른다.

아픔이란 결코 상대적이지 못하다고 생각했다. 남들이 암만 죽을 병에 걸렸다 한들 공작용 칼에 베인 내 손가락의 상처가 더 아프다고 믿었다. 그런데 어쩐지 박지안의 아픔은 내 아픔보다 몇 배는 클 것 같다는 알량한 이해심이 싹트기 시작한다. 박요안나와 박지안의 금방이라도 무너질 것 같은 얼굴을 봐서 그런 건지, 아니면 내 가슴이 많이 아물어서 그런 건지. 나는 이 순간 박지안을 진심으로 동정하게 되었다. 그가 다음번엔 좀 더 편안하고 밝은 사랑을 할 수 있도록 도와주고 싶어졌다.

"박지안 씨, 조건이 있어요."

- 뭔데?

"앞으로 나한테 '야', '너', 이렇게 부르지 마요."

- 그, 그럼?

"'유리야'라고 불러요."

- 간지러운데.

"싫음 말고."

- 아, 알았어.

"또."

- 또?

"윤혁 사인 왜 안 받아다 줘요?"

- 그놈의 윤혁은……. 아주 데려다 앉힐까? 빈방에 가둬놓고 사육이라도 할래?

"뭐 그렇게까지는……. 사인 CD로 합의 보죠."

- 철 좀 들어라, 너.

"또 '너'라고 하네."

- 유, 유리……. 아, 느끼하다.

"뭐예요? 요안나 씨 이름은 잘만 부르더니!"

- 농담이야, 농담. 미안합니다, 민유리 님.

"또 뭐가 있느냐면……."

- 무슨 요구 사항이 그렇게 많아!

"저기요, 아무리 시한부 만남이라지만 그쪽이 나한테 부탁하는 거잖아요! 무릎 꿇고 프러포즈를 해도 모자랄 판에 옛 여자 다 못 잊었다는 말이나 하고! 아, 진짜 내가 얼마나 만만해 보이면!"

장난삼아 소리를 빽 지르자 갑자기 전화가 툭 끊겼다. 뭐야 이 남자, 그깟 간단한 부탁 몇 개에 벌써 틀어진 거야? 아우, 왕 소심! 분명 페퍼민트 침대에 엎어져 '어디 감히 이 박지안에게!' 하면서 이를 갈고 있을 거다. 밴댕이 소갈딱지! 왕자병! 귀족병! 나르시시스트!

애먼 베개를 마구 때리며 화풀이를 하는데 갑자기 문 두드려대는 소리가 들려 놀라 벌떡 일어났다. 헉, 저 인간, 따지러 온 거야 따지러! 민유리, 오냐오냐 해줬더니 눈에 보이는 게 없나 보지? 어디 너 같은 평범 이하가 나 같은 슈퍼스타한테 까불어! 아아, 박지안이 속사포처럼 뱉어낼 구박용 멘트들이 벌써 귀에 선하다.

문을 열어줘야 해, 말아야 해? 몇 초간 고민하다가 못 이기는 척 슬며시 잠금장치를 풀었다. 꼭대기에 매달린 종이 딸랑 울리며 상쾌한 밤바람이 로즈메리 안으로 훅 들어왔다. 박지안은 뒤돌아서서 난간을 잡은 채 청명하게 뜬 달을 올려다보고 있었다. 뭐야, 왜 저렇게 폼 잡고 서 있는 거야, 더 무섭게.

"민유리."

"왜, 왜요!"

"유리야."

박지안이 조용히 이름을 불러왔다. 내가 시킨 거지만 막상 저렇게 부르니까 듣는 나도 어쩐지 닭살이 돋는다. 다시 야야, 너너, 하라고 해야겠군. 진짜 박지안 말대로 나도 알고 보면 은근 마조히스트.

"진짜 프러포즈는…… 세 번 만나고 할게."

"그, 그건 그냥 장난이었……."

"지금은……."

박지안이 갑자기 내 앞에서 털썩 무릎을 꿇었다. 깜짝 놀란 나는 양손을 뻗어 그의 몸을 일으키려 애썼다. 하지만 역부족이었다. 잔뜩 당황한 채 허공에서 허우적대는 내 손을 박지안이 세게 쥐었다. 그리고는 빤히 내 얼굴을 바라보았다. 캄캄한 밤, 달빛을 가득 담은 그의 눈동자가 가볍게 흔들리고 있었다.

"세 번만 만나줄래, 유리야? 너를 향한 내 마음이 사랑임을 확신할 기회를 얻었으면 해……."

박지안의 낮은 목소리를 들으며, 나는 무릎을 꿇은 그의 앞에 쪼그리고 앉았다. 그제야 우리의 눈높이가 비슷해졌다. 나는 왼손을 들어 바람결에 조금 헝클어진 그의 앞머리를 매만졌다. 이 사람은 이마까지도 참 잘생겼네, 불쑥 엉뚱한 생각이 든다.

"박지안 씨, 천하의 박지안 씨 부탁을 내가 감히 어떻게 거절하겠어요."

박지안은 그대로 오른팔을 잡아당겨 품에 나를 안았다. 맞닿은 심장이 쿵쿵 울려왔다. 그의 어깨너머로 보이는 총총히 뜬 별이 슬플 만큼 아름다웠다. 자신의 감정까지 의심해야 할 정도로 이 사람은 정말 힘든 삶을 살아왔구나. 바보같이 또 울컥, 눈물이 날 뻔했다.

야심한 밤인데도 불구하고 서울로 떠나야 한다는 박지안을 배웅하며, 이 사람과 헤어지라던 정재원의 마지막 모습은 잠시 접어두기로 했다. 박요안나와 박지안, 정재원과 민유리 사이에 얽히고설킨 넝쿨도 잠시 잊기로 했다. 정재원, 너무 긴장하지 마, 어차피 나는 박지안의 테라피스트(therapist) 정도니까. 약속한 시간 안에 이렇게 부담 없는 마음으로 여자를 만날 수 있구나 하는 것만 가르쳐주면 그걸로 임무완수다.

지금의 박지안은 나를 완전히 사랑하는 게 아니다. 요안나의 이탈 탓에 비어버린 가슴에 우연히도 내가 들어가버린 것이다. 내가 아니라 다른 누구라도 괜찮았을 거야, 그러니 괜한 부담은 갖지 말자. 솔직히 내가 박지안 같은 톱스타의 여자친구가 될 만한 위인은 아니니까. 훗날 TV에 박지안의 모습이 나올 때, 친구들한테 '나 쟤랑 데이트해본 적 있어.'라고 자랑이나 할 수 있음 그걸로 영광인 거다. 물론 아무도 안 믿어주겠지만, 젠장.

[내일 2시에 차 보낼게.]

[안그래도되는데]

[그냥 한 대 사줄까?]

[재수없어]

[싫으면 그냥 타고 와. 잘 자.]

몇 시간 후면 새로운 아침 빛이 온세상을 한가득 비추기 시작할 것이다. 박지안과 민유리의 첫 데이트, 아니, 상처로 얼룩진 두 영혼의 첫 치료 의식이 동쪽의 태양과 함께 서서히 가까워지고 있었다.

08. 잊는 쪽이 이기는 게임

"맛있게 먹고 있어, 누나 다녀올게."

귀동이의 먹이를 챙겨주고 서울로 나서는 길, 나는 오늘 하루 어떤 시간을 보내야 그에게 좋은 추억을 안길 수 있을지를 고민했다. 박지안의 테라피스트를 자처하고 나선 마당에 이왕이면 무언가 획기적인 경험을 남겨줘야 할 텐데. 하지만 곰곰이 생각해보니, 타인의 눈으로부터 자유로웠다는 걸 제외하고는 딱히 나라고 박지안보다 월등한 연애를 해왔던 것은 아니다. 에이, 몰라. 설마 박지안이 '상식 없는' 민유리의 머리를 기대하고 있겠어? 나는 이내 고민하기를 포기하고 휙휙 지나가는 창 밖 풍경에 시선을 맞추었다. 시원하게 뚫린 도로를 쌩쌩 달리니 답답했던 가슴까지 뻥 뚫리는 기분이다.

자동차가 낯선 건물 앞에 닿았다. 지하로 가면 된다는 기사 아저씨의 말에 인사를 꾸벅 한 뒤 차에서 내렸다. 심장을 쿵쿵 울리는 강렬한 비트가 철문 너머로 새어나왔다. 설마 여기? 의아한 표정으로 조심스레 문을 열자 땀을 뻘뻘 흘리며 부지런히 뛰어다니는 민소매 티셔츠차림의 건장한 청년들이 눈에 들어온다. 아, 댄스팀! 춤 연습 중이구나. 어머, 어머, 저 사하라 사막같이 드넓은 등짝 좀 보게!

흘러내리는 침을 닦고 놓았던 정신을 좀 추스르자, 그제야 저 멀리 대열의 맨 앞에 서 있는 박지안이 눈에 들어온다. 외간남자들 등짝에 홀려 박지안도 잊고 있었다니, 미안해 박지안, 흐흐.

그는 한껏 음악에 도취해 온몸을 리듬에 맡기고 있었다. 저걸 어떻게 다 외웠을까 싶을 만큼 복잡하고 어려운 춤이다. 정확히 계산된 박지안의 움직임에 따라 열댓 명의 훤칠한 남자들이 부지런히 대형을 달리한다. 오케스트라를 지휘하는 마에스트로처럼 그는 많은 사람 사이에서도 단연 빛을 발했다. 아무리 생각해도 저 인간은 성격 특이한 것만 빼면 완벽하단 말이지.

"어, 유리 왔어?"

이제야 전면거울에 비친 내 모습을 발견했는지, 연습에만 몰두하던 박지안이 반가운 표정으로 다가왔다. 흐르던 음악이 멈추고 한순간 모든 이의 시선이 나에게 집중되었다. 아, 창피해. 빨개진 얼굴을 감춘 채 애써 태연한 척하느라 입가가 꿈틀꿈틀 댄다.

"언제 왔어? 왔으면 부르지."

"지금 막 왔어요. 뭐 하는 거예요?"

"후속곡 연습. 댄스곡이라서."

"박지안 씨 춤도 추네요?"

"어, 나름 댄스가순데."

"그랬구나. 의외네."

훌쩍거리며 지지리 궁상떠는 노래만 부르는 줄 알았지. 아니라니다행이다 싶기도 하고, 후후.

"생각보다 일찍 도착했네. 한 번만 맞추고 가야겠다, 그럼."

"아니에요, 더 하세요. 재미있어요."

"그래? 괜찮아?"

"네, 괜찮아요."

태평양 같은 등짝들 구경에 시간 가는 줄도 모르겠다우. 아이고, 그냥 여기에 자리 깔고 누우련다. 퀴퀴한 냄새 따위가 뭐 별거냐!

"그럼 저기 앉아 있어. 냉장고에 음료수 있으니까 꺼내 마시고."

박지안은 슬쩍 고맙다는 얼굴을 내비치고 나서 다시 자신의 자리로 돌아갔다. 형, 누구예요? 한가득 웅성거림이 이어졌지만 그는 못 들은 척 씩 웃기만 했다. 대충 알아서들 생각하겠지. 이제 괜한 눈치는 보지 않기로 했다.

박지안의 움직임은 꽤나, 아니 무척 훌륭했다. 그는 '나름 댄스가수'가 아니라 '누가 봐도 댄스가수'였다. 입고 있는 민소매 셔츠가 땀에 흠뻑 젖었지만 조금도 힘들지 않다는 듯 그의 어깨는 변함없이 꼿꼿하다. 결국 구시렁거리는 불평들은 등짝 넓은 청년무리에서 먼저 터져 나왔다. 조금이라도 동작이 어긋나면 무조건 음악을 맨 처음으로 돌리는 박지안 때문에 완전히 질려버린 모양이었다. 형, 진짜 너무하는 거 아니에요? 악, 더는 못 해! 배 째! 어리광이 가득 담긴 목소리들이 귀여워 나는 하하, 크게 웃어버렸다.

박지안은 엄청난 완벽주의자구나. 하긴, 저러니 날고 긴다는 사람들 사이에서도 가장 높은 자리에 서 있는 거겠지. 새삼 이 사람이 지닌 치열한 젊음의 무게가 훅하고 느껴진다. 쇼 케이스를 보는 내내

요안나가 눈물을 멈추지 못했던 이유는, 박지안이 그 화려한 무대를 위해 보이지 않는 곳에서 이만큼이나 힘든 과정을 겪었다는 사실을 잘 알고 있었기 때문 아닐까. 그렇게 생각하니 살짝 얄미웠던 요안나에게 다시 잔정이 붙기 시작한다. 아무튼 민유리, 이랬다저랬다 변덕스러운 건 세계 최고야.

"수고하셨습니다!"

짝짝짝 박수가 터지더니 피라미드처럼 세모 반듯했던 대형이 우르르 무너졌다. 긴 팔다리를 축 늘어뜨린 남자들이 마룻바닥에 철퍼덕 누워버렸다. 많이 힘들 것이 당연했다. 내가 온 것만 해도 벌써 한 시간째인데, 그전부터도 계속 뛰어다녔을 테니 말이다. 하지만 어찌 된 영문인지 박지안만은 쌩쌩, 충전 백 퍼센트의 상태다. 쟤 에너자이저야 뭐야. 싱글싱글 웃으며 이쪽으로 다가오는 그에게 의자에 걸쳐져 있던 수건을 내밀었다. 채 흡수되지 못한 굵은 땀방울들이 바닥으로 뚝뚝 떨어진다. 밥은 챙겨 먹고 연습하는 건지……. 또 노인네처럼 밥걱정이 먼저 된다.

"심심했지?"

"아니요. 재미있었어요."

"어때?"

"뭐가요?"

"무대 위에서 할 건데."

"아, 멋있어요. 조명 받으면 더 멋있을 거예요."

"하긴, 내가 뭔들."

"또, 또 잘난 척."

"하하."

컨디션이 좋은 듯 박지안이 장난스럽게 웃었다. 이제부터 무엇을 해야 하나 눈동자를 굴리며 고민하고 있는데 바닥에 쓰러져 숨을 고르던 무리가 이쪽으로 슬슬 다가오는 게 보였다. 시선이 마주치고, 나는 어색한 웃음을 지었다.

"안녕하세요!"

"네, 안녕하세요."

눈초리가 명랑하게 휘어지는 남자가 인사를 건네왔다. 박지안은 '이 자식들, 무슨 꿍꿍이야?' 하는 표정으로 그들과 나의 사이를 가만 지켜보고 있다. 스물하나, 많아야 둘? 앳됨이 채 가시지 않아 보송보송한 그들을 보니 철없이 정재원 뒤만 졸졸 따라다녔던 내 과거가 아득히 멀게 느껴진다. 불과 몇 년이 지나지도 않았는데 민유리의 이십 대 초반은 생각조차 닿지 않을 곳으로 가버렸다.

"설마 지안이 형 여친?"

"와, 진짜로?"

"맞죠, 형? 맞죠?"

"맞네, 맞네. 얼굴 빨개지는데? 킥킥."

복작복작 시끄럽기도 하지. 언제 지쳐 쓰러졌냐는 듯 그들이 갖은 소란을 피워댔다. 혈기왕성들 하셔라, 보고만 있어도 귀여워죽겠네.

"형 뭐예요, 여친 있었네."

"이라나 고 여우 같은 게 갑자기 신문에 터뜨릴 때 알아봤어. 형 여친 있는 거 알고 발버둥친 거구만?"

"하여간 그 진상은 언제 정신 차릴지……."

듣자하니 박지안, 그간 상상 이상으로 엄청나게 시달렸나 보다. 도대체 이라나는 무슨 행각을 벌이셨기에 이 팔팔한 청년들한테 단체로 욕을 얻어먹는 건지. 새삼 그녀의 활약상이 궁금해지기도 하고. 후후, 나중에 슬쩍 물어봐야겠다.

"저, 사실 여자친구는 아니……."

"맞아, 내 여자친구. 유리야 인사해, 우리 회사 안무 팀이자 연습생들. 얘는 정호, 얘는 상민이, 얘는 현수."

"아이고 형, 이 많은 이름을 한 번에 어떻게 다 외워요! 하하하."

여자친구는 아니고요, 하려는데 박지안이 대뜸 말을 가로채간다. 어쩔 수 없이 머쓱하게 웃으며 팀의 대표격인 정호라는 남자와 악수를 했다. 영광입니다, 형수님. 반달눈을 한 채 넉살 좋은 농담을 건네는 그를 보니 문득 운혁의 얼굴이 떠올랐다. 박지안의 주변에는 이렇게나 명랑한 사람들이 많구나. 늘 혼자만 어두웠겠네.

"형수님, 우리 이름 다 외울 수 있도록 자주 놀러 오세요!"

"어쩐지 오늘따라 살살 나간다 했어."

"웬일로 소리도 별로 안 질러, 킥킥."

"안 어울려요, 형!"

끊임없이 놀림감이 되고 있는데도 박지안은 싱글벙글 미소를 멈추지 않았다. 오늘 기분 한번 무지 좋은가 보네, 평소 같았음 어림 반 푼어치도 없을 텐데. '니들이 감히 나를 희롱해! 내가 누군지 알아!' 후후, 어쩐지 이렇게 나와야 진짜 박지안 같다.

"씻고 나가야겠다. 유리야, 여기서 잠깐 기다려."

그러면서 샤워실로 향하는 그에게 열댓 명의 무리가 우르르 달려가 마구 매달렸다. 형! 회식! 회식! 형수님도 오셨는데 회식! 우리 버리고 갈 거 아니죠? 우리도 쫄쫄 굶었거든요! 아악, 둘이만 데이트한다고 쏙 빠지고! 안 돼, 못 보내! 차라리 밟고 가요!

덩치가 산만 한 사람들을 대롱대롱 매단 채 박지안이 난감한 얼굴로 내 쪽을 바라보았다. 나는 그 모습이 하도 재미있어서 배를 잡고 깔깔대다가 엄지와 검지를 슬쩍 동그랗게 말아 보였다. OK. 내 사인을 알아챈 박지안이 활짝 웃었다.

"징그러운 것들, 아무튼 남 좋은 꼴을 못 봐요. 샤워하고 30분 안으로 집합해라, 안 그럼 국물도 없다!"

우와, 괴성과 함께 욕실로 뛰어가는 한 무리의 남자들을 보며 나는 또 한 번 박장대소를 터뜨렸다. 뭐야 박지안, 생각보다 훨씬 재미나게 살고 있잖아? 위로를 받아야 할 사람은 그쪽이 아니라 나 같은걸.

"건배!"

어슴푸레 저녁기운이 감도는 시각, 강남의 한 고깃집은 소주잔을 손에 든 시커먼 남정네들로 가득 찼다. 오늘 여기 있는 고기 다 먹고 갈 테니 다른 손님 받지 마세요! 입구에 들어서면서부터 정호 무리가 외쳐대는 소리에 나는 하마터면 신나서 손뼉을 칠 뻔했다. 어머 정호 씨, 나랑 많이 비슷하구나! 우리 오늘, 배틀 한 번?

하지만 내가 먹는 속도와는 비교도 안 되게 이 남자들은 삼겹살을 육회로 드시는 건지 주문하는 족족 고기 접시를 텅텅 비워낸다. 나는 그들이 먹는 것만 바라봐도 배가 불러오는 느낌이었다. 박지안도 흐뭇하게 웃고 있었다.

가장 어린 아이가 열여덟 살, 고등학교 2학년이란다. 지금은 이렇게 똑같은 자리에 있지만 얼마 지나지 않아 몇몇은 박지안처럼 가수로 데뷔하고 몇몇은 댄서가 되고 또 몇몇은 소리없이 사라진다며 박지안은 모두가 샤워장에 간 틈을 타 나에게 일러주었다. 조심스럽게 이야기를 이어나가는 그의 목소리에서는 후배들의 미래를 염려하는 따뜻한 마음이 가득 새어나왔다.

테이블 한가운데에 앉아 아버지 같은 표정을 짓고 있는 박지안은 정말로 모두에게 존경을 살 만한 롤 모델 그 자체였다. 요안나, 요안나 하면서 징징대는 박지안 말고도 이 사람에게는 참 많은 얼굴이 있다. 오늘 하루만도 벌써 몇 번을 놀랐는지 모르겠다.

가만, 근데 저 고삐리 지금 소주 마시고 있는 거지? 개뿔, 좋은 선배는 무슨.

"형수님!"

"네?"

"건배해요!"

"네. 헤헤."

박지안이 "어쭈." 하며 나를 힐끗 쳐다본다. 실실 쪼개는 거 보니 벌써 취했네, 그가 조그맣게 핀잔을 건넸다. 음…… 아직 취하진 않았는데 기분이 완전 좋아. 오랜만에 사람들이랑 어울리니까 너무 행복해. 하지만 이리 말하자니 스스로 왕따임을 자백하는 것 같아 나는 그저 헤벌쭉 웃기만 했다. 박지안이 어이없다는 듯 따라 웃었다.

"얘들아, 형수님이 건배하신단다! 잔 들어라!"

"어머, 그게……."

"형수님, 한마디 외쳐주세요!"

사방에서 집중되는 시선에 잠깐 머쓱해하다가 에라 모르겠다 싶은 마음에 잔을 높이 들었다.

"박지안 3집 후속곡 완전 대박!"

"와아아!"

술이 술술, 정말 잘도 넘어간다. 혼자 마셨던 비싼 와인보다 같이 마시는 싸구려 소주가 백 배, 아니 천 배는 더 맛있다. 진짜로.

"불편했지?"

"뭐가요?"

"그런 자리."

가평으로 돌아가는 길, 운전하던 박지안이 슬쩍 물어왔다. 불편은 무슨, 아직도 그 파릇파릇한 청년들과 부딪쳤던 소주잔이 눈에 선하구먼.

"아뇨, 재밌었는데."

"하긴, 제일 신났더라."

"재밌으니까 취하지도 않네. 아이, 기분 좋아."

어깨까지 들썩거리는 나를 보더니 박지안이 피식 웃는다. 그리고는 다짜고짜 고맙다며 인사를 건네온다.

"뭐가 고마워요?"

"화 안 내서."

"화를 왜 내요?"

"너한테 묻지도 않고 내 여자친구라고 소개해버렸잖아."

"뭐, 좀 놀라긴 했지만 어쩌겠어요. 아니라고 정색하는 것도 웃기고. 사람은 자기들이 믿고 싶은 것만 믿는다면서요? 하하."

"처음이야."

"응?"

"그 많은 사람 앞에서 여자친구 소개하는 거."

"……."

"신선한 경험이었다. 고맙다, 민유리."

"나이 스물일곱에 박지안 씨도 참 천연기념물이네요."

"그러게 말이다."

허허 웃는 그의 얼굴이 퍽 쓸쓸해 보인다. 요안나를 '누나'로밖에 소개하지 못해 타들어갔을 속이 이해가 돼 나도 덩달아 쓸쓸해졌다. 내가 요안나 씨처럼 예뻤다면 좋았을 뻔했어, 그럼 박지안이 더 우쭐할 수 있었을 텐데.

"박지안 씨, 나도 고마워요."

"응? 뭐가?"

"오랜만에 즐거웠거든요."

"……."

"사람들이랑 어울리는 거, 진짜 오랜만이라."

"사람들 마주하기 싫어서 팬션 들어온 거 아니었어?"

"그랬죠. 그런데 이젠 괜찮나 봐요. 기분이 좋네요."

"잘됐네."

"옛 남자친구는 자기 모임에 나 잘 안 불렀거든요."

"왜?"

"어려서 철도 없고 눈치도 없다나."

"하하……."

왈칵, 옛날 생각을 하니 또 서러워진다. 울면 안 돼, 술 먹고 우는 여자가 얼마나 추한지 잘 알잖아! 참자, 참자, 참자. 1초에 백만 번 눈을 깜빡이며 겨우 눈물을 참아냈다. 잘했어, 민유리! 장하다 대한의 딸!

"너 안 그래."

"네?"

"너 그런 여자 아니야."

"……고마워요, 박지안 씨."

아무래도 세 번의 만남 동안 위로를 받는 건, 정말로 내 쪽이 될 것만 같다.

"피곤한데 운전까지 하느라 수고했어요. 그리고 오늘 고마웠어요."

반가운 듯 꼬리를 살랑살랑 흔드는 귀동이의 머리를 쓰다듬으며 박지안에게 인사를 건넸다. 박지안은 오른손을 가볍게 들어 보이며 페퍼민트를 향해 걸어갔다. 그러다 갑자기 뒤돌아섰다.

"아, 민유리!"

"네?"

"오늘은 무효다!"

"뭐라고요?"

"오늘은 무효라고!"

"왜요!"

"데이트가 아니잖아!"

"데이트죠!"

"회식이었지."

"내가 댁들이랑 회식을 왜 해요!"

"몰라! 회식이야!"

어울리지도 않게 촐랑촐랑 뛰어가는 박지안의 뒷모습을 나는 분한 얼굴로 씩씩거리며 바라보았다. 젠장, 이게 뭐야, 초딩한테 휘둘리는 담임선생님 같잖아!

[앗싸민유리백수탈출!!!!!!]

[무슨 소리?]

[나드디어새책번역들어가요*^^*]

[잘됐네. 힘내라 민유리!]

새 출판사와 계약을 했다. 문득 연락이 와서는 한번 만날 수 없겠냐고 하기에 "못 만날 게 뭐 있나요!" 하면서 당장 달려가 도장을 찍고 왔다. 예전에 작업했던 소설책이 제법 히트를 쳐주신 덕분에 생각보다 계약금도 쏠쏠히 받을 수 있었다. 우왕, 드디어 민유리의 인생에도 광명이 비치는구나!

오랜만에 일을 시작하려니 온몸에 의욕이 넘친다. 연습실에서 땀을 뻘뻘 흘리던 박지안의 열정을 반만 따라도 이깟 얇은 책 한 권쯤은 일주일 만에 끝낼 수 있을 것 같다. 좋아 민유리, 이 기세를 몰아 번역 머신으로 다시 태어나는 거다! 팔뚝에 힘까지 줘가며 한껏 결의를 다지고 있다가, 울려오는 벨 소리에 박지안이 축하전화라도 하나 싶어 대뜸 슬라이드를 올린 것이 잘못이었다.

"네!"

- ……계약했니?

"누구……?"

- 나.

그 말에 부들부들 손이 떨려왔다. 귓속이 웅웅 공명하고 동시에 눈앞이 캄캄해진다. 또 뭐야 정재원, 도대체 왜 이러는 거야.

"……무슨 일이에요?"

- 서문출판이랑 계약했다는 소식 들었어.

"뒷조사까지 해요?"

- 그쪽에서 연락이 왔어. 사장이랑 친분이 있어서.

"발도 넓으셔라."

- 우리 일은 왜 안 하는 거지? 네 커리어엔 그런 별볼일없는 데보단 우리가 나을 텐데.

"댁 같으면 하겠어요?"

- 프로라면 개인감정 같은 건 접어야지.

"착각 작작하시죠. 난 프리랜서예요. 어디와 일하든 자유라고요."

- 만나자.

"닥쳐요."

- 왜 그렇게 입이 험해졌니? 박지안이한테 배운 거야?

"그쪽은 지성인이라서 처남 이름을 그렇게 함부로 부르나요?"

- 처남이기 이전에, 옛 여자의 새 남자지.

"놀고 계시네요. 그만 끊겠습니다."

- 조만간 한번 찾아갈게. 할 얘기도 있고.

"그쪽이 나한테 할 얘기가 도대체 뭔데요! 전화 좀 하지 말라고요, 이젠 당신 목소리만 들어도 귀가 썩는 것 같으니까!"

내가 미쳤지. 아무 전화나 함부로 받지 말자고 그렇게 맹세를 해 놓고 또 이렇게 실수를 저지른다. 얼른 전화번호를 바꾸든가 해야지……. 하지만 그런다 한들, 번역일을 계속 하는 이상 내 전화번호 하나 얻어내는 건 정재원에게는 일도 아닐 거란 생각이 들어 힘이 쭉 빠진다. 게다가 그는 내가 사는 이 팬션까지 알고 있지 않은가. 도망가기 한번 지독하게 어렵다.

조만간 찾아오겠다는 그의 말에 가택 침입으로 고소하겠다는 엄포를 놓으며 전화를 끊었다. 한껏 들떴던 기분이 순식간에 식어버렸다. 잊을 만하면 불쑥 나타나는 정재원. 당신과 나는 도대체 무슨 악연이기에 이래.

"휴, 일이나 하자."

한숨을 한 번 크게 쉰 후, '愛しい君へ(사랑스런 그대에게)'라는 달달한 제목의 소설을 한 장 한 장 넘기기 시작했다. 부디 이 책이 기분 전환에 큰 도움이 되어주길 바랐건만, 대충 훑어보니 여자주인공이 불치병에 걸린 것 같다. 얼씨구, 이 무슨 본격 신파극? 아직도 이런 소설이 먹히는 줄 아나 보네. 황당한 마음에 피식거리며 읽어 내려가기 시작했는데, 정신을 차려보니 로즈메리엔 꺽꺽거리며 눈물 콧물 죄다 쏟아내는 웬 청승녀 하나가 앉아 있었다.

……먹히는구나, 미안.

[이제 촬영 끝났어. 오늘따라 진도가 빠르네. 기분이 좋아서 그런가.]

'삐릭' 하며 도착한 박지안의 문자. 잔뜩 활기가 느껴지는 메시지

를 보며 '젠장나도방금전까진그랬답니다'라고 답장을 찍었다가 슥슥
지워버렸다. '왜, 지금은 안 그래? 뭐 안 좋은 일 있어?' 하며 금세 걱
정모드로 돌아설 게 뻔한 사람한테 괜한 소릴 할 필요가 있나 싶다.

[나도페이지가술술넘어가요아이좋아라]

가식이 옴팡 섞인 답장을 보내며 나는 괜히 머쓱한 웃음을 지었다.

"Congratulations, 민유리!"

"어, 오늘 온다는 말 없었잖아요?"

"일이 일찍 끝나서."

은갈치 서는 소리가 들려 긴가민가한 마음에 문을 열고 나갔더니
박지안이 한 손에 케이크를 들고 서 있었다. 귀동이는 박지안이 반
가운 건지 케이크가 반가운 건지 꼬리를 흔들며 사방팔방 춤을 춰
댔다. 저 먹깨비, 분명 후자다 후자.

"웬 케이크?"

"파티해야지. 축하파티."

"에?"

"백수 탈출했다며!"

뭐 대단한 일이라고 저리 유난을 떠나 싶으면서도 케이크까지 챙
겨 들고온 박지안이 은근히 고맙다. 정재원의 강펀치도 모자라 몹쓸
신파소설 때문에 콤보로 두들겨맞은 기분이었는데 박지안의 환한
웃음을 보는 순간 뾰족했던 감정들이 봄눈 녹듯 스르르 사라진다.

늘 인상 쓴 얼굴로 시비만 걸어대던 심술쟁이 박지안은 어느 날부
터인가 세상에서 가장 밝은 미소를 시시각각 보이고 있다. 그만큼

내가 편해졌단 증거일까, 아니면 방송용 웃음이 아닌 일상용 웃음을 지을 여유가 생겼단 증거일까. 뭐면 어때, 웃는 것 자체가 중요한 거지. 덕분에 나도 한 번 웃을 거 두 번 웃는걸.

"참, 선물도 있어."

"무슨 선물이요?"

"윤혁."

"사인 CD? 우왕!"

"아니, 올 거야. 조금 이따가."

"뭐, 뭐라고요?"

"여기 너무 좋다고, 한번 더 오고 싶다고 어찌나 난리를 부리던지. 그래서 그냥 오라고 했지."

"안 되는데! 나 신나서 얼굴 빨개지는데."

"괜히 오해 살 짓 하지 마라, 여자친구도 같이 오니까."

"여, 여자친구요? 윤혁 씨 여자친구 있어요? 말도 안 돼! 나의 아이돌이, 나의 윤혁이, 여자친구라니! 여자친구라니!"

"석 달에 한 번씩 갈아치우는 놈한테 새삼스럽게 무슨."

오 마이 갓, 이 타락한 아이돌 같으니. 교교시절 내 짝꿍 수진아, 걱정하지 마. 너의 순정을 짓밟아버린 배신자 윤혁을 내가 반드시 응징해줄게! 이노무 자식 오기만 해봐라, 등짝에 케이크 칼이라도 꽂아줄 테다!

……라고 다짐은 했지만, 막상 반짝반짝 눈이 부신 윤혁의 얼굴을 보니 또다시 안색이 발그레해진다. 박지안이 옆구리를 쿡쿡 찌르며 양껏 눈치를 주지만, 피가 자기들 멋대로 얼굴로 쏠리는 걸 날 더러

어쩌라고요.

"형수님, 안녕하셨어요!"

"아, 안녕하세요!"

"지안 오빠!"

"왔냐, 희주."

깡충깡충 달려와 박지안의 품에 덥석 안기는 희주라는 이름의 아가씨는 뽀얀 피부에 초롱초롱한 눈망울을 가진 예쁜 인형 같았다. 반가움이 넘실대는 세 사람 곁에 혼자 멀뚱멀뚱 서 있자니 이방인이 된 것 같아 어쩐지 민망해졌다. 에잇, 셋이 놀아라, 난 들어가서 일이나 할 테니. "그럼 재미있게 놀다가세요." 하고 돌아서려는데 어느새 희주와의 상봉을 마친 박지안이 내 손목을 휙 낚아챈다. '가긴 어딜 가, 요 지지배야!' 하는 표정으로.

"희주야, 내 여자친구."

"아, 이분이시구나. 말씀 많이 들었어요, 언니이!"

박지안이 도대체 어디서 무슨 말을 하고 다녔는지는 알 수 없으나 악담은 아니겠지 하는 심정으로 희주와 인사를 나누었다. 대뜸 언니라고 부르며 살갑게 다가오는 조그만 아가씨는 뭐가 그리 기분이 좋은지 팬션을 팔짝팔짝 뛰어다녔다. 윤혁은 고개를 절레절레 저으며 못 말리겠다는 표정으로 웃고 있었다. 영락없는 다람쥐구면, 다람쥐. 그것도 진짜진짜 귀여운 아기다람쥐.

그런데 그 다람쥐께서는 술을 도토리쯤으로 여기시는지, 윤혁이 사온 와인 두 병은 희주 때문에 한 시간도 되지 않아 바닥이 났다. 결국 아쉬운 대로 페퍼민트 냉장고에 있던 소주를 긴급 공수했다.

좋은 경치 보겠다고 멀리에서 찾아온 연인에게 고작 소주나 내놓는 게 미안했던 건 기우, 다람쥐 아가씨는 "캬, 좋다! 역시 쏘주!" 하면서 양껏 신이 나셨다.

스물한 살이라는 희주는 데뷔 1년차의 신인가수라 했다. 어쩐지 아우라가 범상치 않더라니. 하지만 자타공인 슈퍼스타인 박지안도 잘 알지 못했던 내가 그녀를 알 턱이 있으리오. "언니, 나 나름 잘나가는데!" 하면서 울상을 짓는 희주를 "미안해요, 내가 원시인이라서." 하며 달래는데, 이거 빈말이 아니라 진짜로 미안해진다. 아아, 이제 검색창에 '한희주'를 칠 순서구나. 팬션에 들어와서 느끼는 건 연예가 상식밖에 없다, 후후.

"아 맞다, 케이크!"

웃고 떠드느라 까맣게 잊고 있었다, 냉장고에 고이 모셔둔 케이크. 아까 와인 마실 때 꺼내왔어야 했는데! 으악, 소주 안주로 케이크를 먹는다 생각하니 벌써 속이 뒤집힌다. 이러지도 저러지도 못하고 앉아 있는데 박지안이 벌떡 일어서더니 방으로 쏙 들어갔다. 촛불 두 개가 반짝반짝 빛나는 새하얀 케이크가 그의 양손에 들려 등장했다.

"웬 케이크야?"

"오늘 유리한테 축하해줄 일이 있어서."

"형수님 생일이에요?"

"아, 아니요. 그런 건 아니고……."

"그럼 오빠랑 언니랑 기념일?"

"그것도 아닌데……."

모양 빠지게 '백수탈출 기념파티'라고는 말할 수 없어 원망스런 눈길로 박지안을 힐끗 보았다. 눈치코치 없는 놈 같으니!

"유리가 그간 몸이 좀 안 좋아서 하던 일을 잠시 쉬고 있었거든. 오늘부터 다시 시작했어. 그 축하파티."

"우와, 그럼 언니 몸도 괜찮아졌고요?"

"응. 우리 유리 이제 건강해."

"지안 오빠 완전 낭만적이다! 지윤혁, 뭐 하니? 저런 것 좀 닮아봐!"

"요게 또 반말이지?"

"흥!"

알콩달콩 싸우는 두 사람을 보자니 절로 입가에 미소가 번진다. 박지안에게 필요한 건 나처럼 괜한 상처에 전전긍긍하는 복잡 산만한 여자가 아니라 저렇게 티없이 해맑은 희주 같은 여자가 아니었을까. 주제도 모르고 박지안의 테라피스트를 자처한 게 좀 미안해진다.

"언닌 무슨 일을 하시는데요?"

"저요? 번역이요. 일본작가가 쓴 책을 한국어로 바꾸고 있어요."

"우와, 멋있다! 서점에 팔고 있는 것도 있어요? 사봐야겠다!"

"음…… 예전에 '별의 노래'라는 소설이 있었어요."

"어, 혹시 요시…… 뭐더라? 맞다, '요시자와 유미'가 쓴?"

"어머, 알아요?"

"알아요, 알아요! 주인공은 나나코랑 하야토, 맞죠?"

"우와, 희주 씨 아는구나!"

반가워죽겠다는 듯 손을 잡고 팔짝팔짝 뛰는 두 여자를 박지안과 윤혁이 어안이 벙벙한 표정으로 보고 있다. 그러거나 말거나 희주는 '별의 노래' 이야기에 흠뻑 빠져 언니가 그런 대단한 사람인 줄 몰랐다느니, 사인을 받아야겠다느니, 언니가 짱이라느니 난리법석이다.

"민유리 대단하네."

"뭐가요?"

"유명하잖아."

"유명은 무슨……."

박지안, 윤혁, 한희주를 앞에 놓고 유명하다는 소리를 듣고 있자니 남세스러워 숨고 싶을 지경이다. 하지만 기분은 썩 나쁘지 않다. 내 노력의 결과를 알아주는 누군가를 만나 박수받는다는 건 상상 이상으로 행복한 일이니까. 하긴, 그러니 이 사람들이 갖은 고생을 겪으면서도 연예인을 하는 건지도 모르겠고.

"앗! 초 다 녹는다! 형수님, 빨리 불어요!"

"지안 오빠, 유리 언니, 둘이 같이 부세요!"

"네?"

"불자 얼른. 하나, 둘, 셋!"

"후……."

반 토막이 된 초를 박지안과 내가 하나씩 나눠 꺼트렸다. 민유리, 백수 탈출 축하해. 그리고 박지안, 고마워.

얼마 지나지 않아 다람쥐 아가씨는 해롱해롱 인사불성이 되었다. 바닥에 드러눕기라도 하면 어쩌나 걱정했는데 다행히 윤혁의 어깨에 기대 새근새근 곱게 잠이 들었다. 생존자 세 사람은 마지막 남은 소주를 잔에 채우고 케이크를 안주 삼아 조용히 건배를 나누었다. 씁쓰레한 소주 한 모금 뒤로 찾아오는 달콤한 딸기케이크의 맛은 예상보다 훨씬 조화로웠다.

형수님, 나 형수님이 너무 좋아요, 지안 형보다 형수님이 더 좋아요, 그러니까 철없는 박지안 좀 잘 부탁해요. 술기운에 살짝 꼬인 발음으로 윤혁이 말했다. 어허, 어딜 넘보냐, 박지안이 내 어깨를 감싸며 장난삼아 대꾸하자 윤혁은 잠든 희주의 볼을 꼬집으며 "나도 애 있거든!" 한다. 좋은 꿈이라도 꾸는지 희주가 눈을 감은 채 싱긋 웃는다.

"희주 씨는 루이보스에 눕히고 윤혁 씨는 라임트리로 가요. 엊그제 청소해서 두 방 다 깨끗해요."

"민유리 너, 하하하!"

"왜, 왜 웃어요?"

갑자기 코미디 프로그램이라도 보는 양 박지안이 배를 잡고 웃는다. 의아한 나머지 눈을 동그랗게 뜨면서 물었더니,

"아니, 무슨 연인이 팬션까지 놀러 와서 각방을 쓰냐?"

"뭐, 뭐라고요? 어우, 이 타락한 아이돌들을 그냥!"

결국 루이보스로 윤혁과 한희주가 다정하게 들어가고(도둑놈, 저 어린애를!) 나는 뒷정리를 조금 하다가 다시 털썩 의자에 앉았다. 낮에 걸려왔던 정재원의 전화가 자꾸만 신경에 거슬렸다. 좀처럼 잠이 올 것 같지 않았다.

정재원이 내게 불쑥 할 말이 있다고 할 때마다 예나 지금이나 내 심장은 변함없이 덜컹거린다. 또 무슨 말을 하려고, 또 무슨 소리로 내 속을 다 긁어놓으려고. 나는 습관처럼 그의 차가운 목소리에 가슴을 졸이게 된다.

박지안과 만나면서 정재원과 인연을 끊기란 절대 불가능하단 사실을 나는 잘 알고 있다. 그러니까 민유리는, 약속된 세 번의 데이트

후에는 박지안과 바이바이 할 수밖에 없는 처지인 것이다. 내 주제에 어떻게 박지안을 만나. 박요안나의 남편과 5년을 사귄 내가 어떻게 박지안을 만나. 말도 안 되지.

"무슨 생각해?"

잠든 귀동이를 쓰다듬다 온 박지안이 내 옆에 앉았다. 나는 둘러댈 말이 없어 "엄마가 보고 싶어서요."라는 실없는 대답을 건넸다. 아직 어리네, 박지안이 짓궂게 웃었다.

"박지안 씨."

"응?"

"요안나 씨 말이에요."

"······응."

"행복하대요?"

"글쎄. 뭐, 그렇겠지. 매형이 워낙 자상한 사람인 것 같으니."

근데 그 자상한 너네 매형은 왜 자꾸 나한테 전화질인 거니. 제발 마누라한테만 집중하라고 좀 전해주라.

"요안나 씨는 박지안 씨를 다 잊었대요?"

"왜 갑자기 요안나 얘기를 꺼내?"

"그냥, 궁금해서."

"잊었겠지. 시집도 간 사람이 안 잊으면 어쩌려고."

"그렇죠?"

"그렇겠지."

어휴, 맹추 같은 민유리. 혼자 고민하면 됐을 일을 괜히 입 밖으로 꺼내는 바람에 한껏 기분 좋았던 박지안을 또 가라앉혀버렸다. 언젠가 정재원이 말했던 것처럼 나는 정말 철도 없고 눈치도 없다.

"옛날 남자는 너 다 잊었대?"

"……글쎄요."

"다 잊진 못했을 거야. 사람 하나 지우는 게 어디 그리 쉽나."

"그런가……."

"우리가 먼저 잊어주자."

"네?"

"원래 먼저 잊는 쪽이 이기는 거거든. 우리가 먼저 깔끔하게 잊어서 나는 요안나를 이기고 너는 옛 남자를 이겨버리자. 어때?"

"하하, 애들 싸움도 아니고……."

장난스레 웃으며 넘겼지만 되뇌어볼수록 박지안의 말에는 묘한 설득력이 있었다. 사랑의 승패는 정말 이별 이후에 결정되는 건가 보다. 누가 차고 누가 차이고 따위는 전혀 문제가 되지 않는다. 행여 차였다 한들 먼저 상대방을 잊으면 그걸로 이기는 게 되는 거니까.

박지안과 민유리, 정재원과 요안나가 벌이는 이 게임의 승자는 과연 누가 될까. 또다시 눈앞이 캄캄하게 변한다. 나는 당연히 내가 승자일 거라고 자부했다. 하지만 정재원의 전화 한 통에 휘청대는 내 모습을 보니 그렇지만도 않은 것 같다. 속에 있는 모든 걸 게워내고 싶다. 그러면 가슴이 좀 시원해질까.

"민유리."

"네?"

"네 기분이 이렇게 다운될 일은 옛날 남자한테 연락 오는 것밖에 없다는 거 알아."

"그, 그게…….."

"그런데 이젠, 나도 덩달아 다운되거든."

"…….."

"그러니까 힘내. 같이 힘내자."

박지안의 손이 천천히 내 손을 잡았다. 서늘한 밤공기를 맞아 차가워진 손끝에서 저릿, 낯선 신호가 생겨났다. 앞마당을 밝히는 환한 불빛이 그의 눈동자에 가득 담겨 있다. 이 남자 참 잘생겼네, 새삼 머릿속에 떠오르는 얄궂은 생각 때문에 그만 싱긋 웃고 말았다. 박지안이 곧바로 따라 웃었다.

그가 내 손을 놓았다. 그리고 양손으로 내 뺨을 감쌌다. 나는 마주하고 있던 시선을 슬며시 피했다. 대신, 천천히 다가오는 입술을 바라보다 눈꺼풀을 맥없이 무너뜨렸다.

박지안과 나누는 키스에서는 딸기크림 케이크의 향기가 났다.

09. A군은 동인가요

"오빠, 나 정말 오빠 사랑해요."

"우린 이루어질 수 없는 사이야……."

"사랑에는 국경도 없다는데!"

"시간이 지나면 알 거야. 세상엔 이루어질 수 없는 사랑도 있다는 것을……."

"듣기 싫어요. 오빠, 얼마면 돼요? 얼마면!"

"미안하다, 행복해라……."

대사가 뭐 이러냐.

비가 억수같이 쏟아지는 날, 폭우를 뚫고 팬션에 도착한 박지안은 불쑥 제본된 책 한 권을 내밀더니 "읽어줘!" 했다. 무슨 영문인지 몰라 멍하니 바라보고만 있는데 알고 보니 TV 드라마에 카메오 출연을 해야 한다며 대본 연습을 좀 도와달란 뜻이었다. 교과서 읽듯 꾸역꾸역 해주고는 있지만 암만 생각해도 이 드라마, 대사 한번 참 유치찬란하다. 발 말고 손으로 쓴 거 맞나요?

"유리야."

"네?"

"넌 배우는 하지 마라."

"안 할 거거든요!"

"네 연기력에 압도돼서 감정이입이 안 돼."

"쳇!"

박지안은 여주인공의 첫사랑 역할로 잠깐 등장한다고 했다. 무슨 사연이기에 그와 여주인공이 이루어질 수 없는 사랑을 했는지는 당최 알 수가 없고, 그저 나는 작가가 발로 쓴 듯한 이 졸작에 피식 피식 웃기만 할 뿐이다.

"근데……."

"네?"

"오빠라고 부르니까 듣기 좋다."

"난 닭살 돋는데."

"앞으로 오빠라고 불러. '박지안 씨'라고 하지 말고."

"내가 박지안 씨 여동생이에요? 오빠라고 부르게."

"하여간 유별나, 민유리. 다른 애들은 오빠라고 잘만 하던데. 아, 나보다 세 살이나 많은 여배우도 나한테 오빠라고 하더라. 식겁할 뻔했네."

"응? 왜요?"

"나이 속이고 데뷔했거든. 프로필 상으로는 나보다 한 살 어린데 알고 보니까 매니저 형 동창인 거 있지."

"으악, 내가 다 창피하네."

연예인들은 참 좋겠다, 자가 제조 타임머신도 있고. 나도 배우나 돼서 5년 전으로 다시 돌아갈까. 정재원 따위 만나지 않았던 그때로 돌아가서 5년 연애 같은 건 없었던 일인 양 천연덕스럽게 한번 살아 볼까. ……아 맞다, 나 방금 배우 실격당했지.

하염없이 비가 쏟아진다. 이제 이 비가 그치면 완연한 가을이 될 것이다. 팬션 허브에서 보낸 봄과 여름은 공교롭게도 결코 조용하지만은 않았다. 가을은 부디 아무런 일 없이 지나가기를 바라며 나는 조용히 성호를 그었다. 평안하게 하소서, 민유리와 박지안을.

"배고프다."

"나도요."

"라면 끓여줄까?"

"라면도 끓일 줄 알아요?"

"……넌 날 도대체 뭐로 보는 거냐."

"헤헤, 연예인은 남들이 다 해주는 줄 알았죠."

"그렇지만도 않아."

박지안은 내 머리를 콩 쥐어박는 시늉을 하더니 자리에서 일어나 가스레인지로 향했다. 불 위에 냄비를 올리고 라면 두 개를 뜯어 가지런히 놓는 그는 마치 잘 짜인 시나리오를 재현하고 있는 것 같았다. 아니, 누가 라면 끓여달랬지 영화 찍으라고 했나.

늘씬한 키, 날렵한 몸매, 선명한 눈빛, 잘생긴 콧날……. TV에 나오는 직업을 가지지 않았다면 참 아까웠을 비주얼이라고 나는 몰래 생각했다. 미혼모 시설에 아이를 버렸던 박지안의 친어머니는 자기 인생의 오점이었던 아이가 이렇게 훌륭하게 성장했다는 사실을 아마 모르겠지. 그 여자, 정말이지 여러모로 운이 없다.

사실 적잖이 놀랐다. 정말로 나는 박지안 같이 유명한 사람은 남들이 해주는 음식만 먹을 거라 생각했으니까. 그런데 그는 보글보글, 라면도 제법 그럴싸하게 잘 끓여낸다. 세상에, 박지안이 끓여준 라면을 다 먹다니 민유리 정말 호강하는구나. 이걸 누구한테 자랑하지? 젓가락으로 식탁을 탁탁 치면서 온갖 기분 좋은 상상에 젖어 있는데.

난데없이 전화벨이 울렸다. 전화번호부에 저장되지 않은 중구난방의 숫자들이 액정화면 가득 새겨졌다. 낯이 익음을 부정할 수 없었다. 정재원의 번호였으니까.

받지 않았다. 아니, 받을 수가 없다. 박지안의 앞에서 정재원의 전화를 받는다니 생각만 해도 소름이 돋는다. 안 받으면 끊겠지, 몇 번 걸다가 지치겠지 싶었건만 전화벨은 끊어졌다 이어지기를 다섯 번이나 반복했다. 제발…… 차라리 악몽이라고 해줘.

"왜 안 받아?"

"모, 모르는 번호예요. 광고 전화겠죠."

"이렇게 끈질기게 오는 광고 전화도 있나?"

라면 냄비를 식탁으로 가져오던 박지안이 내 얼굴을 힐끗 쳐다본다. 분명 하얗게 질려 형편없는 표정을 짓고 있을 게 뻔했다. 하지만 그는 별다른 말을 하지 않았다. 그리고 나 역시 구차한 핑계를 늘어놓지 않았다. 전화가 끊긴 것, 그것만으로 다행이라며 나는 뾰족하게 날이 서 있는 나 자신을 다독였다.

그때 '삐릭' 하는 짧은 기계음이 음성메시지 도착을 알려왔다. 무시하고 라면이나 먹을까 하다가 어쩐지 불안한 마음이 들어 망설이던 끝에 확인 버튼을 눌렀다. 박지안이 호기심 어린 눈으로 지켜보더니 메시지를 듣는 나를 보고는 이내 고개를 돌린다. 라면 불기 전에 어서 먹자, 조용히 읊조리면서.

[읍내에 있는 커피숍에서 기다리고 있다. 한 시간만 기다릴 거야. 오지 않으면 네가 살고 있는 곳으로 직접 올라간다. 그럼 이따 보자.]

"앗, 뜨거워!"

"괜찮아?"

제멋대로 떨리던 왼손이 그릇을 보기 좋게 엎어버렸다. 김이 모락모락 나는 뜨거운 국물이 그대로 허벅지에 쏟아졌지만 고통조차 느껴지지 않았다. 서둘러 수건을 가져와 닦아주려는 박지안을 저지하고 나는 연방 미안하다는 말만을 남긴 채 페퍼민트를 빠져나왔다. 당장 가야만 했다, 정재원이 있는 곳으로. 그를 이곳에 오게 해서는 안 된다. 박지안과 마주치게 해서는 절대 안 된다.

콜택시를 타고 팬션을 나서는데 박지안으로부터 전화가 걸려왔다. 혹시라도 내 목소리가 떨리고 있을까 봐 몇 번이나 숨을 억누르고 조심스레 전화를 받았다. 그의 목소리에는 걱정 반, 의아함 반이 섞여 있었다.

- 갑자기 무슨 일이야?

"……출판사와 문제가 생겨서요."

- 그럼 태워달라고 하지 그랬어.

"아, 아니에요. 피곤할 텐데 쉬세요. 마침 택시도 있었고."

- 유리야.

"네?"

- 무슨 일인지 모르겠지만, 어렵고 복잡한 일일수록 단순하게 생각해. 그쪽에서 아무리 너한테 뭐라고 해도 안 되는 건 안 되는 거, 되는 건 되는 거. 싫은 건 싫은 거, 좋은 건 좋은 거. 오케이?

"……고마워요."

- 잘 해결하고 와. 나 심심하니까 빨리 와라.

"그럴게요."

하느님 저 어떡해요. 이렇게나 다정한 사람을 제가 지금 속이고 있어요. 속이고 싶지 않은데 속일 수밖에 없어요. 저 어떡해요.

"뺨부터 한 대 때릴 줄 알았는데, 아니네."

"최소한의 양심은 있네요. 맞을 짓이라는 건 아니."

"하하……."

상대할 가치도 없는 인간에게는 화를 내는 것도 아깝다. 나는 별 말 없이 털썩 의자에 앉았다. 그래, 어디 한번 지껄여봐, 죄다 들어줄 테니. 그리고 오늘로서 정재원과 민유리는 정말 끝이야.

"얼굴 많이 좋아졌네."

"무슨 말이 그렇게 하고 싶었는지 어디 한번 들어보죠."

"커피는?"

"됐고요, 말씀이나 하시죠."

정재원은 코웃음을 치며 종업원을 부르더니 "같은 걸로 주세요." 한다. 그의 앞에는 손가락 한 마디만 한 에스프레소 잔이 놓여 있다. 그건 댁이나 좋아하는 거지, 난 써서 마시지도 못해. 나는 그에게 싫은 소리를 하려다 그냥 입을 다물었다. 왜 이 사람과 만날 때는 깨닫지 못했던 걸까, 애초부터 모든 게 지독히 자기중심적이었다는 것을.

"박지안이랑은 잘 돼가?"

"박요안나 씨랑은 잘 사세요?"

"……."

"남 일에는 신경 끄시고 부인이나 잘 챙기세요."

제발 그래 줘. 박지안을 위해서, 아니 우리 모두를 위해서. 당신 하나만 질척대지 않으면 돼. 괜히 내 옆에서 알짱거리다 박지안과 마주치지만 않으면 돼. 그러면 박지안과 나도 조용히 끝날 수 있어. 이 이상 일을 복잡하게 만들지 마.

"……생각보다 쉽진 않더라, 결혼생활."

"지금 신세 한탄하러 만나자고 한 거예요?"

"뭐, 비슷해."

붙잡고 늘어질 사람이 없어서 민유리한테 투정을 부리시겠다? 유리야, 총각일 때가 좋았어, 결혼하니까 부담과 책임감이 장난이 아니야, 곧 아이도 가져야 할 텐데 이거 어떡하지, 나 결혼 괜히 했나 봐, 징징.

어이가 없어 이젠 웃기지도 않는다.

"요안나는 대단한 사람이야. 늘 흠잡을 데 없이 완벽하지."

"정재원 씨한테는 과분해 보이는군요."

"맞아, 어려운 여자지. 좀처럼 속을 모르겠어, 털어놓질 않으니까. 그러니 나 역시 그녀에게 이것저것 함부로 말할 수 없어. 요안나만의 철옹성이 있는 것 같아. 나보다 더 두터운."

"그런 얘기를 왜 나한테 하는 거죠?"

"가끔 네 생각이 나. 너에겐 무슨 말이든 다 할 수 있었으니까. 너와 만나면 마음이 편했어. 요즘 자꾸만 그때가 떠오르더군."

"……정말 가지가지 하시네요."

"5년이라는 세월, 무시할 수 있는 게 아니더라. 이러이러한 대답을 해줄 거라 생각했는데, 요안나는 내가 예상했던 것과는 너무 다른 이야기를 하고 있어. 그럴 때마다, 아, 나는 아직 요안나와 민유리를 분리하지 못했구나, 민유리의 피드백에 내가 너무 익숙해졌구나……."

"미친 거 아니죠?"

"미친 것 같아."

"그래 보이네요."

정재원은 미쳤다. 5년이나 사귄 나를 모질게 떼어낸 것도 모자라 서둘러 다른 여자와 결혼식까지 올려버린 장본인, 그것도 이름만 대면 다 안다는 세계적인 아티스트와 결혼한 퍽이나 대단하신 분이 이 시골까지 옛 여자친구를 찾아와 커피를 홀짝거리며 마누라 흉을 보고 있다. 정재원은 정말 미쳐도 단단히 미친 게 틀림없다. 이런 자식은 개인 병동에 격리를 시켜야 마땅하다.

"부인 험담하러 온 건 아니겠죠. 본론을 말해요."

"그냥, 너와 이야기를 하고 싶었어."

"왜요? 같이 요안나 씨 욕이라도 해줄까요?"

"……그래도 너랑 마주앉아 있으니 어쩐지 속이 좀 뚫리네. 사람이랑 이야기하는 느낌이랄까."

불쑥 살인충동이 일어났다. 허공에 '참을 인(忍)'자를 세 개 그렸다. 민유리, 넌 천당 갈 거다. 하지만 도저히 더 이상은 들어줄 수가 없다. 천당이고 뭐고, 정말 죄다 뒤집어엎어 버리기 전에 이쯤에서 멈추고 싶다.

"얘기 다 끝났어요? 그럼 이제 내 얘기할게요."

"……무슨?"

"두 번 다시 연락하지 마세요. 당신이라는 사람 이제 난 몰라요."

"……친구 하자."

"뭐요?"

"친구. 저스트 프렌드."

"하하, 친구라……. 왜요, 차라리 솔직하게 섹스 프렌드 하자고 하지?"

정재원의 얼굴이 파랗게 질린다. 옛날 같았으면 당장에 '여자 입으로 그런 말 하는 거 아냐!' 하며 불호령을 내렸겠지. 왜 못 해? 섹스, 섹스, 섹스, 스무 살도 훌쩍 넘은 내가 왜 이깟 말도 못 해, 이 마초 같은 새끼야! 젠장, 몇 년 전에 이렇게 소리를 질렀어야 했는데! 발로 정강이를 확 차면서, 주먹으로 명치를 퍽 치면서 네가 뭐가 그렇게 잘났기에 말끝마다 가르치려 드는 거냐고 신경질을 냈어야 했는데! 왜 나는 바닥끝까지 비참해진 후에야 조금씩 똑똑해지는 걸까. 처음부터 그냥 똑똑했으면 어디가 덧나나? 민유리, 너 진짜 한심하다. 너 진짜 불쌍하다.

"그런 말이 아니잖아."

"당신이랑 내가 친구요? 저스트 프렌드? 그것 참 퍽이나 설득력

있네요."

"널 그렇게 보내고 내내 후회했어. 날 잊으려고 이 시골에 들어와 있는 걸 본 후로는 더욱더. 너에게도 내가 필요한 거 아닌가? 너 역시 박지안이랑 사귀면서도 5년간 익숙했던 내가 문득 떠오르지 않아?"

"확실히 책 만드는 분이라 그런지 소설 한번 기가 막히게 쓰시네요."

"나는 그래. 나는 가끔 네가 떠올라. 요안나와 마음이 통하지 않는 걸 느낄 때마다 반사적으로 네가 생각나. 너를 만나고 싶어져."

"어떻게 헤어진 남녀가 친구가 될 수 있죠? 어떻게 오너와 임시직이 친구가 될 수 있어요? 누나의 남편과 남동생의 애인이 어떻게 친구가 될 수 있느냐고요! 당신 머릿속에 있는 '친구'라는 개념은 참 독특하네요."

"……."

"왜요, 차라리 이혼서류에 도장이라도 찍어오지 그랬어요. 나 요안나랑 못 살겠어, 이혼할 테니까 다시 돌아와줘. 그랬으면 혹시 알아요? 정재원 좋아서 입에 거품까지 물었던 그때의 민유리로 돌아갈지."

"이혼은 할 수 없어."

"당연히 할 수 없겠죠. 놓치기 아까운 부인인데."

"어떻게 얻은 아버지의 신임인데, 이혼은 절대 안 돼."

아아. 그 잘나신 너희 아버지? 굴지의 신문사와 유력 출판사를 양손에 쥔 언론재벌? 그랬겠지, 그럭저럭 밥벌이만 하던 작은아들이 결혼 상대라고 데려온 여자가 무려 첼리스트 박요안나였으니 풍악을 울려도 벌써 여러 번 울렸겠지. 집안에서의 정재원의 위상이 달라졌을 게 안 봐도 뻔하다. 짐승만도 못한 자식, 몇 사람을 기만하고 있는 거야.

"가끔 만나 술도 한잔하고 이야기도 나누면 안 되겠니. 친구로서. 아니, 그게 불편하다면 직장 선후배로서."

갈수록 태산인 정재원을 치욕스런 기분으로 마주하고 있는데, 문득 택시 안에서 전화로 들었던 박지안의 말이 뇌리를 스쳤다. 민유리, 어렵고 복잡한 일일수록 단순하게 생각하는 게 제일 좋아. 좋은 건 좋은 거, 싫은 건······.

"싫어."

"유리야, 다시 한 번 생각······."

"싫다고 분명히 말했어. 한 번만 더 나한테 연락했다간 스토커로 고소장 넣을 테니까 그렇게 알아요. 난 잃을 게 없어서 무서울 것도 없어요. 괜히 경찰서 들락날락하면서 얼굴 팔리고 싶지 않으면 다시는 내 주변에 접근하지 마요."

"유리야, 너······."

"내가 할 수 있을지 없을지 궁금하면 어디 다음에 또 찾아와요. 첼리스트 박요안나의 남편이 경찰서에 앉아 직장후배 스토킹 혐의로 조사받고 있으면, 그림 한번 참 좋겠네요."

말을 마치자마자 자리에서 벌떡 일어나 커피숍을 빠져나왔다. 유리문을 나서는 순간 비로소 다리가 후들거리며 참았던 화기가 치밀기 시작했다. 분노는 비명을 터뜨리는 대신 눈물샘을 터뜨렸다. 우산도 제대로 펼치지 못한 채 나는 사선으로 내리치는 빗물을 고스란히 몸으로 받아냈다.

울음이 멈추질 않았다. 정재원 같은 인간에게 이런 취급을 받는 건 다 내가 모자라고 부족하기 때문이라는 생각이 들었다. 내가 조금 더 똑똑했다면, 조금 더 냉정했다면 어디 감히 유부남이 헤어진 여자를 찾아와 친구 하잔 말을 할 수 있겠는가. 비참하다, 정말로 비참해서 견딜 수가 없다.

얼른 로즈메리로 돌아가 좀 눕고 싶은데 택시는 또 왜 이렇게 안 잡히는지. 설상가상 택시 승강장에조차 정차된 차량이 한 대도 없다. 집까지 어떻게 돌아가야 하나, 비 그칠 때까지 다른 데서 시간을 보내야 하나, 빗물에 홀딱 젖은 채로 고민하고 있을 때였다. 빵빵, 반복적으로 울려오는 클랙슨에 뒤를 돌아보니 놀랍게도 박지안의 은색 자동차가 서 있었다. 황급히 창문을 내리는 그의 행동이 고마워서 또 울컥 눈물이 쏟아졌다. 눈가를 흐르는 물줄기들이 빗물에 섞여 드러나지 않는 게 천만다행이었다.

"민유리, 너 뭐 하는 거야!"

"여기까진 어쩐 일이에요?"

"어쩐 일이고 뭐고 빨리 타!"

"시트 다 젖어요, 차 바닥도 더러워지고."

"헛소리 집어치우고 얼른 안 타?"

버럭 화를 내는 박지안의 기세에 눌려 조심스레 조수석에 올랐다. 그는 조금 화난 듯한 표정으로 물에 빠진 생쥐 꼴을 한 내 모습을 바라보다가 입고 있던 얇은 카디건을 벗어 얼굴을 닦아주었다. "비

싼 옷인데 씻어노 돼요?" 했더니 시끄럽다며 또 한 번 소리를 벌컥
지른다.

"도대체 무슨 일이야?"

"그냥…… 안 좋은 소리를 좀 들어서요."

"일 못한다고 혼내?"

"뭐, 비슷해요……."

박지안은 한숨을 크게 쉬더니 시동을 걸고 서서히 출발했다. 택시
가 안 잡혀 곤란했다며, 박지안 씨 못 만났으면 외박했을지도 모른
다며 나는 애써 조잘조잘 명랑한 척을 했다. 하지만 그런 것에도 이
내 지쳐버려서 얼마 지나지 않아 유리창으로 떨어지는 빗물만 멍하
니 바라보는 처량한 신세가 되었다.

"유리야."

"네."

"조금은 털어놔 줘."

"……네?"

"나는 너에게 뭐든 다 이야기하는데, 너는 아닌 것 같아."

"……."

"네 이야기 전부 들려달라고 강요하는 거 아니야. 하지만 언젠가
는 해줬으면 좋겠다. 아무렇지도 않은 표정으로."

미안해요 박지안 씨. 나도 그럴 수 있었으면 좋겠어요. 당신과 나
사이에 숨겨야 할 일이 하나도 없었으면 좋겠어요. 하나부터 열까지
전부 다 웃으며 공유할 수 있었으면 좋겠어요. 하지만 그럴 수 없어
서 나는 참 힘드네요. 아무래도 우리는 만나서는 안 될 사이였나 봐

요. 어쩌면 진짜 악연은 정재원과 내가 아니라 지안 씨와 나일지도 몰라요.

"에잇, 기분도 울적한데 잘됐다."

"뭐가요?"

"뒤에."

뜬금없는 그의 말에 고개를 돌렸더니 뒷좌석에 새까만 비닐봉지가 여러 개 놓여 있다. 뭔가 싶어 팔을 뻗어 봉지를 들췄는데, 이게 다 뭐야. 쪽파? 오징어? 밀가루? 막걸리까지?

"예전에 네가 만들어준 그 파전."

"아……."

"원래는 쪽파로 하는 거래."

"누가 그래요?"

"요리 블로그 운영하는 아줌마가."

"하하……."

박지안이 컴퓨터 앞에서 요리 블로그를 뒤지는 장면을 상상하니 절로 웃음이 나왔다. 분명 담배를 뻑뻑 피워대며 '뭐가 이렇게 복잡해?', '뭐가 이렇게 많이 들어가?' 온갖 불평을 쏟아냈겠지. 차라리 전화를 해서 심부름을 시키든가, 슈퍼스타께서 사람들 이목은 안중에도 없이 직접 장을 보실 건 또 뭐람.

"왠지 어딘가에 네가 있을 것 같아서 한 바퀴 돌았어. 아니나다를까, 빗물에 샤워하며 서 있더군."

"……고마워요."

"얼른 가서 씻고, 개운해진 정신으로 이번엔 그럴싸한 파전 좀 만들어 봐. 시원하게 막걸리 한잔하자."

"그래요."

그가 내 쪽으로 고개를 돌리며 빙그레 웃었다. 겨우 멎었던 눈물이 또 나올 것만 같아 코끝을 손가락으로 꾹 눌렀다. 박지안 씨 미안, 정말 미안해요. 입 밖으로 터지려는 사과의 말들을 나는 애써 꾹꾹 눌러담았다.

"네, 이번 주 MBS 음악뱅크, 영예의 1위 곡은……."

뭘 저렇게 뜸을 들여, 대충 발표하지…… 라고 생각하면서도, 나는 저도 모르게 양손에 땀을 쥐고 TV에서 불과 3센티미터 떨어져 앉은 채 두 눈을 부릅뜨고 화면을 주시하고 있었다. 1위를 발표하거나 말거나 박지안은 무대 가운데에 주인공처럼 떡 하니 서서는 제 팬클럽을 향해 손만 흔들어댄다. 이거 왠지 억울해진다. 아니 뭐야? 상을 받아도 자기가 받는 건데 긴장은 왜 내가 다 하고 난리? 그렇게 웃지만 말고 긴장하는 척이라도 좀 해보라고요, 이 염치없는 인간아.

"박, 지, 안! 축하합니다!"

"우와아!"

경사났네, 경사났어! 드디어 박지안의 후속곡이 공중파 음악방송에서 1위를 차지했다. 솔직히 처음엔 걱정했다. 바캉스 철엔 괜한 발라드로 궁상떨더니 남들 다 숙연해지는 가을엔 왜 팔짝거리는 댄스곡이래, 그러다 쫄딱 망하면 어쩌려고. 하지만 내 염려가 무색해질 정도로 박지안은 그까짓 것 아무것도 아니라는 듯 눈 깜짝할 사이에 또 한 번 정상의 자리에 올랐다. 부럽다, 저 인간은 사랑받을 운명을 타고났나 보다.

앙코르 무대까지 전부 본 후 페퍼민트를 나가려는데 어디선가 격한 '드르륵' 소리가 들렸다. 뭐지? 뭐지? 방 이곳저곳을 살펴보다가 침대 머리맡에 박지안의 휴대전화가 진동하고 있는 것을 발견했다. 어머, 전화기를 두고 갔어? 불편해서 어떻게 지내려나. 거리라도 가까우면 가져다주기라도 할 텐데.

좀처럼 진동이 멈추지 않는 전화기의 액정화면에는 'Joanna'라는 이름이 새겨져 있다. 1등 한 걸 본 걸까? 아마 박지안에게 축하라도 할 모양이다.

그냥 편하게 마음먹자 다짐을 해봐도 어쩐지 가슴 한구석이 쓸쓸해진다. 요즘 들어 나는 박요안나의 존재를 왕왕 잊을 때가 있다. 박지안의 한없는 다정함에, 어른스런 위로에, 달콤한 키스에 정신이 팔려서 그런가 보다. 박지안이 나를 사랑해보려고 노력하는 이유는 박요안나를 잊기 위한 발버둥인데, 오히려 그가 아니라 내 쪽에서 박요안나를 까맣게 잊어버린다. 마치 처음부터 박지안은 내 사람이었다는 양. 아, 이러면 안 되는데.

끊일 줄 모르고 이어지는 요안나의 전화를 애써 무시하며 로즈메리로 돌아왔다. 박지안과 박요안나, 정재원과 민유리의 얽힌 넝쿨이 떠올라 또다시 머리가 복잡해진다. 답 없는 잡념은 얼른 떨쳐버리는 게 상책이지. 일이나 하려고 책을 펴는 순간, 난데없는 문자메시지가 삐릭 하고 도착했다.

[봤어?]

생전 본 적이 없는 번호로부터 온 단 두 글자의 메시지는 으스스한 공포까지 불러일으킨다. 보긴 뭘 봤느냐는 거야? 주어는 뭐고 목적어는 뭐야? 그러다 문득, 어쩐지 저 단 두 글자와 물음표 하나에도 낯이 익는다는 말도 안 되는 감정이 생겨버려서 나는 용기를 내어 '1등 한 거?' 하고 답장을 보냈다. 그랬더니 대뜸 '큭큭, 응. 내 문자인 거 알았네?' 한다.

[뭐예요이상한번호로와서놀랐잖아요]

[전화기를 두고 와서 불편해 죽겠다! 이거 매니저 폰이야.]

[1등추카추카:-)상금없어영?]

[상금은 얼어 죽을, 출연료도 얼마 안 나와, TV는.]

[글쿠나...은근착취당하면서사네ㅠㅠ불쌍한박지안]

[오늘도 고기 구워먹으러 가고 싶은데, 저녁에 회식이 있어서 못 가. 미안.]

[미안은무슨~재미있게노세요축하도많이받고요!]

[고마워, 보고 싶다, 민유리도 귀동이도.]

[앗까먹을뻔했네...요안나씨한테전화계속오던데요연락해보세요]

[그래…….]

'요안나 씨한테 연락해보세요.'라고 말하는 민유리는 순도 백 퍼센트의 민유리일까. 나는 박지안의 짧은 답장을 보는 것과 동시에 내 마음도 힐끔 훔쳐보았다. 하나밖에 없는 누나에게 축하인사를 받으라는 마음 절반과 옛 여자하고 통화하지 말라는 마음 절반이 교묘하게 섞여 있다. '내가 참견할 바가 아니야!' 했다가, '아니지, 참견해도 되지, 어쨌든 나는 박지안 임시 여친인데!' 했다가. 아, 모르겠다, 정말. 이러다 머리가 뻥 하고 터질 것 같아.

"어머, 아주머니!"

- 유리 씨, 잘 지내고 있지?

"그럼요, 건강하게 잘 계시죠? 여행은 어떠세요?"

- 아이고, 너무 좋아. 그런데 노인네들 이 생활도 슬슬 끝이네.

1년을 계획하고 세계 일주를 떠났던 팬션 주인 부부. 가끔 전화를 걸어올 때마다 그리스라느니, 체코라느니, 두바이라느니 하면서 내 혼을 쏙 빼놓던 아주머니였건만 어쩐지 오늘따라 영 기운이 없는 듯 하다.

"어디 불편하신 데라도 있으세요?"

- 바깥양반 제일 친한 친구가 갑자기 저세상으로 갔지 뭐야.

"어머!"

- 내일 한국으로 출발하려고. 사는 게 뭔지…….

그러게요, 사는 게 뭔지. 스물여섯밖에 안 된 저도 이렇게 인생에 회의가 느껴지는데 예순이 넘은 선배님들은 오죽하실까 싶네요. 갑갑한 마음에 한숨을 폭 쉬었더니 아주머니가 풋, 하고 웃으신다. 이봐, 젊은 처자가 왜 벌써부터 한숨이야.

어차피 팬션은 계속 휴업할 예정이니, 노인네들 둘이 산골에 두고 행여 방 뺄 생각일랑 추호도 말라며 아주머니는 몇 번이나 강조해왔다. 갈 데도 없는데 거둬주셔서 감사하다고 나는 꾸벅 인사를 했다. 어차피 본채에서 살 부부이니 불편할 것까진 없겠지만 그간 나만의 공간, 혹은 박지안과 단둘이 공유하는 공간이라고 생각했던 이곳에 다른 누군가가 온다고 하니 마음이 괜히 이상하다. 여신 난 한 번도 오롯이 내 것이 된 적이 없었는데도 말이다.

……사실 그보다 더 두려운 건, 박지안이 불편함을 이유로 이곳에 오는 게 뜸해질까 봐.

아아, 센치하다 센치해. 가을은 정말 센티멘털한 계절이다.

Q1. 눈코 뜰 새 없이 바쁠 것 같은데, 건강은 괜찮은가.

A1. 나쁘지 않다. 지난 앨범활동만 해도 후속곡쯤 되어서는 에너지가 전부 소진되어 힘이 부치곤 했었다. 하지만 이번엔 어쩐지 충전이 잘 된다. 진심으로 일을 즐기게 된 것 같다.

Q2. 좋은 일이 많은가 보다.

A2. 마음에 여유가 생긴 게 무엇보다 가장 좋은 일이다.

Q3. 가장 즐거운 일이 있다면? 1위 행진은 빼고.

A3. (웃으며) 그걸 빼면 가수 박지안에게 무엇이 남겠는가.

Q4. 가수 박지안으로서가 아닌 인간 박지안으로서의 즐거움이 궁금하다.

A4. 스케줄을 모두 마치고 집으로 돌아가는 게 즐겁다. 운전이 좀 고되긴 하지만.

Q5. 집에 기다리는 사람이라도 있나?

A5. 한 침대 쓰는 여자는 없다. (웃음)

Q6. 대답이 미묘한데. 그럼 좀 난해한 질문으로 넘어가자. 벌써 스물일곱이다. 스물일곱의 박지안은 예전의 박지안과 무엇이 달라졌다고 생각하는지.

A6. 글쎄⋯⋯. 스물여섯인 사람에게 힘을 줄 수 있게 되었다.

Q7. 인생선배로서 말인가?

A7. 어느 포지션으로든. 아, 하지만 종종 스물여섯인 사람에게 힘을 얻기도 한다. 그럴 땐 나잇값을 하지 못하는 것 같아 조금 창피하다. (웃음)

턱을 괴고 앉아 인터넷으로 박지안의 기사를 읽던 중, 인터뷰 곳곳에 민유리의 흔적이 묻어 있는 것을 보고 조금 놀랐다. 애매모호한 그의 뉘앙스 탓에 혹시라도 여자친구가 생겼다는 오해를 사면 어떡하지 걱정이 되기 시작했다. 아니나다를까, 기사 밑으로는 '박지안 여친 생긴 거 아님?'이란 댓글이 꼬리에 꼬리를 물고 있다. '이라나도 찬 박지안이 여친은 무슨ㅋㅋㅋㅋㅋㅋ' 하는 코멘트도 있긴 하지만. 하여간 다들 촉수 한번 예민해.

박지안과 약속한 세 번의 데이트가 지금까지 몇 번이나 카운트되었는지는 알 수 없다. 어쨌든 박지안의 기준으로 아직 세 번이 끝나지 않은 것만은 확실하다. 만약 끝났다면 그의 입에서 무슨 말이라도 나왔을 테니 말이다. 예정된 만남이 마무리되는 날 그가 '넌 역시 사랑이 아니었어.'라고 한다면 나는 뭐라고 대답해야 할까. '거봐요, 댁이 착각한 거라니까요.' 하며 쿨한 척을 해야 하나, 아니면 '이 자식이 지금 사람 가지고 노나!' 하고 버럭 멱살을 잡아야 하나. 누구한테 좀 물어보고 싶은데, 민유리가 박지안이랑 연애를 하고 있다고 말해봤자 믿어줄 사람은 아무도 없을 것 같고. 으악, 답답해 죽겠다. 인터넷 게시판에 글이라도 좀 올려봐야 하나.

올려보자! 내가 왜 진작 그 생각을 못 했지? 익명으로 올리면 되는걸! 인터넷이라는 게 원래, 이름 석 자만 밝히지 않으면 무슨 뻔뻔한 소리라도 다 늘어놓을 수 있는 곳이잖아!

사람 많기로 유명한 커뮤니티에 접속해 회원가입을 하고 적당한 게시판을 찾아 들어갔다. 글쓰기 버튼을 누르려는데 어쩐지 손이 달달 떨린다. 아무도 나라는 걸 모를 거야, 아무도 박지안이라는 걸 모를 거야……. 애써 긴장을 달래보았지만 CSI보다 무섭다는 '네티즌 수사대'들이 내가 올린 글의 주인공이 박지안과 민유리라는 것을 밝혀낼 것만 같다. 나야 산속에 숨어사니 괜찮다 치더라도 박지안의 꼴은 뭐가 되겠는가!

P라는 남자가 절 좋아한다며 딱 세 번만 만나달라고 해서 지금 만나는 중이거든요. 근데 이 P군이 세 번 다 만나고선 '그동안 고마웠다.' 하고 가버리면 저는 어떻게 해야 하나요?

……라고 썼다가, P라는 게 혹시 박지안을 알아내는 데 단서가 될까 싶어 급히 'A군'이라고 고쳐버렸다. 에이그 이 소심한 민유리야, 딸랑 저 두 문장으로 어떻게 사람들이 알아차리겠니. 도둑이 제 발 저린다고, 괜히 긴장하다가 결국 큰맘 먹고 용기 내어 등록 버튼을 클릭하는데, 잠시 후 빠른 속도로 하나하나 댓글이 달리기 시작했다. 이렇게 진지하게 인터넷에 글을 올려보는 건 난생처음이라 심장까지 쿵쾅거린다. 첫날밤을 앞둔 새 신부의 마음이 이럴까? 후후, 역시 뭐든 첫 경험이란 참 대책 없이 설렌다니까.

아 저런 남자 열나 짜증 나 저거 다 어장 관리임

세 번 만나는 여자만 저놈 옆에 백 명 넘게 있다고 주장하는 1人

내가 백 프로 보장하는데 함 따먹히고 버려진다ㅋㅋㅋ

젠장. 박지안이 양식업자냐 어장 관리하게! 내가 사과냐 따먹히게! 아무튼 이 초딩들한테 도대체 뭘 기대한 건지…… 더 허무해지기 전에 당장 글을 지워버리려 삭제 버튼을 찾고 있는데, 문득 눈에 들어온 댓글 하나.

님도 그 사람한테 끌리고 있는 거 맞죠? 떠나버릴까 걱정하는 걸 보니 그런 것 같네요. 님의 진심을 그 남자한테 전했나요? 만약 A군이 제정신이라면 님의 고백을 듣고 그냥 가버리지는 않을 겁니다. 만약 떠나면, 걘 그냥 똥이니까 침 한 번 탁 뱉고 잊어버리세요.

내 진심? 진심이라…….

처음 박지안을 만나고 한두 달은, 그가 무척 까칠하고 자기중심적이며 권위적인데다 특권의식에 가득 차 있는 사람이라고 생각했다. 어딜 가든 동경의 눈빛을 받으며 살아가는 사람이니 어쩌면 그런 인성을 갖고 있는 것이 당연하다고 믿었다. 하지만 그는 독거처녀 민유리를 위해 비둘기용달을 두 번이나 불러준 다정한 사람이고, 첫사랑인 박요안나에게 평생을 바쳤을 만큼 헌신적이며, 후배들 앞날을 누구보다 걱정하는 사려 깊은 남자인데다, 땀을 뻘뻘 흘리며 자기 일에 전력을 다하는 노력파였다. 만나면 만날수록 장점만 보이는 사람 박지안. 허점이 넘치고, 생각도 짧고, 눈치도 없는 평범 이하 민유리에게 사랑하는 것 같다고 솔직하게 말해준 박지안.

……어떻게 이런 사람에게 끌리지 않을 수 있겠어.

세 번의 데이트가 끝나면 박지안을 보내주려고 했다. 정재원과 박요안나가 있는 이상 그와는 절대 이루어질 수 없다고 생각했으니까.

하지만 이젠 정재원도 박요안나도 아무도 보이지 않는다. 그저 이대로 박지안과의 인연이 끝난다고 생각하니 가슴 한구석이 먹먹해질 뿐이다.

하느님, 딱 한 번만 이기적인 사람이 되어도 괜찮을까요. 정재원과 박요안나 모두 잊고, 박지안과 민유리, 단둘만 생각하며 살아봐도 될까요.

……허락해주실 수 있나요.

"아이고, 귀동아! 내 새끼!"

장례를 치르고 돌아온 노부부는 내 인사는 받는 둥 마는 둥 귀동이와 눈물로 상봉하기 바쁘다. 다행히 주인의 얼굴을 잊지 않았는지 귀동이는 꼬리를 마구 마구 흔들며 아주머니 품에 폭 안겼다. 건강하게 돌봐줘서 고마워 아가씨. 아주머니는 나를 향해 연방 감사의 인사를 건넸다. 우왕, 열심히 키운 보람이 있군! 나는 어깨를 으쓱거리며 양껏 뿌듯한 표정을 지었다.

본채에 따라 들어가 주인 부부의 여행 에피소드를 재미있게 듣고 있는데 앞마당에 자동차 서는 소리가 들렸다. 오랜만에 찾아오는 박지안이었다. 전화기를 놓고 가는 바람에 주인 부부가 올 거란 소리를 못 해줬는데……. 혹시 불편해하지는 않을까 또다시 걱정이 들었다. 아주머니가 "아이고, 페퍼민트 방 총각 왔나 보네." 하며 반색을 했다. 다시는 안 올지도 몰라요, 내가 조그맣게 읊조렸다.

"어? 사장님 내외분 아니세요! 아니, 어쩐 일로 벌써?"

"총각 왔어? 우리 아주 귀국했어!"

"정말요? 그럼 앞으로 계속 여기 계시는 거예요?"

"그럼, 그럼."

"잘됐네요! 유리야 잘됐다, 너 산골에 혼자 있는 거 항상 걱정됐는데."

박지안은 주인 부부를 불편해하긴커녕 브라보를 외치며 손뼉까지 칠 기세였다. 주인 내외가 박지안과 내 얼굴을 번갈아 살피더니 약속이나 한 듯 살폿 미소를 짓는다. 얼씨구, 둘이 정분났구먼. 주인아저씨의 장난 섞인 핀잔에 박지안과 나는 머쓱하게 웃을 수밖에 없었다.

잘생긴 총각 밥 지어 먹여야 한다며, 기나긴 여정에 지치지도 않았는지 주인아주머니는 앞치마를 동여매고 부엌으로 들어갔다. 박지안은 민유리 따위는 안중에도 없이 주인아저씨 옆에 찰싹 붙어서 잘 다녀오셨냐는 둥, 자기도 산토리니에 가봤다는 둥, 이따 반주 한 잔 대접하겠다는 둥 친근하게 이야기를 이어가고 있었다. 졸지에 찬밥신세가 된 건 억울하지만 나는 또 다른 그의 장점 한 가지를 발견하곤 기분이 좋아졌다. 그는 어른을 대하는 데에도 제법 능숙한 사람이다. 의외로 붙임성도 있고, 예의까지 바른 사람. 박지안은 정말이지, 10점 만점에 10점.

"아이고 총각, 테레비 나오는 사람 맞았구먼!"

"예, 사장님. 저 가수예요. 나름대로 인기도 많습니다, 하하."

본채에 앉아 상다리가 휘어지는 밥상을 앞에 두고 식사를 하는데 때마침 TV에서 박지안이 출연한 프로그램이 방영되고 있었다. 두 눈이 휘둥그레진 주인 내외는 TV 속 박지안과 현실 속 박지안을 번갈아 보는 데 여념이 없다. 나는 그 광경이 너무 재미나서 배를 잡고 웃었다. 박지안도 쑥스러운 듯 멋쩍은 미소를 보였다.

"어쩐지. 베트남인가 대만인가에 갔더니, 총각 웃통 벗은 사진이 대문짝만 하게 걸려 있더라고."

"어머 사장님, 정말요? 와! 신기하다!"

"그 나라 젊은이들이 제일 많이 다니는 길거리였어. 그냥 닮은 이겠거니 했지."

"거봐요 영감. 방 계약하러 왔던 날부터 내 범상치 않다고 했잖수."

"웬일이야, 박지안 씨 한류스타네요?"

"한류스타는 무슨, 수출역군이지. 일명 외화 앵벌이."

"하하하."

오랜만에 처가를 찾은 사위라도 된 듯 박지안은 주인 부부에게 '무한애정'을 받고 있었다. 그 모습을 지켜보던 나는, 과연 이 사람을 우리 집에 데려가는 날이 올까 하는 엉뚱한 상상을 하게 되었다. 우리 엄마는 TV를 좋아하시니 분명 박지안이 어떤 사람이라는 걸 알고 계실 테지. 기절이나 하지 않으실는지. 엄마의 경악하는 얼굴을 생각하니 벌써부터 재미있어 풋, 하고 조그맣게 웃어버렸다. 박지안이 입만 벙긋하며 "왜?" 하고 물어오는데 차마 이 민망한 스토리를 다 토로할 수는 없고……. 결국 아무것도 아니라며 절레절레 손을 저었다. 입을 삐죽거리며 토라진 척을 하는 그의 얼굴이 귀동이만큼이나 귀엽다.

"우리 처자가 고생하겠네."

"네? 뭘요?"

"아이고, 이렇게 바쁜 사람이랑 연애하려니 얼마나 외롭겠어."

"바쁘기만 해요, 어디? 가만히 있어도 여자들이 그냥 득실득실 달라붙겠네. 유리 씨, 정신 바짝 차려!"

"그런 거 아닙니다. 저 혼자 유리 짝사랑하는 중이에요, 하하."

박지안이 머쓱하게 웃으며 말했다. 주인 부부의 눈이 아까보다 두 배는 더 커졌다. 하긴, 딴 나라에서도 이름을 날린다는 국제적 스타가 한낱 산골 은둔녀를 짝사랑하고 있다고 하니 놀라실 만도 하지.

……아무리 그래도 그렇지, 너무 노골적이신 거 아니고요? 저도 집에 내려가면 귀한 딸이거든요, 엉엉!

"총각이 아직 유리 처자를 확 못 잡았나 보네."

"아이고, 허우대만 멀쩡하면 뭐 해, 여자 마음 하나 제대로 못 잡고."

"우리 때랑 같수? 요즘 처자들은 똑똑해서, 얼굴만 잘났다고 졸졸 따라다니고 그러지 않아요. 유리 씨, 잘하는 거야. 여자가 너무 쉽게 홀랑 넘어가면 재미없지, 아무렴."

주인 부부는 우연히 굴러들어온 두 젊은이의 연애사에 푹 빠져서 갖은 훈수를 두는 데 여념이 없다. 40년을 서로 의지하며 살아왔다는 내외는 이제 얼굴까지 닮아 있다. 나도 나중에 예순이 되고 일흔이 되었을 때 이 부부처럼 재미난 노후를 보낼 수 있을까. 그때 내 곁에는 누가 있을까. 평생 함께 식사를 하고, 이야기를 나누고, 맞장구를 치고, TV를 보고, 좋은 곳으로 여행을 떠날 그 사람은 누구일까.

박지안일 수 있을까. ……박지안이었으면 좋겠는데.

"아니에요. 저도 박지안 씨 좋아해요."

"미, 민유리!"

"어머, 박지안 씨 몰랐구나. 사장님 사모님, 저 박지안 씨 좋아해요. 이 사람 여태 몰랐나 봐요, 바보같이."

"뭐여, 그런 거였어? 아이고 총각, 잘됐구먼!"

"축하해, 지안 총각, 유리 처자!"

"그러니까 사장님. 혹시 이 남자, 낌새가 이상하면 저한테 바로 제보해주세요! 팬션 뒤뜰에서 몰래 다른 여자랑 통화하고 있거나 그러면 바로요!"

"알았어 알았어, 나만 믿어 유리 처자!"

주인 부부에게 농을 건네며 슬쩍 박지안을 바라보았다. 무대 위에선 그렇게 펄펄 날아다니더니 지금은 벽돌이라도 된 것처럼 딱딱하게 굳어 있다. 얼씨구, 얼굴까지 빨갛게 달아올랐네? 아이고, 재미있어라. 늘 나만 당황하고 나만 놀라고 나만 하얗게 얼었지? 오늘 다 갚았다, 메롱.

혀끝을 날름 내밀며 놀리는 시늉을 하자 그제야 정신을 차린 박지안이 배시시 웃는다. 그는 제 앞에 놓인 소주잔을 신나게 들더니 뭐가 그리 좋은지 "사장님, 고맙습니다!" 하며 훌쩍 원 샷을 해버렸다. 그래, 웃어. 웃으니까 얼마나 귀여워. 아이고, 귀동이보다 훨씬 귀엽네. 나는 어쩐지 박지안의 머리를 쓰다듬어주고 싶어졌다. 귀동이를 만지듯이 말이다.

……박지안, 내가 이렇게까지 말했는데도 나중에 착각이었다느니 간다느니 딴소리하면, 너 진짜 똥인 거다! 똥, 똥, 똥!

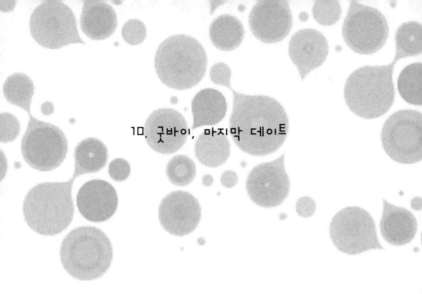

10. 굿바이, 마지막 데이트

"우와아!"

토요일 저녁, 나는 아주머니와 얼싸안고 팔짝팔짝 온 방을 뛰어다녔다. 예순이 훌쩍 넘은 아주머니의 강철 체력에 압도되어 몇 바퀴 더 돌고 나서야 겨우 자리에 앉을 수 있었다. 잔뜩 꽃다발을 껴안은 박지안의 환한 얼굴이 TV에 한가득 들어찼다. 아주머니는 아예 화면에 대고 뽀뽀라도 할 기세다.

"아이고, 우리 집 총각이 1등이네, 1등이야!"

"에이, 별로 대단한 일도 아니에요. 이젠 저것도 지겹다던데요."

"정말? 하긴 저렇게 잘났는데 1등 아닌 게 이상하지!"

잔칫상을 차려야겠다며 부엌으로 향하는 아주머니를, 박지안이 오늘 이곳에 올지 안 올지도 모르는데 괜한 수고 마시라고 말리는 중이었다. 그때, 당연한 순서라는 듯 걸려오는 반가운 전화. 무대에서 내려온 지 얼마 되지 않아 아직도 거친 호흡을 내쉬는 오늘의 주인공 박지안이었다.

"완전 축하요!"

- 오냐!

"아주머니 지금 난리 났어요."

- 왜?

"1등 하는 거 처음 보셔서."

- 하하.

"오늘 와요?"

- 글쎄. 어떡할까?

"갈비찜 해주신다는데."

- ……무조건 갈게.

단순한 놈.

'愛しい君へ'의 한역은 슬슬 끝이 보이고 있다. 불치병에 걸린 여자주인공은 오늘내일 하며 산소 호흡기에 의지하는 상태였고 절망에 빠진 남자주인공은 여자주인공이 죽는 즉시 동해, 아니지, 현해탄에 몸이라도 던질 기세였다. 흔해빠진 신파소설이긴 하지만 보고 있자니 가슴 한구석이 꽤나 저릿해진다. 결실을 보지 못하는 사랑은 이만큼이나 힘들구나, 박지안과 박요안나도 그동안 이만큼이나 힘들었겠구나……. 애꿎은 상념들이 자꾸만 퐁퐁 솟아난다.

어휴, 내가 어디 남 걱정할 처지인가. 박지안과 진실한 인연을 이어가기 위해서라면 나는 그에게 정재원과의 과거사에 대해 솔직하게 털어놓아야만 한다. 언제 알아도 알게 될 일, 더 미룬다고 좋을 게 없으니까. 하지만 좀처럼 고백할 타이밍을 찾지 못하겠다. 언제 어디에서 어떻게 말해야 좋을지 도무지 결정을 내릴 수가 없다. 과연 자신의 매형과 5년간 사귄 여자를 그는 아무렇지도 않게 새 여자친구로 받아들일 수 있을까……

적어도 내가 지금까지 보았던 박지안이 '진짜' 박지안이라면, 설령 이별을 고한다 할지언정 정재원같이 밑도끝도없이 도망가버리는 치사한 짓은 하지 않을 거라 믿는다. 하지만 그렇다고 불안한 마음이 사라지는 건 아니다. 차라리 처음부터, 그날 일식집에서 요안나 부부와 마주앉았을 때부터 사실대로 이야기했었더라면 좋았을 것을. 본의 아니게 시치미를 떼고 지낸 시간이 너무 길어져 버렸다. 걱정이 두 배 세배 쌓여만 간다. 결국 그도 나도 상처받게 될 것이 뻔하다.

내가 어쩌다 이런 복잡한 일에 휘말리게 된 거지? 나는 정말 무던하고 평이하게, 있는 듯 없는 듯 살아온 사람인데. 요 몇 달간 급격히 몰아닥친 연애의 강풍 때문에 혼이 쏙 빠질 지경이다. 10년을 두고 해야 할 고민을 지금 다 해버리는 것 같아 그저 한숨만 푹푹. 이러다 늙겠네, 늙겠어.

"맛있냐, 이눔아!"

같은 비빔밥이라도 주인아주머니가 비벼준 건 이 녀석 입맛에도 달리 느껴지는 모양인지, 귀동이는 요즘 평소보다 두세 배나 더 많은 양을 먹고 있다. 천고마비(天高馬肥)가 아니라 천고견비(天高犬肥)구먼. 나는 가을이 깊어갈수록 나날이 꿀꿀이가 되어가는 귀동이를 보며 피식 웃었다.

"실례합니다."

뜬금없이 들려오는 낯선 이의 목소리에 깜짝 놀라 고개를 돌렸더니, 입구에 세워진 자동차에서 한 남자가 내려서는 내 쪽으로 다가왔다. 간혹 팬션에 빈방이 있느냐고 물어오는 여행객들이 있는데, 아마 이 사람도 그런 용무인가 보다. 죄송하지만 임시휴업 중이라고 말하려는 찰나 그가 안주머니에 손을 넣더니 명함 한 장을 건네준다.

"매일…… 스포츠?"

"박지안 씨, 아시죠?"

"네?"

밑도끝도없이 대뜸 튀어나온 박지안의 이름에 가슴이 덜컹 내려앉았다. 그가 이곳에 있다는 사실은 윤혁을 제외하고는 아무도 모를 텐데. 아무래도 기자한테 꼬리를 밟힌 모양이다. 이럴 땐 어떻게 해야 하지? 그런 사람 모른다고 뻔한 거짓말이라도 해야 하나.

"여기 사는 거 다 알고 왔습니다. 두어 번 따라붙었거든요."

"따라붙다니요?"

"뭐, 국민의 알 권리를 위한 추적이라고 해두죠."

……그냥 미행이라고 해라, 이 자식아.

박지안의 자동차 꽁무니에 '따라붙어' 이 팬션의 정체를 알게 되었다는 기자는 아래위로 나를 한 번 훑어보더니 느끼한 표정으로 헤벌쭉 웃었다. 뭐야 이 인간, 변태같이 왜 이래!

"박지안 씨랑 동거 중이시죠?"

"네?"

"지난주에 와서 사진도 찍어뒀습니다. 두 분이서 같은 방으로 들어가시더군요."

동거라니, 이 무슨 정재원이 씨나락 까먹는 소리냐! 이미 모든 걸 다 안다는 양 뻔뻔하게 웃어대는 기자의 기름 낀 얼굴에 주먹을 확 꽂아버리고 싶다. 그래, 나 박지안이랑 라면 끓여 먹으면서 TV 좀 봤다. 그게 뭐! 그게 어때서!

"저기요, 다짜고짜 찾아와 이런 식으로 묻는 건 실례 아닌가요?"

"취재니까 협조 좀 해주시죠."

"동거라뇨? 초면에 어떻게 그런 말을 하세요?"

"두 분 사이 참 다정해 보이던데요. 사람 눈은 속여도 사진은 속일 수 없죠."

"지금 누구 허락받고 이러시는 거예요?"

"그래서 허락받으러 왔지 않습니까. 내일 1면으로 나갈 거라서."

"뭐라고요?"

"일단 박지안 얼굴은 그냥 나가고……. 아가씨는 어떻게, 모자이크라도 해드릴까요?"

"이봐요!"

"원하시면 얼굴 그대로 나가게 해드릴 수도 있어요. 이번 기회에 그냥 두 분 사이 공개하시죠? 박지안이 발목도 좀 잡을 겸."

"뭐라고요?"

얼토당토않은 소리를 늘어놓던 기자는 애초부터 내 허락 따위는 관심도 없었다는 듯 이번엔 카메라를 꺼내 팬션 여기저기를 찍기 시작했다. 나는 어찌할 바를 모르고 바락바락 소리만 질렀다. 이게 무슨 짓이에요! 지금 뭐 하는 거예요! 사진 같은 거 찍지 말라고요!

……아, 민유리, 이렇게 무력할 수가.

"거기 누구슈?"

뒤뜰에서 화초를 가꾸던 주인아저씨가 내 격앙된 목소리에 놀라 달려왔다. 부엌에서 갈비를 다듬던 주인아주머니 역시 고무장갑도 벗지 않은 채 뛰쳐나왔다. 기자는 갑자기 나타난 노부부의 모습에 조금 당황하는 것 같았다. 명함을 꺼내려고 하는 순간, 주인아저씨가 벌컥 화부터 낸다.

"누군데 멋대로 내 집 사진을 찍고 그래!"

"아, 저, 저는 매일스포츠……."

"누구야 당신! 혹시 팬션 디자인 훔쳐가려고 온 거 아니야?"

"그게 아니고요, 기잡니다. 스포츠신문 기자."

"기자고 나발이고, 어디서 건방지게 허락도 없이 사진질이야!"

주인아저씨의 호통에 기가 죽은 기자는 쥐고 있던 카메라를 가방에 다시 넣었다. 대신 수첩과 펜을 꺼내 들고는 어안이 벙벙해 있는 주인아주머니에게 대뜸 질문을 던진다.

"박지안 씨 아시죠?"

"누구?"

"가수 박지안. 여기 이 아가씨랑 동거하는 남자요. 언제부터 여기 와서 살았……."

기자의 물음이 채 끝나기도 전이었다. 주인아주머니의 얼굴색이 붉으락푸르락 급격하게 바뀌었다. 아주머니는 거칠게 고무장갑을 벗어 바닥에 패대기치고서는 기자에게 삿대질을 하며 다가가기 시작했다. 기세에 눌린 기자가 움찔, 뒷걸음질을 쳤다.

"이 쌍놈의 새끼, 터진 입이라고 못 하는 말이 없어!"

"하, 할머니, 갑자기 왜 이러세요……."

"누구더러 할머니야! 내가 니 할미냐! 니가 내 손주냐!"

"죄, 죄송합니다, 어, 어르신……."

"감히 우리 귀한 조카딸한테 뭐? 동거? 우리 조카 혼삿길 막히면 니가 책임질 거냐, 이 망할 놈아!"

"도, 동거하는 게 아닌가요?"

난처한 표정의 기자가 내 얼굴과 주인 부부의 얼굴을 번갈아 쳐다보았다. 식은땀이 줄줄 흐르고 있는데도 끝까지 취재욕심을 버릴 수 없는지, 그는 이 아가씨와 박지안이 같은 방으로 들어가는 장면도 보았다며 더듬더듬 변명을 이어갔다.

"그 방은 청소 안 하냐, 이놈아! 내 조카가 손님방 청소 좀 하는 게 무신 문제가 있느냐 말이다!"

"기자라는 놈들 머릿속에 저런 거밖에 안 들어 있으니 우리나라 신문에 읽을거리가 없는 거여."

"아이고 영감, 내 오래 살다 보니 별꼴을 다 보겠수. 이거 파출소에 신고해야 하는 거 아니유?"

"해야지, 해야지. 어디랬어? 무슨 신문이랬어? 매일…… 뭐?"

"어르신들, 그게 아니고요……."

"아니긴 뭐가 아니여!"

"가수 박지안 씨라고, 저기 저 방에 묵는 사람이요. 그 사람이 여기 자주 오는 이유가 뭔지 궁금해서 취재 온 거예요. 그것뿐입니다."

"이 산골에 쉬러 오지 뭣 하러 와! 듣자하니 몸 축나는 일 하는 사람 같은데, 틈틈이 좋은 공기 마시러 오는 게 나쁜 거여?"

"요즘 애인이 생겼다는 소문이 있어서요. 그래서 뒤를 밟았는데 이 아가씨랑 만나고 있기에……."

"무어? 뒤를 밟어? 아니, 그 총각이 범죄자여? 뒤를 밟게!"

"아, 그, 그게 아니고……."

"얘는 내 조카딸이고, 그 손님하고 같이 사는 거 아니니까 헛소리 마슈. 동거다 뭐다 함부로 떠들었다간 가만 안 둘 테니 그리 알고!"

원, 별 미친놈을 다 보겠네. 주인아저씨는 손을 탁탁 털고 다시 뒤뜰로 향했다. 아주머니는 소금 뿌리기 전에 빨리 가라며 기자의 등을 떠밀었고, 그는 꽁지가 빠지게 차를 몰고 휑허케 떠나버렸다. 넋을 놓고 멍하게 서 있던 나는 그제야 긴장이 풀려 털썩 주저앉았다. 울컥, 하염없는 눈물이 쏟아졌다.

"괜찮아, 유리 처자?"

"아주머니……."

"아이고, 많이 놀랐지?"

"흑……."

"동거야 뭐여, 동거가. 이렇게 이쁘게들 만나고 있는 사람한테."

"흐흑…… 흑……."

"에구, 뭐 울 일이라고 울어. 어여 들어가자. 지안 총각은 언제 온대? 오걸랑 그냥 혼쭐을 내줘야겠네. 미련하게 제 여자 하나 건사 못하고!"

……하지만 박지안이 내민 1위 트로피를 받아든 주인아주머니는 혼쭐은커녕 엉덩이를 토닥거리며 "아이고, 장해라!"만 연발했다. 그

는 오늘 낮에 있던 기자와의 에피소드를 전해듣더니 뭐가 그리 재미난 지 배꼽이 빠지게 웃어댔다. "우와, 사장님, 짱입니다, 짱!" 연방 엄지손가락을 들어 보이며 갈비찜을 야무지게도 뜯어먹는 박지안. 이 얄미운 놈아, 지금 웃음이 나오니? 난 정말 심장이 쿵 하고 떨어질 뻔했는데.

식사 뒷정리를 돕고서 박지안과 본채를 나서려는데, 문득 1분 1초라도 단둘이 있으면 안 될 것 같은 요상한 기분이 들었다. 먼저 나가라고 등을 떠미니 박지안이 피식 웃으며 내 손목을 잡는다. 끌려가다시피 로즈메리로 향하면서 나는 주위를 자꾸만 두리번거렸다.

테라스의 나무탁자에 앉은 박지안이 담배 한 대를 물었다. "그럼 들어갈게요." 했더니 "가긴 어딜 가!" 하면서 기어이 의자에 앉힌다.

"사진 찍히면 어떡해요."

"괜찮아."

"안 괜찮아요."

"없어, 지금은."

"행여 저 멀리서 망원렌즈라도 들이대고 있으면……."

"하하, 아무튼 민유리, 상상력 하나만큼은 최고라니까."

"그런 기사 자꾸 터져서 좋을 거 없잖아요. 얼마 전엔 이라나 씨 스캔들도 있었고."

"걱정해주는 거야?"

"뭐……."

"난 네가 더 걱정되는데."

"왜요?"

"딴따라랑 얽혀서 좋을 거 없거든."

"난 얼굴 알려진 사람도 아닌데 어때요."

생각해보면 곤란한 쪽은 정말 나다. 박지안과 사귀고 있다는 기사가 뜨는 즉시 인터넷 여기저기에 쌩얼 사진이 오르내리고 심하면 팬클럽 회원들로부터 날계란이라도 맞을지 모른다. 하지만 그런 것쯤이야 얼마든지 감수할 수 있다. 인기로 돈벌이하는 박지안이 엉뚱한 루머 때문에 괜한 미움을 사는 게 싫을 뿐.

"뽀뽀나 한번 할까?"

"가, 갑자기 왜요!"

"사진 찍히라고."

"뭐라고요?"

"전국적으로 도장 한번 콱 찍지 뭐. 민유리 다른 데 못 가게."

"뭐라는 거예요! 나 들어가요!"

소리를 빽 지르며 나는 로즈메리로 냅다 달렸다. 등 뒤로 박지안의 깔깔대는 웃음소리가 들려왔다. 얼굴이 터질 것 같이 달아올랐다.

절정의 인기를 구가하는 톱가수 P군. P군에게 동거 중인 여자가 있다는 제보를 받은 기자는 어느 날 경기도 모처의 팬션으로 향하는 그의 뒤를 좇았다. 결국 P군이 미모의 여성과 같은 방으로 들어가는 것을 목격하고 사진촬영에까지 성공했으나, 확인 결과 그 여성은 팬션 운영을 돕는 팬션 사장 내외의 조카라고. P군이 없는 사이 팬션을 찾아 동거 여부를 물었던 기자는, 조카딸

혼삿길 막을 일 있느냐며 노발대발하는 사장 내외의 서슬에 눌려 부리나케 달아날 수밖에 없었다는 후문.

'조회 수 1위'라는 타이틀에 낚여 클릭한 이니셜 기사에서 졸지에 'P군'으로 전락한 박지안을 만났다. 주인 부부의 환상적인 퍼포먼스 덕택에 다행히 스포츠신문 1면 머리기사를 장식하는 일은 일어나지 않았지만, '톱가수 P군' 하면 박지안 말고 또 누가 있어! 차라리 대놓고 쓰지 그랬냐, 시베리아 벌판에서 굴이나 까먹을 놈아.

세상에. 연애 하나 하는 것도 이렇게나 조심스러운데, 마약을 하고 음주운전을 해놓고도 TV에 잘만 나오는 사람들은 도대체 얼굴에 얼마나 두꺼운 철판을 깐 건지 존경스럽기까지 하다. 그리고 보면 박지안은 의외로 참 반듯하단 말이지, 딱히 흠잡을 구석 없이. 그래서 사람들이 박지안을 그렇게나 좋아하는구나 싶다.

더한 구설수를 피한 것에 안도의 한숨을 내쉴 때였다. 문득 전화 한 통이 걸려왔다. 누군가 하고 힐끗 봤더니.

"……요안나?"

이 사람이 또 어쩐 일이지. 아, 지난번 스캔들 때도 그랬었으니 이번 이니셜 기사도 대충 눈치를 채고 연락을 걸어온 건가 보다. 설마 '우리 지안이에게는 팬션 사장 조카가 있으니 그만 헤어져요.'라고 하진 않겠지? 후후, 그랬다간 봐라. 어머, 그 화제의 '팬션 조카'가 바로 저랍니다! 약오르시죠? 이래 줄 테다.

- 유리 씨?

"네, 안녕하셨어요."

- 나 이 기사만으로는 잘 이해가 안 되는데 설명 좀 해줄래요?

"무슨……."

- P군은 지안이가 분명하고, 조카는 유리 씨죠?

"어, 알고 계셨네요."

- 둘이 동거하나요?

"아니에요! 동거는 무슨. 기사에도 아니라고 났잖아요."

이분은 또 왜 이러신대, 난독증도 아니면서. 저기요, 요안나 씨, 이 시답잖은 기사의 키포인트는 '동거 안 함'이거든요!

- 어쨌든 같이 사는 건 맞나 보네요.

"같은 펜션에 있긴 해요. 하지만 같은 방도 아니고, 박지안 씨랑 저 말고도 사장님 내외분도 계세요. 이상한 거 아니니까 걱정하지 않으셔도 되는데……."

- 민유리 씨.

"네."

- 우리 지안이 인생, 방해하지 마세요.

"네?"

……방해? 누가? 뭘? 밑도끝도없이 불쑥 닥쳐온 박요안나의 짧은 충고에 나는 어안이 벙벙해졌다. 민유리가, 박지안의 인생을……. 왜?

- 지안이 입장을 제대로 이해는 하고 있는 거예요? 이런 소문 잘못 나면 지금까지 쌓아올린 탑, 한 번에 다 무너져요.

"그게 아니라 요안나 씨……."

- 우리 지안이, 지금까지 큰 사고 한 번 없이 잘 버텨온 애예요. 데뷔하고 몇 년간, 한 번이라도 지안이가 실수한 적 있었나요?

264

"……."

- 유리 씨 때문에 이게 뭐예요. 큰일 날 뻔했잖아요.

"죄, 죄송해요……."

딱히 내가 죄송할 건 없는 것 같다만 차가운 목소리로 따박따박 훈계하는 요안나에게 꾸벅 사과부터 해버리고 말았다. 그래, 누나가 남동생 걱정 좀 할 수도 있지 뭐. 일단 화 먼저 달래놓고 자초지종 설명해주자 하며 있는 속, 없는 속 꾹꾹 눌러담고 있는데.

- 유리 씨, 이런 식이면 정말 실격이에요.

"뭐, 뭐가요?"

- 우리 지안이 여자친구로서 실격이라고요.

"요안나 씨, 도대체 무슨 말씀을 하시는……."

- 지안인 보통사람이 아니에요. 유리 씨 같은 사람이 지안이를 만나려면 얼마나 많이 노력해야 하는지 모르나요? 본인이 더 잘 알 거라 생각했는데, 내가 너무 과대평가했나 보네요.

……보아하니 귀족병은 박지안이 아니라 박요안나의 전매특허다. 타임지가 선정한 차세대음악인 박요안나 씨, 당신 대단한 거 잘 알고 당신 남동생 대단한 거 잘 알아요. 하지만 이건 해도 해도 너무하잖아요? '유리 씨 같은 사람'이라니, 도대체 그게 어떤 사람인데요?

애써 참았던 화가 기어이 팟, 하고 치밀어오른다. 독설을 내뱉는 와중에도 꼬박꼬박 존대를 잊지 않는 박요안나의 지독하게 우아한 말투에 더 오기가 생긴다.

"요안나 씨."

- 네.

"박지안 씨의 상대로 세가 그렇게 부족해 보이세요?"

- 무슨 뜻이에요, 그게?

"박요안나 씨 눈엔 제가 안 찰지도 몰라요. 하지만 박지안 씨가 저를 선택했고 저도 박지안 씨를 선택했어요. 이거 말고 남녀 사이에 또 뭐가 필요한가요? 왜 제가 박지안 여자친구로 실격이라는 소리를 요안나 씨에게 들어야 하는 거예요?"

- 유리 씨, 뭔가 잘못 생각하고 있나 본데…….

"연애는 박지안 씨와 저, 둘이서 하는 거예요. 요안나 씨한테 간섭받을 이유는 없는 것 같은데요."

- 이봐요, 민유리 씨.

"우린 둘 다 어른이에요. 그리고 아주 건전하게 만나고 있어요. 남들한테 손가락질 받을 만한 일 한 적 없어요. 남동생 연애사 하나하나에 이렇게 민감하게 반응하시면, 저도 물론 그렇지만 박지안 씨도 많이 힘들 거예요."

요안나, 당신은 결혼을 했잖아요. 박지안을 떠났잖아요. 박지안이 그런 당신을 잊으려고 얼마나 많은 몸부림을 반복했는지 아나요? 이제 겨우 조금씩 기운을 내고 웃음을 찾아가는 그 사람을 그만 놓아줄 수 없나요. 당신의 그늘에서 무사히 벗어날 수 있게, 하나밖에 없는 누나로서 조금만 도와줄 수는 없는 건가요.

- 민유리 씨. 나한테 이런 식으로 해서 좋을 일 없을 거예요.

"무슨 말씀이세요?"

- 지안이와 내가 어떤 사인지 잘 모르나 보네요.

"……."

- 그 아이가 날 얼마나 끔찍이 여겼는지 알면 놀랄 거예요. 여자친구보다 누나가 더 좋다고 망설임 없이 말하던 아이였죠. 그렇게 착하고 순진하던 지안이가 유리 씨 만나고 변했어요. 다정함도 많이 잃었고.

"요안나 씨, 그건요!"

- 우리 지안이한테 나쁜 습관 가르치지 말아요. 나와 지안이 사이를 이간질할 생각도 하지 말고요. 그리고 다시는 이런 기사 안 나게 앞으로 조심해주세요.

"이간질이라뇨!"

- 처신 똑바로 해주길 부탁한다는 뜻이에요. 지안이는 유리 씨 것만이 아니니까. 이만 끊어요.

뚜, 뚜, 허망하게 이어지는 기계음을 들으며 나는 자그맣게 욕설을 내뱉었다. 정재원은 그렇다 치더라도 박요안나만큼은 적으로 돌리지 않으려 했건만 결국 꼴좋게 망쳐버렸다. 젠장, 이게 아닌데. 이렇게 되면 더더욱 박지안에게 사실을 털어놓기 어려워지는데.

얼마 전까지만 해도 박요안나는 내게 무척이나 호의적이었다. 설령 빈말일지언정 동생을 잘 부탁한다느니, 유리 씨 갈수록 예뻐진다느니 하는 살가운 인사도 아끼지 않았다. 그런데 갑자기 내가 마음에 들지 않게 된 이유가 뭘까. 그녀와 내가 별다른 교류를 해왔던 것도 아닌데.

앞이 캄캄하다. 이렇게 넘어야 할 난관이 많은 줄 알았다면 애초부터 박지안을 향한 호감의 싹을 잘라버릴 것을 그랬다. 이제 와 훌쩍 달아날 수도, 박지안을 몰랐던 시절로 되돌아갈 수도 없다.

꼬리에 꼬리를 무는 고민이 멎을 줄 모르고 이어졌다. 하지만 어떤 식으로 머리를 굴리건 결론은 하나였다. 털어놓는 것, 바지안에게 모든 것을 고백하는 것.

고백해야 한다. 나와 정재원의 지나간 관계에 대해서. 늦어지면 늦어질수록 박지안은 이 사실을 받아들이기 힘들어할 것이다. 하지만 무엇보다……. 내가 미치겠다. 시쳇말로 환장하겠다. 생각만 해도 속이 바싹바싹 타들어간다.

"……어떻게 말해."

정말 어떻게 말해. 박요안나와 결혼한 남자가, 실은 나와 5년을 만났던 남자라고 어떻게 말해. 한때 정재원의 양손에 박요안나와 민유리가 쥐어져 있었다는 사실을 도대체 어떻게 말해. 나를 만나면서 박요안나를 잊으려고 했던 사람에게, 민유리 그 자체가 박요안나와 떼려야 뗄 수 없는 관계임을 어떻게 말하냐고.

그래, 나는 박지안에게 비밀을 가진 척하면서 실은 거짓말을 하고 있었다. 난 아무것도 몰라요, 정재원 같은 사람은 몰라요, 박지안 씨 가족과는 아무런 관계도 없는 사람이라고요, 난 그냥 당신의 테라피스트일 뿐인걸요.

"……돌아버리겠네."

정말, 돌아버리겠다.

[유리야, 데이트하자.]

그렇게 며칠이 흘렀다. 여느 날과 마찬가지로 머릿속은 빙글빙글 난잡해져 있었다. 침대에 누워 천장의 벽지무늬만 멍하니 바라보고 있는데 뜬금없이 박지안의 문자메시지가 날아왔다. 얼른 전화를 걸

어 "갑자기 무슨 말이에요?" 하고 물었더니,

　- 앞으로 많이 바쁠 것 같거든. 그전에 데이트하자고.

"무슨 일 있어요?"

　- 영화 하나 찍게 됐어. 외국로케 가야 해서.

"우와, 축하해요!"

　- 축하는 무슨. 데이트나 하자.

"그럼 우리, 이번이 몇 번째 데이트인데요?"

　- 첫 번째.

"왜요?"

　- 데이트 안 했잖아.

"그럼 지금까지 수없이 만난 건 다 뭐예요?"

　- 회식, 접대, 초대, 모임……

"됐고요, 그냥 세 번째 데이트로 해요."

　- 나랑 만나는 게 그렇게 싫어?

"아니요! 그런 건 아닌데……"

……사실은 당신에게 털어놓을 게 많거든요. 이왕 해야 할 고백, 세 번의 데이트가 끝나는 날 하면 좋을 것 같아서 말이죠. 내 곁에 머무르든 나를 떠나든 이제 그건 박지안 씨의 결정에 달렸어요. 당신이 날 버리고 간다 한들 난 아무런 원망도 할 수 없어요.

　- ……하긴, 세 번까지 할 필요도 없겠다.

"무슨 뜻이에요?"

　- 그런 게 있어, 하하. 그럼 서울로 나올래?

"오늘?"

- 응. 차 보내줄게.

"어디 갈 건데요?"

- 와보면 알아. 3시쯤 보낼게.

박지안과의 통화를 끝내고서, 나는 몸을 일으키며 두 주먹을 불끈 쥐었다. 그래, 어쩌면 박지안은 이해해줄지도 몰라. 처음부터 속이려고 했던 게 아니었어, 그저 타이밍이 어긋났을 뿐이야. 물론 많이 혼란스러워하겠지. 하지만 박지안이 나를 좋아하는 게 사실이라면, 내 난처한 처지를 한 번쯤 돌아봐 줄지도 몰라. 그래 줄지도 몰라…….

박지안 씨 미안해요. 우리 오늘 즐겁게 데이트해요. 오늘의 데이트가 끝나면 나 진짜로 용기 낼게요. 이젠 절대로 흐지부지 넘어가지 않아요.

"컥."

"왜?"

"지금 여길 가자고요?"

"응. 싫어?"

"여길 어떻게 가요!"

"뭐 어때. 데이트 장소로는 딱이지."

"저기요 박지안 씨, 지금 자기 처지를 망각한 모양인데…….."

"들킬까 봐?"

"당연하죠!"

"그래서 야간개장 왔잖아. 선글라스랑 모자면 충분해."

기사 아저씨가 데려다 준 곳은 서울 도심 한가운데에 있는 놀이동산이었다. 아무리 야간개장이라고는 하지만 불빛은 번쩍번쩍, 사람들은 꿀렁꿀렁…… 도대체 이런 곳에서 어떻게 데이트를 하자는 건지. 나는 박지안의 감당 못 할 배짱에 혀를 내둘렀다.

선글라스로 얼굴의 절반을 가리고 야구모자까지 푹 눌러쓴 박지안이 먼저 차에서 훌쩍 내렸다. 나는 몇 번이고 망설이다가 빛의 속도로 후다닥 뛰어내려 박지안과 10미터의 거리를 유지하며 걸었다. 행여 들키면 어떡하지, 나는 남파된 간첩처럼 쉴새없이 주위를 두리번거렸다. 그런데 우려했던 것과는 달리 누구도 그와 나에게 관심을 보이지 않는다. 어두운 조명 때문에 박지안의 모습이 잘 보이지 않을 수도 있겠지만, 무엇보다 평일 저녁에 놀이동산을 찾는 이들은 대부분 성인커플로…… 그래, 자기들끼리 애정행각을 벌이는 데 심취하여 다른 사람은 쳐다볼 생각조차 하지 않는 것이다! 뭐야, 이런 거였어? 괜히 걱정했네.

"우와!"

고등학교 졸업 이후 처음 찾는 테마파크. 색색의 풍선과 조명, 인형장식들 때문에 기분까지 알록달록 상큼해진다. 겁이 많아 롤러코스터 같은 건 엄두도 못 내지만 그저 이 공간에 있다는 사실만으로도 머릿속 모든 고민이 증발되는 느낌. 박요안나와 정재원은 올 수없는, 박지안과 민유리만의 외딴 섬에 있는 것 같다고나 할까. 아무튼 간만에 기분 한번 정말 최고다.

신나서 폴짝폴짝 뛰어다니는 나를 박지안이 못 말리겠다는 듯 바라본다. 민유리가 이런 취향인 줄 알았으면 진작 좀 데려올걸, 나지

박이 들려오는 그의 목소리에 코끝이 시큰 아려왔다. 왜 나는 지난 5년간 좀 더 따뜻한 사람을 만나지 못했을까. 박지안을 만나면 만날수록, 정재원의 이기적이고 차가운 태도를 어른스러운 것으로 착각했던 지난 세월이 아까워죽겠다. 이봐, 정 씨, 날 좀 더 빨리 버려주지 그랬어!

"저거 탈래?"

박지안이 손가락으로 어딘가를 가리켰다. 시선을 옮기니, 하늘 저 끝에서 앉은 채로 뚝 떨어지는 대형 놀이기구가 위용을 뽐내며 우뚝 솟아 있다.

"저, 저거요? '자이로드롭', 저거?"

"응."

"……혼자 타는 게 어떠세요? 내가 밑에서 사진 찍어줄게요."

"그러려면 혼자 놀러 왔게? 얼른 줄 서자."

"싫어엇!"

박지안의 손에 질질 끌려 억지로 대기통로에 섰는데, 채 1분도 지나지 않아 우리 뒤쪽으로 사람들이 끊임없이 꼬리를 이었다. 대체 이딴 게 뭐가 재미있다고 꾸역꾸역 서대는 거야! 앞도 뒤도 막혀 옴짝달싹하지 못하는 극한의 상황, 놀이기구에 탑승한 사람들의 포효하는 비명을 들으며 나는 손발을 덜덜 떨었다. 박지안은 추락하는 사람들의 표정이 우습다며 배 잡고 낄낄대는 데 심취 중이시다. 이 밉상, 누군 실신하기 일보 직전이구먼!

"민유리!"

"왜요!"

"그냥 나가자!"

"네? 왜, 왜요?"

"너 그러다 수전증 생기겠다, 으하하!"

너무 떨려서 그렇죠, 이 자식아…….

그가 내 손을 덥석 잡더니 뒷사람에게 양해를 구하고 걸음을 옮기기 시작했다. 하지만 꼬리에 꼬리를 문 사람들을 헤치고 좁은 통로를 따라 출구까지 가기란 좀처럼 쉽지 않았다. 박지안은 예의 바른 목소리로 끊임없이 "미안합니다", "죄송합니다", "실례합니다"를 연발했고, 나는 고개를 푹 숙인 채 그가 이끄는 대로 졸졸 따라갈 수밖에 없었다. 행여 사람들 발을 밟지나 않을까 갖은 주의를 기울이면서.

"휴우, 탈출 성공."

"그러게 왜 억지로 끌고 들어가요. 나 저런 거 진짜 못 탄단 말야."

"이럴 거면 놀이동산은 왜 왔어?"

"니가 데리고 왔잖아요!"

"아, 맞다."

그는 멋쩍은 듯 뒷머리를 슥슥 긁다가 다시 내 손을 잡아 어디론가 걸음을 옮겼다. 또 뭘 타러 가는 거냐고 물었더니 놀이기구는 포기하고 산책이나 하잔다. 삼삼오오 모여서 떠드는 고등학생들, 다정하게 팔짱을 낀 커플들, 오랜만의 나들이를 나온 듯한 가족들이 선선한 가을밤을 한가득 채우고 있다. 다른 사람들의 눈에, 손을 잡고 걷고 있는 박지안과 나는 분명 이십 대의 젊은 연인쯤으로 보이겠지. 상상만으로도 얼굴이 빨개진다. 이렇게 많은 사람 앞에서 박지안과 손을 잡고 걸을 수 있을 거라곤 추호도 생각해본 적이 없었다. 정말

Hello
Mr. 페퍼민트

로 지금, 꿈길을 밟는 것만 같다.

"어, 공연한다!"

놀이공원 한편의 가설무대에서 현란한 조명이 반짝이고 있었다. 우리는 간이의자의 맨 뒷줄에 앉아 아마추어 댄스팀의 공연을 감상했다. 손뼉까지 신나게 쳐가며 정신을 쏙 빼놓고 있던 그때, 공교롭게도 음악이 바뀌더니 요즘 최고의 인기라는 박지안의 노래가 빵빵 터져 나왔다. 사람들의 환호성이 일순 두 배는 더 커진다. 무대 위의 댄서는 박지안의 이미테이션일 뿐이었지만 관중의 열광적인 반응은 TV 속 박지안에게 보내는 것에 못지않았다. 그런데 어째, 내 옆에 앉은 '진퉁 박지안'이 제일 신나 보인다.

"좋아요?"

"좋지 그럼. 와, 나보다 더 잘하네."

"직접 올라가 보지 그래요? 재미있겠다! 사람들도 좋아하고."

"저 친구도 열심히 연습했을 텐데, 내가 나가서 찬물 끼얹으면 안 되지."

"그, 그런가……."

'진퉁 박지안'의 깜짝 등장 탓에 사람들의 관심에서 멀어져 버릴 '짝퉁 박지안'의 처지까지 그는 놓치지 않고 배려하고 있었다. 아무리 생각해도 박지안은 정말 좋은 사람이야. 이 사람 곁에 있으면 배울 게 너무 많을 것 같은데…… 오늘의 데이트가 끝나고 나서도 나는 변함없이 그의 옆자리를 지킬 수 있을까. 무대 위의 저 댄서를 배려했던 것처럼, 박지안은 민유리의 형편도 배려해줄까. 불쑥 걱정 섞인 서글픔이 밀려왔다. 나는 애써 머릿속을 정리하며 다시 무대로 시선을 붙박았다.

"자, 기다리시던 맥주 빨리 마시기 대회를 시작하겠습니다!"

"와아아!"

우렁찬 목소리의 진행자가 이어지는 코너를 알려왔다. 시원한 가을밤, 뭐니뭐니해도 맥주가 최고 아니겠습니까? 옥토버페스트 기간을 맞아 사흘 동안 벌어지는 맥주 빨리 마시기 대회! 참가를 원하시는 분들은 빨리 무대 위로 나오세요, 선착순 열 명입니다!

"박지안 씨!"

"응?"

"나, 저 1등 선물 갖고 싶어요!"

"뭐?"

무대 한편에는 1미터는 족히 넘어 보이는 대형 마스코트 인형이 세워져 있었다. 맥주대회 우승자에게 주어지는 상품이란다. 곰과 개를 반반 섞어놓은 듯한 묘한 생김새가 어쩐지 정감이 가서, 밤마다 껴안고 자면 푹신푹신하니 정말 좋겠다 싶다.

"민유리!"

"네?"

"나도 저거 갖고 싶어."

"뭐라고요?"

"저거 보면 볼수록 민유리랑 귀동이를 반반 닮았어."

"뭐예요?"

……하긴 가수 박지안이 갑자기 나타나 맥주 빨리 마시기 대회에 참가하는 것만큼 황당한 일도 없겠지 싶다. 조간 1면은 따놓은 당상

이겠군…… . 나는 고개를 절레절레 휘젓고, 앞에 앉은 남자가 여자 친구의 응원을 받으며 무대 위로 힘차게 뛰어나가는 모습을 부럽게 바라보았다. 저런 게 바로 연애하는 맛인데, 쩝.

"자, 참가자 더 없으십니까? 1등으로 드리는 이 인형, 오늘의 대회를 위해 우리 에버월드에서 특별 제작한 한정판입니다! 어디 가서 사려야 살 수도 없는 160cm 트리플엑스라지(XXXL) 마스코트!"

"민유리, 한정판이래, 한정판!"

"뭐야, 한정판 마니아였어요?"

"응, 사나이라면 한정판이지!"

"이 된장남!"

"내가 나갈 순 없잖아."

"그냥 포기하시죠?"

"너 술 잘 마시잖아. 재능이 아깝지도 않냐!"

"아무리 그래도 그렇지, 저 앞에 놓인 잔 좀 봐요! 저게 어디 잔이에요? 드럼통이지."

"여자한텐 반만 마시라고 할지도 몰라. 저것 봐, 참가자가 다 남자잖아."

"……저, 정말 반만 마시라고 할까요?"

"응, 너라면 충분히 승산이 있어!"

"그, 그런가?"

귀 한번 오지게 얇은 민유리는 승산이 있다는 박지안의 말에 금세 회가 동하기 시작한다. 에라, 모르겠다! 그래 박지안, 오늘은 내가 당신이 원하는 거 다 해줄게. 기분 한껏 좋아진 상태에서 진실을 들어야 상대적으로 충격도 좀 덜 먹지 않겠어? 좋아 민유리, 가는 거야. 꼭 1등을 차지해서 박지안의 컨디션을 최고조로 만드는 거야!

"앗, 저기 여자분 한 분 나오십니다! 박수!"

"우와아!"

"푸하하, 저 여자 술꾼인가 봐!"

나는 창피하지 않다, 나는 창피하지 않다, 나는 창피하지 않⋯⋯. 아, 그래도 창피한 건 창피한 거다. 내가 왜 의자에서 엉덩이를 뗐을까. 뭐에 홀렸기에 이런 대회를 나가는 걸까. 아악, 남세스러워, 얼굴 팔려, 모양 빠져!

"어디서 오신 누구십니까?"

"아, 저, 저는 가평에서 온 귀동이 엄마라고⋯⋯."

"아니, 미혼인 줄 알았더니 어머님이셨구나!"

"예, 뭐⋯⋯."

"귀동이 어머님의 활약, 기대하고 있겠습니다. 참, 아가씨였으면 반만 드시라고 하는데 아줌마니까 다 드셔야 합니다!"

"네? 그, 그런 게 어디 있어요!"

"룰이 그렇습니다, 하하하."

⋯⋯지저스, 괜히 이상한 소릴 해 가지고.

"귀동이 어머님, 각오 한마디?"

"음⋯⋯. 귀동이 아빠, 내가 저 인형 꼭 따갈 테니까 앞으로 집에 자주 와요!"

"푸하하! 뭐야, 남편이 집에 안 오나 봐!"

"그리고 귀동이 아빠, 사, 사랑해요!"

"우와아! 아줌마 파이팅!"

구경꾼들의 폭발적인 박수가 이어졌다. 그 열기에 도취된 나머지 그만 사랑한다고까지 말해버렸다. 에라, 모르겠다. 사랑하는 거 맞는데, 뭐. 나는 어느새 창피함을 까맣게 잊고 잔뜩 달뜬 얼굴로 씨익 웃었다. 반드시 한정판 인형을 박지안에게 안기고 말리라! 내 앞의 맥주잔, 아니 드럼통을 노려보며 그렇게 전의를 불태웠다.

진행자가 마지막 열 번째 사람과 인터뷰를 하기 시작했다. 드디어 결전의 순간이 다가왔구나, 잔뜩 심호흡을 하는 중이었는데,

"꺄아악! 박지안이다!"

저 멀리서 들려오는 날카로운 비명에 관중이 일제히 소리가 나는 쪽으로 고개를 돌리기 시작했다. 불과 몇 초 만에 진풍경이 발생했다. 사람들은 너도나도 조금 전 내가 앉아 있던 자리로 몰려갔고, 한쪽으로 쏠린 인파 때문에 당장 대형 사고라도 날 듯 아슬아슬한 상황이 연출되었다. 무대 위의 진행자가 땀을 뻘뻘 흘리며 진정시키려 애썼지만 이미 박지안을 보고자 혈안이 된 사람들에게 그의 목소리는 하나도 소용이 없었다.

나는 아우성의 중심에 있을 박지안을 찾으려 무대 위에서 이리저리 고개를 비틀었다. 하지만 그는 좀처럼 내 눈에 띄지 않았다. 어디 다치지는 않았을지, 괜한 해코지는 당하지 않을지 걱정이 되었지만 당장 아무것도 할 수 있는 게 없어 발만 동동 굴렀다.

결국 안전요원들이 대거 투입되어 벌떼같이 몰려든 사람들을 흐트러뜨리기 시작했다. 행사장은 점차 안정을 되찾았고 구출된 박지안은 안전요원들의 보호를 받으며 어딘가로 이송되었다. 다행이었다.

옷매무새가 조금 흐트러졌을 뿐 특별히 다친 곳은 없는 듯했다. 그가 걸어가는 모습을 무대 위에서 지켜보며 나는 오른쪽 뺨에 흐르던 눈물 한줄기를 닦아냈다. 30분, 정말 악몽과도 같은 시간이었다.

엄청나게 크고 또 엄청나게 무거운 인형을 등에 업은 채 놀이공원을 빠져나왔다. 맥주 빨리 마시기 대회는 허무하게 파투가 났고, 유일한 여성참가자인 나에게 진행자는 선심을 쓰듯 인형을 넘겨주었다. '와, 난 정말 운이 좋아!' 했다가, '운이 좋기는 개뿔, 박지안이 그 고생을 치렀는데.' 하며 침울해졌다. 감정이 롤러코스터처럼 오르락내리락 춤을 춘다. 도무지 종잡을 수가 없어 지치고 힘이 든다.

몇 번이나 전화를 해도 그는 받지 않았다. 혹시 사람들 무리에서 전화기를 잃어버린 게 아닐까 싶어 또 덜컥 걱정이 밀려왔다. 다른 사람도 아니고 박지안의 휴대전화인데. 남들이 주워서 하나 좋을 것 없을 텐데.

전원이 꺼져 있다는 메시지만 반복될 뿐 끝끝내 듣고픈 목소리는 들리지 않았다. 나는 문자메시지 하나를 보내놓고 지하철을 타려 발길을 돌렸다. 더 늦기 전에 시외버스터미널로 가야 했다. 집에 가 있으면 연락이 오겠지. 일거수일투족이 인터넷뉴스로 실시간 중계되는 톱스타 박지안이니 집에서 마우스나 몇 번 딸깍거리면 그의 행방을 알 수 있을 것이다. 젠장, 그나저나 이 인형, 엄청 거추장스럽네.

터벅터벅 지하철역 계단으로 향하는 순간 요란하게 전화벨이 울렸다. 박지안이다! 어깨에 진 인형을 내팽개치고 슬라이드를 올렸다.
"박지안 씨, 지금 어디에요! 나 여기 잠실역 7번 출⋯⋯."

- 잠실? 가깝네요.

"⋯⋯요안나 씨?"

박지안이 아니었다. 시무룩한 표정을 지은 채 바닥에 떨어진 인형을 주워 엉덩이에 묻은 먼지를 털었다.

- 지안이랑 같이 있어요?

"같이 있다가⋯⋯ 길이 엇갈렸어요."

- 그래요? 그럼 나 좀 잠깐 보죠.

"그게⋯⋯. 제가 지금 좀 곤란한데⋯⋯."

빨리 집으로 돌아가서 박지안 씨와 연락이 닿을 방법을 찾아야 하거든요. 그 사람도 지금 많이 답답할 거예요, 민유리가 서울 바닥 어디에서 헤매고 있을지 모를 테니까요.

- 민유리 씨, 나랑 한번 만나야 할 일이 있지 않나요?

"네? 무슨 일로 그러시는지?"

- 민유리 씨.

"말씀하세요."

빨리 말씀하세요, 저 정말 바쁘단 말이에요! ⋯⋯차마 이렇게까지 매몰차게 쏘아붙이지는 못하고 자꾸만 뜸을 들이는 박요안나를 속으로만 잔뜩 원망하고 있는데,

- 당신, 내 남편 정재원과 무슨 관계죠?

들려오는 그녀의 차가운 목소리에 업혀 있던 인형이 또 한 번 바닥으로 곤두박질 쳤다.

기다리다, 울다, 기다리다

"넌 인마, 애먼 사람 다치기라도 하면 어쩌려고!"

"아 진짜, 잘못했다니까."

"조용한데 가서 놀지, 왜 하필 그런 델 가서 이 유난을 떨어?"

땀까지 뻘뻘 흘리며 달려온 매니저 형이 연방 핀잔을 퍼붓는다. 이 나이를 먹고도 누군가에게 꾸중을 듣는다는 게 참 우습긴 하지만, 어쨌거나 내가 실수한 일이니 별로 할 말은 없다.

휴대전화에는 유리에게서 온 부재중 전화가 잔뜩 쌓여 있다. 당장에라도 send 버튼을 눌러 시시덕거리며 떠들고 싶지만, 반성하고 자숙하는 척을 하지 않는다면 저 시어머니 같은 매니저에게 두고두고 잔소리를 들을 것 같다.

[나가평에돌아가고있어요이따연락해요]

절대 띄어 쓰는 법이 없는 유리의 문자메시지를 나는 몇 번이고 반복해 읽었다. 길은 알고 있으려나, 헤매지는 않으려나……. 민유리가 한두 살 먹은 어린애도 아닌데, 물가에 내놓은 갓난쟁이마냥 왜 이리 걱정이 되는지 모르겠다.

"참, 아까 요안나 씨한테 전화 왔었다."

"……그래."

"누나 전화 좀 받아라. 오죽 답답하면 나한테 만날 전화를 다 걸겠어, 그 바쁜 분이."

"성가시게 해서 미안해."

"도대체 뭐 때문에 싸운 거야? 의좋던 남매가."

"싸우긴."

"급한 일인 것 같던데 도착하면 전화해 드려."

"알았어."

언제부터인가 나는 요안나의 전화를 받지 않았다. 그녀가 미워서도, 그녀의 목소리에 내 마음이 흔들려서도 아니다. 그녀와 나는 서로 다른 길을 걸어야 한다. 이 단순하고도 명료한 사실을 알아차리기까지 나는 너무나 긴 시간을 허비했다. 이제 더는 아무것도 낭비하지 않겠다. 나는 앞으로 좀 더 나은 사랑을 할 것이다.

오피스텔에 도착하자마자 다급하게 전화를 걸었지만 어찌 된 영문인지 민유리의 휴대전화는 꺼져 있었다. 아, 반성하는 척이고 뭐고 그냥 차 안에서 바로 전화했어야 했는데……. 잠깐 연락이 되지 않아도 이렇게 마음이 불안한데, 휴대전화라는 게 없었던 시절엔 어떻게 살았나 싶어 언뜻 웃음이 나왔다. 팬션 노부부에게 전화를 걸어 유리가 도착하면 연락을 달라 부탁해두고 소파에 풀썩 몸을 묻었다. 무대 위에서 "귀동이 아빠, 사랑해요."라 외치던 그녀의 목소리가 귓가에 맴돌아 가슴 한구석이 아련해진다. 민유리, 고맙다, 나 같은 걸 사랑해줘서…….

놀이공원의 야경을 배경 삼아 정식으로 사귀어달라고 프러포즈
하려던 계획은 보기 좋게 무산되었다. 주머니에 넣어둔 반지케이스
가 차가운 손가락 아래로 쓸쓸하게 만져졌다.

"민유리!"

- ……네.

"왜 이렇게 통화가 안 돼!"

- 미안해요. 일 때문에 좀 바빠서.

놀이공원 데이트 이후로 나는 좀처럼 펜션에 갈 짬이 나지 않았
다. 출국으로 인한 공백을 메우려 스케줄을 앞당겨 치르느라 하루
하루는 마치 전쟁 같았다. 틈틈이 유리에게 전화를 했지만 한 번도
연결되지 않았고, 별 수 없이 펜션 주인 부부에게 연락해 간접적으
로나마 그녀의 안부를 전해듣곤 했다. 혹시 놀이공원에서 그렇게 엇
갈려버린 것 때문에 화가 난 걸까? 아니, 아마 아닐 것이다. 적어도
내가 아는 민유리는 그런 불가피한 상황을 두고 무작정 화를 내는
사람은 아니니까. 그렇게 불안과 의문만이 점점 커지던 때, 결국 열
번도 넘는 시도 만에 이렇게 통화에 성공했다.

"번역 때문에? 출판사에서 빨리 보내 달래?"

- ……네.

"평소에 좀 착실히 하지. 농땡이 부리다가 한 번에 몰아서 하려니
까 안 바쁘고 배겨."

- …….

"유리야."

- 네?

"잘 지내고 있지?"

- ……네.

"보고 싶다."

보고 싶다 민유리. 벌써 며칠째, 주인을 찾지 못한 반지만 만지작거리는 구차한 내 모습을 너는 모르겠지.

"나 모레 출국해. 발리로."

- ……잘 다녀와요.

"미안해, 얼굴 못 보고 갈 것 같아. 내일 밤까지 스케줄이 꽉 찼어."

- 바쁜데 할 수 없죠.

"내일 밤 10시에 라디오 들을래? 그때 그 주파수."

- ……컴퓨터가 고장 나서 못 들을 것 같아요. 다음 주에나 고치러 오겠대요.

"주인아주머니한테 여쭤 봐. 라디오 한 대쯤은 가지고 계시겠지."

- 서울 주파수는 여기서 안 잡혀요.

"아……."

나는 내일 라디오에서 민유리와 나만이 알 수 있는 암호들로 내 마음을 올곧게 전하려고 다짐했었다. 그리고 정식으로 교제해달라는 짧은 메모와 함께 주머니 속의 이 반지도 팬션으로 보내려고까지 했었다. 그런데 또 이렇게 허사가 되어버렸다. 일이 꼬이기 시작하니 대책 없이 계속 꼬인다. 고백 한번 하기 무진장 어렵군. 27년을 살면서 이렇게 고난도의 과제를 껴안긴 난생처음이다.

유리의 목소리에는 영 기운이 없다. 일 때문에 지쳐서 그런 걸까? 아니면 놀이공원 사건 때문에 화가 많이 난 걸까……. 그녀의 잔뜩 가라앉은 음성에 나까지 기운이 빠진다. 지독하게 자기중심적이었던, 그래서 다른 사람의 기분 따윈 안중에도 없었던 내가 이젠 민유리의 목소리 변화 하나에도 눈치를 보게 된다. 이런 나 자신이 퍽 생소하지만, 조금도 싫지 않다.

"무슨 일 있어?"

- 아니요…….

"유리야, 우리 힘내자. 혹시 안 좋은 일이 있어도 같이 힘내자."

- …….

"난 지금 정말 행복해. 사랑하는 여자도 내 곁에 있고, 하는 일도 척척 잘 풀려가고 있어. 태어나 처음 느껴보는 것 같아, 이렇게 안정된 기분. 평생 이럴 거야. 민유리를 사랑하면서, 사회에서 인정받으면서. 돈 벌어서 너 맛있는 것도 사주고, 예쁜 옷도 사주고."

- …….

"나 이제 내 감정 의심하지 않아. 이거 사랑 맞아. 확신할 수 있어. 그러니까 유리야, 나 믿고 내 옆에 있어줘. 놀이공원에서처럼 다시는 널 외롭게 하는 일 없을 거야."

- 박지안 씨.

"응?"

- 나, 박지안 씨한테 듣고 싶은 말이 있어요.

"뭔데?"

- ……수고했다고 말해줘요.

"벌써 일 다 끝냈어? 하하, 그래서 자랑하는 거야? 난 지금 이리 치이고 저리 치여서 죽겠는데. 암튼 수고했어, 민유리."

— ……박지안 씨도, 수고했어요.

"응?"

……전화는 그렇게 끊어졌다.

그리고, 그녀가 사라졌다.

3주간의 영화촬영을 마치고 돌아간 팬션에서 민유리의 흔적은 무엇 하나 찾을 수 없었다. 주인 부부가 지방 친척집에 다니러 간 사이 그녀는 연기처럼 홀연히 로즈메리에서 사라졌다고 했다. 텅 빈 방을 두 눈으로 직접 확인하면서도 차마 현실을 받아들일 수 없어 나는 한참을 멍하니 서 있었다. 도대체 왜, 갑자기, 한마디 말도 없이…….

"지금 나더러, 그 말을 믿으라는 거야?"

"내가 왜 거짓말을 하겠어."

"요안나, 말도 안 되는 소리 하지 마."

"지난 5년간 재원 씨, 너무너무 힘들었대. 하도 끈질기게 쫓아다녀서, 어디론가 숨어 들어가고 싶을 지경이었대."

"매형이 바보야? 여자 하나 거절 못 하는 바보냐고!"

"재원 씨 워낙 다정한 거 알잖아. 차갑게 대할 수가 없었대. 행여 냉정하게 내쳤다가 큰일이라도 나면 어떡하나 싶어서……."

"말이라고 해? 헛소리 작작해."

"요한아, 내 말 믿어. 민유리 씨, 우리 남편 스토커였어. 어쩌면 너한테 접근했던 것도 재원 씨 근처에 있기 위해서였을지도 몰라."

"섭근은 내가 했어! 민유리한테 먼저 접근한 사람은 나라고!"

며칠 후 오피스텔로 찾아온 요안나는 도무지 믿을 수 없는 말들을 확신에 가득 찬 목소리로 꺼내놓고 있었다. 청천벽력과도 같은, 세상 그 무엇보다도 잔인한 이야기를 고스란히 전달받으며 나는 그만 두 눈을 감아버렸다.

"……그럴 리가 없어."

민유리가 스토커였다니. 다른 사람도 아니고, 요안나의 남편 정재원의 스토커였다니.

나는 아직도 생생히 기억한다, 벽 너머 로즈메리부터 들려왔던 민유리의 오열을. 그녀는 옛 남자친구로부터 걸려온 전화 한 통에 정신을 잃을 듯 하염없이 울었다. 아니, 세상 어느 스토킹 피해자가 가해자에게 먼저 전화를 건단 말인가. 아무리 생각해도 도무지 앞뒤가 맞지 않는다.

민유리를 처음 만났을 때, 그녀는 만신창이였다. 까맣게 타들어간 속을 애써 감추려 그녀는 어떻게든 밝은 척을 했었다. 나는 민유리를 그토록 괴롭혔던 장본인이 내 누나의 남편이라는 사실만으로도 이미 제정신이 아니다. 어떻게 한때 사랑했던 사람을 그렇게 비참하게 만들 수 있느냐며, 마음 같아서는 지금 당장이라도 멱살을 잡고 얼굴에 주먹을 꽂아주고 싶다. 하지만 요안나의 말에 의하면 둘 사이는 결코 정상적인 연인이 아니었단다. 민유리는 지난 5년간, 자신이 정재원의 애인이라는 정신병에 가까운 착각 속에서 홀로 허우적댔던 거란다. 믿기지는 않지만 머릿속이 혼란스러워지는 건 어쩔 수 없다. 도대체 어디까지가 진실이고 어디까지가 거짓이란 말인가.

박지안, 민유리, 박요안나, 정재원. 어쩌면 평생 만나지 못했을 수도 있었을 네 사람이, 서툰 물레질에 제멋대로 짜인 씨실과 날실처럼 그렇게 엉켜버렸다. 신이 또 한 번 장난을 치는구나, 내 인생을 또한 번 가지고 노는구나. 나는 어딘가에서 낄낄거리고 있을 절대자를 원망하며 입술을 거칠게 깨물었다. 보고 싶다. 지금 당장 민유리가 보고 싶어 심장이 터질 것만 같다.

발리에서 찍었던 영화가 개봉했다. VIP 시사회의 가장 좋은 좌석 티켓이 오피스텔 선반 위에 그대로 놓여 있다. 나는 모든 스케줄을 취소하고 방구석에 틀어박혔다. 박지안 실신, 과도한 스케줄로 인한 피로누적. 소속사에서 뿌린 거짓 기사가 신문 여기저기로 넘쳐난다.

정신이 돌아올까 싶으면 또 마시고 또 마셔서, 바닥에 널린 술병만 이미 수십 개다. 매니저와 윤혁이 번갈아 오며 치워주지 않는다면 이러다 술이 아니라 술병에 파묻혀 질식하겠다 싶다. 나는 하루에도 몇 번씩 구토를 반복한다. 위장에 남은 멀건 액체가 한 방울도 남김없이 쏟아져나왔다.

"형, 그만 정신 좀 차려. 이러다 죽겠다."

"오빠, 제발요. 다들 걱정해요."

"미안. 미안……."

이제는 익숙하다는 듯, 희주는 오피스텔에 들어서자마자 부엌으로 가 콩나물국을 끓이고 윤혁은 창문을 열어 환기를 시킨다. 굴러다니는 술병과 희뿌연 담배연기, 그 속에 초라하게 고꾸라진 나를 윤혁과 희주가 한숨을 쉬며 바라본다.

"혁아……. 유리 좀 데려와라, 유리 좀……."

"형."

"데려와……. 물어봐야 한단 말이야……."

나는 어제도 오늘도 끊임없이 혼잣말을 반복한다. 민유리를 위해 준비했던 반지가 나의 왼쪽 새끼손가락 위에서 서글프게 반짝인다. 네 주인은 도대체 어디로 간 거냐, 어디로.

"정신이 좀 들어요?"

이젠 눈꺼풀을 들어 올리는 것도 귀찮다. 뻣뻣해진 허리를 버겁게 일으키니 희주가 기다렸다는 듯 꿀물이 담긴 잔을 가져왔다. 역하게 느껴지는 단맛 때문에 한 모금 입만 축여냈더니,

"다 마셔요, 못 먹겠어도."

어머니 같은 희주의 다그침에 꾸역꾸역 꿀물을 들이켰다. 그래도 제딴에 해장효과가 있는지 한결 속이 편해진 듯하다. 혀를 끌끌 차던 윤혁이 대뜸 무언가를 내민다. 받아들고 보니, 거울이다.

"꼴 좀 보라고."

피식, 조소를 띠며 거울을 가까이 들이대자 거칠한 수염으로 뒤덮인 초라한 남자 하나가 불쑥 눈앞에 나타났다. 박지안, 오랜만이다. 네가 이렇게 생긴 놈이었구나.

"정신 좀 차려. 언제까지 이럴 거야?"

"뭔가……."

"이런다고 없어진 사람이 나타나?"

이래서 나타난다면 1년이고 2년이고 계속 이 꼴로 살 수 있다. 하

지만 나는 안다. 내 자학이 거듭된다 한들 그녀는 나타나지 않으리
라는 것을. 왜 내 사랑은, 내 사랑은 늘 이렇게 처참하게 끝나야만
하는지. 문드러진 속을 추스르기 무섭게 더 큰 상처가 덧대어진다.
민유리, 민유리, 민유리…… 수백 번 같은 이름을 곱씹자 결국은 또
감정이 분노에 치달았다.

"젠장!"

들고 있던 컵을 허공으로 집어던졌다. 희주가 날카로운 비명을 지
르며 귀를 막는다. 베란다 창틀에 부딪힌 유리잔이 처참하게 산산조
각 났다. 윤혁은 고개를 설레설레 저으며 깨진 유리조각을 줍기 시
작했다. 형, 이제 그만 해. 녀석의 나지막한 목소리를 들으며 나는 조
용히 눈물을 떨어뜨렸다.

"희주야, 먼저 가라. 난 형이랑 좀 더 있을게."

"알았어. 오빠, 저 갈게요."

"미안해, 희주."

"아니에요. 지윤혁! 이따가 오빠 콩나물국 드시게 내드려."

"오냐."

희주가 돌아가자 어둠으로 뒤덮인 오피스텔에 윤혁과 둘만 남았
다. 칙칙하게 남자 둘이서 이게 뭐냐, 너도 그냥 가라. 농담삼아 툭
던진 말에 윤혁이 발끈한다. 왜, 또 혼자 마시려고? 오늘은 같이 마
셔, 어디 한번 죽어 보자. 나는 그저 피식 웃어버린다. 고맙다는 말
을 애써 삼킨 채.

콩나물국을 안주 삼아 소주를 들이켜자니 안주도 없이 와인만
홀짝거리던 민유리가 생각나 또 한 번 부질없는 눈물을 흘리고 만

다. 질질 짜지 마, 계집애도 아니고. 버럭 화를 내는 윤혁이 재미있어서 그렁그렁 눈물을 매단 채 크게 웃었다. 얼씨구, 이젠 울다가 웃기까지, 윤혁이 어이없다는 듯 코웃음을 친다.

"혁아."

"응."

"유리……."

"응."

"그런 거 아니야."

"알아. 나도 알아. 유리 형수, 스토커 같은 거 아니야."

"그래, 아니야."

혁아, 내 형제 같은 윤혁아. 내가 그동안 얼마나 많은 사람을 불신하며 살아왔는지 너는 알겠지. 바람 앞의 촛불과도 같았던 어린 나이에 이 치열한 세계로 뛰어들어, 얼마나 많은 거짓과 위선의 벽에 부딪혔었는지 잘 알고 있겠지. 그 덕분에, 맨몸으로 칼바람을 다 견뎌낸 덕분에 내게 제법 사람 볼 줄 아는 눈이 생겼다는 것도 너는 알겠지…….

박지안이 본 민유리는 절대 그럴 사람이 아니야. 스토킹? 민유리는 결코 그런 짓 못 해. 다른 사람 상처주면서 제 실속만 챙기는 이기적인 행동 따윈 죽었다 깨어나도 못 할 아이야. 내가 아는 민유리는 계산이 없는 녀석이었어. 사소한 일에 발끈했다가도 맛있는 음식 앞에서 헤헤 웃고, 쓰린 상처에 엉엉 울었다가도 소주 한 잔에 툭툭 털어내던 그런 아이였어. 순수하게 사랑하고, 아낌없이 마음을 주고, 따뜻하게 손을 잡는……. 혁아, 민유리는 영원히 그럴 녀석이야.

"나는 민유리 입으로 직접 들을 거야."

"그래야지."

"지금 유리는……. 또 다른 가평으로 가버린 거겠지. 그곳에서도 울고 있을까. 잠은 제대로 자고 있을까……."

"……."

"다시…… 만날 수 있을까……."

"……만날 수 있어."

나는 널 믿는데, 네가 무슨 말을 해도 받아들일 자신이 있는데. 왜 도망갔어, 도망가지 말지 왜 그랬어.

"어렵게 모셨습니다. 이제는 가수가 아니라 배우라고 불러도 손색이 없는, 이 시대가 낳은 최고의 스타 박지안 씨!"

"안녕하세요. 박지안입니다."

"박지안 씨, 그동안 정말 많이 아프셨나 봐요. 얼굴이 반쪽이 되셨어요."

오랜만에 마주하는 카메라가 퍽 낯설게 느껴진다. 해사한 표정의 진행자를 앞에 두고 나는 언제 술에 절어 살았느냐는 듯 밝은 웃음을 짓는다. 민유리, 보고 있었으면 좋겠다. 나는 이렇게 환하게 너를 기다리고 있어. 겁내지 말고 얼른 나타나줘.

"사실 의외였던 게, 박지안 씨가 그렇게 명랑한 캐릭터를 연기하실 줄은 몰랐거든요. 워낙 무대에선 카리스마가 넘치시고, 게다가 샤프한 미남의 대명사이시니, 호호."

"감사합니다. 이미지 때문에 그런지 늘 어두운 배역이 많이 들어오더군요. 시나리오는 올해 여름쯤에 골랐는데, 당시 한창 기분이 들떠 있었던 터라 밝은 캐릭터에 더 애정이 느껴졌습니다. 그 감정 그대로를 스크린으로 옮기고 싶었으니까요."

"첫 영화라는 게 믿기지 않을 만큼 연기가 정말 훌륭했어요. 특히 여자주인공이었던 전지원 씨에게 프러포즈를 하는 장면은 가히 최고던데요. 그것 때문에 두 분, 스캔들도 나셨죠."

"실전인 것처럼 했습니다. 좋아해주셔서 다행이네요. 아, 전지원 씨와는 아무 관계 아닙니다. 하하."

상대여배우를 민유리라고 생각하고 연기했다. 가평으로 돌아가면 민유리에게 똑같이 프러포즈해야지, 굳게 마음먹고 있었다. 하지만 끝내 그럴 수 없었다. 민유리에게 보여줄 마음마저 여배우에게 다 쏟아내 버렸다고, 나는 에너지를 낭비했던 나 자신을 얼마나 원망했던가.

"박지안 씨, 마지막으로 하고 싶은 말씀이 있다면 한마디 해주세요. 누구에게든 좋습니다."

"먼저 보잘것없는 저를 변함없이 응원해주신 팬 여러분, 감사합니다. 고백하자면, 일을 즐기지 못했던 시기가 누구보다 길었습니다. 다 버리고 도망치고 싶었던 때도 있었어요. 하지만 점점 나와 내 주변의 모든 것을 사랑할 수 있는 여유를 배웠습니다. 여러분 덕택입니다."

"와, 지안 씨 팬들은 정말 좋으시겠어요."

"그리고, 귀동이라고 있습니다. 강아지인데…… 그 녀석, 지금도 잘 크고 있어요. 그냥 문득 이 이야기를 전하고 싶네요."

"어머, 이름이 정말 친근한데요? 종(種)이 뭐예요?"

"하하, 그냥 잡종입니다. 밥 잘 먹고 튼튼한."

"귀엽겠다!"

"잘 크고 있어요. 그러니까…… 보러 오세요, 귀동이."

보러 와, 유리야. 귀동이 엄마.

늦은 스케줄을 끝내고 오피스텔로 돌아오니 요안나가 거실에 앉아 파블로 카잘스의 음반을 듣고 있었다. 한때 그녀와 내가 매일 같이 들었던 연주곡이 무의미하게 집 안을 부유했다. 수척해 보이는 그녀의 얼굴에 내 지난 시절의 상처가 투영되어 있었다. 재킷을 벗어 아무렇게나 던지고 소파에 털썩 몸을 묻었다. 허공을 응시하던 그녀의 시선이 피로에 지친 내 눈동자에 다가와 멈춘다.

"웬일이야."

"보고 싶어서."

"전화부터 해."

"받지도 않잖아."

"……."

"방송 시작했다며. 축하하려고."

요안나가 냉장고에서 케이크를 꺼내온다. 그녀와 내가 즐겨 먹었던 호텔 베이커리의 제품이다. 새빨간 딸기가 올라간 순백의 케이크를 보니 요안나와 마주앉아 크림을 묻히며 웃었던 기억보다 백수탈출을 축하한다며 유리와 붙었던 촛불이 먼저 떠오른다. 유리야, 유리야, 민유리…….

"단 거 먹을 기분 아니야. 가져가서 매형과 먹어."

"요한아."

"……."

"나, 이혼할까."

"무슨 소리야?"

"다음 달부터 유럽 가. 리사이틀."

"그런데?"

"……같이 갈래?"

"아니."

"냉정하네."

요안나가 서글프게 웃는다. 상처입은 그런 얼굴, 제발 서로에게 보이지 말자. 나는 몇 번이고 하고 싶은 말을 집어삼킨다. 같은 이야기를 반복하는 것도 점점 지친다.

소파에 앉은 그녀의 어깨가 앙상하다. 방패막이 삼아 한 결혼에 나날이 지쳐가고 있음이 분명했다. 나는 요안나의 반대편으로 고개를 돌렸다. 그녀를 안쓰럽게 느끼고 싶지 않았다.

요안나는 나를 이해하지 못한다. 편하게 만나고 사랑할 수 있는 환경을 갖추어놓았더니 이제 와 뜬금없이 떠나가겠다는 나를. 하지만 내가 원했던 건 이런 삶이 아니다. 우리의 사랑을 위해 다른 누군가를 희생시킬 필요는 없었다. 우리의 사랑은 처음부터 끝까지 우리 스스로 책임져야 한다. 삿대질을 당해도, 명성을 잃어도, 사회에서 매장되어도 그 대상은 온전히 요안나와 내가 되어야 한다.

요안나, 당신의 결정은 틀렸어. 늘 똑똑하고 명석했던 당신이지만 이번만은 틀렸어.

그녀가 머리를 내 어깨에 기대어온다. 나는 미간을 찌푸린 채 눈

을 감았다. 요안나, 부탁이야. 나를 이 이상 나락으로 끌어내리지 말
아줘.

"사랑해."

"……"

"요한아."

"……"

"사랑해."

"그만 해."

"……"

"제발 그만 하라고!"

울분인지 비명인지 모를 고함을 내뱉었다. 그녀로부터 한숨이 섞인
작은 코웃음이 새어나온다. 나는 거친 동작으로 주머니의 담배를 꺼
내 입에 물었다. 치익, 필터가 타들어가고, 가슴속만큼이나 뿌연 연기
가 무기력하게 공중으로 흩어진다. 요안나는 옷매무새를 정돈하더니
구석에 놓인 핸드백을 집어들었다. 잘 있어, 요한. 우아한 고양이만큼
이나 가벼운 발걸음으로 그녀는 오피스텔을 유유히 떠난다.

연거푸 담배를 세 대나 피웠다. 이젠 머릿속까지 온통 멍해지는 바
람에 옷도 갈아입지 않은 채 그대로 소파에 엎어졌다. 유리야, 유리
야, 유리야……. 나는 보고 싶은 이름을 수백 번 불렀다. 그녀는 대답
하지 않았다.

……그날 요안나는, 손목을 그었다.

무슨 짓을 저질러도 '예술혼'으로 조명될 수 있다는 게 딴따라와

아티스트의 차이인지. 요안나의 이름으로 도배된 조간을 보며 나는 의미 모를 조소를 반복했다. '젊은 음악가의 슬픔'이라는 타이틀 아래 요절한 예술가들과 요안나를 줄줄이 엮어 써내려간 기사는 가히 논문이라 불러도 아깝지 않을 정도로 장황했다. 정말이지 가관이다.

깊숙이도 그었네요, 의사는 고개를 절레절레 흔들었다. 유럽투어를 앞두고 스트레스를 많이 받은 것 같다며, 이럴 때일수록 가족들이 힘이 되어야 한다고 몇 번이나 같은 말을 반복한 채 하얀 가운의 그는 병실을 나섰다.

"제정신이 아니구나, 당신도 나도."

창백한 얼굴로 병실에 누운 요안나에게 내가 건넬 수 있는 위로는 이게 전부였다. 병실 한편에 놓인 간이침대에 어머니가 넋 나간 듯 앉아 있다. 나는 차마 부모의 얼굴을 똑바로 바라보지 못했다.

아버지는 아버지대로, 어머니는 어머니대로 그들은 언제부터인가 요안나와 나의 묘한 관계를 짐작하고 있었다. 아무도 모르게 서로의 마음을 키워나갔다고 철석같이 믿었지만 그녀와 나를 20여 년이나 길러준 부모까지 속일 수는 없었던 모양이다.

요안나가 내가 아닌 다른 이와 결혼하겠다고 했을 때 누구보다 쌍수 들고 환영한 사람은 바로 우리 부모였다. 내가 통보도 없이 그녀의 결혼식에 나타나지 않았을 때도 꾸짖음 한 번 없었던 이유는, 주워온 아들인 박요한이 미워서가 아니라 가슴으로 낳은 아들인 박요한이 불쌍해서라는 것을 나는 알고 있다. 딸과 아들이 환영받지 못할 사랑을 하게 된 까닭은 바쁜 사업 때문에 성장기에 함께 있어주지 못했던 당신들 탓이라고, 그들은 그렇게 자신을 책망하는 듯했다.

아버지와 함께 병실 밖으로 나왔다. 벤치에 걸터앉은 중년의 신사가 천천히 담배를 꺼내물었다. 아버지는 얼마 전 나에게 전화를 걸어, 건강검진 결과가 썩 유쾌하지 않으니 이참에 술이고 담배고 다 끊어버리겠다고 했었다. 그때 아들에게 했던 굳은 다짐을 당신은 이미 다 잊으신 모양이다.

"아버지……."

"응?"

"너무 걱정하지 마세요. 수술 잘 됐고, 몇 달 쉬면 다시 연주할 수 있다고 하니까."

"그래."

"……죄송합니다."

"뭐가."

"전부 다."

누나를 사랑해서 죄송합니다. 누나를 이 지경으로 만들어서 죄송합니다. 그리고……. 이렇게 누나를 떠나는 저를 부디 용서해주십시오.

"요한아."

"예, 아버지."

"우리는 괜찮다."

"……."

"그만 가라. 너도 바쁘지 않니. 네 엄마와 내가 여기 있을 테니, 너는 가서 일 봐라. 괜히 네가 안나 때문에 방송에서 이상한 소리 들을까 봐 아비는 걱정이다. 사무실 사람들이랑 입 잘 맞춰서 해코지 안당하게 잘 처신해. 똑똑한 놈이니까 잘할 거라 믿는다."

"그런 걱정은 마세요. 아무 일도 없을 겁니다."

"……그리고 여기, 다시는 오지 마라."

"아버지……."

"아무리 안나가 걱정되어도 오지 마라. 우리가 있을 테니까. 요한아, 어쩌면 지금이 너에게 주어진 마지막 기회다. 내 말이 무슨 뜻인지 알겠니?"

"하지만 아버지, 지금 누나는……."

"걱정 마라. 남편이 곁에 있는데도 너를 찾을 만큼 미련한 아이는아니다. 내 말 들어라."

아버지가 팔을 뻗어 내 어깨를 툭, 힘없이 두드린다. 울컥, 가슴 깊이 눌러둔 먹먹한 응어리가 목구멍까지 치닫는다. 요안나, 도대체 몇사람을 괴롭힐 생각이야. 그녀를 향한 원망이 옷장 밑 먼지처럼 뭉쳐 간다.

"조심해서 가라, 아들."

하나밖에 없는 친딸과 참 많이도 닮은 그가, 지독하게 닮은 구석이 없는 주워온 아들의 손을 꼭 잡아준 후 터덜터덜 병실로 향한다. 한껏 움츠러든 아버지의 등을 보며 나는 끝내 뜨거운 눈물을 벤치 아래로 떨어뜨렸다.

요안나 문제를 상의하기 위해 사무실의 모든 식구가 비상소집되었다. 내가 방송에 복귀하자마자 갑작스레 터진 사고인지라 언론에서는 필요 이상으로 촉각을 곤두세워왔다. 매형 집안의 신문사가 있어 그나마 다행이었다. 박지안은 단지 과로 때문에 실신했을 뿐이고 박요안나는 리사이틀을 앞두고 쌓인 스트레스로 우발적인 일을 저질렀을 뿐이라며, 그쪽에서는 전력을 다해 기사를 쏟아내는 중이었다.

소속연예인, 스태프 중 누구에게 기자가 접근할지 예측할 수 없었다. 어떻게든 조그만 꼬투리라도 잡아내려고 매스컴은 안달이 나 있었다. 행여 괜한 소리는 절대 입 밖으로 꺼내지 말라고 총괄이사는 침이 마르게 같은 말을 반복해댔다. 얼떨결에 모여든 선후배들과 매니저, 스타일리스트들이 머리를 긁적이며 멍청한 표정을 짓는다. 아니, 우리가 뭐 아는 게 있어야 말을 하죠. 그 광경이 하도 재미있어 내가 픽, 웃었다. 이사님, 이렇게까지 하는 거 오버라니까요. 그가 날카로운 눈빛으로 나를 휙 노려본다. 이게 다 누구 때문인데, 인마! 나는 또 후후, 맥없이 웃어버렸다.

"오빠, 이거요."

"뭔데?"

스케줄까지 취소당하고 끌려와 멀뚱멀뚱 앉아 있던 희주가 난데없이 무언가를 불쑥 내밀었다. 손바닥보다 조금 큰, 남보라색 책 한 권이 내 손에 쥐어졌다.

"별의…… 노래?"

"그때 팬션에서 말했던 그 책이에요."

"……!"

"맨 뒷장에 '역자(譯者)의 말' 있거든요. 읽어보라고."

앉은자리에서 당장 페이지를 펼치려다가 우선 소란스런 이곳을 벗어나야겠다는 생각에 끝나지도 않은 회의를 박차고 나왔다. "박지안!" 하고 외치는 이사의 목소리에는 아랑곳하지 않은 채 나는 남보

랏빛 '별의 노래'를 품 안에 꼭 껴안았다. 이 안에 그녀가 있다, 나의 민유리가.

　……부끄럽지만 지면을 빌려 고백합니다. 저는 지금 연애 중입니다. 아쉽게도 하야토만큼 자상하지는 않아요. 뭐, 괜찮습니다. 저 역시 나나코만큼 귀엽지는 않으니까요.

　이 글의 번역을 마친 후, 원고를 가장 먼저 그에게 보냈습니다. '자기도 하야토 좀 닮아봐요.', 메모까지 붙여서요. 그랬더니 대뜸 문자메시지가 오네요. '헛소리 말고 밥이나 먹자, 이따 7시.'

　연인으로 지내는 시간이 길어질수록 점점 연애는 일상이 된다고들 합니다. 서로를 남녀로 여기는 게 아니라 그저 '밥 상대'로 여기게 된다나요. 이제 막 연애를 시작한 나나코와 하야토도 언젠가는 그런 관계가 될 것이 분명합니다. 하지만 너무 걱정하지 말라고 전하고 싶어요. '이성 친구'가 아닌 '밥 친구'가 되는 대신, 상대로부터 '신뢰'라는 큰 선물을 얻을 수 있을 테니까요……

　읽고 있던 책을 덮었다. 활자를 통해 만나는 민유리는 차갑고 낯설기만 하다. 무슨 소리를 하고 있는 건지 도무지 모르겠다. 당장에라도 그녀의 따뜻했던 두 뺨을 감싸고 싶어질 뿐이다. 먹먹한 가슴을 부여잡고 테이블 위에 그대로 엎드렸다. 삐릭, 메시지 한 통이 도착했다.

　[스토킹 피해자와 가해자가 밥 친구? 말도 안 돼요.]
　희주로부터였다.

요안나가 손목을 그은 것과 민유리가 사라진 것 사이에 어떠한 관련이 있다는 사실은 윤혁과 희주만이 알고 있다. 그들은 요안나가, 자신의 남편을 스토킹한 상대가 남동생의 여자친구라는 현실이 기가 막힌 나머지 우발적으로 자살시도를 했다고 생각한다. 이쯤 되면 정말 민유리를 스토커라고 단정 지을 만도 한데 윤혁이며 희주며 끝까지 민유리를 감싸고도는 걸 보니 퍽 신기하다. 민유리, 너는 이만큼 사랑을 받고 믿음을 받는 존재이건만 무엇이 무서워 그렇게 달아났니. 부탁이니까 제발 그만 하고 돌아와.

……이제는 눈물조차 말라버려 나는 한참을 엎드린 채 미동도 하지 않았다.

무거운 공기가 흐르는 레스토랑의 밀실에, 갑갑한 타이를 동여맨 남자와 두꺼운 선글라스를 쓴 내가 마주앉았다. 그는 흔들리는 동공을 애써 감춘 채 제 앞의 에스프레소를 한 모금 마셨다. 나는 맥주 한 병을 주문해 테이블에 가만 올려두었다. 지금은 맥주보다 담배 한 개비가 더욱 절실하다.

"처남."

"……네."

"그 여자, 사랑했어?"

"민유리 씨 말씀이신지?"

"민유리 씨 말고 다른 여자가 또 있나?"

맞은편의 남자가 묘한 미소를 지으며 내게 시선을 건네온다. 눈을 맞추기가 어쩐지 내키지 않는다. 요안나로부터 몇 번이나 다정한 사림이라고 들었건만 생각보나 마주 대하기노, 마음을 알기도, 표정을 읽기도 어려운 인물이다. 문득 갈증이 몰아쳐 맥주를 연거푸 들이켰다.

"스토커라는 거, 믿지 않습니다."

"억지로 믿게 할 순 없지."

"어디 갔습니까, 유리?"

"내가 알 리가 없잖아."

……그래, 이 남자가 알 리가 없다. 알아서도 안 된다. 그런데 나는 왜 이 사람이 유리의 행방을 알 것으로 생각했을까. 왜 바보같이 유리가 어디로 갔느냐고 물었을까.

언젠가 그녀는 단호하게 말했었다. 다 잊었다고, 더는 옛 남자를 사랑하지 않는다고. 그리고 또 이야기했었지. 박지안을 좋아한다고, 귀동이 아빠를 사랑한다고. 그렇게까지 해놓고선 나에게도 알려주지 않은 자신의 거취를 정재원에게 털어놓을 아이가 아니다. 알면서도 이 자리에 나와 불편한 사람을 마주하고 있는 내가 퍽 한심하다. 나는 도대체 무엇을 바라고 이곳에 온 것일까. 1분 1초가 돈인 박지안은, 소득 없는 만남 따원 해본 적이 없는데.

"껄끄럽겠지만, 처남, 이쯤에서 마무리 지어야지."

"뭘 말입니까?"

"누나가 저렇게까지 질색하는데 계속 그 여자를 찾을 셈인가?"

"……."

"나도 실수했지. 그날 일식집에서 처남과 그 여자가 있는 모습을 보았을 때 모든 걸 사실대로 이야기했어야 했어. 행여 요안나가 상처

304

받을까 봐 숨기기에만 급급했지."

"그때는 무척 태연하셨던 걸로 기억합니다만."

"명색이 신혼부부인데, 밥상 뒤엎는 모습을 보일 수야 없지 않겠어."

"……무슨 말을 들어도 저는 유리가 그런 사람이라는 거 믿지 않습니다."

"믿고 안 믿고는 처남 자유야. 하지만 그 여자는 떠났지. 왜 떠났을 거라 생각해?"

"……."

"숨기고 싶은 게 있으니까. 감추어야만 하는 게 있으니까."

"무슨 뜻입니까?"

"민유리 씨의 속내야 어찌 내가 다 알겠나. 하지만 처남이 그 여자를 진심으로 사랑했다면, 떠날 수밖에 없었던 그쪽 입장도 생각해주는 게 도리가 아닐까? 아, 이건 그냥 인생 선배로서 충고."

"돌려 말하지 말고 똑바로 말씀하십시오. 유리와 연인관계였습니까? 그러다 누나가 나타나자 그녀를 버렸습니까?"

"나는 내 과거 얘기나 하자고 처남을 부른 게 아니야. 어찌 되었든 나는 현재 누나의 남편이고, 민유리 씨와는 아무런 상관이 없어."

"내가 듣고 싶어요! 그쪽과 민유리가 어떤 관계였는지, 민유리가 왜 떠나야만 했는지 내가 듣고 싶다고!"

목이 터져라 고함을 질러댔지만 그는 조금의 표정변화도 없이 커피잔만 들어 올렸다. 무서운 사람이구나, 내 누나의 남편은. 간간이 옛 남자친구에 대한 푸념을 늘어놓던 민유리의 목소리가 떠올라 허,

탄식이 터져 나온다. 원수, 원수 하며 그렇게도 이를 갈던 장본인이 바로 이 사람이었다니 세상 한번 참 엿 같다.

"요안나를 사랑하지?"

난데없이 튀어나온 정재원의 말에 심장이 쿵 하고 떨어진다. 빨라지는 맥박과 가빠지는 호흡을 억지로 숨기느라 머릿속까지 하얗게 바래고 있었다.

"사랑이라뇨. 무슨 말씀입니까."

"그럼 가족을 미워하나?"

질문이 어디가 잘못됐느냔 표정으로 그가 내 얼굴을 바라본다. 그야말로 도둑이 제 발 저린 꼴이군, 나는 미간을 찡그린 채 입꼬리만 올려 얄궂은 웃음을 지었다. 그는 이제 내게서 시선을 떼지 않는다. 마치 내 속을 전부 꿰뚫어보겠다는 듯 두 눈을 번뜩이고 있다.

"사랑하는 누나의 평화를 돕는 게 동생으로서 해야 할 일 아닌가?"

"평화?"

"세계적인 첼리스트, 부잣집 며느리, 괜찮은 스펙의 남편, 톱스타 남동생. 이보다 더 평화로울 순 없지. 내 말이 틀렸나?"

"……"

"정답은 이미 나왔어."

그는 자리에서 일어나더니 한 번도 뒤돌아보지 않고 카페 문을 나섰다. 사방이 꽉 막힌 밀실에 홀로 남아, 나는 애꿎은 머리카락만 쥐어뜯었다.

"진심으로 사랑했다면, 떠날 수밖에 없었던 그쪽 입장도 생각해주는 게 도리가 아닐까?"

정재원이 남기고 간 몇 개의 단어들이 뫼비우스의 곡선을 그리며 머릿속을 맴돌았다.

　　"아주 틀린 말은 아니라고 봐."

　　"뭐가?"

　　"그 남자가 한 말. 뭐, 재수는 좀 없지만."

　　윤혁이 맥주 캔을 툭 던져주며 말했다. 마개를 따기가 무섭게 쿨렁, 새하얀 거품이 솟구쳐오른다. 얼른 입구에 입술을 갖다대니 텅 빈 위장에 빠른 속도로 청량감이 스며들었다.

　　"사라져야만 하는 이유가 있으니까 사라졌겠지. 아무 이유 없이 훌쩍, 심심해서 가버리진 않았을 거 아니야."

　　"……그 이유란 게 도대체 뭘까."

　　"언젠간 알게 되겠지. 지금 발버둥쳐봐야 무슨 소용이 있겠어, 당사자도 없는데."

　　"그러게……."

　　"돌아올 거야. 죽기야 했겠어?"

　　"……."

　　"유리 형수는 형을 계속 지켜볼 수 있잖아. TV로든, 잡지로든, 음반으로든. 그러니 형의 존재를 잊어버릴 일은 절대 없다고. 형만 잘 지내고 있으면 분명 돌아와. 떠나간 이유를 설명할 수 있을 만큼의 때가 되면."

　　"그게 언젠데? 내일? 모레? 1년? 10년?"

　　위로를 건네던 윤혁에게 나도 모르게 애꿎은 신경질을 내버렸다.

아자 싶어 미안하다는 표정을 지으니 녀석은 "까칠지안 또 시작이네" 하며 예의 사람 좋은 웃음을 얼굴 가득 펼쳐놓는다. 고맙다, 윤혁. 나잇값도 못 하는 나는 그렇게 또 멋쩍은 미소만 짓고 말았다.

"혁아."

"어."

"약이라도 먹어볼까, 아니면 요안나처럼 손목이라도 그어볼까……. 나 이런 생각까지 했었다."

"뭐?"

"민유리, 네가 없어져서 박지안이 이렇게 됐다, 너 나 죽일 셈이냐. 이렇게 공개협박이라도 하면 민유리가 놀라서 달려오지 않을까."

"등신."

"그래, 나 진짜 등신이더라. 생각한다는 게 고작 죽는시늉이라니. 참 우습지? 미칠 듯이 밉다가도, 홀연히 사라진 민유리 마음은 오죽할까 싶어서 자꾸 가슴이 아프다……."

"……사람 됐네, 박지안. 다른 사람 마음도 생각할 줄 알고."

이 자식이 형한테 못 하는 소리가 없어, 나는 윤혁을 향해 발길질하는 시늉을 하며 맥주를 들이켰다. 사이다잔에 마셨던 와인, 커피잔에 마셨던 소주, 밀가루 떡과 함께 먹었던 막걸리……. 무엇 하나 밸런스에 맞는 게 없었지만 조금도 어색하지 않았던, 그래서 더 뇌리에 선명한 그녀와 나의 특별한 추억들이 날카로운 탄산이 되어 식도를 타고 넘어간다. 문득 내 등쌀에 못 이겨 울며 겨자 먹기로 맥주 빨리 마시기 대회에 나갔던 그날의 민유리가 떠오른다. 탄산 탓인지 민유리 탓인지 코끝이 따끔거려왔다.

우리 또 만나는 날, 세상에서 가장 맛있는 맥주를 마시자. 어느새 다 빈 캔을 찌그러트리고 새 맥주를 꺼내면서 나는 몇 번이고 어딘 가에 있을 그녀에게 텔레파시를 보냈다.

"……하여간 박지안, 이 진상."

"왜, 자식아?"

"이번엔 좀 쉬운 사랑 하나 했더니……."

갑작스런 녀석의 말에 하마터면 술이 기도로 넘어갈 뻔했다. 멍청한 표정으로 가만히 서 있는 나를 보더니 윤혁이 가소롭다는 듯 피식 웃는다.

"왜? 모르는 줄 알았어?"

"뭘 말이야?"

"박요안나랑 박지안 사이."

"무슨 소리야!"

"내가 형이랑 지낸 세월이 몇 년인데, 그것도 눈치 못 챘겠어?"

……윤혁은 알고 있었다, 나와 요안나의 관계를. 그래, 수년을 내 옆에 붙어 있었던 윤혁이 그 사실을 몰랐을 리가 없다. 나는 스케줄 이고 뭐고 다 버린 채 요안나의 월드투어에 쫓아가는 객기를 부리기 도 했고, 하루에도 열두 번씩 그녀와 통화를 했으며, 인형같이 예쁜 여자들이 넘치는 이 세계에서 연애 한 번 진득하게 하지 않았다. 누 가 봐도 요안나와 나의 관계는 의심을 살 만했다. 그런데 나는 어째 서 아무도 우리의 사이를 눈치채지 못했을 거라고 확신하고 있었던 걸까. 대체 뭘 믿고, 그녀와 나만 입을 다물면 세상의 눈총으로부터 자유로울 수 있을 것이라 생각했던 걸까. 어째서 내 시야와 판단력

은 그리도 좁았던 걸까.

"걱정 마. 이건 희주도 모르고 아무도 몰라. 박지안 꼬붕인 나니까 아는 거야."

"……그래."

"어휴, 내가 예전에 형 인간 좀 만들어보겠다고 노력한 게 얼만데!"

"뭐?"

"김예슬, 이가인, 박태희……. 얘네 다 갖다바친 게 누군지 잊으셨어?"

그러고 보니 기억이 난다. 이 녀석, 여자연예인 명단까지 만들어와서는 소개팅 상대를 골라보라며 닦달했었지. 몇 달간이나 하도 성화를 부려대기에 "네가 카사노바라고 나까지 그런 줄 아냐!" 하며 버럭 고함을 질렀었다. 그게 다 이유가 있었던 거로군, 하여간 오지랖 넓은 놈.

"그렇게 죽어라 노력을 했는데도 안 돼서 그냥 포기할까 했는데 때마침 짜잔 하고 등장해준 우리의 유리 형수!"

"뭐? 하하."

"내가 그래서 그 형수를 좋아하는 거야. 적재적소에 떡하니 배치되어 계시더라고. 더는 형을 달래기에 역부족이구나 싶을 때 마치 구원자처럼 나타났었지, 유리 형수."

"……."

"결정적인 순간에 또 등장할 거야. 예전에 그랬던 것처럼. 믿고 기다려봐."

"그래."

윤혁이 맥주 캔을 쑥 내밀며 건배를 외쳤다. 가볍게 내 캔을 가져다 부딪치고 나 역시 시원한 목소리로 건배, 했다. 그제야 마음이 좀 놓인다는 듯 윤혁이 가볍게 웃는다. 녀석의 따뜻한 미소를 보니 기분이 한결 좋아진다.

내 삶에서 요안나가 빠진다면 나는 뱀이 벗어두고 간 허물처럼 아무것도 남지 않을 것만 같았다. 하지만 내게는 친아들처럼 나를 아껴주는 부모가 있고, 형제와도 같은 윤혁이 있고, 어떻게든 나를 지키려는 사무실 식구들이 있고, 존경한다 말해주는 후배들이 있고, 가끔 좀 우악스럽긴 해도 아낌없이 사랑을 주는 팬들이 있고, 그리고……. 어딘가에서 나를 보며 가슴 아파할 유리가 있다. 그러니 나는 행복하다. 나는 세상 누구와 견주어도 뒤지지 않을 만큼 정말로 행복한 사람이다.

"협상 완료."

"무슨 협상?"

"방금 건배했잖아."

"그게 뭐?"

"다음 주 내 콘서트, 게스트 2회."

"바빠, 새끼야."

"아 몰라, 타결. 남자답게 받아들여."

"이 거지 같은 놈!"

오지 말래도 간다, 이 자식아. 네 팬을 자처했던 민유리를 데려가지 못하는 게 좀 서글프지만. 아, 차라리 잘된 건가. 민유리가 윤혁한테 더 빠져들면 큰일이니까, 하하.

나는 민유리를 모른다. 그녀의 고향이 어디고 생일이 언제인지, 가족은 어디에 살고 있고 친한 친구의 이름은 무엇인지 아무것도 모른다. 나는 유리와 만나면서 쉴새없이 내 이야기만 퍼부었다. 그녀의 말은 조금도 들어주려 하지 않은 채 그저 내 주변 사람들을 만나게 했고 내 상처를 어루만지게 했다. 내가 조금만 덜 이기적이었더라면 민유리는 자신이 5년간 사귀었던 옛 남자가 요안나의 남편이라는 사실을 좀 더 쉽게, 그리고 더 빨리 내 앞에 털어놓을 수 있었을 것이다. 그리고 이렇게 소리도 흔적도 없이 내 앞에서 홀연히 자취를 감추는 일도 없었을 것이다. 나는 민유리에게 화낼 자격이 조금도 없다. 내가 할 수 있는 일은 하루하루 열심히 살면서 그녀가 내 곁에 돌아올 날을 기다리는 것, 오직 그뿐이다.

민유리, 때가 되면, 네가 떠나버린 이유를 웃으며 말할 수 있는 그때가 되면 다시 내 앞에 멋지게 나타나줘. 그리고 너에게 정식으로 여자친구가 되어달라고 무릎 꿇을 기회를 줘.

하지만 부디 너무 오래 기다리게 하지는 마라. 성격 급한 박지안, 내일 당장에라도 생방송에서 네 이름을 크게 외칠지도 모르니까.

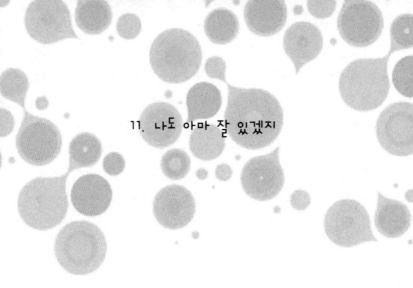

11. 나도 아마 잘 있겠지

"本当です! (정말이에요!)"

"信じられない。(믿을 수 없어.)"

"何でそんなに無視するんですか! (왜 그렇게 무시하는 거예요!)"

"当然、無名? 田舎のクラブの芸人じゃない? (어차피 무명이지? 시골 나이트클럽 연예인 아니고?)"

한 달을 마무리하며 조촐하게 회식을 치르는 중이었다. 회식이든 친목회든 접대든, 자고로 술자리의 모든 길은 연애담으로 통하는 법이다. 동료의 이야기에 손뼉까지 치며 웃던 나는 술기운의 힘을 빌려 "제가 왕년에 연예인이랑도 사귀어 봤던 사람이거든요!" 했다가 헉, 지레 혼자 놀라버렸다. 하여간 민유리, 정말 주책이야. 할 말 안 할 말이 따로 있지.

……그런데 어째 분위기가 이상하다? 왜, 왜 아무도 안 믿지? 부장님, 쯧쯧거리지 마요! 마리코 씨, 지금 콧방귀 뀐 거 맞죠? 아악, 진짜라고! 진짜란 말이야!

워낙에 한류스타이신지라 이국땅에서조차 함부로 발설할 수 없는 이름, 박지안. 그의 자취를 피하고자 웬만해선 한국 인터넷사이트에 접속하지 않으려 노력하지만, 우습게도 박지안은 일본방송에까지 종종 등장해 외국 팬들에게 자신의 근황을 알리곤 했다. 그는 당연하게도, 너무도 잘 지내고 있었다. 음반은 음반대로 영화는 영화대로 모든 게 승승장구 중인 박지안을 보노라면 그때 내가 그의 곁을 떠난 것이 정말로 탁월한 결정이었다는 것을 나는 가슴이 아프지만 인정할 수밖에 없다.

お元気ですか。(잘 지내나요?)

私も、元気です。(저도, 잘 지내요.)

"여기가 일본에서 유황성분이 제일 많기로 유명한 온천이에요. 냄새는 좀 고약하지만 목욕하고 나오시면 피부가 부들부들, 아주 그냥 예술이랍니다!"

"가이드 처자, 그럼 한 다섯 시간쯤 있어도 되는 겨? 죽기 전에 여길 또 언제 와보겠어, 뽕을 뽑아야제."

"에이, 너무 오래 계시면 안 돼요. 한 시간 정도 하시고, 여관에서 주는 전통요리 드시면 딱 좋으실 거예요. 제가 준비 다 되면 모시러 올 테니 어르신들, 재미나게 노세요!"

"수고했어, 이따 봐이!"

일본 소도시에 있는 작은 여행사에서 가이드 일을 한 지도 어느덧 1년이다. 온천으로 제법 유명한 동네라 그런지 일본 내 관광객들은 물론이고 한국에서 놀러 오는 사람들도 꽤 많다. 나는 이렇게 한국의 할머니 할아버지들이 올 때가 제일 좋다. 남의 나라 와서 고생한다며 한국에서 싸온 주전부리, 고추장, 김치 같은 걸 조금씩 나눠주시니까. 먹깨비 민유리, 타고난 천성이 어디 가겠어.

"언니, 나 배고파요."

"배고파?"

노부부의 온천여행에 덤으로 따라온 손녀딸 영은이. 관광이고 뭐고 처음엔 귀찮아죽겠다는 표정이더니 이제는 제가 더 신나서 여기저기 뛰어다니기 바쁘다. 온천욕은 지루해서 싫다는 꼬맹이 투정에 그럼 같이 수다나 떨자고 방에 데려다 놓았더니 이번엔 한 술 더 떠 배가 고프다며 징징댄다. 하여간 요맘때 계집애들은 참 다루기 어렵단 말이지.

과자 하나를 사다 오독오독 먹으면서 영은이는 무슨 과목을 제일 좋아해, 학교는 어디야, 일본 오니까 좋지, 하며 잡다한 질문을 늘어놓고 있는데, 영은이 물었다.

"언니는 일본에 왜 왔어요?"

"응?"

"한국에서 안 살았어요?"

"아니, 살았지. 대학교도 한국에서 나왔는데?"

"근데 왜 여기 있어요?"

"음……. 돈 벌려고."

"치."

예상보다 시시한 답변이라는 듯 이내 시큰둥해지는 녀석. 내가 널 붙잡고 인생극장 뺨치게 파란만장한 민유리라이프를 다 읊을 순 없잖니. 나는 영은이의 얼굴을 보며 그냥 피식 웃어버렸다.

"언니, 있잖아요."

"응."

"일본에서는 누가 제일 인기 많아요?"

"연예인?"

"네."

"글쎄, 난 잘 모르겠는데. 궁금하면 TV 한번 틀어봐. 제일 자주 나오는 사람이 제일 인기가 많지 않겠어?"

"맞다, 그럼 되겠다. 하긴, 박지안도 열나 많이 나와요."

"응?"

"박지안 몰라요?"

"아, 아니. 알아."

"박지안은 TV 틀면 만날 나와. 지가 수돗물이야? 틀면 나오게."

"그 사람 싫어해?"

"늙었잖아요. 나는 유재인이 더 좋아요."

"걔 몇 살인데?"

"스무 살."

……맞다, 영은이는 열네 살이랬지. 올해로 스물아홉이 되었을 박지안과는 무려 띠동갑이 넘는다. 세상에, 그 사람은 언제 그렇게 나이를 먹었지?

처음 만난 날 스물일곱이라며 나이 많은 척을 해댔던 박지안은 머지않아 서른이 된다. 서른, 어쩐지 성숙함이 물씬 풍기는, 어른스런 그에게 정말로 잘 어울리는 나이. 나는 부디 그가 세상에서 가장 행복한 서른 살이 되기를 기도하며 마음속으로 조용히 성호를 그었다.

"근데 박지안 나온 영화는 짱 재밌어요."

"무슨 영화?"

"제목은 까먹었어요. 근데 거기서 박지안, 완전 펑펑 잘 울어요. 아무리 연기라지만 저렇게 서럽게 우는 사람은 분명히 무슨 사연이 있는 거랬어요."

"누가?"

"우리 엄마가요."

아이고 어머니, 어린애 앞에서 못 하는 말씀이 없으셔. 나는 괜히 한 번 툴툴거리고 과자 부스러기가 묻은 손을 탁탁 털었다. 영은이는 입맛을 쩝쩝 다시더니 "언니, 과자 또 줘요." 한다. 귀여워라, 과자 타령 하는 걸 보니 아이는 아이네. 이따가 밥 맛있게 먹으려면 과자는 그만 먹으라는 말에 영은이가 입을 한 댓 발 내밀고 또 투덜투덜. 아이고, 이 까칠한 사춘기 소녀를 어쩜 좋아!

"ユリちゃん、今夜の合コン、忘れなかった? (유리 짱, 오늘 밤 미팅, 안 잊어버렸지?)"

"ええ、それが。。。 (음, 그게…….)"

"何よ、また! (왜, 또!)"

"妹の具合がちょっと悪くなって。。。 すみません、先に返ります!皆、頑張ってください! (여동생이 몸이 좀 안 좋아서……. 죄송해요, 먼저 가볼게요! 모두, 힘내세요!)"

매주 상대를 바꿔가며 미팅과 소개팅을 반복하는 우리 회사 여직원들. 타국에서 혼자 쓸쓸하게 지내지 말고 연애라도 하라며 그녀들은 나를 늘 미팅자리에 초대했다. 계속 거절하기도 뭣해서 두어 번 따라가 봤지만, 한국에서 온 여자라는 이유로 외간남자들에게 화젯거리가 된다는 사실이 썩 유쾌하지만은 않았다. 그 후로는 이렇게 얄궂은 핑계를 대서라도 쏙 도망쳐버리곤 한다.

예전에 정재원이 말했다, 일본어마저 못 했다면 네가 뭘 해먹고 살았겠느냐고. 기분이 좀 상하긴 하지만 생각해보니 틀린 소린 아닌 듯싶다. 일본어를 할 줄 몰랐다면 이곳으로 올 수 없었을 테니까. 아마 좁디좁은 한국 땅에서 잔뜩 몸을 웅크린 채 초라한 몰골로 나이만 먹어갔겠지. 정말 다행이다. 달아날 곳이 있어서.

유학 중인 여동생과 함께하는 일본생활은 좋지도 나쁘지도 않다. 방세는 내가 내는데 주인행세는 자기가 하는 계집애 때문에 살짝 빈정은 상하지만, 여동생마저 없었다면 정말로 객지에서 쓸쓸히 지낼 뻔했다. 매일 술기운에 잠을 청해야 했던 가평 팬션에서의 생활이 일본 땅에서 또 한 번 재현될 뻔했다 이 말씀. 아, 정말 모든 게 다행이다. 모든 게. 모든 게……

편의점에서 간식거리를 사 들고 집으로 돌아가니 여동생이 이불에 푹 파묻힌 채 TV를 보고 있다. 과자를 툭 던져주자 좋다고 헤헤거리는데, 가끔 마구 때려주고 싶을 만큼 얄밉다가도 이럴 때 보면 또 귀엽다. 저렇게 밝으니 늘 남자친구가 끊이지 않는 거겠지만.

"웬일로 이렇게 일찍 들어와 있어? 코스케인가 뭔가 하는 그 크로마뇽인같이 생긴 애 안 만나?"

"여동생 남친한테 크로마뇽인이라니!"

318

"사실이잖아."

"……젠장, 인정. 언니, 걔 인간적으로 너무 못생겼지? 애가 성격이 좋아서 만나긴 하는데, 솔직히 같이 다니기 좀 창피해."

"그럼 헤어지든가."

"그러기엔 돈도 잘 쓰고……."

"그럼 계속 만나든가."

"아우, 언니랑은 연애상담이 안 돼!"

"다 부질없단다, 얘야."

"흥! 평생 노처녀로 늙어 죽어라!"

"오냐."

……이렇게나 내 안의 감정을 정리하지 못한다면 차라리 그 편이 나을지도 모르지.

"ユリちゃん! ビックニュース! (유리 짱, 빅뉴스!)"

"何ですか。もしかしてリカちゃん、昨日の合コン成功したの? (뭐예요? 설마 리카 짱, 어제 미팅 성공했어?)"

"違うよ! 昨日の事はもう全部消した。(아니야! 어제 일은 벌써 다 지웠어.)"

"爆弾だったの? (폭탄이었어?)"

"うん! 超むかつく! (응! 완전 짜증!)"

거봐요, 별 소득 없다니까. 고개를 절레절레 흔들며 웃자 리카 씨가 씩씩거리며 어제 미팅에 나왔던 남자들의 험담을 시작한다. 아니, 그보다 먼저 빅뉴스가 뭔지 알려줘야 하는 거 아니고?

"あっ、忘れていた、ビックニュース。ユリちゃん、今度韓国から有名な芸能人さんが写真集の撮影でここに来るって。(앗, 잊고 있었네, 빅 뉴스. 유리 짱, 이번에 한국에서 유명한 연예인이 사진집 촬영 때문에 여기로 온대.)"

"芸能人?(연예인?)"

대한민국 연예인이 한두 명도 아닌데 어째서 나는 또 당연한 듯 박지안의 얼굴을 떠올리는 걸까. 정말 그가 온다면, 박지안을 모를 리 없는 리카 씨가 이 정도 흥분으로 끝내지 않을 텐데 말이다. 나는 이 시골마을까지 찾아 들어와 사진을 찍겠다는 참 부지런도 하신 연예인이 누군지 궁금해졌다가도, 이름을 들어봐야 알 리가 있나 싶어 금세 호기심을 누그러뜨려 버렸다.

"名前が。。。 あっ、忘れちゃった。部長!名前教えてよ!(이름이…….앗, 까먹었다. 부장님! 이름 가르쳐줘요!)"

서른의 나이에도 여전히 귀엽기만 한 리카 씨가 우당탕 요란한 소리를 내며 저쪽으로 달려갔다. 나는 자리에 앉아 조용히 한숨을 쉬었다. 젊은 사람들이 오면 귀찮아질 뿐이다. 가이드뿐만 아니라 통역까지 요구해대니 말이다. 게다가 이번엔 관광도 아닌 촬영이라 하지 않는가. 이 작은 마을에 한국어를 할 줄 아는 사람이라곤 고작나 하나니, 또 며칠간 졸졸 따라다니며 뒤치다꺼리하느라 몸이 남아나질 않을 성싶다. 미리미리 영양보충 좀 해두려고 동생에게 문자메시지를 보냈다. 유진아, 이 언니가 삼계탕이 무척 먹고 싶구나. 그랬더니 30초도 지나지 않아 불쑥 답장이 온다. '나 오늘 코스케랑 놀러 가기로 했어.'

젠장, 커플들은 지옥행 급행열차나 타라.

퇴근 후 집으로 돌아오니 편지가 한 통 와 있었다. 보낸 사람은 얼마 전 할아버지 할머니를 따라 여행 왔던 열네 살 꼬마 아가씨 영은이. 3박 4일의 짧은 만남에도 금세 정이 들어버렸는지 영은이는 돌아가는 공항에서 나를 붙잡고 꺼이꺼이 울기까지 했다. 편지 쓴다고 하기에 빈말일 줄 알았더니 진짜였네. 반가운 마음으로 조심조심 봉투를 뜯자 순간 툭 하고 사진 한 장이 떨어진다. 뽀송뽀송, 아직 앳된 기가 채 가시지 않은 청년 하나가 해맑게 웃고 있었다.

언니, 이 사람이 유재인이에요. 내가 완전 좋아하는 가수예요. 잘생겼죠? 언니가 모르는 것 같아서 보여주려고 사진 보내요.

아무튼 재미있는 아이라니까. 영은이의 성의를 생각해서라도 이름이나 얼굴 정도는 외워줘야겠다 싶어 사진을 멍하니 바라보다가,
"……박지안이 백 배는 더 잘생겼네, 뭐."
실없이 혼잣말을 중얼거리며 들고 있던 사진을 TV 위에 아무렇게나 놓아버렸다.

크로마뇽인과 데이트를 마치고 밤늦게 돌아온 여동생은 TV 위에 있던 사진을 보더니 배를 잡고 웃는다. 언니, 다 늙어서 주책이야, 이제 영계가 땡겨? 깔깔깔.
가이드 하면서 만났던 중학생이 보내준 거라고 설명했더니 "다행

이네, 난 언니가 노망이라도 난 줄 알았어." 하며 또 킥킥 웃어댄다. 얄미운 계집애, 너 나 무시하지 마라! 나 아직 이십 대다!

"요즘 유재인, 한국에서 완전 인기 많은가 봐. 친구 미니홈피에 들어갔더니 애 사진으로 도배를 해놨더라고."

"니들은 나이가 몇 살인데 아직도 아이돌 타령이냐?"

"스물셋이거든요! 젊거든요!"

"얼씨구! 좋겠다, 젊어서. 철 좀 들어라 지지배야."

"아, 몰라. 유재인이랑 비교하니까 방금 만났던 코스케가 짐승처럼 느껴져."

"그래, 걔가 좀 짐승스럽긴 하지."

"언니!"

분해서 씩씩거리는 유진이에게 혀를 날름 내밀어준 뒤 따라놓은 와인 한 모금을 꼴깍 삼켰다. "밥은 먹고 마시는 거야?" 유진이의 걱정 어린 물음에 자그맣게 고개를 끄덕이니 대뜸 "뻥 치시네!" 한다. 그러면서도 "나도 한잔 마셔야지." 하며 옆에 찰싹 붙어앉아 주는 속 정 많은 계집애. 이러니 미워하려야 미워할 수가 없다.

"아유, 아무리 봐도 귀엽단 말이지."

"누가?"

"유재인, 킥킥."

"걔 스무 살이라며? 그 나이에 안 귀여우면 그것도 범죄야."

"아냐, 뭔가 특출나. 고만고만한 애들 사이에서도 확실히 튄다니까. 박지안 라인이라 그런지 애가 남달라……."

"으, 응? 누구?"

"얘 박지안네 소속사 신인이잖아. 박지안이 데리고 다니면서 키워 주고 있어."

"그, 그래? 그렇구나……"

박지안은 이렇게 불현듯 나타난다. 내 곁에서 사라졌다고, 내 머릿속에서 지워졌다고 생각하지만 그의 이름은 방 안의 꽃병처럼, 침대 위의 인형처럼 언제나 묵묵히 제자리를 지키고 있다. 어째서 나는 박지안 같은 유명한 사람과 엮여버린 걸까. 평생 그의 이름 세 글자에서 온전히 도망칠 수도 없게 말이다.

"이히, 난 우리 재인이 꿈이나 꾸면서 자야겠다."

"잘 자, 코스케 꿈꿔."

"저주를 해라."

여동생이 방으로 들어가고 나서도 나는 한참 동안을 탁자 앞에 웅크리고 앉아 있었다. 그리고 아주 조그만 목소리로 지안, 하고 내뱉었다가 행여 누가 들을세라 꿀꺽 소리를 삼키길 반복했다.

박지안 씨, 그거 알아요? 물가 한번 대단한 일본이지만 와인만큼은 한국보다 훨씬 싸답니다. 그래서 나는 이곳이 얼마나 좋은지 몰라요. 내가 좋아하는 와인, 마음껏 마실 수 있거든요. 그러니까 나는 한국으로, 당신의 곁으로 조금도 돌아가고 싶지 않아요. 조금도…….

유재인이었다, 화보촬영을 위해 이 먼 곳까지 온 부지런한 연예인은. 박지안과 긴밀한 사이라는 것을 들었던지라 처음엔 그대로 달아나버리려고 했다. 하지만 좀 더 생각해보니, 유재인이 일본에서 스치

듯 민난 가이드의 얘기까지 시시콜콜 박지안에게 전하진 않겠다 싶다. 나는 조금 배짱을 부리기로 결심했다. 괜한 걱정은 저만치로 치워버리고 말이다.

영은이가 보내준 사진이 아니었다면 유재인의 이름도 모를 뻔했는데. 문득 "너 진짜 나 몰라?" 하면서 붉으락푸르락하던 박지안의 얼굴이 생각나 나도 모르게 피식 웃어버렸다. 아, 뭐야. 분명 입은 웃는데 왜 코끝은 찡해지고 난리래.

[너의아이돌이지금여기있다]

[뭔소리임]

[유재인]

[언니사랑해어디야달려갈게]

[안가르쳐줘]

분주히 움직이는 촬영스태프들을 구경하면서 문자메시지로 유진이의 약을 올리고 있는데 차에서 내린 보송보송한 꽃미남이 성큼 이쪽으로 걸어왔다. 어이쿠, 다리 한번 늘씬하게 길기도 해라. 꼭 누구 다리 같네…….

"가이드 누나 맞죠? 안녕하세요."

"아, 네. 안녕하세요."

"잘 부탁드려요. 촬영 핑계로 왔지만 사실 놀러 온 거나 마찬가지거든요."

티 하나 없는 뽀얀 피부의 아이돌이 대뜸 누나라 부르며 악수를 청해왔다. 나는 활짝 웃음꽃을 피우며 반갑게 인사에 응했다. 세상에, 사진보다 더 잘생겼네. 요즘 애들은 뭘 먹고 자라기에 이렇게 멋

있대? 어째서 내 주변엔 이런 애 하나 없는 건지……. 그 짧은 동안
에도 주책없게 별별 생각이 다 든다. 아줌마 다 됐다, 정말.

"어!"

"왜요?"

"누나, 혹시요……."

"네, 말씀하세요."

"저 아세요?"

"알죠, 그럼. 유재인 씨잖아요."

그쪽을 모르는 게 말이 되냐는 둥 예전부터 왕 팬이었다는 둥 나
는 과장된 목소리로 유재인을 추켜세우기 시작했다. 어쨌든 이 사람
은 우리 고객이니, 입에서 단내가 날 때까지 아부를 해드리는 게 서
비스업 종사자의 숙명! 아무래도 난 타고난 것 같다. 고작 이름 석
자와 나이밖에 모르는 주제에 팬클럽 회장이라도 된 양 떠들어대고
있으니 말이다.

"아니 그게 아니라……. 제 본명이 현수거든요. 아세요?"

젠장, 이건 치명타다. 본명이 따로 있었다니! 아니, 철수도 판수도
만수도 아니고 누가 봐도 멀쩡한 '현수'구먼 왜 가명을 쓰고 난리래.
여태껏 팬을 사칭했던 사실이 뽀록날까 봐 나는 잔뜩 당황한 표정
이 되어 말까지 더듬거렸다.

"혀, 현수……. 그, 그럼요, 잘 알죠."

"정말요? 그럼 정호 형은 기억하세요?"

"저, 정호 형? 그분이 누구신데요?"

"연습실에서……."

"연습실?"

"아……. 그때 그 누나 아닌가……."

"저……, 무슨 말씀이신지 모르겠는데……."

정호 형은 뭐고 연습실은 또 뭐야? 도통 알 수 없는 말만 늘어놓는 황당한 아이돌 때문에 잠깐 머릿속이 멍하게 변했다. 한국어로 해요, 한국어로. 외계어 쓰지 말고.

"저기, 그럼 지안이 형 아시죠? 가수 박지안."

"네? 아, 알죠, 워낙 유명하니까……."

"그렇게 아는 거 말고요……. 혹시 개인적으로는 모르세요?"

쿵. 심장이 쿵 소리를 내며 떨어졌다. 이제야 알겠다, 지금껏 이 사람이 했던 말이 무엇을 뜻하는지. 언젠가 박지안과 데이트하기 위해 찾아갔던 그의 연습실, 그곳에서 열심히 춤을 추었던 박지안의 수많은 후배들……. 유재인은 그 무리에 속해 있던 일원이었다. 정호란 사람은, 그래, 듬직하면서도 짓궂던 그들의 리더였고. 우리는 고깃집 냉장고를 거덜낼 정도로 어마어마한 삼겹살을 해치웠었다. 좀처럼 웃음이 끊이지 않았던 참 즐거웠던 날……. 그때를 공유했던 사람이 지금 내 눈앞에 있다. 박지안이 데리고 다니며 키웠다는, 박지안이 끔찍이도 아끼는 그의 후배가.

"서, 설마요. 제가 어떻게 그런 분을 알겠어요."

"아니셨구나……. 죄송해요, 착각했나 봐요. 아는 사람이랑 너무 닮아서."

"그, 그래요?"

새파랗게 질린 얼굴을 겨우 감추며 나는 일정확인을 핑계로 유재인의 곁을 황급히 떠났다. 무슨 일이냐고, 아는 사람이냐고 물어오는 매니저에게 그는 잠시 다른 이와 착각했다는 대답을 건네고 있다.

들켜서는 안 된다는 생각을 하면서도 한편으론 '이제 와서 좀 들키면 어때.' 하는 치기어린 마음도 생겨난다. 어차피 박지안은 이미 민유리 따윈 다 잊고 승승장구하며 잘살고 있는걸. 아무런 말도 남기지 않은 채 덜컥 사라졌던 나 때문에 그는 잠시나마 슬퍼하고 또 잠시나마 괴로워했을 것이다. 하지만 시간이 제법 흐른 지금, 나를 향한 특별한 감정 같은 건 이미 깨끗이 지웠겠지. 그는 똑똑한 사람이니까. 정말 괜한 걱정하는구나, 민유리. 천하의 박지안이 나 같은 걸 여태껏 마음에 두고 있을 리가 없잖아.

하지만 암만 그렇다 한들 내가 여기에 있다는 사실이 그의 귀에 들어가는 건 좋은 일이 못 된다. 뺨 한 대 맞아주는 거야 별로 어렵지 않지만, 왜 달아났는지 설명해내라고 따지기라도 한다면 정말 난처해지니까. 그래, 들키지 말자. 내가 그날 박지안과 동행했던 여자라는 사실은 끝까지 숨기자. 2박 3일의 짧은 일정이니 시치미떼기에 그리 무리가 되는 시간도 아니다. 저 사람들만 무사히 돌아가면 그걸로 모든 게 끝이야. 나는 결의를 다지듯 가볍게 주먹을 쥐었다. 괜찮아 민유리, 침착해.

"ユリちゃん、ちょっと! (유리 짱, 잠깐만!)"

"はい、行きます。(네, 가요.)"

리카 씨를 향해 달려가는 등 뒤로 "유리?" 하는 유재인의 짧은 목소리가 들려왔다. 잘못 들었겠지, 아마도 내 귀가 일으킨 착각일 거야. 나는 어떻게든 그렇게 믿어보려 애썼다.

"꿈 한번 요란하게도 꾼다."

오늘따라 입 안이 거칠하다. 까슬까슬한 밥알을 겨우 삼켜내고 있는데, 젖은 머리를 수건으로 비비던 여동생이 불쑥 알 수 없는 말을 건네왔다. 무슨 소리냐 묻자 간밤에 내 잠꼬대가 하도 심해 자다 말고 깜짝 놀라 제 방에서 뛰쳐나올 정도였단다.

"뭐라고 하던?"

"싫다느니, 제발 그만두라느니, 하지 말라느니……. 누가 보면 야동 찍는 줄 알겠다. 대사가 뭐 그러냐?"

"저질."

"언니 잠꼬대가 더 저질이야."

생각할수록 우습다는 듯 한참을 킥킥거리다 이내 밥상머리에 앉아 왕성한 식욕을 자랑하는 여동생. 아침밥을 이렇게 전투적으로 먹는 사람은 우리 자매밖에 없을 거야, 나는 식사 한번 씩씩하게도 하는 유진이를 보며 피식 웃었다.

"빼앗지 말라는 건 또 무슨 소리야?"

"응?"

"밑도 끝도 없이 빼앗지 마, 괴롭히지 마, 하면서 인상을 팍팍 쓰던데?"

"……그래?"

"진짜 익사이팅했다니까. 동영상이라도 찍어둘걸."

"신났네, 신났어."

……오랜만이었다. 지긋지긋하게 리플레이되다 겨우 멈춘 그 꿈을 다시 꾸게 된 것은. 일본 땅에 와서까지 잊을 만하면 정재원이 꿈속에 등장했다. 조금 몸살 기운이 있거나 스트레스를 받았거나 하는 날엔 어김없이. 나는 정재원의 사무실에 앉아 그를 향해 고래고래 소리를 지른다. 정재원은 조금도 동요하지 않고 비열한 웃음만을 연거푸 띄워낸다. 식은땀에 흠뻑 젖은 채 초라한 아침을 맞으면서, 나는 섬뜩한 기억을 전부 날려버리려 머리를 세차게 흔들곤 했다. 하지만 원망스럽게도 같은 꿈은 자꾸만 반복되었다.

"아, 그리고 이건 내가 잘못 들었을 수도 있는데."

"그만 해라. 나도 창피한 거 아는 사람이거든!"

"안 돼, 이게 진짜 히트란 말이야. 언니, 잠꼬대하면서 계속 '박지안', '박지안' 그랬다!"

"뭐, 뭐?"

"나도 내 귀를 의심했다니까. TV는 보지도 않는 언니가 처절하게 박지안을 부를 이유가 없잖아. 아, 혹시 한국에서 비슷한 이름 가진 남자랑 사귀었더랬어? 뭐, 박치한이라든지, 박지랄이라든지. 킥킥."

"너 학교 안 늦었니?"

"……젠장, 왜 이제 말해! 다녀올게!"

숟가락을 던지고 후다닥 현관을 나서는 유진이를 배웅하며 나는 아랫입술을 살짝 깨물었다. 감히 입 밖으로 꺼내지 못했던 이름이었다. 그가 언급될 만한 모든 상황에 나는 접근하지 않았고, 우연히 사람들 사이에서 '박지안'이라는 세 글자가 가십거리로 떠올라도 일부러 '그 사람', '그 남자', '그 가수' 같은 막연한 대명사를 사용했다. 맨

정신으로는 온전히 내뱉을 수 없었던 그 이름을 꿈속에서 몇 번이고 불러댔다는 사실에 나는 조금 창피하고 또 비참해진다. 볼품없는 패배자의 비열한 반칙쯤으로 여겨진다 할까.

……뭐면 어때. 이제 아무 소용없다.

"위하여!"

촬영을 핑계로 놀러 왔다는 유재인의 말은 전혀 사실이 아니었다. 한국에서 건너온 작업팀은 조금도 쉬지 않고 오직 일에만 몰두했다. 그렇게 겨우겨우 사진 촬영을 끝내고, 편안한 유카타 차림을 한 스태프들이 뒤풀이로 맥주잔을 들었다. 내일 아침이면 이들은 모두 나리타공항으로 향한다. 2박 3일 내내 피사체가 되어야 했던 스무 살의 어린 유재인이 어쩐지 가여워 나는 힐끗 안쓰러운 눈빛으로 그를 바라보았다.

"가이드 누나!"

"네?"

"수고 많이 하셨어요."

"유재인 씨가 더 고생 많았어요. 좋은 데 구경시켜줬어야 하는데 쉬지도 못하고 이렇게 바빠서 어째요."

"전 한가하면 큰일 나요! 아직 신인이라서."

"에이, 벌써 톱스타던데요, 뭘."

"지안이 형처럼 되려면 아직 멀었어요."

"……그분만큼 재인 씨도 잘될 거예요. 아직 어리니까 너무 조바심내지 말고 힘내요."

박지안이 박지안으로 살기 위해 얼마나 치열한 과정을 겪어왔으며 얼마나 험한 싸움에서 이겨냈을지, 이제 막 같은 길을 걷기 시작한 이 사람을 보니 더욱 실감이 난다. 청춘을 다 바쳐 얻은 자리, 이룬 명성, 쌓은 공적……. 무엇 하나도 절대 잃지 않기를, 함부로 무너뜨리지 않기를 나는 바다 건너 땅에서 매일 기도한다. 죽는 날까지 영원히, 그가 만인의 스타로 살아갈 수 있기를…….

"근데요, 누나."

"네?"

맥주 한 잔에 금세 얼굴이 발그레해진 귀여운 아이돌이 헤실헤실 웃으며 누나, 하고 불러온다. 하마터면 '예전에 삼겹살집에선 소주도 곧잘 마시더니!' 할 뻔했다. 마지막까지 긴장의 끈을 놓지 말자, 민유리. 나는 조금 풀려버린 경계를 다시 한 번 추슬렀다.

"진짜 그때 그 누나 아니에요?"

"진짜 그때 그 누나 아니라니까요."

"진짜요?"

"진짜요. 근데 그 누나가 뭐 하는 누나였는데요?"

"그게……."

"왜요? 그때 그 누나가, 재인 씨가 그렇게 존경하는 선배님의 여자친구라도 됐었어요?"

"아, 아니요! 지안 형 여자친구 없어요! 그런 말씀 함부로 마세요, 큰일 나요!"

양손을 마구 흔들며 정색을 하는 유재인을 보자 절로 웃음이 나온다. 객기 한번 부려본답시고 슬쩍 여자친구냐 했더니, 행여 박지안에게 애꿎은 소문이라도 생길까 싶은지 어린 정년은 온몸을 동원해 부정하기에 여념이 없다. 이런 잘생긴 걸로 모자라 의리까지 넘치는 녀석 같으니. 인마, 넌 꼭 박지안 2세가 될 거야. 이 누나가 매일 밤 정수기물 떠놓고 살풀이라도 해줄게.

순간 창호지 문이 드르륵 열리며 "꺅!" 하는 짧은 비명이 들려왔다. 깜짝 놀라 고개를 돌리니 유진이 계집애가 두 눈을 하트 모양으로 만든 채 내 옆의 유재인을 바라보고 있다. 나는 얼른 달려가 녀석의 입을 막고, "저건 또 어디서 굴러들어온 박순희야?" 하며 이쪽을 주목하는 스태프들에게 죄송하단 인사를 꾸벅꾸벅 해댔다. 유재인이 싱긋 웃더니 유진이를 향해 "안녕하세요." 한다. 어떡해, 유카타 입은 미소년이라니, 어우 난 몰라! 갖은 주책을 부려대는 유진이의 머리를 콩 쥐어박았지만 계집애는 아픈 줄도 모르고 유재인의 옆으로 달려가 철퍼덕 자리를 잡아버린다.

"재인 씨, 완전 영광이에요!"

"네네, 반갑습니다. 유리 누나 동생이시죠? 말씀 많이 들었어요."

"姉ちゃんどうしよう! 写真よりもっとかわいい! ああ、私ここで死ぬかも! (언니 어떡해! 사진보다 더 귀여워! 아우, 나, 여기서 죽어버릴까!)"

……민씨 가문 망신은 네가 다 시키는구나. 넌 이따 집에 가면 조용히 묻힐 준비해라.

그렇게 한 잔 두 잔 술이 오가고, 제법 늦은 시각이 될 때쯤이야 뒤풀이가 끝이 났다. 예정대로라면 대충 한 시간쯤 앉아 있다 나와야 했지만 유재인의 옆에 찰싹 달라붙어 떨어질 줄을 모르는 유진이 때문에 자리가 파하고서야 겨우 일어설 수 있었다. "어허, 개인소장 한다니까! 누나 못 믿어, 재인이?" 하며 반협박으로 찍어댄 휴대전화 사진을 유진이가 수백 번 돌려보며 킥킥댄다. 내가 너 때문에 못 살아, 집으로 돌아가는 내내 나는 동생을 핀잔해대기에 바빴다.

"언니 말이 맞았어."

"뭐가?"

"언니 화장실 간 사이에, 기다렸다는 듯 막 꼬치꼬치 캐묻더라."

"……뭐라고 물어봤는데?"

"언니가 언제부터 일본에서 살았는지, 한국에 있을 땐 뭘 했는지, 남자친구는 없었는지, 뭐 기타 등등."

"그래서?"

"시킨 대로 했어. 날 때부터 계속 일본에서 살았고, 한국에 간 적은 거의 없고……. 한국말은 꾸준히 배워서 잘하는 거고, 남자친구는 일본사람."

"잘했어."

"얘 언니한테 관심 있는 거 맞지? 그래서 떨어뜨리려고 수 쓰는 거지?"

"아니야."

"아니긴 뭐가 아니야. 그럼 유재인이 그런 걸 왜 물어봐?"

"시끄러워, 사진이나 봐."

"뭐야, 왜 감추고 난리야."

입이 한가득 나온 유진이가 잔뜩 삐친 듯 앞장서 걸어갔다. 다섯 살이라는 꽤 많은 나이 차지만 서로 숨기는 것 없이 늘 의좋게 자라온 우리 자매였다. 언니가 부족해서 미안해, 어디서부터 어떻게 설명해야 할지 몰라서 그래. 나는 유진이의 발자국을 따라 밟으며 그녀에게 소리없는 사과를 전달했다.

"아, 맞다, 민유리!"

"저게 어디서 반말이야!"

"집에 박하사탕 떨어졌더라! 내가 사다 놨어. 고맙지?"

"그래, 고맙다."

"생전 사탕 같은 건 먹지도 않더니. 암튼 뭔가 이상해졌다니까."

……알싸한 페퍼민트 향이 벌써부터 코끝에 아른거린다.

"ユリちゃん、緊急! (유리 짱, 긴급!)"

"何ですか? (뭔데요?)"

"韓国からのお客さん。今ここに来てるんだよ。(한국인 고객. 지금 여기로 오는 중이야.)"

"はい? 予約は? (네? 예약은요?)"

"親友から紹介もらったそうだよ。いくらでもかまわないから、ぜひうちのサービスを受けたいので。(친구한테 소개받아서 오는 거래. 돈은 얼마라도 괜찮으니까, 꼭 우리 회사 서비스를 받고 싶다네.)"

"何か変な人ですね。(어쩐지 이상한 사람이네요.)"

"もうすぐ到着だから、待っていてね。(이제 곧 도착한다니까, 대기하고 있어.)"

출근하자마자 들려오는 난데없는 부장의 지시에 잠깐 정신이 멍해졌다. 에잇, 도쿄 부자 할머니들의 온천욕만 시켜주면 오늘 내 스케줄은 끝이었는데. 어째 요즘 마가 끼었는지, 유재인 팀이 돌아간 이후에도 일주일이 넘게 고된 일정에 허덕였다. 드디어 찾아온 헐렁한 날이라 저녁에 리카 씨와 맥주라도 한잔하려 했건만.

파티션 너머로 고개를 쏙 내민 리카 씨가 나보다 더 아쉬운 표정을 짓는다. 아무튼 한국 사람들 별난 건 알아줘야 한다니까, 위로랍시고 건네는 말일 텐데 이거 묘하게 내 욕 같기도 하고……. 저기요, 리카 짱, 나도 한국 사람이거든요! 잉잉.

역에 도착한 것 같다며 얼른 가보라 재촉하는 부장의 등쌀에 주섬주섬 가방을 챙겨 사무실을 나섰다. 예약이라도 좀 하고 오든가, 또 어떤 졸부가 돈으로 장난치는 거야, 제일 구질구질한 온천으로 데려갈 테다, 끊임없이 구시렁거리며 걷다 보니 어느새 목적지.

"앗!"

등 떠밀려 급하게 나온 티 내는 것도 아니고, 멍청하게도 고객의 연락처나 이름, 아무것도 알아오지 못했다. 이거 이거 민유리, 정신 빠졌지! 주먹을 쥐어 콩하고 머리를 쥐어박고는 곧장 사무실에 전화를 걸었다. 클라이언트와 어떻게 접촉하면 되느냐고 물어보려는데,

"역시 맞았네."

등 뒤에서 들려오는 익숙한 목소리에 스르륵 전화기를 떨어뜨렸다. 윤혁이 나를 보며 웃고 있었다. 순간 비명이 터져 나왔다. 도무지 지금의 상황을 믿을 수가 없었다.

"여긴 어, 어떻게……."

"긴가민가했어요. 와볼까 말까 하다가 아님 말지 뭐, 하는 가벼운

생각으로 왔죠."

"⋯⋯."

"재인이한테 전화가 왔어요. 아무래도 그때 그 누나인 것 같다고. 예전에 연습실에 간 적 있었다면서요? 그 녀석, 의외로 기억력이 좋네."

"⋯⋯잘 지냈죠?"

"네, 뭐."

유재인이 돌아가고 제법 시간이 흘렀지만 다행히 우려할 만한 일은 일어나지 않았다. 나는 비로소 안정을 찾게 되었다. '그래, 역시 괜한 걱정 할 필요가 없었어.' 하며, 자연스레 유재인의 얼굴도 점점 잊어갔다.

하지만 황당하게도, 박지안도 아닌 윤혁이 나를 만나러 이곳까지 왔다. 정수리에 벽돌이라도 꽝 떨어진 느낌이다. 이럴 수가. 어떻게 이럴 수가. 스러질 것 같은 아슬아슬한 정신을 부여잡으며 나는 겨우 이 현실을 받아들여 보려 노력했다.

"재인이 녀석이, 박지안한테는 직접 말 못 하겠다고."

"⋯⋯."

"그랬다가 만약 민유리 씨가 아니면 지안 선배 또 뒤집힌다고. 그러면서 겁 잔뜩 먹은 채로 나한테 전화한 거 있죠. 형이 대신 확인 좀 해달라면서. 그 자식은 박지안만 바쁜 줄 아나, 하하."

"⋯⋯미안해요."

"괜찮아요. 어차피 요즘 좀 쉬고 있으니까."

"유재인 씨는 잘 도착했죠? 그때 너무 바빠서 놀지도 못하고 갔는데……."

"뜰 때 바짝 벌어야죠."

"……아, 희주 씨는 잘 있어요? 혹시 둘이 헤어졌다거나 그런 건……."

"민유리 씨."

"네?"

"지금 나 잘 지냈는지, 희주 잘 있는지, 재인이 잘 돌아갔는지가 중요해요?"

"……."

"박지안 뭐 하고 사는지 안 궁금해요?"

"……잘 지내고 있겠죠."

하, 윤혁이 어이없다는 듯 짧은 탄식을 내뱉는다. 나는 고개도 들지 못한 채 죄인이 된 기분으로 그의 앞에 서 있었다. 내 입에서 무슨 말이라도 들으려 일부러 이 먼 곳까지 찾아왔음을 안다. 하지만 나는 그에게 아무런 말도 해줄 수가 없다. 박지안에게도 하지 못한 이야기들을 어떻게 제삼자인 윤혁에게 실토할 수 있단 말인가. 나는 입을 꾹 다물었다. 끝까지 아무 말도 하지 않으리라 굳게 다짐하면서.

"민유리 씨."

"네."

"우리 동갑인 거 알죠?"

"……네."

"말 까자."

"네?"

"말 트자고. 아, 이 동네는 뭐가 제일 맛있어? 밥 먹으러 가자, 배고프네."

"으, 응."

윤혁을 가까운 라멘집으로 안내하면서 졸지에 말까지 놓게 되었다. 사무실에 전화해 고객과 만났다고 보고하니 부장은 비싼 분이니 잘 모시라며 신신당부를 해댄다.

"도대체 얼마를 주고 온 거야?" 묻자 윤혁이 피식 웃는다. 민유리만나려고 돈 좀 썼지. 어깨까지 으쓱거리는 그의 모습이 재미있어서나도 살며시 따라 웃었다.

이제 겨우 정오가 지난 이른 시간, 나는 윤혁과 청주 잔을 마주한채 식당 한편에 앉았다. 낮엔 라멘가게로 밤엔 선술집으로 성업 중인 이곳에 들어오더니 그는 대뜸 반주 한잔해야겠다며 따뜻한 청주를 찾았다. 대낮인데다 근무 중인지라 망설였던 것도 잠시, 에라 모르겠다 싶어 종업원에게 주문을 넣었다. 지금 정신으로는 마셔봐야취하지도 않을 것 같다.

"민유리 씨, 아니, 유리야."

"어, 어……."

"얼굴 좀 풀지. 혼내려고 온 거 아닌데."

"……."

"네 얘기 들으려고 온 것도 아니고."

딱딱하게 굳은 나를 달래기에 여념 없는 윤혁을 보며 왈칵 눈물을 쏟을 뻔했다. 친형제 같은 박지안에게 상처를 입힌 이 평균 이하의 여자를 그는 예전과 하나 다를 바 없이 따뜻한 시선으로 대하고 있다. 뺨을 때려도, 머리채를 잡아도 시원찮을 마당에.

"나, 박지안 얘기 해주려고 여기까지 왔어."

"응?"

"민유리가 사라지고 나서 박지안이 어떻게 살았는지, 그 얘기 해주러 왔다고."

"……."

"네가 왜 아무런 말 없이 일본으로 왔는지, 그건 본인하고 직접 얘기해. 내가 먼저 들을 필요는 없을 것 같아."

"미안해……."

"대신, 형이 너 없는 동안 어땠는지 나 그 얘기만 하고 돌아갈게."

"……."

"다시 지안 형을 만나든 만나지 않든 그건 네 자유야."

"하지만 이제 그 사람은……."

"기다리고 있어."

"뭐?"

"민유리 형수, 너를 기다리고 있다고."

……말도 안 돼.

쿵쿵, 갑자기 심장이 거세게 뛰기 시작했다. 나는 연거푸 청주를 들이켰다.

"맞다, 이런 일도 있었지. 작년 연말에 형이랑 나랑 조인트 콘서트를 했었거든."

슬슬 혀가 꼬이기 시작하는 윤혁이 개구쟁이 같은 표정으로 이야기를 이어간다. 나는 온몸의 세포 하나하나를 곤두세우며 그의 입에서 끊임없이 흘러나오는 박지안에 집중했다.

"무대 위에 올라가면 조명 때문에 객석이 전혀 안 보여. 앞에 한두 줄 정도만 겨우 보일까 말까."

"아……."

"근데 맨 앞줄에 남친이랑 같이 온 여자 관객이 얼핏 너랑 닮은 거야."

"정말?"

"킥킥, 응. 박지안이 노래하다 그걸 본 거지. 그러더니 갑자기 무대 아래로 내려가서는 그 여자 앞에서 무릎을 탁 꿇고 꽃 한 송이를 내미는 거야. 노래 제목이 '청혼'이었거든. 여자애 눈에서는 하트가 뿅뿅 튀어나오고 남자애는 울지도 못하고 웃지도 못하고 식은땀만 흘리는데, 지켜보고 있자니 웃겨서, 원."

"아무튼 되게 짓궂다니까."

빙글빙글 장난 섞인 웃음을 짓고 있었을 그의 얼굴이 눈앞에 생생하게 그려진다. 철이 든 건지 덜 든 건지 도무지 종잡을 수 없는 박지안, 이것 역시 그의 매력 중 하나겠지. 나는 그가 가진 수만 가지의 매력을 헤아리며 또 한 잔 홀짝, 청주를 들이켰다.

"또 무슨 일이 있었느냐면…… 어떤 여자그룹 멤버 중 하나가 이름이 '진유리'거든. 걔네가 대기실을 돌면서 인사를 하는데, 형한테 와서 '안녕하세요, 선배님! 신인그룹 뭐뭐뭐의 유리입니다!' 이래 버린 거야."

"그래서?"

"그 인간 원래, 신인들 오면 '아, 네.' 하고 고개만 까딱하고 말거든. 근데 갑자기 읽고 있던 책도 치우더니 '그래, 유리야, 반갑다!' 하면서 자기가 먼저 악수하자고 덤비더라. 진유리는 영광스러워서 어쩔 줄을 모르고, 박지안은 반갑다고 혼자 난리고, 진유리네 매니저는 좋아서 입 찢어지고…… 앉은자리에서 시트콤 한 편을 찍었지."

"……"

"유리야."

"……응."

"울어?"

"아, 아니."

"안 울어."라고 대답하면서도 민망함에 고개를 들 수가 없었다. 이미 목소리에서 눈물이 잔뜩 섞여 나오고 있다. 울지 않으려고 몇 번이나 입술을 깨물었는데도 결국 이렇게 터져버렸다. 휴지로 대충 눈가를 찍어내고는 몇 시간째 마시고 있는 청주 때문이라며, 내가 원래 술만 마시면 우는 몹쓸 버릇이 있다며 실없는 변명을 쏟아내었다. 윤혁은 그저 쓸쓸하게 웃는다.

"형도 많이 울었어."

"……"

"너도 많이 울었지?"

"……아냐. 난 잘 살고 있었어, 여기서."

"그걸 믿으라고?"

믿어줘, 그리고 가서 전해줘. 민유리는 저 멀리서 잘 살고 있더라,

박지안 같은 건 이미 다 잊은 섯 같더라, 가평에서보다 혈색도 좋아
지고 기운도 펄펄 넘쳐서 멀쩡하게 지내고 있더라……. 부디 그렇게
전해줘, 윤혁 씨.

"유리야."

"응?"

"박, 지, 안, 해봐."

"……갑자기 무슨 소리야?"

"너 지금까지 내 앞에서 한 번도 박지안 이름 부른 적 없는 거 알
아?"

"……."

"언제 형 이름을 제대로 부르나 두고 보자, 나 여태껏 그러고 앉아
있었어. 벌써 몇 시간짼데 죽어도 안 부르네. 술도 많이 마셨으면서."

"별걸 다 신경 쓰……."

"그래, 별거 아니니까 불러봐, 어디 한번."

뜬금없는 윤혁의 요구에 얼굴만 하얗게 질려간다. 못 해, 고개를
절레절레 저었더니 그의 표정이 싸하게 굳는다.

"박."

"……."

"따라 해, 박!"

"바, 박……."

"지."

"지……."

"안."

"……안."

"박지안!"

"……박지안!"

"잘하네."

"흐흑……박지안……. 박지안 씨……. 흑……박지안 씨…….”

몇 번이고 소리 내어 부르고 싶었다. 박지안 씨, 잘 지내고 있어요? 박지안 씨, 건강해요? 박지안 씨, 내 생각은 하나요? 박지안 씨, 보고 싶어요……. 하지만 단 한 번도 용기를 낼 수 없었다. 박지안의 테라피스트는커녕 더 깊게 상처만 남기고 달아난 내가 무슨 면목으로, 무슨 염치로 그의 이름을 입에 올릴 수 있단 말인가. 필사적으로 피해왔던 세 글자가 비로소 비수가 되어 가슴에 꽂힌다. 테이블에 얼굴을 파묻고 그간 꾹꾹 참아왔던 오열을 터뜨렸다. 윤혁이 팔을 뻗어 등을 토닥여주지만 벅차오른 감정은 좀처럼 잦아들지 않는다. 박지안 씨, 미안해요, 미안해요.

……미안해요.

- 이 동네 택시비 왜 이렇게 비싸? 아무튼 일본 물가 지독하다니까.

호텔에 도착하자마자 윤혁이 전화를 걸어왔다. 택시비 몇 푼에 바득바득 화를 내는 윤혁 때문에 그만 웃음이 터졌다. 민유리 만나려고 돈 좀 썼다 할 땐 언제고.

공항 근처 숙소에서 매니저가 기다리고 있다며 그는 이자카야에서 나오자마자 택시를 불렀다. "관광하러 온 거 아니었어?" 했더니 "나 이래 봬도 쌓인 스케줄이 백만 개다." 하며 고개를 빳빳이 세운다. 그렇게나 비쁜 와중에 이곳까시 와준 윤혁이 고마워 나는 또 눈가가 빨개져 버렸다.

－유리 형수.

"응?"

－일주일.

"……."

－일주일 시간 준다고.

"무슨 시간?"

－민유리가 박지안한테 찾아갈 시간. 일주일 안으로 연락 안 하면, 나 박지안한테 다 불어버린다.

"저기, 윤혁……."

－전화번호 안 바뀌었어. 온갖 장난전화에 팬 애들 귀찮은 전화까지 빗발쳐도 죽어도 안 바꿔. 혹시라도 너한테 연락 올까 봐 지금도 예전 번호 그대로 쓰고 있어.

"……."

－일주일 안에 쇼부 보자. 콜?

"……콜."

－형수, 파이팅!

짓궂은 목소리의 윤혁이 "그럼 조만간 또 만나자." 하며 전화를 끊는다. 대낮부터 마신 술이 이제야 스멀스멀 올라오고, 나는 헛헛한 알코올 기운에 잔뜩 휩싸인 채 거실의 테이블에 엎드렸다.

일주일. 일주일 안에 비겁한 민유리는 박지안에게 전화를 걸 수 있을까. 그는 내 전화를 반갑게 받아줄까. 윤혁의 말대로, 박지안은 정말 민유리를 기다리고 있는 게 맞는 걸까.

만약 내가 이대로 일주일을 흘려보낸다면 어떻게 될까. 예고했던 대로 윤혁이 박지안에게 나의 행방을 알릴 텐데, 그럼 박지안은 과연 나를 찾아올까. 나에게 먼저 연락을 줄까. ……그럴 리 없겠지, 많이 바쁜 사람인데.

010-9987-0315. 술기운에 이성이 마비되는 이 순간마저도, 평생 잊히지 않을 그의 전화번호가 머릿속을 뱅글뱅글 맴돌고 있다.

12. 하느님 이제 우리는

　놀이공원에서 박지안과 허무하게 헤어지고 집으로 돌아가던 길, 나는 갑작스런 박요안나의 전화를 받았고 그녀로부터 정재원과의 관계를 추궁당했다. 정재원과는 과거에 만났던 사이일 뿐이고 지금은 서로 아무런 연관이 없으며, 그쪽 출판사와도 일절 계약을 하지 않는다고 구구절절 설명했지만.

　- 유리 씨, 사실대로 말해요. 5년이나 재원 씨를 스토킹했다면서요?

　……그 말에 하도 어이가 없어서 업고 있던 인형을 쓰레기통 옆에 던져놓은 채 곧바로 정재원의 사무실로 쳐들어갔었다.

　"스토커? 내가 당신 스토커?"

　"일단 앉아."

　태연한 얼굴의 그는 인터폰을 들어 직원에게 커피 두 잔을 주문했다. 몇 분 지나지 않아 찻잔을 들고 들어온 여사원이 곱지 않은 눈초리로 내 쪽을 힐끗 본다. 뭐야, 내가 왜 당신에게 그따위 시선을 받아야 하는 거야! 벌떡 일어나 애꿎은 직원한테 화풀이라도 하고픈 심정이다.

"어떻게 된 거야! 제대로 설명해!"

"진정해, 민유리."

"진정? 내가 진정하게 생겼어?"

"요안나가 알았어. 너와 나 사이를……."

그래 알았겠지, 알았으니까 친히 전화를 하셨겠지. 제장, 오늘만큼은 꼭 박지안에게 다 고백하려고 했었는데, 하필이면 박지안은 인파 속에 묻혀 사라지고 요안나는 전화로 헛소리를 해대다. 이건 뭐, 박수라도 보낼 만큼 환상적인 타이밍이다. 일부러 맞추려 해도 이렇게까진 안 될 거야. 박지안 씨, 아무래도 하늘이 우리 사이를 방해하는 것 같아.

"날 만나러 왔다가, 화장실에서 여직원들이 하는 소리를 우연히 들었나 봐."

"무슨 소리를 들었다는 거야?"

"편집장 애인은 민유리인 줄 알았더니 갑자기 첼리스트랑 결혼을 했네, 뭐 이런 얘기였겠지. 여자들 화장실 대화의 패턴은 네가 더 잘 알지 않나?"

"그래서 요안나 씨한테 내가 스토커였다고 했어? 당신이랑 5년간 사귄 여자가 아니라 당신을 5년간 스토킹한 범죄자라고 했느냐고!"

"솔직하게 털어놓을 수는 없지. 왜 처음부터 이야기하지 않았냐 묻는다면 별로 할 말이 없으니까."

"그래? 그럼 내가 해줄게. 요안나 씨 불러. 당신 입으로 못 할 말이라면 내가 직접 해주겠다고! 전화기, 전화기 어디 있지?"

핸드백에서 전화기를 꺼내 요안나와의 통화를 시도하려는 순간 정재원의 손이 빠르게 다가와 휴대전화를 낚아채어갔다. 아예 배터리까지 빼내버리는 그의 행동을 나는 기가 막혀 바라볼 수밖에 없었다.

"무슨 말을 하겠다는 거지?"

"몰라서 물어?"

"전부 다 얘기하겠다고?"

"당신은 나랑 5년을 만났고, 마지막 1년간 나와 박요안나 사이에서 양다리를 걸쳤고. 아 맞다, 얼마 전엔 친구 하자면서 몸소 가평까지 찾아오셨지? 그것까지 전부 다 말할 거야. 스토킹은 내가 아니라 당신이 했다고 말할 거라고!"

"……어디 한번 해봐."

"못 할 것 같아?"

나는 이제 당신도 요안나도 무섭지 않아. 내가 무서운 건 오직 박지안뿐이야. 박지안 씨에게 지나간 나의 행동을 이해받을 수 있을지 없을지, 단지 그것만 염려될 뿐이라고. 조금만 이기적인 민유리가 될 거야. 박지안 앞에서 떳떳해지기 위해서, 박지안에게 용서를 얻기 위해서 내 지난날들을 반드시 합리화시킬 거야. 이제 조금의 가감도 없이 모든 걸 사실대로 털어놓을 거야. 내가 못 할 것 같아? 아니, 난 할 수 있어. 하고 말거야. 해야만 해.

"……박지안 사랑해?"

"그래, 사랑해! 나 이제 그 사람 앞에 당당하게 설 거야. 더는 당신 장난질에 놀아나지 않을 거라고!"

"넌 부끄러움도 모르는구나. 박지안은 내 처남이야. 5년 만나고 헤어진 옛 남자의 가족을 사랑할 마음이 생겨?"

"내가 왜 부끄러워해야 해? 도덕적이지 못했던 건 바로 당신이야. 부끄러워해야 할 사람은 그쪽이라고! 난 지난 사랑에 충실했고 앞으로의 사랑에도 충실할 거야. 당신과 박지안 씨의 사이는 생각할수록 짜증 나지만, 그 사람만 이해해준다면 계속 옆에 있을 거야. 정재원, 이 이상 내 인생에 끼어들지 마. 진짜 죽여버릴 테니까."

조소를 짓는 정재원을 노려보며 나는 쏟아질 것 같은 눈물을 애써 참았다. 제발 내 삶을 망가뜨리지 말아줘, 나 이제 좀 더 행복해지고 싶어. 박요안나, 정재원, 지긋지긋한 그 이름들은 다 잊고 박지안 씨와 둘이서만 온전히 사랑하고 싶어.

……나는 박지안을 정말 많이 사랑해.

"할 수 없군. 너만 사라지면 해결되는 일을 참 어렵게 만드는구나."

"뭐라고?"

"콧대 높은 우리 집사람이 내 과거를 전부 알면, 과연 어떻게 나올까?"

"당신 부부 문제는 당신이 알아서 해결해."

"난 이혼을 당하겠지. 위자료 주는 건 어렵지 않아. 중요한 건, 요안나 덕택에 얻었던 집안에서의 내 신임도 단번에 추락한다는 사실이지."

"자업자득이야. 다른 사람 탓하지 마."

"미안한데 민유리, 나만 손해볼 수는 없어."

섬뜩, 얼음장 같은 정재원의 목소리에 소름이 돋았다.

"무슨 뜻이야!"

고래고래 고함을 지르는 평정심 잃은 내 모습을 그가 한심하단 눈빛으로 바라본다. 그래, 나 한심해, 너무 한심해서 당신 같은 쓰레기랑 5년이나 연애했었어. 그러니까 얼른 말해, 무슨 뜻으로 한 소리인지 얼른 말해!

"박요안나, 박지안. 둘이 친남매 아닌 건 너도 알겠고, 무슨 사이인지는…… 알아?"

"……!"

"놀라는 걸 보니 아는 모양이군. 알면서도 박지안 옆에 붙어 있겠다니, 민유리가 이렇게 강심장인 줄은 차마 몰랐어."

정재원이 알고 있다, 박요안나와 박지안의 관계를. 누구도 눈치채지 못했던, 단지 우애 있는 남매 정도로만 알려졌던 그와 누나의 사이를 어째서인지 정재원이 모조리 알고 있다. 그는 지독하게 잔인한 표정을 지은 채 입가를 올려 피식 웃었다. 차오른 눈물 때문에 내 시야는 한없이 탁해졌다.

"어쩌면 나도 피해자야. 박씨 집안 남매의 사랑놀음에 휘말린 피해자. 이곳저곳 냄새 맡은 기자는 많은데, 증거 불충분으로 기사화는 못 됐지 아마. 거기다 갑자기 박요안나는 결혼을 해버리고, 박지안은 줄줄이 열애설이 나고. 덕분에 뜨거운 감자가 순식간에 식었다던데."

"……"

"어때, 터지면 재밌겠지?"

"당신이 뭘 알아! 증거 있어?"

"증거? 증거라……. 남매가 다정히 나이트가운 입고 사진까지 찍었더군. 요안나 악보 사이에서 우연히 발견했지. 이거, 더 뒤져보면 비디오까지 나올 분위기던데."

"정재원!"

"박요안나야 예술혼 운운하며 대충 넘길 수 있겠지. 금단의 사랑?
예나 지금이나 음악 미술 하는 사람들 사이에서 이래저래 널렸어. 독박
은 대중 가수인 박지안이 쓰는 거지, 가엾게도."

"헛소리 마, 당신이 무슨 수로……."

"구경 한번 해볼래? 박지안이 어디까지 떨어지는지."

"……"

"기껏 주워서 키워놨더니 부모 은혜도 배신하고 제 누나한테 흑심이
나 품은 근본 없는 놈으로 만들어주지."

"당신 정말 미쳤구나! 어떻게 이렇게까지 잔인할 수……."

"아, 물론 너만 입 다물고 조용히 사라지면 박요안나와 나는 이혼하
지도, 박지안이 나락으로 떨어지지도 않겠지. 미안한데 민유리, 나는 네
가 무척 눈에 거슬려."

"……"

"선택은 민유리 씨가 하십시오. 그럼."

- 무슨 일 있어?

"아니요……."

전화기 너머로 걱정 섞인 박지안의 음성이 들려왔다. 나는 덤덤한
투로 그의 물음에 부정했다. 한없이 따스한 그의 목소리가 서글프게
느껴졌다. 이제 두 번 다시는 이 사람과 통화하지 못할지도 모른다.

- 유리야, 우리 힘내자. 혹시 안 좋은 일이 있어도 같이 힘내자.

"……"

- 난 지금 정말 행복해. 사랑하는 여자도 내 곁에 있고, 하는 일도

척칙 잘 풀려가고 있어. 태어나 처음 느껴보는 것 같아, 이렇게 안정된 기분. 평생 이럴 거야. 민유리를 사랑하면서, 사회에서 인정받으면서. 돈 벌어서 너 맛있는 것도 사주고, 예쁜 옷도 사주고.

"……."

- 나 이제 내 감정 의심하지 않아. 이거 사랑 맞아. 확신할 수 있어. 그러니까 유리야, 나 믿고 내 옆에 있어줘. 놀이공원에서처럼 다시는 널 외롭게 하는 일 없을 거야.

"박지안 씨."

- 응?

"나, 박지안 씨한테 듣고 싶은 말이 있어요."

- 뭔데?

"……수고했다고 말해줘요."

- 벌써 일 다 끝냈어? 하하, 그래서 자랑하는 거야? 난 지금 이리 치이고 저리 치여서 죽겠는데. 암튼 수고했어, 민유리.

"……박지안 씨도, 수고했어요."

수고했어요, 박지안 씨. 오랜 세월 힘든 사랑 이어가느라, 끊임없이 자신을 책망하느라, 억지로 요안나를 포기하느라 정말 고생 많았어요. 그리고 박지안 씨, 새로운 감정을 경험하느라, 그 마음이 사랑이라는 것을 깨닫느라, 바보 같은 민유리에게 잘해주느라 수고했어요.

박지안을 지탱하는 두 개의 바퀴는 '민유리'와 '일'이었다. 민유리는 다른 누군가로 대체될 수 있지만, 그의 일은 무엇과도 바꿀 수 없음이 분명했다. 답은 나와 있었다. 잠시나마 외발 자전거를 타야 한다면 더 튼튼한 바퀴를 남기는 쪽이 현명했다.

그리고 내 판단은 맞았다. 조금의 주저함도 없이 더 높은 곳을 향해 나아가는 박지안. 이제 더 올라갈 곳도 없이 최고의 자리에 선 그의 모습은 한마디 말도 남기지 않고 불쑥 도망쳐버린 내 지난 행동에 면죄부를 안겨주었다. 나는 멀리서나마 박지안의 성공을 지켜보며 가슴속에 남은 양심의 가책을 조금씩 덜어나갔다. 가끔은 그와 함께 나누었던 짧은 추억들이 편린이 되어 떠오르곤 했지만, 민유리라는 바퀴의 빈자리는 이미 다른 사람으로 채워져 있을 것이라 믿었기에 과거는 과거일 뿐이라며 애써 아무렇지 않은 척 자신을 속였다. 하지만.

"기다리고 있어."

"뭐?"

"민유리 형수, 너를 기다리고 있다고."

믿을 수 없다. 정말 말도 안 된다.

"ねえ、ユリちゃん。(저기, 유리 짱.)"

"はい? (네?)"

"何か悩みでもある? (무슨 고민이라도 있어?)"

"……いいえ、別に。(……아니요, 그다지.)"

"笑ってよ! ニコニコユリちゃんが落ち込んでるから事務所が全く暗いよ。(웃어! 싱글벙글 유리 짱이 풀죽어 있으니까 사무실이 완전 어두워.)"

"は、はい。(네, 네.)"

윤혁이 돌아가고 나흘이 지났다. 그가 주고 간 유예기간은 이제 사흘밖에 남지 않았다. 나는 그간 몇 번이고 박지안의 전화번호를 누르려고 수화기를 들었지만 차마 걸 수 없었다. 무슨 말을 해야 할까, 어떤 인사부터 건네야 할까, 그는 나에게 뭐라고 할까, 화를 내지는 않을까…… 답을 모르는 온갖 걱정들이 대책 없이 머릿속을 맴돌았다. 집에서는 여동생이, 회사에서는 동료들이 번갈아가며 염려할 정도로 나는 눈에 띄게 수척해져 있었다.

과제 때문에 학교에서 밤샘을 해야 한다는 유진이의 연락을 받았다. 나는 형광등도 켜지 않은 캄캄한 거실에 홀로 앉아 전화기의 폴더를 열었다 닫았다 무의미한 손장난만 반복했다. 어쩌면 지금이 박지안에게 연락할 수 있는 가장 좋은 때일지도 모른다. 하지만 좀처럼 용기가 나지 않아, 여러 차례 무거운 한숨만 내리 쉬었다.

"민유리, 할 수 있어."

주문을 외우듯 혼잣말을 뱉어내며 와인 한 잔을 단숨에 마셔버렸다. 그래, 한번 해보자. 죽이 되든 밥이 되든 일단 부딪쳐보자.

전화기를 들어 국제전화 서비스번호를 누르고 82, 국가번호를 입력하는데 그새 긴장을 참지 못한 손끝이 파르르 떨려온다. 애써 마음을 다잡은 후 눈 감고도 누를 수 있을 박지안의 전화번호를 꾹꾹 액정화면에 새겼다. 이제 send 버튼 하나면 그의 목소리가 내 귓가에 들려올 것이다. 윤혁이 남기고 간 이야기처럼 정말로 그는 나를 기다리고 있을까. 내 전화를 반가워해주기나 할까…… 무거운 상념들이 바쁘게 교차한다. 눈앞이 빙글빙글, 어지러이 돌기 시작했다.

"5, 4, 3, 2, 1, 0."

애써 명랑한 척 초읽기까지 하며 두 눈을 감은 채 통화 버튼을 눌렀다. 신호음이 들려오자, 전신의 세포들이 송화기 너머의 소리에만 집중된다. 꽤 오랜 시간 그렇게, 그렇게 나는 전화기를 붙잡고 빳빳하게 굳어버렸다.

"……안 받네."

겨우 큰맘을 먹고 걸었건만 그는 받지 않는다. 일을 하는 중이거나, 혹은 모르는 번호라 그냥 넘겼을 것이다. 차라리 다행이라는 생각이 들었다. 그래, 난 좀 더 마음의 준비가 필요해, 다음에 다시 걸어야지. 음성사서함으로 연결되기 전에 얼른 끊으려고 했지만.

- 여보세요.

거짓말처럼 들려오는 생생한 목소리에 그만 두 눈 가득 눈물이 차올랐다. 박지안, 박지안이다. 정말로 그다.

- 여보세요.

"……."

- 여보세요, 말씀하세요.

"……."

- 장난전화면 끊으시고. ……민유리면 대답해.

한 치의 망설임도 없이 그의 입에서 '민유리'란 세 글자가 나왔다. 정신이 아득해진 나는 전화를 끊을 수도, 대답을 할 수도 없었다. 무책임한 침묵만이 길게 늘어졌다. 숨소리라도 새어나갈까 얼른 한 손으로 입을 막았다. 그가 또 한 번 흔들림 없는 목소리로 말했다. 여보세요. 말씀하세요.

- ……유리구나.

"……"

- 유리야.

"흐흑……"

- 민유리!

"흑…… 흐흑……"

바보같이 이게 뭐야. 오랜만이에요, 잘 지냈나요, 반가워요, 몇 번
이고 연습했던 인사말은 어디에 버려두고 대뜸 울기부터 하는 거야.
민유리, 나는 네가 정말 싫다. 늘 이렇게 미련하게 구는 네가 정말이
지 싫고 싫어서 미쳐버리겠다.

- 어디야, 응?

"흑, 박지안 씨……"

- 어디냐고!

"여기……"

- 전화번호가 왜 이래! 외국이야?

"흐흑……"

- 말을 해, 말을! 울지만 말고 제발 말을 해!

"흑……"

- 지금 바로 갈게! 지구 반대편이든 저세상이든 어디든 갈 테니까
빨리 말해, 어디야!

절대 울지 말아야지, 똑 부러지게 이야기해야지, 그렇게 떠나와 미
안했다고 사과해야지……. 기껏 준비했던 몇 마디는 안개처럼 머릿
속에서 흩어졌다. 한참을 그렇게 넋 놓은 듯 꺽꺽 울었다. 박지안은
다그치지 않았다. 대신 내 오열을 가만히 듣고만 있었다. 언제 그칠

지 모를 지루한 통곡을, 그는 묵묵히 마음으로 받아내고 있었다.

- ……이제 좀 괜찮아?

"……."

- 미안해.

"……."

- 화부터 내서 미안해. 행여 너한테 연락이 오면 절대 화내지 않겠다고 몇 번이고 다짐했는데…… 그러지 못해서 미안해.

"박지안 씨."

- 그래. 그래, 유리야.

"미안해요."

- 응?

"내가 미안해요. 내가 너무……. 흑……."

- 유리야, 그만 울고 일단 만나자. 지금 어디에 있니? 건강하게 잘 있니? 밥은 잘 먹고 있어? 잠은 잘 자고?

염치없게 들리겠지만 나는 건강하게 잘 지내요. 박지안 씨만큼 크게 성공하진 못했어도 그럭저럭 밥벌이는 하고 있어요. 좋은 사람들도 많이 만났고, 여동생과도 투닥거리며 재미있게 살아요. 가끔 신나는 일이 생길 때마다 내가 이렇게 즐거워할 자격이 있는지 머뭇거리곤 하지만, 그래도 이 정도면 썩 나쁘지 않은 삶 같아요. 박지안 씨 덕분이에요. 내 기대를 저버리지 않고 열심히 살아준 박지안 씨 덕분이에요. 박지안 씨를 보면서 힘을 얻었어요…….

입 밖으로 나오지 못한 수백 개의 단어가 무기력하게 부유한다. 전화통화 하나 제대로 해내지 못한다는 부끄러움에 나는 맥없이 고개를 숙이고 말았다.

- 유리야, 제발…….

"나 일본에 있어요. 일본에서 잘 지내고 있어요. 언제 한번 한국에 갈게요. 우리 웃으면서 만나요, 그때는."

- 유리야, 내가 지금 당장…….

"아니요, 나 아직 아무것도 정리하지 못했어요. 그냥 박지안 씨한테 미안하다는 말이 하고 싶어서 전화한 거예요. 미안해요."

- 사과를 하려거든 내 눈앞에서 해!

"네. 조만간 꼭 다시 연락할게요. 맹세해요. 잘 지내세요. 지금처럼 건강하게요."

- 유리야, 내가 갈…….

박지안의 목소리가 채 멎기도 전에 나는 전화를 끊어버렸다. 양팔에 얼굴을 묻고 또다시 울기 시작했다. 끊임없이 벨 소리가 이어졌다. 배터리를 빼서 아무렇게나 던져버렸다.

아직은 태연하게 그를 만날 자신이 없다. 정재원이 있는 한 나는 박지안의 주변에 얼쩡거려서는 안 될 사람이니까. 그러니 더는 그를 사랑해서는 안 된다. 지금의 이런 약해빠진 마음으로 박지안의 얼굴을 마주한다면, 나는 주제 파악도 못 한 채 그의 곁을 다시금 맴돌려 할지 모른다. 세상 누구보다 멋지고 훌륭한 사람을 내 알량한 애정행각의 희생양으로 만들 수는 없다.

박지안을 향한 모든 감정이 정리되면 그때 찾아가 정식으로 사과하려 했는데……. 갑자기 찾아온 윤혁 때문에 평정심을 잃은 나머지 너무 서둘러버린 것 같다. 그제야 나는 깊은 후회에 빠져들었다. 어두컴컴한 숲 속에서 길을 잃은 듯, 주체할 수 없는 두려움이 덜컥 치밀어올랐다.

한숨도 자지 못하고 그대로 출근했다. 너무 울어서 눈이 퉁퉁 붓는 바람에 부장으로부터 걱정 반 잔소리 반의 훈계를 들어야 했다. 몸 관리 잘해 유리 짱, 객지 나와서 아프면 속상하잖아. 아버지 같은 그의 목소리에 나는 그저 어설픈 웃음만 지었다.

"どこかで見たことがあるのに。。。 (어디선가 본 적이 있는데…….)"

"うん? (응?)"

오늘도 지각이냐며 핀잔하는 동료들은 아랑곳없이 당당하게 출근한 리카 씨가 고개를 갸우뚱거리며 자리에 앉았다. 무슨 일이냐고 물었더니, 아침부터 잘생긴 총각을 만나 눈요기 한번 제대로 했다며 자랑 아닌 자랑을 늘어놓는다. 까만 선글라스로 얼굴을 가린 훤칠한 남자가 역 앞에 서 있는데, 이상하게도 보면 볼수록 자꾸만 낯이 익은 것 같았단다.

"超イケマンだったよ。テレビに出る人みたいに。 (완전 얼짱이었어. TV에 나오는 사람마냥.)"

"何かリカちゃん、興奮したね。 (어쩐지 리카 짱, 흥분했네.)"

"誰だったっけ。。。 (누구였더라…….)"

아무리 머리를 쥐어짜도 생각이 안 난다며 리카 씨가 투덜투덜 짜증을 낼 때쯤이었다. 사무실 유리문이 조용히 열리더니 "Excuse me." 하는 낮고 부드러운 목소리가 들려왔다.

"Sorry, is any Korean here? I'm looking for……."

"あっ! あの人! (앗! 저 사람!)"

리카 씨가 내뱉은 비명을 사이에 두고, 하얗게 얼어붙은 나와 딱딱하게 굳어버린 방문객이 허공에서 강하게 시선을 맞부딪쳤다. 영문도 모르는 동료들이 의아한 표정을 지은 채 낯선 남자와 민유리가 만들어내는 광경을 관찰하고 있었다.

"分かった! ジアンだ、ジアン! (알았다! 지안이야, 지안!)"

손목을 잡힌 채 사무실 밖으로 이끌려나가는 등 뒤로, 잔뜩 들떠서 고래고래 목청을 높이는 리카 씨의 목소리가 들려왔다.

"못 찾을 줄 알았어?"

귓가에서 울리는 나지막한 음성이, 지금 이 순간이 꿈이 아님을 확신케 했다.

"전화로는 그렇게 통곡을 하더니 막상 얼굴 보니까 안 우네."

"······."

"나 안 반가워?"

스스로도 믿기지 않을 만큼 나는 그를 마주한 채 꽤 침착한 얼굴로 앉아 있었다. 눈물은 단 한 방울도 나오지 않았다. 예전보다 더 좋아진, 더 멋있어진 박지안의 모습을 보면서 펑펑 운다는 건 어쩐지 어울리지 않으니까. 잘 지내줘서 고맙습니다, 열심히 살아줘서 감사합니다, 큰절이라도 하면 모를까.

"여긴…… 어떻게 알았어요?"

"천하의 박지안이 모르는 게 어디 있어. 조사하면 다 나오지."

자기가 말해놓고도 우스운지 피식 웃는다. 그럼 지금껏 날 못 찾은 건 어떻게 설명하려고요, 농담처럼 물어보려다 그냥 꿀꺽 삼켜버렸다.

"아무튼 민유리, 그때나 지금이나 나보다 윤혁을 더 좋아하는 건 변함이 없네."

"윤혁 씨한테 알아낸 거예요?"

"그렇게 네 전화가 끊어지고, 술이나 진탕 퍼야겠다 싶어서 윤혁한테 전활 했지. 그랬더니 대뜸 '유리 형수 벌써 연락 왔어? 며칠 더 있다 할 줄 알았더니.' 하더라. 어찌나 놀랐는지."

조만간 또 보자 하며 손을 흔들던 윤혁의 너스레가 생각나 조그맣게 미소를 지었다. 혁이가 그렇게 좋아? 이름만 들어도 웃네, 박지안이 기회를 틈타 살짝 핀잔을 준다. 다정한 그의 목소리가 촉매제라도 된 건지 주변을 감쌌던 굳은 공기가 제법 부드러워졌다. 숨쉬기가 한결 편해진 나는 그제야 어느 정도 긴장을 늦추었다.

"얼굴 많이 좋아졌네, 가평에서보다. 이거 괜히 기분 나빠지려고 하는데."

"……왜요?"

"나 없이도 잘 살았다는 증거잖아."

"……."

"농담이야. 기분 좋아. 민유리 건강해 보여서 한시름 놨어."

"나도 기분 좋아요. 박지안 씨가 잘 살고 있었던 것 같아서."

어색한 웃음을 띠며 답하자 박지안의 얼굴이 잠깐 동안 굳었다. 내가 무슨 실수라도 한 걸까, 조마조마해지는 가슴 한구석을 억지로 부여잡았다.

"잘 살아보려고 애 많이 썼지. 무너지면 창피하잖아."

"미안해요."

"뭐가?"

"말도 없이 훌쩍 떠나버려서."

"……왜 그랬는데?"

"……그냥요."

대답 한번 심플해서 좋네, 박지안이 황당하다는 듯 웃는다. 차마 그의 두 눈을 똑바로 바라볼 자신이 없어 나는 테이블에 놓인 내 몫의 커피잔만 만지작거렸다. 이렇게 갑자기 만나게 될 줄 알았으면 미리 할 말이라도 외우고 다니는 건데. 너무 방심했다.

"당장 묻지 않을게. 정리가 되면 이야기해줘."

"……"

"너 스토커 아니란 거 아니까, 그 핑계로 빠져나갈 생각 마."

"박지안 씨,"

"요안나와는 만난 적 없다고 들었어. 그럼 널 여기까지 보낸 장본인이 네 옛날 남자친구라는 건데, 그 사람 입에서 무슨 이야기를 들었는지 때가 되면 가르쳐줘. 기다릴게."

"아무 얘기도 듣지 않았어요. 별다른 일도 없었고요."

"그럼 왜 여기에 온 거지?"

"그냥 가평이 지겨워졌을 뿐이에요. 박지안 씨와 가까이 지내는 것도 점점 부담스러웠고."

"부담?"

"그날 놀이공원에서 뼈저리게 느꼈어요, 박지안 씨가 보통사람이 아니라는 걸. 나 같은 여자가 감히 넘볼 수 있는 상대가 아니니까…… 괜한 기대만 더 커지기 전에 내 발로 피신한 거예요. 그게 다예요."

TV 같은 거 보지 않을 때가 좋았다. 그랬다면 계속 이 사람을 그저 잘생긴 옆방 남자 정도로만 생각했을 테니까. 박지안이 어떤 존재이고 어떤 일을 하는 사람인지, 세상으로부터 어떤 대접을 받고 있는지 몰랐던 때가 오히려 편했다. 그때였다면 정재원이 뭐라 떠들어대든 잔뜩 이기심을 부려 박지안의 곁에 꾸역꾸역 붙어 있었을지도 모를 일이다.

"민유리, 착각하지 마."

"무슨 소리예요?"

"네가 날 넘본 게 아니라, 내가 널 넘본 거야. 그러니 말도 안 되는 생각 하지 마."

'내가 넘볼 만한 가치나 있는 사람인가요?' 물어보려다 단호한 그의 눈빛에 기가 눌려 또다시 침묵할 수밖에 없었다. 애꿎은 티스푼만 쿡쿡 건드려대고 있으니 박지안이 "숟가락이랑 놀지 말고 나랑 놀아." 한다. 이 심각한 상황에서 잘도 농담을 건넬 만큼 그는 한결 여유로운 사람이 되어 있었다. 나날이 성장하는 박지안을 보니 나날이 제자리걸음만 걷는 나 자신이 새삼 부끄러워진다.

"가자."

"어디를요?"

"한국."

"안 돼요."

"왜?"

"나도 여기서 하는 일이 있고 유학 온 여동생도 돌봐야 해요."

"그래서, 안 간다고?"

"네."

"네가 이 박지안의 말을 거절한다고?"

"박지안 씨, 그게……."

"어휴, 진짜!"

갑자기 그가 미간에 굵은 주름을 잡았다. 드디어 참았던 화를 폭발하는구나, 맞을 준비 하자 민유리, 있는 힘껏 어금니를 꽉 깨문 순간.

"일본어 배워야겠네, 젠장."

알 수 없는 이야기를 남긴 채, 잔뜩 긴장한 내 얼굴이 재미있다는 듯 그가 킥킥 웃어댔다.

"ジアンでしょう? (지안이지?)"

"違います。 (아니에요.)"

"じゃ、双子? 冗談じゃないよ。 (그럼, 쌍둥이야? 농담하지 마.)"

"ジアン。。。 (지안…….)"

"でしょう? (맞지?)"

"と、似てる人。 (과, 닮은 사람.)"

"なんた? (뭐?)"

"本当です。'パクリジアン'がその人のニックネームですよ。 (정말이에요. '짝퉁지안'이 그 사람 별명이라고요.)"

"ユリちゃん、前に芸能人と付きあったと言ってたじゃん。(유리 짱, 전에 연예인이랑 사귀었다고 말했잖아.)"

"まさか信じていましたか?(설마 믿었어요?)"

"嘘だったの? ずるいよ!(거짓말이었어? 치사해!)"

웅성웅성, 사무실은 때아닌 소란으로 넘쳐났다. 정말 박지안이야? 한국의 그 유명한 박지안? 모두가 손에서 일도 놓은 채 내가 돌아오기만을 학수고대하고 있었단다. 자리에 앉기도 전에 리카 씨가 쪼르르 이것저것 물어와 얼른 짝퉁이라 둘러댔더니, 그녀는 '그럼 그렇지' 하는 수긍 반과, '어떻게 저렇게까지 닮아?' 하는 의심 반의 눈초리로 자꾸만 나를 바라본다. 쳐다봐도 소용없어요, 짝퉁인 걸 어쩌라고요. 피식 웃으며 아무렇지도 않은 척했지만 등 뒤로는 식은땀이 흘러내렸다.

회사전화, 집 주소, 집 전화, 혹시 모르니까 네 여동생 번호까지 내놔, 안 주면 여기서 배 깔고 누울 거야. 말도 안 되는 엄포에 못 이겨 결국 바라는 대로 몽땅 적어주고서야 그를 공항에 돌려보낼 수 있었다. 박지안은 택시에 오르면서까지 "또 도망가면 너 죽고 나 죽는다!" 하며 소리를 빽 질렀다. 나는 이것도 저것도 아닌 곤란한 표정만 지었다.

아직 아무것도 정리하지 못했다. 무슨 이야기부터 시작해야 할지, 어디서부터 어디까지 털어놓아야 할지 결정하지도 못했다. 다시 그와 연이 닿았다는 현실이 기쁘기도 하면서도 한편으로는 덜컥 겁이 난다. 나는 그를 사랑하지만, 그를 사랑할 자격에 미달이니까.

그럼에도 불구하고, 가슴 한편에선 박요안나와 정재원의 눈만 피한다면 박지인을 만나지 못할 이유가 도대체 어디에 있겠느냐는 배짱도 조금씩 생기기 시작했다. 내가 과거에 어떤 사람과 사귀었는지를 다 알았으면서도 변함없이 나를 기다려 준 박지안. 그 고마움에 대해 보답도 할 겸 이젠 달아나지 않고 조용히, 손을 뻗으면 닿을 수 있는 곳에 그냥 있어주면 되지 않을까. 사람의 마음이란 결국 식기 마련이니, 박지안 역시 언젠가는 내 곁을 떠나려 할지도 모른다. 그때 그를 깨끗하게 놓아주기만 한다면, 그간 내가 시켰던 박지안의 마음고생을 다 보상해주는 셈이 되지 않을까.

"ユリちゃん。(유리 짱.)"

"はい。(네.)"

"私には嘘つかなくてもいいよ。私結構口が堅いから。(나한테는 거짓말하지 않아도 괜찮아. 나 꽤나 입이 무거우니까.)"

"え? (네?)"

"ジアン、でしょう? (지안, 맞지?)"

"パクリですよ、パクリ! (짝퉁이에요, 짝퉁!)"

……리카 씨, 미안.

"참, 언니."

편의점에서 사온 도시락으로 간단한 저녁식사를 하는 중이었다. 리모컨으로 채널 여기저기를 돌리던 여동생이 문득 화젯거리가 떠올랐다는 듯 말을 붙여왔다.

"혜진이 알지? 우리 학교 다니는."

"응."

"걔 한국 잠깐 들어갔다가 오늘 아침에 왔거든."

"그런데?"

"나리타에서 박지안 봤대."

"켁."

불쑥 튀어나온 이름 석 자에 놀라 그대로 사레가 들려버렸다. 안 뺏어 먹거든, 천천히 좀 먹지? 얄미운 소리를 늘어놓으면서도 동생은 즉각 물잔을 들려준다. 보리차 한 모금으로 놀란 가슴을 진정시키자 유진이가 기다렸다는 듯 상기된 목소리로 말을 이었다.

"후광이 장난이 아니래, TV보다 천만 배는 잘생겼다나? 사인해달라고 덮치려다가 표정이 좀 심각해보여서 못 그랬대. 걔 까칠한 걸로 유명하잖아. 하여간 인물값 하기는."

"야, 까칠하긴 누가 까칠하다 그래!"

"응?"

"그리고 걔가 뭐니, 걔가. 너보다 나이도 많은 사람한테."

"그럼 '지안 오빠', '지안 님', 이러리?"

"……아니."

"언니, 내가 예전부터 묻고 싶었던 게 있는데."

"으, 응?"

"솔직히 대답해. 박지안 팬클럽 가입했지?"

"아니야, 내가 무슨!"

"자면서 박지안 부르짖을 때부터 알아봤다니까. 쯧쯧, 오랜 세월 연애도 못 하더니 드디어 노망을 잡수셨구먼, 잡수셨어."

"아니라고, 계집애야!"

이마를 콩 쥐어박자 왜 때리느냐며 씩씩대는데 그게 또 귀여워서 한참 웃었다. 차라리 유진이 말처럼 팬클럽 회장쯤이나 되었으면 좋겠다 싶다. '나 박지안 좋아요!' 동네방네 표시나 내고 다니게. 이도 저도 아닌 기묘한 포지션에 속해 있자니 어쩐지 그의 그림자 안에 숨어든 것만 같아 기분이 개운치 못하다.

"유진아."

"왜! 이 씨……."

"넌 크로마뇽인한테 언제 제일 미안하니?"

"코스케라고, 코스케!"

"암튼."

"내가 걔한테 미안할 게 뭐가 있어, 나 같은 퀸카가 사귀어주는 것만으로도 공양미 3백 석 바쳐야 할 놈인데."

"도대체 어디서 나오는 자신감이니?"

"크크, 뻔뻔한 거 빼면 시체지 내가."

알아서 다행이다, 얼굴 한번 두꺼운 녀석. 하여간 우리 집안에서 저런 특이생물이 나왔다는 사실이 참 미스터리다. 아, 맞다. 유진인 엄마랑 판박이구나…….

"참, 얼마 전에 코스케랑 시내에서 만나기로 해놓고 내가 한 20분 늦었던 적이 있었거든. 생각해보니까 그건 좀 미안하네."

"퍽이나. 겨우 20분 늦은 걸로 너 같은 뻔순이가 미안해하신다?"

"그때 내 전화기, 배터리가 다 돼서 꺼져 있었거든. 몇 번이나 전화했는데 안 받으니까 혹시 오는 길에 사고라도 난 거 아닌가 하고 무지 걱정했었나 봐. 'ごめんね、ごめんね。(미안해, 미안해.)' 하면서 막

달려갔더니 손등으로 눈물을 쓱 훔치지 뭐야? 징그럽게 왜 찔찔거리냐고 등짝 한 번 때려주긴 했지만 나 그때 은근 감동 먹었잖아."

"……."

"난 다른 건 다 괜찮은데 그런 게 미안하더라. 남 기다리게 하는거."

귀하신 박지안 님을 이렇게나 오래 기다리게 한 이 언니는 나가 죽어야겠구나. 어째 나보다 여동생이 먼저 철이 든 것 같아 창피한 마음이 덜컥 생긴다.

유진이가 양치질을 하러 간 사이 식탁을 행주로 훔치고 있었다. 부르르, 테이블 위에 놓여 있던 전화기가 바삐 진동하기 시작했다. 폴더를 열어보니 한국에서 걸려온 박지안으로부터의 전화다. 그 짧은 순간에도 받을까 말까 여러 번 망설였지만 에라 모르겠다 하는 마음으로 덥석 통화 버튼을 눌러버렸다.

"もしもし。(여보세요.) 아, 아니지, 여보세요."

- 뭐야, 일본인 다 된 거야?

"미안해요, 습관이라서."

- 도망 안 갔지?

"안 갔어요."

- 가기만 해.

"네 등에 위치추적기 달아놨어." 하기에 거짓말인 줄 뻔히 알면서도 왼손을 뒤로 돌려 이리저리 더듬어보았다. 있을 리가 없잖아 이 멍충아. 괜히 혼자 바보가 된 것 같아 얼굴이 빨개졌다.

- 너 지금 등 더듬었지? 하하.

예나 지금이나 정말이지 과노하게 예리하다.

- 유리야.

"네?"

- 우리 가평에 있었을 때 생각나?

"네."

- 나, 꼭 그때로 돌아간 기분이야. 그땐 그랬어. 전화로나마 네가 팬션에서 귀동이랑 잘 있다는 걸 확인하면 마음이 편해졌지.

"……."

- 지금은 민유리가 일본서 여동생이랑 잘 지내고 있다는 걸 알았으니까, 꼭 그때처럼 마음이 좋다.

"다행이네요."

- 그러니까 절대 도망가지 마.

"안 가요, 안 갈 거예요. 갈 곳도 없어요, 이젠."

- 후후, 그래야지.

"걱정하지 마요, 나 여기서 열심히 살 테니까. 가끔 생각나면 전화해요, 피하지 않고 꼭 받을게요. 아, 일본 스케줄 생기면 미리 연락하세요. 밥이라도 같이 먹게."

- ……그래, 그렇게.

전화기 너머로 "지안 씨, 녹음 시작해요!" 하고 외치는 소리가 들려왔다. 하여간 실속 없이 바쁘기만 하네, 귀찮게시리. 사춘기 소년처럼 투덜대는 박지안이 귀여워 그만 조그맣게 웃어버렸다.

- 민유리.

"네?"

- 웃으니까 좋다.

"……."

- 많이 웃으면서 지내고 있어. 알았지?

그새를 못 참고 또 "지안 씨!" 부르는 소리가 들려와, "알았어요, 가요, 가!" 하며 박지안이 겨우 전화를 끊었다. 달콤한 그의 목소리가 좀처럼 사그라지지 않아 전화기를 내내 귓가에 대고 있었다. 드디어 정신 줄 놨구면, 화장실에서 나온 유진이가 냉큼 타박을 준다.

"누구야? 한국 사람이랑 통화한 것 같은데."

"친구."

"친구 누구?"

"음……. 미스터 페퍼민트?"

"뭐야, 그 손발이 오그라드는 이름은!"

"아, 몰라! 옆방 총각 있어, 옆방 총각!"

이 여자 노처녀 히스테리가 날로 심해지네, 그저 제 언니 놀려먹지 못해 안달인 얄미운 유진이를 콩 쥐어박아 주려다, 자꾸 이러면 애 머리 나빠지겠다 싶어 손바닥으로 살살 쓰다듬기만 했다. 문득 가평에서 함께 뛰놀았던 귀동이가 떠올라 가슴 한편이 아련해졌다. 녀석은 건강히 잘 있겠지, 팬션 사장님 내외는 여전히 금실이 좋으시겠지.

……예고도 없이 불쑥, 스물여섯 가평처녀 민유리가 머릿속에 놀러 왔다.

요 며칠 다 죽어가더니 언제 그랬느냐는 듯 쌩쌩하다며 부장이 농을 붙여왔다. 나는 씨익 웃으며 "이제 살아났어요!" 하고 너스레를 떨었다.

박지안과의 약속대로 민유리는 열심히 살고 있다. 그를 만나기 전보다 열 배는 더 열심히 말이다. 노는 물이 글로벌 스케일인 박지안과는 견주려야 견줄 수도 없겠지만, 적어도 내게 주어진 자리에서 온 힘을 다하는 것만으로도 나름 대견한 삶을 살고 있다 믿어본다. 박지안에게 부끄럽지 않은 친구가 되어야지……. 무어라 딱히 규정할 수 없는 그와 나의 관계에 애써 '친구'라는 타이틀을 갖다 붙인다.

"お疲れさまでした! (수고하셨습니다!)"

"あしたね! (내일 봐!)"

오랜만의 이른 퇴근길, 기분이 붕 떠올라 콧노래까지 흥얼거렸다. 편의점에 들러 이것저것 먹을거리를 사던 중 냉장고 안의 맥주가 눈에 띄어 몇 캔을 담다가, 맞다, 유진이 오늘 학교 안 가는 날이라던데 집에 있으려나, 하면서 몇 캔을 더 담고. 아무튼 술고래 우리 자매, 알아줘야 한다니까. 끼닛거리보다 맥주가 더 많은 장바구니를 보니 그저 웃음만 난다.

양손 가득 편의점 봉투를 들고 대문 앞에 서서 "유진아, 언니 왔다!"를 외쳤지만 녀석은 코스케랑 데이트라도 하러 나갔는지 대답이 없었다. 짐을 바닥에 내려놓은 채 열쇠를 꺼내 문에 꽂았다. 달칵하는 소리와 동시에 어쩐지 열쇠가 예상치 못한 방향으로 휙 돌아간다. 의아한 마음에 손잡이를 당겼더니 아니나다를까, 문이 오히려 잠겨버렸다. 이놈의 계집애, 겁도 없이 문단속도 안 하고 어딜 간 거야. 꿍얼거리며 다시 열쇠를 따고 현관으로 들어선 순간.

"웜!"

유진이가 아닌 다른 얼굴이 불쑥 튀어나오는 바람에 "엄마얏!" 소리를 지르며 들고 있던 편의점 봉투를 떨어뜨리고 말았다. 데굴데굴 신발 사이를 굴러다니는 맥주 캔을 보며 그야말로 코마(coma) 상태에 빠져 있는데 순간 유진이 녀석의 웃음소리 말고도 다른 사람의 소리가 들려와 번쩍 고개를 치켜들었다.

세상에.

"미, 민유진! 이, 이게 어떻게 된 거야!"

"뭐가 어떻게 돼?"

"왜 박지안 씨가 여기에……!"

"내 손님이야, 내 손님."

유진이와 박지안이 눈빛 교환까지 하며 장난스럽게 킥킥 웃는다. 나는 신발도 벗지 않은 채 멍한 얼굴로 서 있다가, "안 들어오고 뭐 해." 하는 유진이 때문에 겨우 정신을 차리고 집 안에 들어섰다. 이게 도대체 어떻게 된 일이야! 눈앞에 닥친 광경이 도무지 실감이 나지 않는다.

"맥주다, 오예!"

떨어진 캔들을 줍더니 품에 잔뜩 껴안고선 부엌으로 향하는 여동생. 아직도 어쩔 줄 모르겠단 표정의 나를 박지안이 미소 띤 얼굴로 바라본다. 정신 차려 아가씨, 그가 손가락을 튕겨 내 이마를 톡 쳤다.

"안 반가워? 일주일 만인데."

"……어떻게 알고 왔어요?"

"지난번에 주소 받아갔잖아."

"설마 직접 오려고 적어달란 거였어요?"

"뭐, 그런 셈이지."

"하……."

언니, 옷 갈아입고 씻고 와, 밥 먹게. 재촉하는 유진이의 목소리를 들으며 나는 고개를 절레절레 저었다. 이건 말도 안 돼, 여긴 가평이 아니잖아. 재킷을 벗어 옷장에 걸며 나는 같은 말을 몇 번이나 반복했다.

"나 진짜, 심장 멎어 돌연사할 뻔했잖아."

"뭘, 태연하던데."

"태연한 척한 거죠. 침 떨어지려는 걸 겨우 참았네."

점심쯤 다 되어서야 일어난 유진이가 편의점에서 먹을거리를 사오는데 아무래도 범상치 않은 남자가 쪽지 한 장 달랑 들고선 우리집 주변을 배회하고 있더란다. 저 기럭지 탁월한 인간의 정체가 뭔가 싶어 자세히 들여다봤더니, 그는 동네 얼짱도 호스트바 종업원도 아닌 '글로벌스타 박지안'. 민폐인 줄도 모르고 무작정 달려가 반갑다며, 자기도 한국 사람이라며 사인 좀 해달라고 들러붙었는데, 그쪽에서 먼저 "혹시 민유리 씨 동생분 되십니까?" 하고 아는 척을 해오는 바람에 너무 놀라 거품 물고 쓰러질 뻔했다나 뭐라나.

"미안해요, 박지안 씨. 애가 좀 뻔순이라."

"쳇, 하나뿐인 동생 험담이나 하고!"

"전화라도 하지 그랬어요. 낮엔 원래 집에 잘 없는데."

"기다리면 되지, 뭐. 미리 말하고 오면 재미없잖아."

박지안이 씩 웃으며 맥주 캔을 따 유진이에게 건넨다. 감격스런 표정의 유진이가 "오빠, 고마워요!" 하며 홀짝 한 모금을 들이켠다. 얼씨구, 웬일로 인사를 다 하신대. 잠깐…… 근데 쟤가 지금 뭐라고 했지?

"뭐? 오, 오빠?"

"응."

"오빠라니?"

"그럼 아빠냐?"

"그러게. 유진 씨네 언니 진짜 웃기네."

잘도 쿵 짝을 맞추며 킥킥대기 여념이 없는 두 사람을 나름 매서운 표정으로 슬쩍 흘겨봐주었다. 여태껏 나조차도 한 번 불러보지 못한 간질간질한 호칭, '오빠'. 하지만 유진이는 한 치의 스스럼도 없이 오빠, 오빠 하고 있고, 박지안은 또 그게 당연하다는 듯 아무렇지 않게 듣고 있다. 하긴, 생각해보면 그다지 특별할 것도 없는 말이다. 한두 살 많은 남자에게 '오빠'라고 부르는 게 뭐 대단한 일이라고. 그런데 어째서 나는 늘 그를 박지안 씨, 박지안 씨하고 불렀던 걸까. 친근함이라곤 눈곱만큼도 느낄 수 없이 말이다.

"언니는 어려서나 지금이나 참 야비하단 말이지."

"뭐가?"

"왜 나한테도 말 안 해? 오빠랑 사귄다며?"

"……사귄다고?"

"태어나 처음으로 언니가 자랑스럽다. 민유리! 나의 언니! 언니는 민씨 가문의 영웅이야. 나 평생 언니한테 충성할게!"

"얘가 왜 이래?"

"오빠, 우리 언니가 살짝 철이 없긴 해도 지내다 보면 별로 불편할 정도는 아니거든요! 그러니까 절대 버리면 안 돼요, 예쁜 저를 봐서라도!"

"유진 씨."

"네?"

"……언니가 더 예뻐요."

"웩!"

'토 나와!' 하는 동생의 제스처에 웃다 보니 그제야 어깨에 들어간 긴장이 풀린다. 하긴, 박지안은 가평에 있을 때도 팬션에 들르겠다고 미리 연락하는 법이 없었다. 이렇게 불쑥불쑥 예고 없이 튀어나와야 어쩐지 이 사람답다.

그렇지만 일본 땅이 버스 한 번에 올 수 있는 가까운 동네도 아니고, 번거롭게 공항도 거쳐야 했을 텐데. 몰려드는 인파는 다 어쩌고, 괜히 이상한 기사라도 터지면 어쩌고……. 제정신을 차리게 되자 기다렸다는 듯 이번엔 걱정들이 우르르 몰려왔다.

"괜찮은 거예요?"

"뭐가?"

"이렇게 아무렇게나 다녀도."

"뭐 어때."

'어때'가 아니지 이 사람아. 대책 없이 뻥뻥 터지는 박지안의 호기에 한숨만 연발 터져 나온다. 설마 사무실에 말도 않고 불쑥 동해를 건넌 건 아니겠지? 박지안 잠적, 50억 손해배상, 언젠가 보았던 살벌한 신문기사들이 머릿속에 착착 떠오른다.

"좀 있으면 나도 서른인데 남들 눈치 보며 살아야겠어? 하하."

"옳소! 아이돌도 연애는 해야지. 그렇죠, 오빠?"

"그럼요."

"그럼 나⋯⋯. 유재인 전화번호 좀!"

"걘 신인이라 아직 안 되고."

"쳇!"

"박민우, 한승호, 최정훈⋯⋯. 누굴 원해요?"

"꺅!"

언니의 타들어가는 속도 모르는 계집애는 신이 나 춤이라도 출 기세다. 너 인마, 나중에 코스케한테 다 일러줄 거야.

"근데 박지안 씨."

"응?"

"왜 유진이한텐 '유진 씨', '유진 씨' 하면서 존대해요?"

"응?"

"나한테 했던 첫마디, 기억해요?"

"뭐라 그랬더라?"

"'또라이냐?'"

"⋯⋯내가 그랬나."

그 말에 또 캬캬캬, 유진이가 배꼽이 빠져라 웃어댄다. 웬일이야, 또라이래, 또라이! 지안 오빠 완전 예리하시다! 발까지 동동 굴러 대는 계집애를 얄밉게 흘겨봐주었지만 언니가 그러거나 말거나 유진이의 폭소는 좀처럼 멈출 기미를 보이지 않는다.

"야, 민유진!"

"왜, 킥킥."

"너 얼마 전엔 분명 '박지안 개'가 어쩌고저쩌고 그랬잖아! 근데 이젠 오빠, 오빠, 잘만 하네? 박지안 씨, 쟤 진짜 이중인격자예요. 혼내줘요."

"'이 새끼 저 새끼' 안 한 게 어디야. 유진 씨 괜찮아요, 언니가 우리 사이를 질투하나 보다."

"으하하, 앙칼진 여자 같으니!"

아, 뭐야! 졸지에 두 사람 이간질이나 하는 마녀가 되어버렸다. 에잇, 짜증 나. 쥐고 있던 캔 맥주를 꿀꺽꿀꺽 마셨더니 "어머, 웬 분노의 맥주질?" 하며 유진이가 또 깔깔거린다. 으아악! 박지안만 없었어도 넌 벌써 골로 갔거든, 이 지지배야!

"자, 그럼 이제 두 분이서 말씀 나누세요. 귀여운 저는 이만 크로마뇽인 진화시키러 제 방으로 가보겠습니다요."

"응? 크로마뇽인?"

"그런 게 있어요, 킥킥. 아, 오빠! 박민우 전화번호 주고 가요! 그래도 개중엔 걔가 제일 낫네."

"하하, 알았어요."

유진이가 후다닥 제 방으로 사라지고, 맥주 캔을 앞에 둔 박지안과 나만 거실에 앉았다. 수다쟁이 녀석이 퇴장하니 언제 떠들썩했느냐는 듯 순식간에 정적이 감돈다. 유진 씨가 성격이 시원시원하네, 누구와는 달리. 박지안이 싱긋 웃으며 말했다. 아들처럼 키워서 저래요, 나도 덩달아 웃었다.

"집이 꽤 좋은데? 돈 잘 버나 봐 민유리."

"시골이라 세가 저렴한 편이에요. 도쿄 같은 데였음 상상도 못 하죠."

"근데 어떻게 그럴 수 있어?"

"뭐가요?"

"방에 내 사진 한 장이 없냐."

"어머, 이 나이에 무슨 연예인 사진을."

"연예인 사진이 아니라 남자친구 사진이지."

남자친구. 그의 입에서 자연스레 흘러나오는 적나라한 네 글자 때문에 또다시 복잡한 감정에 사로잡혔다. 내 남자친구가 박지안이었던가? 나는 박지안과 사귀고 있었던가? 머릿속이 급속도로 혼란에 빠져들었다.

우리는 사귀어도 되는 사이인가? 아마 아닐 것이다. 지나가는 이를 붙잡고 물어보면 열에 아홉은 우리가 사귀면 안 되는 사이라고 할 것이다. 박지안과 민유리는 서로의 연애 상대로 어울리지 않는다. 박지안이 톱스타고 민유리가 평범 이하라는 건 차치하더라도, 적어도 정재원과 박요안나가 존재하는 이상 우리는 이루어지기 어렵다. 아니, 이루어질 수 없다.

"아까도 말했지만, 몇 달 지나면 나, 서른이야."

"……세월 정말 빠르네요. 박지안 씨 처음 만났을 때, 스물일곱이라고 나한테 잘난 척했었잖아요."

"내가 언제!"

"치, 그랬으면서."

"암튼. 나이 서른에 다른 사람 눈치 보면서 사는 바보짓은 안 해."

"……."

"아무것도 걱정하지 마. 넌 나만 따라오면 돼."

그 말에 심장이 무서운 속도로 쿵쿵 뛰기 시작했다. 나는 또 한 번 맥주를 꼴깍 들이켰지만 좀처럼 두근거림이 진정되지 않았다. 역시 에비수가 맛있네 하며 박지안도 제 캔을 입에 갖다댄다. "한국에선 왜 잘 안 팔지? 이 맛있는 맥주를.", 나는 괜한 아쉬운 소리를 불쑥 뱉었다.

"술꾼 아가씨."

"네?"

"에비수가 아니라 에비수 할아버지라도 사줄 테니까, 한국 와."

겨우겨우 붙잡고 있었던 눈물샘이, 한계에 다다른 듯 펑하고 터져버렸다.

밤늦도록 돌아갈 생각을 않기에 "택시 불러줘요?" 물었더니 대뜸 "자고 갈 건데?" 한다. 하마터면 들고 있던 맥주 캔을 놓칠 뻔했다. 무슨 상상을 하는 거냐, 응큼녀. 박지안이 피식 웃으며 유진이의 방을 가리키더니 하루만 빌리자 한다. 정말 안 돌아가도 되는 거냐고, 바쁜 거 아니냐고 몇 번을 다그쳤건만 녹음 끝난 기념으로 며칠 휴가를 받았으니 마음 놓으란다.

음냐 음냐, 침대커버 벗겨서 옥션에 내다 팔아야지. 잠꼬대 한번 싼 티 나게 하는 유진이를 질질 끌어 내 방에 눕히고 나는 다시 거실로 나왔다. 밤 12시, 시야가 온통 캄캄한 가운데 창문 틈으로 기분 좋은 풀벌레 소리가 새어 들어왔다. 술도 깰 겸 커피나 한 잔 타 마실까 했지만 괜한 카페인 때문에 잠을 이루지 못할 것 같아 참기로 했다. 닫힌 창을 향해 멀뚱히 서 있으니 자그만 한숨이 쉼 없이 흘러나온다. 굳이 카페인이 아니라도 오늘은 도무지 잠을 잘 수 없을 것 같다.

"늙어."

"……."

"한숨 쉬면 늙는다고."

"왜 안 자고 나왔어요? 안 피곤해요?"

"응. 기분이 좋아서 그런가."

마음까지 편안하게 하는 낮은 음성이 거실 가득 울렸다. 그를 향해 몸을 돌리려다, 어차피 어두운데 보이지도 않겠다 싶어 그대로 그 자리에 서 있었다. 바스락바스락, 박지안의 바짓단이 부딪히는 소리가 점점 가까워진다. 내 곁에 바싹 다가온 그에게서 익숙한 박하향이 언뜻 느껴졌다.

"창문 열어줄까요?"

"응?"

"담배 피워도 돼요. 생각나서 나온 거 아니에요?"

"귀신같네."

여자 둘 사는 집에 폐 끼칠 순 없지, 박지안이 참을 만하다며 웃는다. 하릴없이 서 있자니 고요한 어둠 속에서 그와 나의 숨소리만 오간다.

"유리야."

"네."

"괜찮아."

"뭐가요?"

"다."

"……괜찮지 않아요."

"괜찮아."

뭐가 괜찮다는 거예요, 나는 조금도 괜찮지 않아요. 아무것도 괜찮지 않아요……. 하고 싶은 말이 툭툭 목청을 치고 올라온다. 용기가 없는 나는 차마 전부를 입 밖으로 낼 수 없다.

"요 머릿속에는 대체 무슨 생각이 들었을까."

박지안이 양손으로 내 머리를 감쌌다. 넓은 손바닥을 타고 그의 체온이 고스란히 전해져온다. 괜히 부끄러워져서 가볍게 머리를 좌우로 흔드니 이내 피식 웃으며 손을 떼어낸다. 그리고는 팔을 뻗어, 이번에는 내 어깨를 부드럽게 잡았다.

나의 등과 그의 심장이 맞닿았다. 쿵쿵, 건강하게 뛰고 있는 생생한 심장 박동이 왼쪽 날개 뼈쯤에서 생생하게 느껴진다. 나는 조그맣게 몸을 떨었다. 불투명 유리 너머 어슴푸레 비치는 달빛이 차갑고 쓸쓸하고 안타깝다.

"박지안 씨."

"응."

"私、恐かったです。どんなに考えても答えが出なかったから。今も正直に分かりません。全部言っちゃうかな、永遠に秘密にしようかな。

相談してくれる人も全然いないから、一人でずっと恐かったですよ。(나, 무서웠어요. 아무리 생각해도 답이 나오지 않았으니까. 지금도 솔직히 모르겠어요. 전부 말해버릴까, 영원히 비밀로 할까. 상담해줄 사람도 전혀 없으니까, 혼자서 계속 무서웠어요.)"

"……."

"でもね、考えれば考えるほどこれだけは確信しました。(하지만, 생각하면 할수록 이것만은 확신했어요.)"

"……."

"私、愛をしてるね。きっと彼のことを。(나, 사랑을 하고 있구나. 분명 그 사람을.)"

"……."

"だからその人の失敗、絶対見たくない。(그러니 그 사람의 실패, 절대로 보고 싶지 않아.)"

"……."

"……愛しています。(……사랑해요.)"

그가 알아듣지 못할 다른 세상의 언어로 허공에 고해성사하듯 중얼거렸다. 일본어 잘하네, 박지안이 귓가에 대고 속삭인다. 못 알아들으니까 억울해, 아이처럼 투덜거리는 그를 향해 "왜요, 일본어 배운다면서요." 하며 장난 섞인 투로 대답했다.

순간 박지안이 내 어깨에 둘렀던 팔을 풀었다. 그는 자신과 등지고 서 있던 나를 마주 볼 수 있는 방향으로 돌려세웠다. 갑작스런 박지안의 행동에 조금 어리둥절한 채 나는 새벽달에 반사된 그의 얼굴이 만들어낸 근사한 음영을 가만히 바라보았다.

"그런데 민유리, 마지막 말은 알아들었어. 배웠거든."

그의 입술이 천천히 내 입술 위에 포개졌다. 바르르 떨려오는 속눈썹은 오늘 이 밤이 꿈이 아님을 알려주었다. 박지안에게 완전히 잠식당한 심장이 주체할 수 없을 만큼 두근대기 시작했다. 동시에 울컥, 뜨거운 감정이 벅차올랐다.

"민유리, 나도 사랑해."

몇 번이고 그렇게, 그와 나는 입을 맞추었다.

"박지안 씨."

"응."

"하나만 약속해요."

"뭘?"

"포기하지 않겠다고."

"……무슨 뜻이야?"

"언젠가 팬션에서 나한테 그랬죠. 요안나만 동의한다면 다 버릴 자신이 있었다고. 박지안 씨에게 주어진 명성, 인기, 위치……. 모두 버리고 요안나와 함께할 생각이었다고."

"……그랬었지."

"나 이제, 전부 얘기할 거예요. 박지안 씨가 궁금해했던 것, 숨김없이 전부요. 하지만 약속해요. 무작정 흥분하지 않겠다고. 눈먼 바보처럼 맹목적으로 달려들지 않겠다고, 이성적으로 생각하고 어른스럽게 행동하겠다고 약속해요. 지금의 박지안을 절대 포기하지 않겠다고."

"……."

"약속해줘요."

"······약속해."

"······약속."

그와 내가 조용히 새끼손가락을 걸었다. 나는 박지안의 손을 잡아 식탁의자로 이끌고, 그의 반대편에 앉았다. 심호흡을 한 번 크게 했다.

"내가 정재원 씨와 만난 건 대학교 여름방학 시절이었어요. 그 사람 출판사에서 교정 아르바이트를 하게 됐거든요."

"그랬구나······."

"늘 또래들과 아웅다웅 지내다가 갑자기 나보다 여섯 살이나 많은 남자를 보니 정말로 어른 같았어요. 우습게도 거기에 반하게 됐죠. 그래서 만났어요, 제법 오랜 시간 동안. 그 연애가 나를 이렇게 만들리라곤 꿈에도 생각하지 못했는데······."

박지안의 고른 숨소리를 들으며 나는 담담한 목소리로 이야기를 이어나갔다. 부디 그가 나의 지난 행적에 실망하지 않기를 간절히 바라면서······.

"박지안 씨와 나는 애초에 얽혀서는 안 되는 사이였어요. 당신이 나에게 세 번만 만나달라고 했을 때 딱 잘라 안 된다고 거절했어야 했는데."

"······왜 너와 내가 안 되는 사이라는 거지?"

"지금껏 이야기 안 듣고 뭐 했어요? 당신과 나, 요안나 씨와 정재원, 보통 껄끄러운 관계가 아니잖아요."

"이미 끝난 일이야. 너와 내가 아닌 다른 이유들에 집착하지 마."

"이건 집착이 아니에요. 박지안 씨와 내가 맞닥뜨린 현실이지…….
우린 결코 좋은 소릴 듣지 못할 거예요."

"남들이 뭐라 하든 그게 무슨 상관이야!"

단호한 그의 목소리를 들으며 나는 씁쓸하게 웃기만 했다. 박지안
의 말이 맞다. 남들이 내게 뭐라 하든 나는 내가 사랑하는 한 사람
만 얻으면 그걸로 충분하다. 하지만 박지안은 다르다. 대중의 사랑을
먹고 사는 박지안, 연예인으로 살기 위해 청춘을 모두 바친 박지안,
일을 하며 너무나 행복하다는 박지안. 그런 그가 어떻게 다른 사람
의 이목을 신경 쓰지 않고 살 수 있단 말인가.

"정재원의 입김 한 번이면 톱스타 박지안은 순식간에 미혼모가 낳
은 입양아에, 같은 호적에 있는 누나를 사랑한 데다, 매형이 5년간 데
리고 놀다가 버린 여자와 사귀는 꽤나 유별난 인간이 되어버려요. 설
령 박지안 씨와 박지안 씨 회사에서 침착하게 대처한다 할지언정 겪
지 않아도 되는 구설에 휘말린다는 사실은 바뀌지 않아요. 지금껏
박지안 씨가 쌓아온 이력에 흠이 날 것도 분명하고."

"흠이라……."

호사가들의 입방아에서 비롯된 자잘한 스캔들 몇 가지를 제외하
면 그는 데뷔 이후 단 한 번의 큰 사고도 없이 늘 단정하고 올곧은
이미지를 유지했다. 대중은 흠잡을 데 없는 박지안의 완벽함에 열광
했고, 박지안 역시 그 사랑에 충실히 보답하기 위해 자신을 철저히
통제하며 살아갔다. 그런 그에게 정재원이 쥐고 있는 카드는 엄청난
폭탄이 될 것이 틀림없었다.

"내가 더 무서웠던 건…… 박지안 씨가 죄다 포기하고 그저 나랑 훌쩍 도망친다고 할까 봐. 난 그게 제일 두려웠어요."

"왜? 나와 함께 있는 게 싫어?"

"난 별로 착한 사람은 아니지만, 딱히 이기적이지도 못해요. 박지안 씨는 늘 침착한 얼굴을 하고 있지만 알고 보면 참 맹목적인 사람이에요. 오직 앞만 보는 사람, 목표물만 향해 달리는 저돌적인 사람. 비단 사랑뿐만 아니라, 하고 있는 일에도 욕심과 열정이 넘치는 사람."

"……"

"난 늘 박지안 씨가 걱정됐어요. 이 사람 혹시, 민유리라는 존재에 발목이 잡혀 더 큰 것을 놓치지나 않을까."

"유리야."

"그래서 떠난 거예요. 박지안 씨가 나보다 더 소중한 것을 잃을까 봐. 욱하는 마음에 날 선택했다가 나중에 가서 괜히 후회할까 봐. '내가 그때 민유리를 사랑하지만 않았어도 지금쯤 더 괜찮은 사람이 되었을 텐데.' 하게 될까 봐."

박지안 씨 미안해요, 너무 내 변명만 했네요. 하지만 나는 그날의 내 결정을 후회하지 않아요. 나는 내가 할 수 있는 최선을 했다고 믿어요. 덕분에 박지안은 한층 더 성장했고 민유리도 타국에서 재미있게 살게 되었잖아요. 다행히도 우리는 아무것도 잃지 않았어요. 비록 남들만큼 그럴싸한 연애는 못 했지만 그게 뭐 대수인가요. 나는 박지안을 가질 수는 없어도, 당신을 오랫동안 지켜볼 수 있다는 데 충분히 만족해요.

"민유리…… 고마워."

"……뭐가요?"

"네 말대로 정말 다 버렸을지도 몰라. 이 엿 같은 세상, 사랑 하나 맘대로 못 하게 하는 세상 죄다 등지고 너랑 도망갔을지도 모르지. 지금껏 같이 일해온 사람들 뒤통수 치면서."

"……"

"제어하게 해줘서 고마워. 덕분에 한 발짝 뒤로 물러나 나 자신을 객관적으로 돌아볼 수 있었어. 책임을 다할 수 있게 해줘서 고마워."

"……진심이죠?"

"응. 진심이야."

"다행이다……"

정말 다행이다. 내 독단에 화내지 않아서. 부족한 내 뜻을 알아줘서, 진심을 담아 고맙다 해줘서…… 잔뜩 겁을 먹고 움츠렸던 몸이 조금씩 풀리기 시작했다. 마음속으로 백 번 천 번, 나는 감사의 인사를 전하고 또 전했다.

"하지만."

"하지만?"

"너무 오래 기다리게 한 건 용서 안 해."

"네?"

"이제부터 복수할 거야. 각오해."

"보, 복수?"

놀란 내 얼굴과 극명히 대조될 만큼 박지안의 얼굴엔 장난기가 가득했다. 기껏 선심 써서 얘기해줬더니 복수라뇨! 억울해 죽겠다는 나를 보며 박지안이 하하, 짓궂게 웃는다. 저 웃음이 순도 백 퍼센트라면 좋으련만. 내색하지 않지만 이미 가슴 가득 무거운 짐을 껴안았을 그를 바라보니 그저 안쓰럽기만 하다. 끝까지 비밀로 가져갈 것을 그랬나……. 이제 와 애꿎은 후회까지 새삼 밀려든다.

……하지만 나는 드디어 숙제를 마쳤다. 내가 지니고 있던 걱정과 근심을 일부 놓았다. 나는 이 이상 스스로를 책망하는 데 에너지를 낭비하지 않을 것이다. 박지안에게 속죄하는 마음을 갖지도 않을 것이다. 그저 순수하게, 온 힘을 다해 사랑만 할 것이다. 모든 것을 하늘에 맡긴 채.

하느님, 앞으로 우리는 어떻게 되는 건가요? 무모하고 어리석은 박지안과 민유리를, 부디 긍휼히 여기시어 돌보아주세요.

13. 민유리가 있어야 할 곳

"유리야, 잘 다녀와!"

"언니, 돈 많이 벌어와!"

……돌아가시겠네.

민유리가 박지안과 민유진의 배웅을 받으며 출근을 한다. 이거 뭐야, 무서워. 백수 남편과 어린 딸내미를 먹여 살리고자 눈 밑이 거메진 채 일터로 향하는 워킹맘, 아무리 생각해도 나는 지금 딱 그 꼴이다. 그래도 불쌍한 워킹맘치곤 발걸음이 너무 가벼워 나도 모르게 콧노래까지 흥얼흥얼. 어머, 주책이야.

한국에서 들어올 한 무리 여행객들의 패키지코스를 검토하는데, 문득 귀국을 안 한 지 꽤 오랜 시간이 지났다는 생각이 들었다. 엄마 얼굴 못 본지도 한참 됐네……. 전화도 잘 안 드리는 불효녀 주제에 새삼 부모님 건강도 걱정이 된다. 대학로에서 연극도 보고 싶고, 남산타워 전망대도 가고 싶고, 동대문에서 쇼핑도 하고 싶고……. 어휴, 오늘따라 괜히 이러네, 맘 싱숭생숭하게. 아니, 한국에도 이렇게나 좋은 데가 많은데 굳이 왜 일본관광을 온다는 거야? 외화 아깝게!

그러다 문득 이 사람들 아니면 민유리는 밥벌이도 못 하는구나 싶어 '어이구, 이런 바보.' 하며 혼자 웃어버렸다.

"元気そうね、今日。(좋아 보이네, 오늘.)"

"そうですか? (그래요?)"

"何かいい事でもある? (뭐 좋은 일이라도 있어?)"

"別に。。。 (별로…….)"

수상해, 수상해. 끊임없이 미심쩍은 눈빛을 보내는 리카 씨에게 눈웃음을 한 번 보내고 다시금 업무에 집중했다. 열심히 살아야지, 박지안에게 부끄럽지 않도록 민유리도 열심히 살아야지, 몇 번이고 마음속에 되새기면서.

"Excuse me."

"あっ、パクリ! (앗, 짝퉁!)"

난데없는 리카 씨의 외침에 고개를 돌리니 세상에, 몇 시간 전 트레이닝복 바람으로 잘 다녀오라 손 흔들었던 박지안이 이내 말끔한 정장차림을 한 채 사무실 문 앞에 서 있다. 이게 무슨 날벼락이야 도대체! 황급히 달려가 "여긴 왜 왔어요!" 하니, 대뜸 "파쿠리(パクリ)가 뭐야?" 묻는다. 흠흠, 그런 게 있네요, 이 사람아.

"こんにちは! (안녕하세요!)"

"こんにちは! (안녕하세요!)"

인사말 정도야 기본이라는 듯 박지안이 활짝 웃으며 리카 씨에게 화답한다. 안녕은 얼어 죽을, 누군 심장 떨려 환장하겠구먼. 억지로 팔을 붙잡아 밖으로 끌어내리는데 박지안이 대뜸 "사장님 어디 계셔? 드릴 말씀 있어서 왔어." 한다.

"무슨 말이요?"

"너 데려간다고."

"뭐라고요?"

"그럼 평생 여기에 박혀 살 생각이야?"

"그, 그게……."

"어차피 너, 그만둔다는 말도 못 할 거 아니야. 우유부단한 데다가 괜히 잔정만 많아서."

"……그거 욕이죠?"

"응."

그는 당연한 걸 뭘 묻느냐며 씩 웃더니 얼른 사장님 앞에 데려다 달라고 성화다. 말을 해도 내가 해요, 이런 거 예의가 아니잖아요. 나는 어울리지도 않게 정색을 했다.

"정말 네가 할 수 있어?"

"……."

"정말이지? 이제 한국 들어오는 거지?"

"……."

"대답 안 하면 배 깔고 눕는다."

"아, 알았다고요, 이 진상!"

정말 바닥에 누울 시늉을 하는 그를 나는 깜짝 놀란 얼굴로 붙잡아 말렸다. 알아들을 수 없는 언어로 떠드는 두 외국인 남녀를 직원들이 어리둥절한 눈으로 주목하고 있다. 저 사람 아무리 봐도 짝퉁 같진 않은데, 간간이 자기들끼리 속닥거리는 소리가 여기까지 들려온다.

"はじめまして! (처음 뵙겠습니다!)"

순간 불쑥, 박지안이 목소리를 높였다. 가뜩이나 시선을 끌던 그가 그럴싸한 일본어까지 구사하자 동료들이 아까보다 열 배는 더 놀라 웅성대기 시작했다.

"ミンユリ、よろしくお願いします! (민유리, 잘 부탁드립니다!)"

그러고선 모두를 향해 90도로 허리를 꾸벅. 처음엔 다들 눈만 휘둥그레 뜨던 동료들이 이내 웃으며 손뼉을 짝짝 친다. 남자친구 멋진데, 유리 쨩? 우리야말로 잘 부탁해요! 너도나도 정이 담뿍 담긴 메시지를 건네는데, 박지안은 알아듣지도 못하는 주제에 뭐가 그리 좋은지 실실 웃고만 있다. 몸 둘 바를 몰라 우왕좌왕하는 사람은 사무실 안에 오직 나뿐이었다.

"안녕하세요, 처음 뵙겠습니다, 잘 부탁드립니다, 사랑합니다."

"응?"

"배워온 말. 와, 꼴랑 저거 외우는 데 이틀 걸렸네. 어쨌든 한 번씩 다 써먹었다, 후후."

"얼씨구, 좋단다! 누군 지금 난처해서 죽을 것 같은데!"

"아무튼 민유리, 약속했다! 한국 가는 거."

"몰라요!"

이 길로 곧장 나리타로 간다는 박지안을 배웅하고 사무실로 돌아오자 리카 씨가 기다렸다는 듯 옆구리를 쿡 찔러온다. 또 무슨 핑계를 대야 하나, 좋지도 않은 머리를 마구 굴렸다.

"連れて行くために来たの? (데려가려고 온 거야?)"

"うん? (응?)"

"ユリちゃん、もう韓国に帰るつもりじゃない? (유리 짱, 이제 한국에 돌아갈 거 아니야?)"

"あ、それが……. (아, 그게…….)"

"何か寂しくなっちゃった。でもユリちゃんの居場所はそっちだから。 (왠지 쓸쓸하네. 하지만 유리 짱이 있을 곳은 거기니까.)"

"リカちゃん……. (리카 짱…….)"

어쩜 얼굴도 잘생긴 사람이 예의까지 깍듯하다느니, 아무리 짝퉁이라도 저 정도 레벨이면 놓치기 아깝다느니, 다른 여자한테 빼앗기기 전에 얼른 낚아채라느니, 리카 씨는 입에 침이 마르도록 박지안을 칭찬했고 나는 그녀 앞에서 미안한 표정을 지으며 헤실헤실 웃을 수밖에 없었다. 무작정 일본으로 건너와 힘들어하던 나를 어르고 달래주었던 수다쟁이 직장선배 리카 씨. 친언니 같았던 그녀와 기약 없는 작별을 해야 한다 생각하니 아쉬움에 눈앞이 캄캄해진다.

하지만 리카 씨, 리카 씨의 말대로 내가 있어야 할 곳은 내 나라인 것 같아요. 아니, 박지안의 옆자리인 것 같아요. 정처 없이 떠돌던 방랑자 민유리를 다정하게 돌봐준 리카 짱, 정말로 고맙습니다.

결국 후임자를 구하고 인수인계할 때까지만 출근하기로 했다. 한 달도 채 걸리지 않을 테니 짝퉁지안이 보고 싶어도 조금 참으라며 부장이 농담을 건네왔다. 한 달, 한 달이라. 한 달 후엔 한국 땅을 밟고 있을 민유리를 생각하니 어쩐지 어색하다. 다시 찾은 고국에서 나는 과연 어떤 삶을 살아갈까. 한 치 앞도 알 수 없는 미래를 떠올리자 가슴속이 불안 반, 설렘 반으로 가득 찼다.

"잘 생각했어. 언니도 이제 서른인데 외국인노동자 생활 청산해야지."

"서른이라니! 아직 스물여덟이거든!"

"그게 그거지 뭐."

"넌 어떻게 언니가 간다는데 서운해하는 표정은 요만큼도 안 보이니?"

"얼씨구, 남자 좋아서 동생도 버리고 가는 언니한테 서운은 무슨!"

"야, 민유진……."

"어, 농담이야. 삐쳤어?"

"……미안."

"미안은 개뿔. 내가 말했지? 평생 언니한테 충성한다고. 박지안, 아, 아니지, 우리 '형부' 절대 놓치지 마. 언니 팔자에 그런 사람 또 없지, 암."

"뭐? 형부?"

"아, 그리고 유재인 잘 키워놔! 박지안 2세 유재인 내 꺼! 찜!"

"……걔는 그럴 생각이 없을 텐데."

"확 자빠트려버리지 뭐!"

"쪼그만 게 못 하는 소리가 없어!"

내 버럭 하는 시늉에 유진이의 시원한 웃음이 터진다. 이 녀석이 없었다면 나의 일본생활은 그야말로 도피행각에 지나지 않았을 테지. 나락으로 치달을 뻔한 지난 시간을 구제해준 내 동생, 정말 고마워. 그러고 보면 인복이 꼭 박지안한테만 있는 건 아닌가 보다. 내 주변에도 이렇게나 좋은 사람이 많았구나. 와, 행복해라.

잘 처리했느냐고, 또 우물쭈물하다 그냥 퇴근한 거 아니냐고 전화로 다그치는 박지안에게 "이 싸람이 날 뭐로 보고!" 하며 화난 척을 했다. 그가 대뜸 반가운 목소리로 "민유리 많이 컸네!" 한다. 기분 좋게 울려오는 목소리를 위안 삼아 나는 이번에도 내 결정이 옳았던 거라고 자신을 다독였다. 민유리, 가끔은 과감해져도 괜찮아. 가끔은 무모하게 박지안만 봐도 괜찮아. 괜찮아.

그렇게 한국행 비행기에 올랐다. 정수리를 태울 듯 따가운 뙤약볕이 내리쬐는 나리타에서, 리카 짱과 눈물의 작별인사를 나누며.

인천공항에 도착하자마자 박지안에게 전화를 걸었다. 미안해, 스케줄 때문에 도저히 데리러 못 나갈 것 같아. 전날 밤부터 입이 닳도록 사과했던 그에게 씩씩한 목소리로 무사귀환을 알렸더니 "왔어? 어디야? 얼른 와!" 하는 들뜬 음성이 속사포같이 쏟아진다. 하지만 "미안, 박지안 씨. 엄마한테 먼저 다녀올게요." 하는 내 말에 이내 스르륵 풀이 죽어버리는 그. 어떨 때 보면 참 어른 같다가도, 이럴 때 보면 또 어린애가 따로 없다.

"아빠! 엄마!"
정말로 오랜만에 만나는 부모님은 어쩐지 더 젊어지신 것 같다. 두 딸내미 뒤치다꺼리를 벗고 나니 하루하루 살맛이 다 난다며 아버지가 어린애 같은 웃음을 지으셨다. 특급레스토랑보다 만 배는 더 맛있는 엄마 밥을 두 공기나 비우니 비로소 원기가 백 퍼센트 충전되는 느낌이다. 이 반찬들, 고대로 유진이 녀석에게 택배로 보내주고 싶네. 혼자 두고온 여동생이 걱정되어 자그맣게 한숨을 쉬었다. 뭐, 나보다 더 똑똑한 녀석이니 어련히 잘 지낼까 싶지만.

부모님과 거실에 앉아 와인을 나눠 마시며 TV를 보는 중이었다. 아무렇게나 리모컨을 뻑뻑 누르는데 불쑥 박지안의 얼굴이 화면 가득 튀어나왔다. 소스라치게 놀란 내가 얼른 다른 채널로 옮기려고 하자 갑자기 엄마가 "딸! 그냥 둬봐!" 하신다.

"응? 왜, 왜?"

"큰딸, 쟤 너무 괜찮지 않니?"

"아이고, 네 엄마 나이 먹고 진짜 주책없다."

"바, 박지안?"

"그래 박지안. 세상에, 어디서 저런 총각이 나왔을꼬. 저이 부모는 얼마나 좋을까, 저런 근사한 아들을 둬서."

"어, 어디가 그렇게 맘에 드는데?"

"그냥 다 좋지, 다! 저 생긴 거 하며, 노래 잘하는 거 하며, 말도 어찌나 공손하게 하는지. 아이고, 주위에 저거 반만 닮은 놈 있어도 여기 있는 늙은 딸 당장 줘버리는 건데."

"엄마, 늙은 딸이라니!"

장난삼아 고개를 묻고 우는 척을 했더니 아빠가 더 당황해서 엄마를 마구 핀잔한다. 저 지지배는 울어도 싸, 스물여덟 먹도록 남자 하나 못 물어오고. 농담 반 진담 반의 구박을 건네며 엄마가 고소하다는 듯 깔깔 웃으신다. '박지안 목소리 한번 들려줘요?" 하고 허세 좀 부리려다가, 너무 놀라 뒷목 잡고 쓰러지시면 어쩌나 싶어 꾹 참기로 했다. 엄마, 박지안 반만 닮은 사람 따윈 필요 없어요. 딸에겐 오리지널 박지안이 있답니다, 흐흐.

와인 두어 잔에 잔뜩 기분이 좋아진 나는 안녕히 주무시라고 인사를 한 후 엄마가 곱게 펴둔 이부자리에 쏙 들어왔다. 그제야 노곤했던 몸이 풀리면서 한국 땅을 밟은 실감이 훅 끼쳐온다. 익숙한 벽지무늬를 가만 바라보며 누워 있는데 똑똑, 노크를 하며 아버지가 내 방으로 들어오셨다.

"안 주무세요?"

"응. 큰딸 오니까 기분이 좋아서 잠이 안 오네."

"헤헤."

유진이가 엄마를 닮았다면 나는 아버지를 닮았다. 딸 둘이 어쩜 그리 공평하게 닮았느냐며 이웃들은 우리 네 식구를 많이도 부러워했었다. 문득 아버지도 어머니도 닮지 않았을 박지안이 떠올라 가슴 한편이 욱신거린다. 자신과는 전혀 다른 얼굴을 한 누나를 보며, 어쩌면 그의 본능은 어린 시절부터 이미 서로가 핏줄이 아님을 감지했을지 모른다.

"큰딸."

"네?"

"살 만해?"

"……네."

"다행이네."

더는 한국에서 살 수 없을 것 같아요, 나는 그 말을 남긴 채 스물여섯의 끝자락에 일본으로 향했다. 그리고 스물여덟의 지금 다시 한국으로 돌아왔다. 아버지는 내가 던졌던 마지막 투정을 아직도 잊지 않고 계셨다. 살 만하냐고 물어오는 나지막하고 따듯한 목소리에 죄송한 마음이 밀물처럼 밀려온다.

아버지는 조용히 웃기만 하시다 내 손을 한 번 꽉 잡아주고는 방을 나가셨다. 오른손에 물든 아버지의 체온이 사라지는 게 싫어 그대로 심장 언저리에 가져다 댔다. 아빠, 고맙습니다. 이제 도망가지 않을게요. 온 힘을 다해서 살아볼게요. 나는 몇 번을 다짐하고, 또 다짐했다.

"웰컴 투 코리아!"

파바박, 요란한 소리를 내며 폭죽 두 개가 화려하게 터졌다. 아담한 케이크 위로 귀여운 촛불이 반짝인다. 훅하고 가볍게 불어 끄자 희주가 신이 나서 팔짝팔짝 뛰었다. 저 아가씨는 두 살을 더 먹어도 여전히 다람쥐 같네. 해사한 얼굴이 깨물어주고 싶을 만큼 예쁘다.

대충 조건이 맞는 서울 변두리의 원룸을 구해 짐 정리를 마쳤다. 비록 건물은 조금 낡은 편이었지만 큰 창으로 따스하고 포근한 볕이 가득 들어오는 게 맘에 들었다. 무엇 하러 이런 데서 지내느냐며 도심의 오피스텔을 계약해주겠다는 박지안의 제안을 나는 펄펄 뛰며 거절했다. 스물여덟의 내 삶은, 오롯이 내 힘으로 건사할 것이다.

"언니, 나 놀러 와도 되죠?"

"그럼요. 언제든지 와요."

"넌 일할 생각은 안 하고 놀 생각만 하냐?"

"흥, 드라마도 망한 주제에."

얼마 전 주인공을 맡았던 드라마의 시청률이 영 별로였다며 윤혁이 머쓱한 웃음을 지어 보였다. 반면에 희주가 낸 디지털 싱글은 오랜 기간 차트에서 1위를 달리고 있어, 요즘 눈만 마주쳤다 하면 퇴물 취급당하는 게 일이라나. 그보다 나는 몇 개월마다 한 번씩 여자를 갈아치운다던 윤혁이 2년이나 희주를 만나고 있다는 사실에 더 놀랐다. 중간에 몇 번 헤어지긴 했어요, 근데 저 인간 주변에 나보다 괜찮은 여자가 없거든. 희주가 씨익 하고 악동 같은 미소를 지었다. 그녀가 가진 당당한 자신감이 참 많이 부럽다.

좁고 누추한 공간에 박지안, 윤혁, 한희주를 앉혀놓자니 이거 원 몸 둘 바를 모르겠다. 이 사람들 몸값이 다 얼마래? 머릿속을 오가는 천문학적인 수치에 소름이 돋을 지경이다. 맛있는 음식이라도 대접하고 싶었지만 이삿날은 자장면이 진리라는 윤혁의 주장에 희주가 중국요리를 잔뜩 배달시켰다. 고 조그만 입으로 "아저씨, 빼갈도 다섯 병이요!" 하는 게 어찌나 깜찍하던지.

"언니!"

고량주 한 잔을 툭 털어 넣으며 "캬! 조오타!" 하던 희주가 눈을 동그랗게 뜨고선 말을 붙여왔다. 네, 하고 대답했더니 대뜸, "이제 무슨 책 번역할 거예요?" 하고 물어온다.

"번역…… 이요?"

"네! 언닌 번역가잖아요!"

"아, 그게……."

"나 '별의 노래'는 백 번 읽었고요, '사랑스런 그대에게'도 50번 읽었어요. 완전 재미있어서."

출간됐겠구나 생각만 하고 있던 책이었다, '愛しい君へ'. 달아나야 한다는 생각으로 가득 차 있던 때라, 사실 뒷부분은 무슨 정신으로 작업했는지 기억조차 나지 않는다. 다람쥐 아가씨가 가방을 뒤적거리더니 아담한 분홍빛 책 한 권을 꺼내준다. '사랑스런 그대에게, 이시하라 하루카 지음, 민유리 옮김'. 눈에 잘 띄지도 않을 만큼 자그맣게 적힌 민유리 석 자가 왜 그리도 사랑스럽고 반갑게 느껴지는지. 금방이라도 눈시울이 뜨거워질 것만 같다.

"유리야."

"네?"

"해야지."

"하지만……."

번역일을 시작하면 정재원과 마주칠지도 몰라요. 내가 돌아왔다는 걸 그가 알게 되면 정말 큰일이라고요. 알음알음으로 한국의 여행사에나 들어가려고 맘먹고 있었는데……. 차마 윤혁과 한희주 앞에서는 꺼내지 못할 많은 말들을 나는 눈으로 박지안에게 전달했다.

"괜찮아."

"네?"

"하고 싶은 거 해."

"……."

"안 한다 그러면 얘 울겠다."

박지안이 턱 끝으로 슬쩍 희주 쪽을 가리킨다. 고개를 돌려 바라보니 어라! 정말로 그녀의 두 눈이 반짝, 형광등 빛에 반사되고 있다.

희주 씨, 왜 그래요! 당황해서 덥석 손목을 잡자 놀랍게도 가느다란 눈물 한줄기가 왼쪽 뺨을 타고 뚝 떨어졌다. 뭐야, 나 같은 초보 번역가 따위가 뭐 그리 대수라고 울기까지 하는 거야!

"알았어요, 알았어요. 할게요! 희주 씨, 나 다시 번역할 테니까 울지 말아요!"

"정말이죠? 흐흑……."

"응, 진짜 할게요. 그러니 뚝!"

"뚝!"

그러면서 오른팔로 얼굴을 쓰윽 훔치곤 언제 울었느냔 듯 환한 웃음을 짓는 한희주. 어안이 벙벙해져서 윤혁을 바라보니, 그는 자장면을 입가에 잔뜩 묻힌 채 혀를 쯧쯧 차고 있었다.

"형수, 속았어."

"으, 응?"

"얘 미니시리즈 캐스팅됐거든. 허구한 날 연기연습이야."

"뭐, 뭐?"

"난 열 번도 넘게 속았어."

"나도 세 번."

"박지안 씨도 속았다고요?"

"응."

"언니, 나 진짜 잘하죠? 가수 하지 말고 처음부터 연기할걸. 이거 완전 사장님 판단 미스야. 연기했으면 벌써 대종상인데."

그러면서 또 고량주 한 잔을 꼴깍 마시는 희주를 보며 나는 황당한 마음에 깔깔 웃고 말았다. 처음 속으니 재밌지 계속 속아봐, 살인

충동 생긴다. 윤혁이 단무지를 씹으며 투덜거린다. 박지안이 하하, 시원한 웃음을 터뜨렸다.

……박지안 씨, 윤혁 씨, 한희주 씨, 고마워요. 여러분을 알게 된 민유리는 정말로 행운아예요.

"할 거야, 번역?"

윤혁과 희주가 먼저 돌아가고 박지안만 남아 매니저를 기다리고 있었다. 회사 사람을 너무 사적으로 부려먹는 거 아니냐며 슬쩍 핀잔을 줬더니, 이제 갓 들어온 막내라 고생 좀 해봐야 한단다. 저거저거, 언제 어디선가 접했던 '하수인' 레퍼토리 같은데.

"해도 돼요?"

"하고 싶으면 당연히. 피하지 마."

"사실 내 첫 번역, 정재원 씨 입김으로 하게 된 거예요. 아무리 일본서 살다 왔다 한들 갓 대학 졸업한 햇병아리한테 책 한 권을 다 맡기는 출판사는 없거든요."

"그래?"

"그 일 때문에 정재원과 민유리 사이가 사람들 입에 오르내리게 된 거고……."

"잘 팔렸다며, 그 책."

"뭐……."

"팔아줬으면 됐지. 네가 할 몫은 다 했어."

또 괜한 걱정 한다며 박지안이 오른손으로 내 머리를 헝클어뜨렸다. 그래, 어찌 되었든 제법 잘 팔렸잖아, 그러니 그 사람한테 빚진 거 없어. 애써 마음을 다잡으며 나는 쑥스러운 미소를 지었다.

"참, 이거."

재킷 안쪽 포켓에서 박지안이 무언가를 꺼내 건네주었다. "이게 뭐예요?" 하고 받아들어 하얀 봉투를 젖히니, 빳빳하게 코팅된 공연 티켓 두 장이 들어 있었다.

「첼리스트 박요안나 귀국연주회」

"다음 주 토요일이야. 가자."

"미쳤어요?"

"가야지."

"못 가요, 아니 안 가요."

"가."

"여길 어떻게 가요!"

"남자친구 누나가 연주회를 한다는데, 안 가실 거예요 민유리 씨?"

어차피 한 번은 마주쳐야 할 사람들이라고 각오는 하고 있었다. 박요안나든 정재원이든 만나서 담판을 짓지 않으면 평생을 찜찜한 마음으로 살아야 할 것 같았다. 하지만 지금은 너무 이르다. 나는 한국에 온 지 얼마 되지도 않았고 아직 그럴싸한 직장도 잡지 못했다. 이제 겨우 도피생활을 마친 이 초라한 차림새로 어떻게 박요안나와 정재원을 마주할 수 있겠는가. 내가 그들을 재회할 날은 좀 더 멀쩡한 꼴이 되었을 때, 좀 더 여유를 찾게 되었을 때여야만 했다.

"내가 있잖아. 걱정하지 마."

티켓을 쥔 채 작게 떨고 있는 내 손을 박지안이 끌어다 꼭 잡아준다. 민유리가 좀 더 멋진 사람이었다면 참 좋았을 텐데, 좀 더 박지안에게 잘 어울리는 여자였다면 좋았을 텐데. 평생 자괴감 따위 가지지 않고 살았던 내가 이상하게도 정재원과 박요안나의 이름만 나왔다 하면 멈칫하고 기가 죽어버린다. 나도 모르게 고개를 내리까는데, 문득 지겹다는 생각이 솟구쳐 올라왔다. 지겹다. 내가 나를 깎아내리는 바보 같은 짓 따위, 이젠 정말이지 지겨워죽을 것 같다.

"그래요, 가요 가. 난 이제 모든 걸 다 하늘에 맡기기로 했으니까!"

"왜 하늘에 맡겨?"

"그럼요?"

"나한테 맡겨야지."

기껏 진지하게 결의를 다졌는데, 박지안의 실없는 농담에 또 바람 빠진 것마냥 웃고 말았다. 나 오늘 자고 갈까, 귓가에 속삭이는 박지안의 목소리에 놀라 발등을 한 번 콱 밟아주었더니 갖은 엄살을 부리며 오도방정을 떨어댄다. 어휴, 혼자 보기 아깝네. 저런 건 동영상으로 찍어다가 팬클럽에 올려야 하는데.

"잘 자."

집 앞에 도착했다는 막내 매니저의 전화를 받고 박지안이 아쉬운 듯 현관을 나선다. 짧은 굿나이트 키스를 남긴 채 그는 손을 흔들며 계단을 내려갔다. 행여 이웃들에게 들키기라도 할까 봐 조마조마해죽겠는데, 뭘 믿고 저리 느긋한지 박지안은 참 천천히도 걷는다. 맘 같아서는 창문으로 확 던져서 차에 쏙 넣어버리고 싶다.

유리창 너머로 그의 차가 출발하는 것을 확인하고서, 나는 미끄러지듯 스르르 벽에 기대앉았다. 손에 들린 연주회 티켓이 지독하게 서늘한 감촉으로 다가온다. 빨간 드레스 차림의 박요안나는 티켓 속에서 우아하게 숨 쉬고 있었다. 조금도 변하지 않은 그녀의 천사 같은 얼굴은 날이 선 단도처럼 가슴에 와 꽂혔다. 박지안의 공연장에서 보았던 눈물, 일식집에서 들었던 청아한 웃음소리, 그리고 전화기를 타고 전해진 화난 음성……. 그녀와 관련된 모든 것이 한 치의 왜곡도 없이 머릿속에서 맴돌고 있었다.

"하지만 요안나 씨, 나 이제, 박지안 안 떠나요."

나는 조금 울 것 같은 기분이 되었다. 하지만 애써 씩씩한 척, 티켓 속의 대답없는 그녀를 향해 중얼거렸다. 혼잣말을 가장한 나의 자기 암시는, 오랜 시간 몇 번이고 계속되었다.

공연장은 인산인해를 이루고 있었다. 몇 주 전부터 전 좌석이 매진되는 바람에 티켓에 프리미엄까지 붙었을 정도란다. 클래식에는 눈곱만큼의 조예도 없는 내가 이 귀한 공연의 VIP석에 앉아도 될까. 기대에 한껏 부푼 관객들의 면면을 살피니 어쩐지 미안한 마음이 생겨난다.

카메라 플래시가 쉴새없이 박지안을 향해 터졌다. 격식 있는 차림을 한 사람들이 어울리지 않게 꺅꺅거려댔다. 멀찍이 떨어지려고 했지만 가긴 어딜 가느냐며 붙잡는 박지안 때문에 할 수 없이 그의 옆에서 함께 걸어갔다. 어차피 애인 같은 걸로는 절대 보이지 않을 테니 스태프 흉내나 내야겠다 싶다.

인파를 뚫고 겨우 장내로 들어가 자리에 앉으니 그제야 애써 참았던 걱정들이 스멀스멀 몰려든다. 이 공연이 끝나면 박지안과 나는 무대 뒤에서 박요안나를 만날 것이다. 그녀에게 건넬, 그녀보다 결코 아름답지 못할 꽃다발이 내 손에 들려 있었다. 나는 박요안나에게 무슨 말을 해야 할까. 박요안나의 곁에 있을 정재원에게 또 무슨 소리를 듣게 될까. 어젯밤 잠들기 전까지 수도 없이 당당해지자 다짐했건만 막상 실전에 닥치니 정신이 멍해져 하나도 소용없어져 버렸다.

"클래식 좋아해?"

"아니요."

"그럼 푹 자. 끝나면 깨워줄게."

긴장한 티가 역력했는지 박지안이 슬쩍 농담을 건네온다. 나는 아무렇지도 않은 척 어색하게 웃어 보이며 시계를 살폈다. 5분, 공연 시작 5분 전이다. 잠시 후면 저 무대 위에 박요안나가 나타날 것이다. 심장이 쿵쿵 요란하게 뛰기 시작한다. 나는 차라리 두 눈을 꼭 감아 버렸다.

우레와 같은 박수를 받으며 박요안나가 걸어나온다. 조금도 위축되지 않은 반듯한 자세로 그녀는 여신처럼 우아하게 무대 정중앙에 섰다. 검정 드레스 차림의 박요안나는 꽉 찬 관객을 둘러보며 세상을 다 가진 듯 기쁘게 웃고 있었다. 까만색이 이렇게나 화려할 수 있다는 것을 나는 그녀의 자태를 통해 새삼 깨닫는다. 무대 위에서나 무대 아래에서나, 그녀는 나로서는 범접할 수 없는 존재인 것만 같다.

"예쁘네, 오늘."

박지안이 박수를 보내며 말했다. 그 말에 동조를 해야 할지 토라진 척을 해야 할지 몰라 그냥 침묵하는 쪽을 택했다. 요안나에게서 눈을 떼지 않는 박지안을 보니 기분이 싱숭생숭하다. 음악회의 관객이 연주자에게 집중하는 건 너무나 당연한 일인데도 말이다.

"그래도 민유리가 최고로 예쁘지."

장난기 어린 그 목소리에 그저 힘없는 미소만 띠고 말았다.

클래식은 하나도 모르지만 요안나의 연주가 훌륭하다는 건 알겠다. 공연이 진행되는 내내 나는 요안나가 만드는 선율에 사로잡혀 정신을 차릴 수가 없었다. 이 정도의 위치에 오르기까지 그녀는 얼마나 이를 악물며 자신과의 싸움을 견뎌왔을까. 열광적인 기립박수에 활짝 웃으며 화답하는 박요안나를 보니 묵례라도 해야 할 것 같은 숙연함이 엄습해왔다. 저렇게 대단한 사람도 갖지 못한 박지안을 내가 가져도 되는 걸까.

"가자."

객석이 썰물처럼 비고서야 박지안과 내가 자리에서 일어났다. 공연관계자의 도움을 얻어 무대 뒤 대기실로 발걸음을 옮겼다. 한 발 한 발 내딛을수록 심장의 고동은 더욱 격해졌다. 나란히 걷고 있는 박지안 또한 웃음기 가신 딱딱한 얼굴로 침묵만을 고수했다.

문 하나를 사이에 두고 박요안나와 마주하고 있다. 이 문이 열리면 나는 그녀와 그녀의 남편을 만난다. 감당할 수 없을 만큼 떨리는 손을 박지안이 한 번 꼭 잡아준다. 괜찮아, 걱정하지 마. 나긋이 속삭이는 그의 목소리도 지금은 아무런 소용이 없다. 똑똑, 때가 되었다는 듯 그가 조용히 문을 두드렸다.

"들어오세요."

요안나의 차분하고 우아한 목소리가 저 너머에서 들려왔다.

"연주 잘 들었어요. 이거……."

"고마워요. 와, 예쁘다."

꽃다발을 품에 안고 기뻐하는 요안나는 예전보다 조금 더 가냘파진 모습이었다. 이렇게나 약한 몸으로 그 격정적인 연주를 했다니 도무지 믿기지 않는다. "앉아요, 유리 씨." 하며 나와 박지안을 소파로 안내하는 요안나를 보자, 어쩐지 내가 생각했던 전개와는 달리 흐르는 것 같아 머릿속이 헝클어지기 시작했다. 박요안나 같은 고상한 여자가 대뜸 머리채부터 잡을 리야 없겠지만, 적어도 내가 달갑지 않다며 발톱 정도는 세우리라 예상했다. 그런데 이 상황은 도대체 뭐란 말인가. 지난날 그녀와 일식집에서 식사했던 때와 별로 다를 바가 없지 않은가.

"앉아, 유리야."

박지안이 부르지 않았다면 멍하니 그 자리에 서 있을 뻔했다. 차라리 왜 우리 지안이에게 되돌아왔냐며 화를 내요, 박요안나 씨. 당신이 이렇게 순순한 자세로 나오면 내가 뻔뻔해질 수가 없잖아.

"매형은?"

"잠깐 들렀다가 먼저 갔어. 이따 집에 가서 만나야지."

"몸은 괜찮아? 연주회 끝나고 나면 늘 몸살 앓았잖아."

"아직은 괜찮아. 하루 자고 일어나봐야 알겠지만."

박지안과 시선을 맞춘 채 희미한 웃음을 짓는 요안나를 나는 묵묵히 바라만 보았다. 두 사람의 사이에 덤처럼 끼어버린 것만 같아 기분이 좋지 않았다. '건드리기만 해봐라, 바락바락 덤벼줄 테다' 하며 잔뜩 전투태세를 갖춘 채로 왔건만……. 너무 고요해서 오히려 불안하다. 폭풍전야도 아니고.

"유리 씨, 뭐 좀 먹을래요? 간식거리 있는데."

"아니에요. 괜찮아요."

"나 잠깐 전화 좀 하고 올게. 유리야, 여기 있어."

"……네."

꺼두었던 휴대전화를 켜자마자 기다렸다는 듯 부재중 메시지들이 쏟아졌다. 박지안이 전화기를 보더니 혀를 내두르며 대기실 밖으로 나간다. 무서울 만큼 적막한 밀실에 박요안나와 민유리, 단둘이 남았다. 이 상황을 어떻게 극복해야 하나 싶어 난처한 표정으로 앉아 있는데 용케도 저쪽에서 먼저 말을 붙여왔다.

"……그동안 잘 지냈어요?"

"네. 그럭저럭요."

다행이다, 조그맣게 읊조리며 그녀가 웃는다. 하지만 아무리 생각해도 우리가 얼굴을 마주하고 웃을 사이는 아닌 것 같은데. 하긴 그렇다고 울 수도, 때릴 수도, 욕을 할 수도 없는 노릇이지. 이놈의 좌불안석은 언제쯤 끝나려나.

"유리 씨."

"네."

"나, 솔직하게 말할게요. 유리 씨가 그런 사람 아니란 거, 나 알고 있었어요."

"무슨…… 말씀이세요?"

"스토커요."

"아무리 아니라고 해도 믿지 않았잖아요."

"재원 씨가 거짓말하고 있다는 것도 알았죠."

"그럼 도대체 왜 저한테……."

"차라리 잘됐다고 생각했어요. 이 핑계로 지안이 옆에서 유리 씨를 떼어놓아야지 싶었으니까……."

말끝을 흐리는 그녀의 입가에 한줄기 눈물이 스치고 있었다. 놀란 내가 핸드백에서 손수건을 꺼내 내밀자, 그녀는 우는 와중에도 고맙다는 인사를 잊지 않으며 우아한 손길로 손수건을 받아들었다. 요안나의 온몸에 밴 고상함이 이젠 부럽다기보다 처연하게 느껴졌다.

"요안나 씨, 저도 알고 있었어요. 박지안 씨와 요안나 씨 사이의 감정을요. 그래서 참 많이 난처했고 또 답답했어요. 괜히 내가 두 사람 사이에 끼어드는 바람에 누군가를 괴롭게 만드는 건 아닐까."

"맞아요. 사실 괴로웠어요. 지안이가 그렇게 내 곁을 떠날 거라곤 한 번도 생각해본 적이 없었거든요. 늘 내 옆에 있어줄 거라 믿었나 봐요. 내가 결혼을 하든 뭘 하든."

"박지안 씨는 다 버릴 자신이 있었대요. 요안나 씨와 평생 함께할 수 있다면 무슨 소리를 들어도 상관없었대요. 그만큼 요안나 씨를 사랑했으니까."

슬프지만 진실이다. 박지안이 박요안나를 끔찍이 사랑했다는 사실은 세월이 아무리 흘러도 변하지 않는다. 지금도 그의 마음 한구석에는 박요안나와의 추억이 고스란히 묻혀 있지 않을까. 인정하기는 싫지만 정말 그럴지도 모를 일이다.

"난 버릴 수 없었어요, 바보같이. 명예도, 성공도, 동경도 환호도, 그리고 박지안도 모두 갖고 싶었어요. 그러려면 결혼밖에 답이 없다 믿었죠. 내가 결혼을 해야 지안이와의 관계를 의심받지 않을 테니까."

"……."

"그게 내 실수였어요."

고개를 숙이는 요안나의 모습 위로, 귀동이 옆에서 하염없이 소주를 들이켜던 박지안의 환영이 떠올랐다. 당신이 인생에서 가장 큰 실수를 한 그날, 박지안은 참 많이도 울었답니다. 보고만 있어도 가슴이 저릿해 나도 따라 울었지요. 그러다 지쳐 쓰러질 만큼, 꽤 오랜 시간을 우리는 울었답니다.

"재원 씨에게 나 말고 다른 여자가 있다는 건 얼핏 눈치채고 있었어요. 그 편집장, 어린 여자랑 사귄다는 소문이 있다면서 누군가가 일러줬었거든요. 그래도 난 결혼을 강행했어요. 어차피 서둘러야 할 결혼인데 그 정도 조건의 남자라면 나에게도 나쁘지 않았으니까. 우습죠? 정말 생각해보면 나란 여자, 민유리 씨한테 폐 끼친 게 한두 개가 아니에요. 유리 씨는 지금 어떤 마음일지 모르겠지만 난 당장에라도 숨고 싶을 만큼 창피해요."

요안나의 입에서 나오는 말들이 나는 도무지 현실적으로 다가오지 않는다. 내 남편과 5년이나 놀아난 여자가 어디서 감히 내 남동생과 사귀려 드느냐며 폭언이라도 잔뜩 퍼붓지 않을까 염려했었다. 나도 할 말이 많은 사람이야, 그러니 당당하게 맞서야지, 지지 말아야지. 얼마나 다짐하고 또 다짐했던가. 그런데 숨고 싶단다. 천하의 박요안나가 평균 이하의 민유리에게 창피하단다. 그 말 한마디에, 캄캄한 방 안에서 홀로 중얼거렸던 결심들이 쓸모를 잃고 공중을 하릴없이 부유하기 시작했다.

"요안나 씨."

"네?"

"애써 담담한 척하지 않으셔도 괜찮아요."

"……네? 무슨 말인지…….."

"아직도 박지안 씨, 완전히 놓으신 거 아니잖아요."

"……."

"조금 전까지 박지안 씨를 바라보던 요안나 씨 눈빛, 기억에 생생해요. 아무 감정 없는 사람을 그런 눈빛으로 볼 수는 없어요."

요안나의 시선은 애처로웠다. 아무리 부모님을 졸라도 얻을 수 없는 값비싼 인형을 보듯, 그녀는 안타깝고 쓸쓸하게 박지안을 바라보고 있었다. 나는 그 눈빛을 안다. 정재원에게 제발 돌아오라며 매달렸던 시절, 나 역시 몇 번이나 그런 눈빛을 했었으니까.

"얼마간은 그랬어요. 그냥 삐친 거겠지. 저 녀석, 조금 방황하다 다시 내 곁에 오겠지. 그런데 오지 않았어요. 유리 씨가 어딘가로 떠났는데도 불구하고. 병원에 혼자 누워 있으면서 알았어요. 박지안, 정말 이제 내 손을 놓았구나."

왼쪽 손목의 하얗고 고운 피부 위로 검붉은 수술자국이 그려져 있다. 박지안을 사랑했던 그녀의 과거는 이제 문신처럼 손목에 남았다. 저 상흔이 완전히 사라질 때까지 요안나는 박지안을 잊을 수 없을 것이다. 어쩌면 평생 그녀가 박지안을 놓지 않을지도 모른다는 생각이 들어 조금은 섭이 난다. 언제라도 요안나가 부르면 박지안은 달려갈 것 같다.

"지난 1년간 유럽을 돌았는데 지안이 녀석, 한 번도 연락이 없었어요. 그리고 이제, 난 또 몇 년간 한국에 못 올 거예요. 유리 씨의 말처럼 나 아직 지안이 완전히 놓지 않았는지도 몰라요. 하지만 예전과는 많이 달라졌어요. 적어도 박지안이 박요안나를 떠났다는 사실만은 제대로 인지했으니까……."

"요안나 씨……."

"그러니까 걱정하지 말아요. 다시는 유리 씨 괴롭히는 일 없을 거예요. 용서해달란 말은 안 할 거예요. 염치없게 들릴지 모르겠지만, 내가 재원 씨를 빼앗아간 것도 유리 씨를 지안이 곁에서 떠나게 만든 것도 모두 잊어줘요. 내가 못 가진 박지안을 유리 씨는 가졌잖아요. 나는 유리 씨에게 졌어요. 진 사람이 이긴 사람한테 용서 비는 거, 너무 초라하잖아. 그 대신 지안이 잘 부탁한다는 건방진 말도 안 할게요. 유리 씨, 지안이와 늘 행복하길 바라요."

"고마워요, 요안나 씨."

"나도 고마워요, 유리 씨."

두 눈에 눈물을 일렁이며 요안나가 내게 오른손을 내밀었다. 나는 조금 주저하다 조심스레 그녀의 손을 잡았다. 차갑고 마른 손이 그녀의 심장과 똑 닮아 있었다. 괜스레 가슴 한편이 아릿해졌다.

박지안이 왜 이 여자에게 반했고 이 여자만을 사랑했으며, 이 여자 때문에 그렇게 아파했는지 조금이나마 알 것 같다. 작은 새 같은, 한 송이 꽃 같은, 새파란 달빛 같은 그녀. 자신에게 주어진 모든 것을 다 짊어지고픈 욕심에 365일 힘겨운 발버둥을 치는 그녀. 절로 보호본능이 일게 하는 가녀린 그녀……. 나는 요안나가 한없이 밉지만 또 한없이 불쌍하다. 그러니 요안나에게 화내지 않을 거다. 그녀의 말대로 내가 이겼으니까. 나는 박지안을 가졌으니까.

아무리 기다려도 박지안은 오지 않았다. 화장실 핑계를 대고 대기실을 나서니 복도 끝 창가에 서서 담배를 물고 있는 그가 보인다. "거기서 뭐 해요?" 하자 "담배 피워." 한다. 그걸 누가 몰라서 묻나, 쳇.

"다 끝났어?"

"……뭐가요?"

"여자들 싸움은 여자들끼리 해야지."

"그럼 지금, 전화받으러 나온 게 아니라 여자 둘이 싸움 붙여놓고 피신한 거였어요?"

"응. 근데 어째 멀쩡하네. 머리채도 안 잡힌 것 같고."

"내가 이겨서 그래요. 이래 봬도 파이터의 피가 흐르거든요!"

"지, 진짜야?"

"그걸 믿어요? 쳇."

한 방 맞은 표정이 된 박지안에게 콧방귀를 뀌어주곤 얼른 안으로 들어가자며 팔을 끌어당겼다. 짐 가지고 나와, 그냥 바로 돌아가자. 그가 덤덤한 목소리로 대꾸한다.

"박지안 씨."

"응?"

"요안나 씨, 아직 다 못 잊었어요?"

"아, 민유리! 그게 무슨 소리야!"

"그럼 누님한테 인사드리고 가야죠! 버릇없이 어디서!"

무슨 소리를 하는 거냐며 잔뜩 동요하다가 이내 피식, 어깨에서 긴장을 푸는 그. 내 대수롭지 않은 말 한마디에도 귀를 기울이고 솔직하게 반응하는 이 남자가, 나는 정말이지 너무 좋다.

박지안은 한 번도 가본 적이 없는 낯선 곳으로 차를 몰았다. 여기가 어디냐고 몇 번이나 물었지만 그는 끝까지 목적지를 함구했다. 한적한 주택가에 진입해서야 비로소 자동차가 멈춰 섰다. 안전벨트를 풀며 박지안이 나를 바라보았다.

"따라갈래, 여기 있을래?"

"여기가 어딘데요?"

"전쟁터."

"네?"

"여자들 싸움 끝났으면 남자들 싸움 시작해야지."

"뭐라고요?"

깜짝 놀라 펄쩍 뛰며 차에서 따라 내렸다. 박지안이 성큼성큼 걸음을 걷더니 육중한 대문 앞에 서서 초인종을 누른다. 접니다, 매형. 짧은 기계음과 함께 철커덩, 문이 열렸다.

"박지안 씨! 도대체 지금……."

"여기 있을 거야? 그럼 차 안에 들어가 있어."

"미쳤어요?"

"아니."

망설임 없이 안으로 들어가는 그를 재빠르게 뒤쫓았다. 정재원과 박요안나 부부가 사는 집이라니. 내가 절대 와서는 안 될 곳에 발을 들여놓자니 요안나를 만나러 갈 때보다 몇 배는 더 떨려온다. 이건 그야말로 산 넘어 산, 그것도 도무지 정상이 보이지 않는 산…….

　"미, 민유리?"

　박지안의 뒤에 서 있던 나를 발견한 정재원이 귀신이라도 본 양 놀란다. 왜요, 죽지 않고 살아 있어서 신기한가요? 애써 눌러담고 있던 분노가 금방이라도 폭발할 것 같은데 박지안은 미동도 보이지 않는다. 저렇게 침착해서야 싸우러 왔다는 말에 설득력이 없어지잖아.

　거실에 크게 걸린 정재원과 요안나의 결혼사진에 절로 시선이 꽂혔다. 박요안나가 나타나지 않았다면 저 사진 속의 주인공은 내가 되었을까? 아마 그렇지 않았을 것이다. 박요안나가 아니었더라도 정재원은 자신의 신붓감으로 절대 나를 택하지 않았겠지. 잘나고도 잘나신 그 아버지의 눈에 민유리 따윈 차지도 않을 게 뻔하니 말이다. 언제 어떤 방법으로든 나는 버려졌을 것이 분명했다. 당시의 나는 왜 이 사실을 몰랐을까.

　"이, 일단 앉아. 처남도, 민유리 씨도."

　"잠깐만요."

　자리로 안내하려는 정재원을 박지안이 막아섰다. 그리고는 갑자기 허리를 직각으로 접었다. 꾸벅, 예의를 갖춰 인사를 하는 박지안의 모습에 정재원도 나도 어리둥절해졌다. 박지안 씨, 뭐 하는 거예요! 잔뜩 당황하며 억지로 일으켜 세우려 했지만 그는 허리 숙인 그대로 정재원을 향해 이야기를 이어갔다.

"매형. 이건 매형에게 감사하는 뜻으로 드리는 인삽니다."

"가, 감사라니?"

"누나를 아껴줘서 고맙습니다. 누나가 입이 닳도록 자랑하더군요. 매형은 참 다정한 사람이라고."

그렇게 한참이 지난 후에야 비로소 상체를 반듯이 하는 박지안. 벌게진 정재원의 얼굴과 알 수 없는 웃음을 띤 박지안의 얼굴이 팽팽한 긴장 속에서 적나라하게 대조되고 있었다.

"누나와 제가 한때 철없는 장난 좀 쳤던 거, 매형도 아실 거로 생각합니다."

"그, 그건……."

"그럼에도 누나한테 변함없이 자상하게 대해주는 것, 감사합니다. 누나는 두려움이 많은 성격입니다. 무언가를 잃게 될까 봐, 누군가 자신의 곁을 떠날까 봐 늘 전전긍긍하는 타입이죠. 부족한 누나지만 앞으로도 잘 부탁드립니다. 누나 역시 앞으로 매형한테 더 좋은 아내가 될 겁니다."

"……그래, 알았네."

정재원이 고개를 끄덕였다. 마치 승리자라도 된 양 만면에 미소를 띠는 걸 보니 일순 불쾌감이 엄습해온다. 박지안은 지금 일부러 져주고 있다. 내가 돌아온 것에 불만을 품은 정재원이 애먼 일을 벌일까 봐, 그래서 요안나와의 결혼생활이 파탄날까 봐……. 이게 맞는 건데, 동생이 누나를 걱정하는 게 당연히 맞는 건데 막상 눈앞에서 머리를 숙이는 그의 모습을 보고 있자니 속상해 눈물이 다 날 지경이다. 박지안이 뭐가 부족해서 저런 쓰레기 같은 놈에게…….

"아악!"

그때였다. 힘껏 주먹을 쥔 박지안의 오른팔이 순식간에 정재원의 왼쪽 턱에 꽂힌 것은. 고개가 무참히 돌아간 정재원은 장식장에 한 번 크게 부딪혔다 그대로 바닥에 쓰러져버렸다.

"박지안 씨!"

놀라 비명까지 지르는 나를 박지안이 고개를 돌려 바라보았다. 괜찮아, 괜찮아. 그가 입으로 조그맣게 속삭인다. 엎어졌던 정재원이 미간을 찌푸리며 겨우 바닥에서 일어났다. 입술이라도 터진 건지 턱 주변이 피로 빨갛게 물들어 있었다.

"이게 무슨……!"

"이건 민유리를 괴롭힌 데 대한 보답입니다."

"뭐, 뭐?"

"민유리를 울리고 괴롭히고 협박한 데에 대한 성의 표시."

"어디서 이런 막돼먹은……."

"생각 같아서는 몇 군데 부러뜨려놓아야 속이 시원할 것 같지만, 그쪽이 민유리를 포기했기 때문에 내가 유리를 만날 수 있었으니까. 그게 고마워서 한 대만 치겠습니다."

손등에 잔뜩 묻어난 피를 확인한 정재원이 허, 하고 기가 막힌 듯 코웃음을 친다. 네가 감히 나를 쳐? 내가 누군 줄 알고. 그의 얼굴에 독기어린 조소가 가득 들어찼다. 박지안은 그 표정을 보고도 아무런 말이 없었다. 흥분한 정재원의 목소리가 점점 커졌다.

"뭘 믿고 이리 나서는지 모르겠는데, 날 자극해서 제일 곤란해지는 건 처남이야. 민유리 씨한테 아무 말도 못 들은 모양이지?"

"기사 터뜨리셨다는 그 甘갈 협박 말입니까? 마음대로 하십시오."

"뭐, 뭐?"

"기사를 쓰든 생중계를 하든, 하고 싶은 대로 한번 해보시라고."

"박지안 씨!"

도저히 가만히 듣고 있을 수 없어 나는 박지안에게 소리를 질렀다. 내가 무엇 때문에 당신을 떠나야만 했는데! 우리가 왜 이별할 수밖에 없었는데! 당신이 사람들한테 손가락질당할까 봐, 박지안이라는 아성이 와르르 무너질까 봐 이 악물고 다른 나라로 달아났던 내 노력은 다 허사였어? 아무것도 거리낄 것이 없다는 듯 정재원을 향해 내뱉는 그의 말이 원망스럽기 그지없다. 분명 약속했으면서. 이성적으로 판단하기로, 무엇 하나도 포기하지 않기로 그렇게 몇 번이나 약속했으면서⋯⋯.

"대한일보 사주 후보 정재원 씨, 옐로우저널 관리를 어떻게 하시는지?"

"뭐?"

"대한스포츠, 쓰레기로 유명하던데. 365일 연예인들 뒤꽁무니 쫓아다니며 사진 찍어다가 추측기사 대충 써서 올리는 걸로 아주 악명이 자자하죠. A가 호스트바에서 나왔다느니, B랑 C가 호텔에 들어갔다느니⋯⋯. 아, 얼마 전엔 한희주가 텐프로 출신이라는 기사까지 냈더군요. 열일곱 살 때부터 연습실 붙박이였던 애를."

"⋯⋯."

"'대한스포츠' 하면 침부터 뱉으려는 사람들, 꽤나 많더군요. 요 며칠 작정하고 조사 좀 해봤더니 정말 파도 파도 끝이 없던데. 아쉬우면 고소해라, 이게 당신네들 18번이라면서?"

"찔리는 게 없으면 고소하면 될 거 아니야! 사실이니까 입 다물고 있는 거 아닌가?"

"아니죠. 얼굴 팔아먹고 사는 연예인들이 법정 오가서 좋을 게 없으니, 똥 밟았다 생각하고 울며 겨자 먹기로 입 다물고 있는 겁니다."

"그게 뭐가 어쨌다는 거야! 그게 지금 무슨 상관이냐고!"

"걔들 다 모아다가 단체로 한 방 날려주겠다고. 아, 물론 총대는 내가 메고. 대한스포츠 광고료만 해도 제법 쏠쏠한 걸로 아는데, 폐간되면 신문사 전체가 허리 좀 휘겠군요."

"폐간? 웃기지도 않는군. 그게 그렇게 쉽게 되는 줄 알아?"

"폐간 정도로 끝나면 재미없지. 대한일보 사주의 사과회견까지 받아낼 겁니다. 책임지고 사퇴하라, 뭐 이런 요구도 괜찮겠군요. 퇴물 연예인 박지안이는 겁날 게 없으니까."

"뭐, 뭐야!"

정재원의 얼굴이 하얗게 질렸다. 박지안은 승리를 예감한 어린아이처럼 여유롭게 웃고 있다. 나는 아직도 마음을 놓지 못한 채 덜덜 떨리는 왼손을 오른손으로 부여잡았다.

"뭐, 정재원 씨와 대한스포츠가 직접적인 연관은 없으니 깨놓고 말하면 이거, 엉뚱한 데다 분풀이하게 되는 셈이군요. 하지만 그 대단하신 정재원 씨 아버지, 아, 사돈어른께서 왜 이런 사달이 났는지 내막을 알게 되면 별로 좋을 게 없을 것 같습니다만."

"너, 이 새끼……."

"선택은 정재원 씨가 하십시오, 그럼."

얼이 붙어 있는 나를 향해 박시안이 손을 내밀었다. 나는 천천히 그의 따뜻한 손을 잡았다. 눈을 한 번 깜빡이자 맺혀 있던 눈물이 툭 하고 떨어졌다.

그의 발걸음을 따라 현관을 빠져나왔다. 언뜻 고개를 돌리자, 분해서 어쩔 줄 모르는 한 남자가 초라한 자세로 서 있었다. 안녕, 정재원. 안녕, 나의 악몽. 나는 허공을 향해 작별의 인사를 던졌다.

"푸하하!"

"왜, 왜 웃어!"

"'선택은 정재원 씨가 하십시오, 그럼.'이라뇨! 으하하!"

아깐 워낙 경황이 없어 몰랐는데, 생각해보니 박지안이 마지막으로 남긴 명대사는 예전에 정재원이 내게 했던 말의 패러디였다. 일본에서 박지안에게 그간의 일을 고백할 때, 나는 아직도 선택은 민유리 씨가 하라던 그 한마디가 귓가에 생생하다고 슬쩍 일러줬었다. 그런데 고걸 잊지 않고 기억했다가 이렇게 써먹는다. 아이고, 이 귀여운 인간을 어쩌면 좋아.

"미안해."

"뭐가요?"

"죽도록 패버리고 싶었어. 당장 뒤집어엎을까 골백번을 고민했지. 하지만 누나가 있는 이상 도저히 여기까지밖에는 할 수 없었어. 네 속상한 마음 전부 풀어주지 못해 미안하다."

나는 조용히 고개를 끄덕였다. 그가 정재원을 고소한다거나 죽기 일보 직전까지 때리기라도 한다면 박요안나의 결혼은 자연히 깨어지고 말 것이다. 박지안은 제 손으로 차마 거기까지 만들 수는 없었겠지. 세간에 구축된 요안나의 완전무결한 이미지에 '이혼'이란 꼬리표는 꽤나 큰 흠집이 될 것이 분명하니까.

아, 모르겠다. 이혼을 하든 계속 살든 그 결정은 잘난 두 부부가 알아서 하라지. 이제 박요안나에게 신경을 쓰는 것도, 정재원에게 바득바득 이를 가는 것도 오늘로써 깨끗이 마무리 지을 것이다. 박지안과 다시 만나게 된 그날부터 이미 내 흉터는 빠른 속도로 아물어 가고 있다. 그러니 나는 무언가에 욕심을 낼 필요도, 이유도 없다.

박지안이 다시 한 번 미안해, 한다. 아직도 요안나를 사랑하고 걱정하고 있어서가 아니야. 이 이상 누나와 좋지 않게 얽히면 버려진 나를 데려다 길러주신 부모님께 너무 죄송하잖아. 어느새 숙연한 표정이 된 그를 내가 조심스레 껴안았다. 갓 태어난 강아지처럼 박지안이 내 품을 포옥 파고들었다.

"유리야."

"네?"

"언젠가 그랬지? 모든 것을 하늘에 맡긴다고."

"⋯⋯네."

"이젠 진짜로, 우리 하늘에 맡기자."

바보, 다시는 신 앞에 나가지 않겠다고 하더니. 박지안의 보송보송한 머리를 매만지며 나는 조용히 웃었다. 그리고는 그와 내가 함께 의지하게 된 하늘을 향해 경건하게 기도를 올렸다. 평생 이 남자와 함께하게 해주세요, 이 사람만 사랑하게 해주세요. 짧은 시간 동안 나는 수백 번 같은 말을 가슴속으로 반복했다. 절대자가 우리를 더 좋은 곳으로 인도해줄 것이라는 확신이 생길 때까지.

"아, 배고프다!"

내 품에 편안히 안겨 있던 박지안이 번쩍 상체를 일으키며 말했다. 새삼 어두컴컴한 차창 밖이 느껴지고 오늘 하루 치렀던 대장정이 영화처럼 스쳐갔다. 잊고 있던 허기가 급격히 밀려오자, 이제 좀 제정신으로 돌아오는 것 같아 기분이 한결 좋아졌다.

"뭐 먹으러 가지?"

"음……. 고기!"

"또? 민유리, 너 누가 '무인도에 고기랑 박지안, 뭘 가져갈래?' 물으면 고기라고 할 거지?"

"아니거든요!"

"다행이다, 고기한텐 이겼네."

"박지안을 가져가서……."

"응?"

"고기를 잡게 한다!"

"뭐?"

하하하, 시원한 웃음을 터뜨리며 박지안이 천천히 액셀러레이터를 밟는다. 나는 닿을 곳을 모르지만 조금도 불안하지 않다. 이제부터 박지안은 민유리를 세상에서 가장 좋은 곳으로 데려다 줄 것이다. 지금 이 시간 민유리는 그런 박지안과 평생 산소를 나누며 살아갈 것을. 그의 단 하나밖에 없는 사람으로 살아갈 것을, 하늘의 별에, 도시의 가로등에, 흐르는 강물에, 그리고 우리 엄마 아빠에게,

맹세한다.

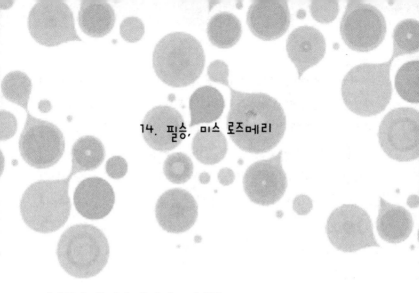

14. 필승, 미스 로즈메리

"귀동아, 밥 먹자. 배 많이 고팠지?"

어린애들 과자같이 바스락거리는 사료를 밥그릇 한가득 부어주었더니, 냄새를 쿵쿵 맡던 녀석은 영 흥미 없다는 듯 깨작대기를 반복했다. 얼마 전 다녀온 동물병원에서 다이어트 처방을 받은 귀동이는 입맛에도 맞지 않을 사료를 벌써 일주일째 먹고 있단다. '우우, 비빔밥 먹고 싶어요!' 혼신을 다해 절규하는 귀동이의 댕그란 두 눈을 나는 애써 모르는 척했다. 개 한 마리 앞에 두고 곤욕이 따로 없다.

"짜식, 다 너 건강해지라고 주는 건데!"

꾸역꾸역 사료를 입에 넣는 귀동이의 머리를 한 번 쓰다듬어주고, 나는 그대로 벌떡 일어나 기지개를 쭉 켰다. 우와, 가평이다. 정말 가평이다!

나이가 들어 힘에 부친다 하실 땐 언제고, 노부부의 팬션 허브는 평일에도 방이 꽉꽉 들어찰 만큼 성업 중이었다. 나는 오랜만에 뵙

425

는 사장님 내외에게 빈갈아가며 능짝을 한 대씩 얻어맞았다. 이놈의 계집애, 기껏 조카딸처럼 대해줬더니 도망을 가? 나중에 샤워하면서 보니까 빨갛게 손자국까지 나 있더라. 으아, 암튼 힘들도 장사서.

12월 29일, 머리카락 한 올 한 올이 꽁꽁 얼 것 같은 겨울이다. 이 계절에 팬션 허브에 있는 건 또 처음이네. 문득 마음이 설레어와 싱긋 웃고 말았다. 박지안을 처음 만났던 봄날, 그와 많은 이야기를 나누었던 여름밤, 내가 달아나야만 했던 가을, 그리고 새로운 마음으로 맞는 2년 후의 겨울…… 팬션 허브의 사계절 곳곳에 민유리가 묻어 있다고 생각하니 사춘기 소녀처럼 가슴이 벅차오른다.

"갑순이! 저녁 먹자!"

"네, 가요!"

박지안이 그렇게나 맛있게 먹었던 주인아주머니표 갈비찜, 오늘은 내가 다 먹어줄 테다. 흐흐흐!

- 방 이름이 어떻게 됐었지?

"로즈메리, 페퍼민트, 루이보스, 라임트리."

- 음……. 로즈메리! 너 예전에 그 방에서 살았잖아.

"땡!"

- 그럼……. 페퍼민트?

"빙고."

주인 내외를 놀라게 해드리려고 인터넷으로 미리 팬션을 예약했다. 페퍼민트, 예약완료, 예약자 이름은 이갑순. 아, 내가 왜 하필이면 그런 이름으로 예약을 했을까. '민유리'라고 하면 눈치채실 것 같아 가명 하나를 지었는데 고심 끝에 나온 작품이 '갑순이'였다. 아이고, 이 넘치는 작명 감각을 어쩌면 좋으니. 결국 자초지종을 알게 된 주인 내외는 나를 "갑순아!"라고 부르시게 되고, 나는 울며 겨자 먹기로 "네!" 하게 되고.

"나 여기 너무 좋아요. 다시 여기서 살까 봐."

- 민유리, 아서라. 거기 너무 멀어.

"왜요? 예전엔 잘 왔었잖아."

- 이젠 늙어서 못 가. 체력 달려.

"흥!"

정말 서른이 박지안의 코앞에 걸려 있다. "우와, 아저씨 같아!" 놀려줬더니, 지지 않겠다는 듯 "여자나이 스물아홉이면 아무도 안 주워가!" 한다. 불쌍한 널 이제 어떡하냐, 할 수 없지, 자원봉사 하는 셈치고 이 박지안이가 거둬줘야지. 듣자 듣자하니 약 올리는 게 한도 끝도 없다.

12월 31일, 박지안의 콘서트가 열린다. 연말 카운트다운 콘서트는 데뷔 이후 처음 해보는 거라며 그는 잔뜩 들떠 연습에 여념이 없다. 좀처럼 놀아주지 않는 박지안에게 입을 몇 번 삐죽거리다 나는 책 한 권을 달랑 들고 가평에 왔다. 요즘은 다람쥐 아가씨가 좋아할 만한 달달한 소설을 번역 중인데, 역시 가평의 신선한 공기를 마시며 일하니 속도가 쫙쫙 붙는다. 이건 뭐, 가히 슈퍼컴퓨터급 번역머신이다.

- 참, 박하사탕 너무 많이 먹지 마.

"왜요?"

- 이 썩어. 너 나이 들어서 이 하려면 얼마나 돈 많이 드는지 알아?

"쳇, 돈도 많이 벌면서."

- 어쭈, 내 재산에 얹혀사시겠다?

"나도 벌거든요! 흥!"

이건 톰과 제리도 아니고, 그저 서로 못 잡아먹어 안달이다. 어쩌다 우리가 이렇게 된 걸까? 우린 엄연히 연인인데, 흑흑.

"사탕 안 먹어요, 여기선."

- 왜?

"안 먹어도 박하 향이 나니까."

하늘색 시원한 페퍼민트. 이 방, 정말 좋았지. 처음 볼 때부터 홀딱 반해서는 여기서 살게 해달라고 주인 내외를 조르기도 했었다. 그러다 박지안이 이 방의 주인인 걸 알게 되고, 까칠한 그 남자에게 차마 방 바꿔달란 말을 못 해 가슴앓이도 하고. 머언 옛날인 듯한 그때를 추억하니 훌쩍 세월을 건너뛰어 버린 것만 같다. 이제 겨우 2년밖에 지나지 않았는데도 말이다.

다시 연습을 시작한다는 박지안에게 파이팅을 크게 외쳐주고, 나는 준비해온 와인을 신나게 꺼내 들었다. '팡' 하는 귀여운 소리와 함께 매끈한 코르크가 뽑혀나온다. 찬장을 열어 와인잔을 꺼내려다, 한쪽 구석에 다소곳이 놓인 사이다 컵이 눈에 띄어 성큼 집어들었다. 박지안이 봤으면 또 엄청 놀려댔겠구먼. 실없는 혼잣말을 중얼거리며 신선한 와인을 콸콸, 사이다잔에 반쯤 담았다.

"민유리, 너 이렇게 행복해도 되는 거니?"

한때 내 수영장이기도 했던 페퍼민트의 하늘색 침대에 걸터앉아 나는 발까지 동동 구르며 꺄르르 웃어댔다. 남들이 볼까 무섭지만,

행복해서 터질 것 같은 이 가슴을 정말이지 나도 주체할 수가 없다. 아빠, 엄마, 유진아, 박지안 씨, 민유리는 지금 세상에서 제일 행복한 사람이랍니다!

"갑순이!"

"어우 아주머니, 그렇게 부르지 마세요."

"왜? 유리보다 훨씬 잘 어울리는구먼."

아침식사에 초대되어 밥을 두 공기째 비우고 있는데, 두 내외가 갑순이, 갑순이 하며 뭐가 그리 좋은지 마주 보고 킬킬대신다. 이거 어르신들한테 벌컥 화를 낼 수도 없고……. "뭐, 좋으실 대로 하세요." 하며 체념한 표정을 지었더니, "삐친 척한다고 그만 할 것 같아?" 하면서 또 웃으신다. 아무튼 명랑들 하셔. 주인 내외의 금실 좋은 노후 생활은 언제 봐도 부럽고 또 부럽다.

"갑순이 떠나고 지안 총각, 아니지, 갑돌이가 얼마나 힘들어했는지 알아?"

"갑돌이요? 푸하하."

"자기가 갑순이면 지안 총각은 갑돌이지, 뭐."

"왜요? 갑돌이가 달 보고 울던가요?"

"아이고, 달만 보고 울어? 귀동이 보고도 울고, 로즈메리 문패 보고도 울고, 소주병 보고도 울고……."

"……."

"아무튼 갑순이! 자기는 갑돌이한테 많이 혼나야 해."

"사장님, 사모님한테 더 죄송하죠. 그렇게 말도 없이 떠나버려서……. 저 사과드리러 온 거예요. 정말 죄송해요."

"그럼 귀동이한테 먼저 사과해. 만날 밥 주던 사람이 없어서 그런 가, 애가 몇 주간은 영 먹지도 못하고……."

에이그, 우리 기특한 귀동이. 누나도 네가 얼마나 보고 싶었는지 몰라. 건강하게 잘 지내고 있을까, 밥은 잘 먹고 있을까 매일 매일 걱정했는걸. 애완동물 같은 건 자라면서 한 번도 길러본 적 없었는데, 너랑 지내다 보니 왜 사람들이 동물을 기르는지 조금이나마 알 것 같았어.

"유리 처자."

"네?"

"무슨 일인지는 모르겠지만…… 두 사람 다 잘 해결된 건 맞지?"

"그럼요. 걱정하지 않으셔도 돼요, 사장님."

"이제 날만 잡으면 되겠네, 그럼?"

"날이라뇨?"

"식 안 올려? 둘 다 나이도 꽉 찼는데 어여 해야지!"

어이쿠, 아직 그럴 예정은 없어요. 나는 쑥스럽게 웃으며 겨우 말을 돌렸다. 세상에, 글로벌스타 박지안과의 결혼이라니! 사장님, 저 결혼식장에서 날계란 맞고 싶진 않답니다. 박지안이 점점 더 나이를 먹고, 조금씩 후배들에게 자기 자리를 물려주고, 대중들의 관심에서 한 발짝 물러날 때, 그때라면 또 모를까요. 그런데 그런 날이 오려나? 지금의 박지안으로선 도무지 상상이 되질 않는데.

뭐 어때, 민유리가 시집 못 가 안달 난 노처녀도 아니고. 그냥 박지안 곁에 찰싹 붙어 있다 보면 언젠가는 때가 오겠지 싶다. 미래는 하늘이 다 알아서 돌봐주실 거야. 그냥 넌 지금을 살아, 민유리.

　박지안 콘서트에 사장님 내외분도 모시고 갈 수 있다면 좋았을 텐데. 연말연시 대목인 팬션을 도저히 비울 수 없다며 노부부는 나보다 몇 배는 더 아쉬워하신다. 나는 아주머니를 한 번 꼭 껴안아 드린 뒤 박지안의 은갈치에 올랐다. 이 차는 요즘 주인보다 내가 더 자주 몰고 다닌다. 너 운전면허 있었어? 말도 안 돼, 그래놓고 그동안 이 박지안을 기사 부리듯 했단 말이야? 이글이글 분노의 눈빛으로 차키를 휙 던져주던 그의 얼굴이 떠올라 큭큭 웃음이 터졌다.
　다음에 올 때는 꼭 갑돌이도 데리고 오겠다고 인사드리며 나는 팬션 앞마당을 서서히 빠져나갔다. 귀동이가 멍멍, 은갈치를 향해 작별인사를 한다. 귀동아 잘 있어. 누나가 다음번엔 고추장 맛 사료를 사올게. 그런 걸 팔지는 모르겠지만.

　큰 도로로 진입하기도 전에 성질 급한 박지안에게서 전화가 걸려온다. 핸즈프리의 통화 버튼을 누르니 다짜고짜 "민유리, 출발했어?" 한다. 새벽부터 이 남자는 오늘 같은 날 서두르지 않으면 차 막혀서 큰일 난다며 온갖 닦달을 해댔었다. 아이고, 갑니다 가요. 하라는 리허설은 안 하고 농땡이부리기는.
　- 혁이랑 희주 만나서 같이 와.
　"알았어요. 근데 윤혁 씨는 게스트출연 안 해요?"
　- 귀찮대.
　아아, 이 갱년기 아이돌들을 어쩌면 좋아.

- 민유리, 너 기억나?

"뭘요?"

- 나 오래 기다리게 한 거 복수한다고 했었잖아.

"아, 기억나요. 그 이후로 조용하기에 복수 접으신 줄 알았더니?"

- 접기는 무슨! 기대해라, 이따.

"뭐, 뭔데요!"

- 복수를 미리 가르쳐주고 하는 놈이 어디 있냐? 끊어, 전화 길어지면 사고 난다. 도착하면 연락해.

그렇게 통화가 끝나자, 나는 알 수 없는 불안감에 사로잡혔다. 혹시 이 남자, 콘서트장에서 날 곤란하게 만들려는 건 아닐까? 갑자기 무대 위로 끌어올려서 '얘가 제 여자친구입니다!' 하고 고백을 한다거나 하는…… 으악! 관객들의 눈에서 뿜어져 나올 레이저빔을 생각하니 벌써부터 소름이 오소소 돋는다. 그래, 자기도 생각이 있으면 그렇게 민망한 시추에이션까진 안 벌이겠지. 믿어보자, 믿어봐!

하면서도, 이런 곤란한 상황을 빼면 공연장에서 딱히 복수라고 할 만한 게 없는데 싶다. 어휴, 미치겠네. 도대체 무슨 꿍꿍이냐, 이 사악한 갑돌이 자식아!

대기실로 찾아가 얼굴이나 볼까 하다가 유난 떨어 좋을 게 없을 것 같아 그냥 객석에 있기로 했다. 혹시나 하는 마음에 '나 왔음ㅋㅋ' 하고 문자를 보냈더니 그 정신없는 와중에도 전화기를 붙들고 있었는지 금방 '웰컴!' 하는 답장을 보낸다. 이내 기분이 달달해진다.

어찌하다 보니 윤혁과 희주 사이에 끼어 앉게 되었는데, 이거 완전 스캔들 방지용으로 투입된 작전요원이 따로 없다. 꽁꽁 싸매고 온 윤혁과 희주를 용케도 알아본 사람들이 너도나도 휴대전화 카메라를 꺼내 든다. 가운데 낀 나만 몹시 난처하게 됐지만 차마 싫은 소리는 할 수가 없었다. 제법 오래 사귀고도 소문 한 번 안 난 이유가 다 이렇게 주변 사람 이용해먹어서구만, 요 영악한 것들.

12월 31일 밤 11시. 야심한 시각에도 불구하고 빽빽이 들어찬 사람들로 인해 공연장은 발 디딜 틈조차 없었다. 지정좌석이라 그나마 다행이지, 스탠딩이었으면 압사당할 뻔했다. 희주는 소녀 팬들이나 구입하는 야광봉을 양손에 쥐고서는 잔뜩 신이 나 있다. 윤혁은 이 시끄러운 데서 잠이 오는지, 팔짱을 끼고선 꾸벅꾸벅 졸아댔다.

나는 끊임없이 주변을 두리번거렸다. 이곳을 찾은 모든 사람이 오직 박지안 하나만을 기다리고 있다는 사실이 어쩐지 믿기지 않는다. 헤아릴 엄두조차 나지 않는 이 많은 이들을 만족시키기 위해 박지안은 지난 몇 주간 연습에 땀을 쏟았고 그러다 다쳐서 피까지 흘렸다. 그 노력이 헛되지 않도록, 부디 오늘의 손님들이 활짝 웃으며 돌아갈 수 있었으면 좋겠는데.

"꺄아악!"

장내 모든 불빛이 소등되자, 공연시작을 눈치챈 관객들이 목이 터져라 고함을 지르기 시작했다. 단독 콘서트는 아직 해본 적이 없다는 희주가 "어떡해, 내가 더 떨려!" 한다. 하지만 나는 조금도 떨리지 않는다. 박지안이 실패할 리 없기 때문에, 박지안이 잘 해내지 못할 리 없기 때문에. 지금부터 내가 할 일은 그를 굳게 믿은 채, 그의 발걸음에 시선을 맞추고, 그의 노래에 온 마음을 집중하는 것이다.

"아아익!"

"오빠!"

"박지안!"

혈관까지 쿵쿵 울려대는 드럼 비트에 맞춰 스무 명이 넘는 백업 댄서들이 격렬한 춤을 춘다. 긴장감과 기대감이 한껏 고조되는 그때, 무대 아래에서부터 리프트를 타고 오늘의 주인공이 서서히 모습을 보이기 시작했다. 양쪽으로 설치된 대형 멀티비전에 박지안의 얼굴이 가득 클로즈업된다. 엄청난 숫자의 관객들 앞에서도 조금도 위축되지 않은 채 그는 두 눈 가득 강렬한 빛을 담아 당당하게 정면을 바라보았다. 박지안이기에 가능한, 박지안표 자신감. 그 순수하고 건강한 에너지에 도취한 관객들이 온 힘을 다해 환호를 보내고 있다.

무대 위의 박지안, TV 속의 박지안, 스크린의 박지안을 보고 있노라면 나는 가끔 저 사람은 내가 아는 박지안과 다른 존재가 아닐까 하는 생각이 들 때가 있다. 사실 조금은 두려워지기도 한다. 어느 날 갑자기 내가 아는 박지안이 사라지고 무대 위의 박지안만 남을 것 같아서. 아직도 나는 나와 조금 다른 세계에서 살아가는 그에게 완벽하게 적응하지 못한 듯하다.

하지만 그와 내가 분리되어 있는 현실 일부를 나는 애써 부정하지 않을 것이다. 하나하나 따지고 들자면 세상에 완벽하게 일치하는 사람이 어디 있겠어. 그와 내가 다른 세계에 사는 것이 중요한 게 아니라, 그와 내가 같은 세계를 공유하고 있다는 것이 몇 배는 더 중요하다는 것을 나는 차근차근 배워가고 있다. '글로벌스타' 박지안의 곁에 머무르면서.

그가 몇 날 며칠을 고뇌하며 만들어낸 멜로디들이 드넓은 공연장을 가득 메운다. 남이 주는 노래로는 성에 안 차 작곡공부를 하게 됐는데 생각보다 결과물이 좋아서 자기도 놀랐단다. 아무리 생각해봐도 박지안은 사랑받을 운명을 타고난 사람이다. 그런 사람을 애인으로 얻게 된 나는, 두말할 것도 없이 복 받은 거고.

땀으로 샤워를 한 박지안이 잠시 숨을 돌리러 무대 밖으로 나간 사이 유재인이 게스트로 출연하여 몇 곡을 열창한다. 풋풋한 스무 살의 어린 청년을 보고 있자니 문득 이즈음 데뷔했을 박지안이 떠올라 웃음도 나고 안쓰럽기도 하다. 그때도 박지안을 알았더라면 참 좋았을 텐데……. 허무하게 흘러간 지난 시절이 또 한 번 아쉽게 다가온다.

"여러분, 와주셔서 정말 감사합니다."

유재인의 무대가 끝나자, 말끔한 새 옷을 갈아입은 박지안이 무대 위로 재등장했다. 정신이 멍멍해질 만큼 큰 함성이 이어졌다. 그가 오른손 검지를 입에 가져다 대며 "쉿!" 한다. 말 잘 듣는 어린아이라도 된 것처럼 수만 명의 관객이 일순 조용해졌다.

"이제 약 1분 후면 새해가 밝아옵니다. 카운트다운하실 준비, 다들 되셨죠?"

"네!"

"저와 함께 새해를 맞이해주셔서 진심으로 고맙습니다. 고맙습니다! 고맙습니다!"

박지안이 꾸벅꾸벅 허리를 굽혔다. 진심이 가득 담긴 그의 인사에 팬들이 꺄악, 아낌없이 화답을 보냈다.

"……5, 4, 3, 2, 1, 와아아!"

공연장에 모인 모든 사람이 한마음이 되어 새로운 1년을 맞았다. 서른 축하해, 박지안 씨, 스물아홉 축하해, 민유리. 카운트다운을 외치는 관중의 열기에 휩쓸린 채로 나는 그와 나의 앞날에, 그리고 이곳에 모인 모든 사람의 앞날에 오직 축복만이 가득하기를 기도했다.

"새해를 맞아 사랑하는 팬분들께 보고해야 할 일이 있습니다."

"꺄악!"

드디어 시작이네, 내 오른편에서 윤혁이 조그맣게 속삭였다. "응?" 하고 물었지만 그는 피식 웃기만 한다. 도대체 무슨 일이야? 설마 정말로 낮에 우려했던 그 민망한 프러포즈 따위를 벌이려는 건 아니겠지? 화장실을 핑계로 도망가버리려고 핸드백을 챙겨 들었는데, 희주가 귀에 대고 "언니, 오빠가 복수한대요!" 하며 내 팔짱을 꼭 껴버린다. 이건 분명, 혹시 민유리가 튀려고 하거든 붙들고 놔주지 말라는 박지안의 사전지시가 틀림없다.

"여러분! 정말 죄송합니다!"

"꺄아악! 왜요!"

"저 박지안은, 오늘을 마지막으로 잠시 모습을 감춥니다."

"꺅! 뭐야!"

"몇 주 후 저는……."

"아아악!"

"군인이 됩니다!"

"악! 안 돼!"

응? 뭐가 된다고? 구, 군인? 군인이 뭐지? 멍청한 표정으로 "희주 씨, 군인이 뭐더라?" 했더니 우스워 죽겠다는 듯 그녀가 배를 잡고 깔깔거린다. 서, 설마 내가 생각하는 그 군인은 아니지? 초코파이 하나에 목숨을 걸고, 지나가는 할머니도 여자로 본다는 그 특수종족은 아닌 거지? 그런 거지?

"서른입니다. 스물두 살에 데뷔해 벌써 8년이 지났네요. 어떻게든 미루면서 여러분 곁에 오래 있으려고 했던 건 제 철없는 욕심이었습니다. 하지만 이제, 저에게 주어진 책임을 다해야 할 때가 왔습니다."

"가지 마세요!"

"싫어요!"

"이래 봬도 현역으로 갑니다. 며칠이라도 더 빨리 돌아오도록 육군 다녀오겠습니다. 스무 살 병장님을 모실 생각하면 겁도 나지만 서른 살 이병 박지안, 최선을 다하겠습니다!"

걱정과 감동으로 눈물바다가 된 객석을 보며 나는 그저 멍하게 서 있을 뿐이었다. 윤혁이 "형수, 괜찮아?" 하며 조심스레 물어왔지만 차마 대답을 건넬 정신이 없었다. 복수가 이거였구나. 내가 2년쯤 기다리게 했다고 자기도 꼭 2년을 기다리게 만드는구나. 이제야 박지안이 남긴 말의 의미를 전부 이해하겠다.

치사한 박지안, 얄미운 박지안, 뒤끝 한번 긴 박지안. 너 이 자식, 최전방으로나 떨어져라. 인민군이랑 눈싸움이나 해라!

"사죄의 의미로 노래 한 곡 선물하겠습니다. 미공개 자작곡인데요."

"꺅! 박지안!"

"와인잔보다는 사이다 컵이 되고 싶단 마음으로 썼습니다. 쉽게 깨지기 싫거든요."

"꺄아악!"

"'유리'. 들어주세요."

그가 지그시 눈을 감는다. 오케스트라의 잔잔한 선율이 공연장을 가득 채운다. 희주의 한마디가 내 손을 꼭 잡는다. 비로소 참았던 눈물이 펑펑 쏟아졌다.

"화났어?"

"……."

"미안해. 놀라게 해주려고……."

"놀라게 할 게 따로 있지, 이런 중요한 이야길 지금까지 숨겨요?"

"그게 그러니까……. 이렇게 화낼 줄은 몰랐지."

박지안이 우왕좌왕, 어쩔 줄을 모른다. 콘서트 뒤풀이에 같이 가자는 윤혁을 뒤로한 채 나는 곧장 택시를 타고 집으로 돌아와 버렸다. 말로 설명할 수 없을 만큼 기분이 너무 묘해서, 1분 1초라도 빨리 혼자 있고 싶어졌다. 그런데 오늘의 주인공인 이 사람은 내가 뒤풀이에 나타나지 않았다는 걸 알자마자 앞뒤 제쳐놓고 무작정 달려와서는 기분을 풀어주는 데에 혈안이 되어 있다.

"얼른 가요, 사람들 기다리잖아."

"같이 가자."

"싫거든요!"

"유리야아……."

딱히 화가 난 건 아닌데 괜히 툴툴거려주고 싶다. 난처해하는 박지안의 얼굴이 귀엽기도 하고, 사실 조금은 밉기도 하고. 세상에, 복수

할 게 따로 있지 어디 신성한 국방의 의무로 복수질이야, 복수질이!
왜? 차라리 말뚝 박겠다고 하지!

"기다려줄 거지?"

"잘도 기다리란 말이 나오네?"

"어, 안 기다려줄 거야?"

"흥!"

"미안해, 내가 이렇게 싹싹 빌게. 아니지, 무릎이라도 꿇을까?"

"됐거든요!"

소리를 빽 지르며 기어코 엉엉 울어버리고 말았다. 조금 전까지 잔
뜩 골난 표정이었던 민유리가 갑자기 목이 터져라 울어대니 박지안
이 두 배는 더 당황해서 펄펄 뛴다. 단단히 겁을 먹은 모양인지 얼굴
까지 하얗게 질렸다.

"내가 진짜 못 살아!"

"유리 님, 죄송해요! 잘못했어요!"

"이게 뭐야! 내가 스무 살짜리도 아니고!"

"응?"

"이 나이에 남자친구를 군대 보낸다는 게 말이나 돼요? 아악!"

"드, 듣고 보니 그러네……."

"나이 서른에 고무신 소리나 들어야 하느냐고요! 아우, 창피해! 억
울해!"

"으하하, 미안, 미안해."

남들 다 겪어보는 짝 잃은 고무신 노릇, 용케도 패스했구나 안도
하고 있었건만. 민유리, 다 늙어서 이게 무슨 날벼락이야. 어디 가서

439

하소연도 못 하고, 정말이지 돌아버리겠다.

도대체 우리는 언제쯤이면 찰떡같이 꼭 붙어 지낼 수 있을까. 같은 나라 같은 도시에서 숨 쉬고 있는데도 왜 매일을 함께할 수 없는 거냐고. 이게 다 박지안 때문이다. 남들은 공익으로 잘만 빠지더구면, 이 인간은 무슨 똥배짱으로 현역이래, 현역이! 이 웬수! 웬수! 웬수 덩어리!

"쏘주 어디 있어, 쏘주! 마시고 죽을 거야! 흑흑……."

눈물범벅이 된 채 냉장고를 뒤지는 나를 보며 박지안이 배꼽이 빠져라 웃어댄다. 지금 웃음이 나오냐 이 나쁜 놈아! 으아악, 차라리 날 밟고 가라!

"푸하하!"

일요일 저녁, 나는 페퍼민트에 앉아 TV를 보고 있다. 한 예능프로그램에서 인근 군부대를 방문했는데, 하필이면 그곳이 박지안이 소속된 부대라며 출연진들이 호들갑을 떠는 중이었다. 흥, 다 알고 일부러 찾아간 거면서. 아무튼 조작방송 저거 진짜 문제라니까.

"상병 박, 지, 안!"

말끔한 군복차림의 박지안이 카메라를 향해 거수경례를 붙인다. 진흙탕에서 삽질하느라 옷 마를 날 없다 할 땐 언제고, 방송 나온다 하니 간만에 다림질 좀 했나 보다. "아니, 입대한 게 아니라 전쟁영화 찍으러 오셨어요? 어쩜 이렇게 군복을 입어도 멋있으세요?" 늘씬한 여자연예인들이 박지안의 양옆에 찰싹 붙어서 입이 마르게 칭찬을 건넨다. 그가 쑥스럽게 웃으려다, 이내 얼굴을 딱딱하게 굳히곤 "아닙니다! 그렇지 않습니다!" 한다. 어머, 저 가식적인 인간 좀 보게, 평소 같았음 '당연하지, 박지안인데.' 할 거면서. 군기가 바짝 든 그를 보고 있자니 너무 웃겨서 머리가 다 아플 지경이다.

박지안은 사랑받아 마땅한 사람이다. 사랑받을 운명을 타고난 게 아니라, 스스로 자기가 받을 사랑을 찾아가는 똑똑한 사람. 양부모에게 내리사랑을 받을 수 있었던 것도, 대중들에게 무한한 응원을 얻을 수 있었던 것도, 요안나와 애틋한 진심을 나눌 수 있었던 것도 그가 그만큼 자신의 삶에 충실했기 때문 아닐까. 지금도 그는 쉬운 길을 마다한 채 고생문이 훤한 길을 택했다. 덕분에 기존의 여성 팬뿐만 아니라 수염이 드글드글한 수많은 예비역에게까지도 전폭적인 지지를 얻고 있고. 아무튼 저 인간은 여러모로 우등한 생물체다 싶다.

아, 이건 아직 극비사항인데, 그는 제대 후 방송활동을 서서히 접을 생각이란다. 대신 가능성 있는 어린 후배들을 발굴해 프로듀싱을 맡을 거라나. 가수생활 좀 더 하지 왜 그러냐고 아쉬워했더니, 잘 키운 아이돌 하나 열 박지안 안 부럽다며 그는 현재 의욕에 가득 차 있다. 하긴, 유재인도 절반 이상 자기가 키운 거나 마찬가지니 적어도 말아먹진 않겠지. 말아먹으면 또 어때, 번역머신 민유리가 있는데 후후.

"갑순이! 갑돌이 몇 시 도착이래?"

"내일 12시쯤이요!"

내선전화로 주인아주머니가 박지안의 도착시각을 또 한 번 체크한다. 그는 내일을 시작으로 3박 4일간 포상휴가를 나온다. 군바리 댄스경연대회에서 우승을 했다나 뭐라나. 얼마 전 만났을 때 "군인들, 생각보다 휴가 사주 나오네." 했더니, 대뜸 내 머리를 콩 쥐어박으며 "네가 들어가 봐, 자주 같은가!" 했었다. 흥, 늙다리 군인 주제에 잘난 척은, 지지 않고 마구 놀려줬더랬지.

문 밖에서 귀동이가 왈왈 짖는다. 식료품 배달이라도 온 모양인지 반기는 소리가 두 배는 더 큰 것 같다. 박지안, 또 배가 뺑 터져서 복귀하겠구먼. 상다리가 휘어질 만큼 음식을 차려주시는 손 큰 주인아주머니를 생각하니 절로 마음 한편이 따스해진다.

"건강하십시오, 필승!" 하며 작별인사를 하는 TV 속 박지안의 얼굴을 나는 손을 뻗어 가만가만 쓰다듬었다. 지금은 그저 차가운 화면이 닿을 뿐이지만, 내일 이 시간엔 따뜻한 그의 체온이 고스란히 신경을 타고 느껴질 것이다. 오늘 밤이 빨리 지나갔으면……. 나는 애꿎은 달을 흘기며 원망을 쏟아냈다. 떠 있는 달이 무슨 죄라고.

서른하나. 나는 이제 곧 다가올 나의 서른하나를 기다린다. 빨리 성인이 되고 싶었던 열아홉 사춘기 이후로 나이 먹기를 기다린 적은 처음이라 어쩐지 어색해지기까지 한다. 하지만 민유리의 서른하나는 그간 살아온 다른 어떤 시절보다 더욱 찬란할 것을 믿는다. 서른두 살의 프로듀서 박지안과 함께하는 서른한 살의 번역가 민유리. 그 반짝이고 아름다울 날을 위해, 평안하고 행복할 날을 위해, 오늘도 나는 페퍼민트 향 나긋한 이곳에서 두 손 모아 기도한다.

하느님,
박지안을 주셔서 감사합니다.

슈퍼스타 처제 되기

형부의 말년휴가가 하루 앞으로 다가왔다. 나는 형부에게 D-Day를 기념하는 문자메시지를 날렸다. 군인이 부대에서 휴대전화를 쓸 수 있으리라곤 상상도 못 했다. 형부의 말에 따르면 "병장 짬에 안 되는 게 어딨어."란다.

이제 날이 밝으면, 형부와 나는 대형 사고를 칠 것이다. 아, 이건 언니한테 비밀이다.

"언니, 지금 낳아도 노안이야."

"지적을 하려거든 제대로 해라. 노안(老顔)이 아니라 노산(老産)이겠지."

"아, 그렇구나."

사건의 발단은 이러했다. 언니와 저녁식사를 하려고 시끌벅적한 레스토랑을 찾았는데, 옆 테이블에 젊은 부부가 세 살쯤 되었을 꼬맹이를 데리고 외식을 하고 있는 거다. 엄마 아빠가 썰어주는 고기를 넙죽넙죽 잘도 받아먹는 꼬맹이를 보며 나는 언니에게 짐짓 걱정스러운 투로 말했다. 언니, 지금 낳아도 노안, 아니 노산이야. 얼른 결혼해야지.

순간 언니의 표정이 미묘하게 굳었다. 결혼은 무슨, 아직 멀었어, 그렇게 말하는 언니는 어쩐지 기운이 쪽 빠진 듯했다. 복잡 산만할 그 마음을 어느 정도는 알 것도 같다.

"엄마 아빠한테 말 좀 하지?"

"그게……."

"언제까지 비밀로 할 거야?"

"당장 인사시키라 하실까 봐 무서워서……."

"하여간 불효녀. 간은 콩알만 해가지고."

가끔 엄마와 통화를 하면 엄마는 내게 몇 번이고 "유리는 요즘도 만나는 남자 없니?" 하고 물으셨다. 언니의 처지를 생각해 모르쇠로 일관하고는 있지만, 혹여나 큰딸이 노처녀로 말라비틀어져 갈까 봐 애간장을 태우는 엄마 목소리를 들으면 괜히 죄를 짓고 있는 듯한 기분이었다.

"당장 결혼은 안 하더라도 말씀은 드려야 하는 거 아니야? 형부랑 언니, 꽤 오래 사귄 셈인데."

"그 사람 지금 군대 가 있잖아……."

"어쨌든 내가 엄마 아빠면 무지 섭섭할 거야. 삼척동자도 다 안다는 박지안이랑 사귀면서 어떻게 그걸 숨겨?"

"쉿! 조용히 해, 남들이 듣겠다."

본능적으로 고개를 숙인 언니가 급파된 스파이마냥 레스토랑의 전후좌우를 살폈다. 하지만 어느 누구도 우리의 대화에 관심을 두지 않았다. 각자 식사하기에만 바쁜 사람들을 보며 언니가 민망한 듯 얼굴을 붉혔다.

"그러다 강박증 걸리겠다."

"강박증은 무슨."

휴, 풀죽은 언니가 조그맣게 한숨을 내쉬었다. 그런 언니를 보고 있자니 가슴 한편이 꽤나 불편해졌다. 이거, 무슨 대책이라도 세워야지 가만있어선 안 되겠다 싶다.

"네? 뭘 보라고요?"

출근준비를 하고 있는데 언니 방에서 불쑥 고함이 터져 나왔다. 나는 블라우스 단추를 끼우다 말고 부리나케 언니에게 달려갔다. 얼굴이 벌게진 언니가 전화기를 붙잡고 잔뜩 당혹스러워하고 있었다. '미쳐버리겠네', 언니의 이마에 꼭 그렇게 새겨져 있는 것 같았다.

"누구야? 무슨 일인데?"

전화를 끊고 멍하니 앉은 언니에게 기다렸다는 듯 질문을 던졌다. 엄마야, 언니가 대답했다. 아니, 엄마랑 통화하면서 저렇게 질릴 건 또 뭐래, 나는 한껏 의아한 표정을 지었다.

"맞선보래."

"뭐, 뭐?"

"서른다섯 살 전문의래. 이런 기회 두 번 다신 없다고 무조건 보래. 안 나가면 호적에서 파버릴 거래. 이번엔 엄마도 단단히 작정하셨나봐. 유진아, 나 어떡하지?"

"참 답답하다. 그러니까 얼른 박지안 애길 하라고!"

"그 사람 제대해도 바로 결혼 못 하는 거 알잖아. 게다가……."

"게다가 뭐?"

"지안 씨랑 나랑 헤어지기라도 하면 어떡해? TV에 자꾸 지안 씨 나올 텐데, 그때마다 엄마 아빠 속상해서 어찌하느냐고."

"헤어질 거야?"

"그건 아니지만……. 사람 일이라는 건 모르는 거니까."

"하여간 쓸데없이 걱정만 많아요."

언니가 염려하는 바가 뭔지 모르는 건 아니다. 박지안이 보통 인물도 아니고, 부모님 앞에 데리고 가기에 언니로서는 여러모로 맘에 걸리는 게 많을 거다. 하지만 맞선 이야기까지 나온 마당에 뭘 더 어떻게 도망가겠단 말인지! 나는 혀를 쯧쯧 차고 다시 내 방으로 돌아와 옷매무새를 마저 만졌다. 다녀올게, 크게 인사를 하고 현관을 나서는 동시에 형부에게 문자메시지를 보냈다. '박 병장, 시간 날 때 연락 좀 주시게.'

굳이 한국에 돌아오겠다고 생각했던 건 아니었다. 일본에서 적당한 일자리를 구한다면 아예 뿌리를 박을 의사도 있었다. 하지만 형부네 회사에서 급하게 일본어 네이티브 인력이 필요하다는 말에 나는 한 치의 망설임도 없이 짐을 싸 귀국했다. 재인아 기다려라, 누나가 간다.

"。。。発売されました。ぜひ聞いてください。(……발매되었습니다. 꼭 들어주세요.)"

"하, 하츠바이…… 뭐라고요? 다시 한 번만."

"하츠바이 사, 레, 마, 시, 타! 아아악! 지금 이 문장만 백 번째거든?"

"어려워요, 힝."

하지만 유재인 하나만을 목표로 했던 나의 코리안드림은 이렇게 산산조각이 났다. 유재인은 바보였다. 일본어 문장 한 줄을 외우는 데 두 시간을 잡아먹는, 역사서에 기록될 만한 초특급바보. 이래서 일본진출 하겠니? 일본 텔레비전에 나갈 수는 있겠니? 나는 재인이에게 일본어를 가르치면서, 사람이 얼굴이 전부가 아니라는 진리를 비로소 절실히 깨달을 수 있었다. 아, 코스케가 보고 싶다, 코스케가 보고 싶어!

"어, 누나, 전화기 진동 와요. 박 병장? 아, 지안 형이구나!"

"시끄러워, 나 통화 끝날 때까지 이거 못 외우면 신문사에 네 아이큐 다 꼬질러버릴 줄 알아!"

징징거리는 재인이를 뒤로하고 문 밖으로 나왔다. 필승, 하며 전화를 받자 형부가 하하 웃는다. 지금 팔자 좋게 웃을 때가 아니거든요, 박 병장님.

- 무슨 일 있어, 처제? 아, 재인이랑 다른 애들 진도는 좀 어때?

"유재인은 바보고, 다른 애들은 그럭저럭요. 형부, 걔들이 문제가 아니에요. 언니 선본다는 얘기 들었어요?"

- 뭐?

"선! 맞선! 소개팅! 그걸 한다고요!"

- 아니, 왜?

"형부랑 언니랑 사귀는 거, 우리 부모님은 아직 모르시잖아요. 딸이 서른을 넘었는데 시집보낼 걱정 안 하는 부모가 어디 있겠어요."

– 그런가······.

"이대로 둘 거 아니죠?"

– 당연히 아니지!

"그럼 어떡할 거예요?"

– 인사드리러 가야지!

"언제요?"

– 닷새 후에 말년휴가야. 말 나온 김에 그때가 어떨까?

"알았어요. 맞선 날짜는 최대한 미뤄볼 테니까 형부는 거사(巨事)를 어떻게 치를지 고민해보세요."

– 오케이. 아, 유리한테는 일단 비밀로 하자. 또 잔소리할 테니까.

"라져(roger)."

형부와 통화를 마치고 나는 두 주먹을 불끈 쥐며 다시 안으로 들어갔다. 재인이가 내 굳은 주먹을 발견하곤 화들짝 놀란다. 얼씨구, 경기 일으키는 걸 보니 하라는 공부는 안 하고 딴 짓하고 있었구먼.

"다 외웠어?"

"왜 이렇게 입에 안 붙죠? 어차피 이것도 사람 말인데."

"유재인, 후배가 너보다 먼저 일본 가서 히트 치면 기분 참 좋겠다? 너 모르지? 승우는 일취월장이야. 조만간 프리토킹도 되겠던데?"

"에이, 승우보다 제가 훨씬 잘생겼잖아요. 얼굴로 승부하죠, 뭐."

"요게!"

아하, 내 주먹이 애 때리라고 쥐어진 거였구나. 나는 꽁 소리가 나도록 재인이의 이마를 세게 쥐어박았다. 잔뜩 울상이 된 녀석이 이마를 문지르며 억울한 듯 말했다.

"아우, 이따 잡지촬영 있는데 부으면 어떡하라고요!"

"괜찮아, 솔직히 얘기해. '일본어 선생님이 못한다고 때렸어요.' 하고."

"누나, 나한테 이렇게 막 대하는 사람, 누나 말고 아무도 없어요! 내가 얼마짜린데요!"

"놀고 있네, 난 박지안 밑으로는 취급 안 하거든! 헛소리 말고 다시 해!"

입씨름에서 패배한 재인이가 구시렁거리며 교재에 얼굴을 묻었다. 에휴, 답답하다. 이놈의 바보를 어찌하면 좋을꼬.

형부와의 눈물 젖은 상봉을 기대했던 언니는 휴가 취소라는 날벼락 같은 통보에 그만 이성을 잃고 말았다. 언니는 거친 손놀림으로 맥주 캔을 딴 다음 단숨에 절반을 꿀꺽꿀꺽 삼켰다. 아이고, 체할라, 좀 천천히 마시지.

"세상에, 살다 살다 말년휴가를 반납하겠단 사람은 처음 본다. 너 무하는 거 아니니, 박지안?"

"군 생활이 재미나나 보지, 크크."

"하여간 미치겠다. 이 사람은 내가 지금 어떤 곤욕을 치르고 있는지도 모르고……."

"형부한테 말 안 했어? 선보란 소리 들었다는 거."

"괜한 걱정할까 봐 안 했지."

괜한 걱정은 자기가 다 떠맡으시겠다? 하여간 착한 건지 미련한 건지, 우리 언니지만 참 알다가도 모르겠다. 연거푸 맥주를 들이켜며 푸념을 늘어놓는 언니를 향해 나는 얄궂은 미소를 지어 보였다. 언니, 본의 아니게 참 미안해, 흐흐.

[우리 엄마는 꽃을 좋아해요 빨간 거보다 보라색]

[접수완료. 또?]

[우리 아빠는 저녁 식사 하면서 반주 걸치는 걸 즐기세요]

[양주? 소주? 와인? 주종은?]

[비싼 거]

[알았어! 이거 로마네꽁띠라도 공수해야 하나.]

[그렇게까진 말고요ㅋㅋ]

식탁 밑에 전화기를 숨기고 형부와 열심히 문자메시지를 주고받았다. 기분이 상할 대로 상한 언니는 내가 뭘 하든 안중에도 없어 보인다. 언니, 너무 상심하지 마, 이게 다 언니를 위해서라니까.

"우리 오랜만에 집에나 내려갈래? 어차피 형부도 안 오는데."

"싫어! 내려갔다가 선보는 날까지 감금당하면 어떡해!"

"내가 도와줄게. 언니 선볼 맘 없는 것 같다고 해주면 되잖아. 전화로 백날 떠드는 것보다 얼굴 맞대고 설득하는 게 훨씬 잘 먹히는 법이야."

"너, 잘할 수 있겠어?"

"당연하지, 우리 아빠가 또 내 애교에 끔뻑 죽잖아. 나만 믿어, 나만."

언니가 미심쩍은 눈빛으로 나를 바라본다. 분명 속으로 '이 계집애가 웬일이래, 도와주겠단 소릴 다 하고.' 따위의 생각을 하고 있을 거다. 언니, 미안하지만 난 언니를 도와주려는 게 아니야. 단지 슈퍼스타 박지안의 처제가 되고 싶을 뿐이야, 음하하하!

"대체 선을 안 보겠다는 이유가 뭔데? 네가 후딱 시집을 가야 유진이도 보낼 거 아니야!"

"아우, 엄마. 내가 알아서 할 테니까 너무 독촉하지 마요. 나 아직 결혼 생각 없다니까."

"니 나이가 몇이니? 첫사랑에 실패만 안 했어도 벌써 학부모 됐겠다!"

엄마의 '학부모' 강편치에 언니의 넋이 잠시 나갔다 돌아왔다. 나는 그 광경이 하도 우스워 킥킥거리다 언니에게 꼬집기 공격을 당했다. 아얏, 짧은 비명을 질렀더니 엄마가 왜 애먼 데 화풀이냐며 언니를 나무란다. 언니가 매서운 눈초리로 내 쪽을 노려보았다. 아이고, 가운데서 난감하기 이를 데가 없다.

결국 엄마와 언니가 휴전을 하고 우리 네 식구는 실로 오랜만에 모두 모여 저녁식사를 했다. 세 여자에 둘러싸인 아빠는 기분이 좋으신지 입이 귀에 걸리셨다. 아빠, 벌써부터 그리 좋아하시면 어쩌나요, 내일 더 큰 이벤트가 있는데! 나는 톱스타 박지안 씨가 우리 집에 친히 납실 거란 말이 하고 싶어 입이 근질거렸다. 하지만 거사를 앞두고 촐랑댐은 금물인 법!

"참, 엄마. 내일 내 친구가 우리 집에 오기로 했는데 괜찮지?"

"친구 누구?"

"있어, 동창. 하도 오랜만에 만나는 거라 집으로 초대했어. 저녁 먹여줄 거죠?"

"숟가락 하나만 더 놓으면 되는걸, 뭐."

"안 돼! 평소에 맛있는 것도 잘 못 먹는 애란 말이야."

"왜? 형편이 좀 안 좋니?"

"응? 어, 응. 그러니까 거하게 좀 차려주세요. 내가 되게 좋아하는 친구거든요."

도대체 누군데 그래, 언니가 의아한 얼굴로 물었다. 그런 사람이 있어, 내가 너스레를 떨며 말했다. 흐흐, 형부 미안요. 졸지에 빈민가 자제분 되셨네요.

"형부, 어디 계신가, 오버."

- 돗대백화점 지하 4층이다, 오버.

"그리로 가겠다, 오버."

짙은 선글라스로 무장한 형부를 백화점 주차장에서 만났다. 형부는 서울의 오피스텔에 들러 옷을 갈아입은 다음 차를 몰고 곧장 이곳까지 내려왔다. 먼 길을 운전해 왔는데도 피곤한 기색 하나 없이 형부의 얼굴에는 보송보송 생기가 넘쳤다.

"안 떨려요?"

"응."

"왜요?"

"어른들이 나를 얼마나 예뻐하시는데."

"쳇."

좀 아니꼽지만 맞는 말이다. 형부라면 떨 필요가 없지. 당장 우리 엄마만 해도 그렇다. TV에 박지안이 나올 때마다 '내가 20년만 젊었어도'를 골백번 반복하시지 않는가. 아빠로서도 딱히 큰딸의 배필로 박지안을 마다할 이유는 없어 보인다. 할렐루야를 외치면 모를까.

"꽃바구니는 이거면 될 것 같은데요?"

"더 큰 거."

"술은 이놈?"

"더 좋은 거."

형부와 백화점을 돌아다니며 엄마 아빠에게 바칠 공물을 고르고 있는데 수군수군, 사람들이 속닥거리는 소리가 쉴새없이 들려왔다. 박지안 아니야? 에이, 설마. 박지안이 왜 여기 있겠어, 걔 군대 갔잖아. 아직 제대 안 했을걸? 참, 그랬지……

와, 언니가 박지안의 '박' 자만 나와도 주변을 두리번거렸던 이유를 이제야 좀 알 것 같다. 이거 완전 사방팔방이 CCTV구먼. 나는 신경을 바싹 곤두세우고 괜한 레이더망에 걸리지 않게 주의를 기울였다. 남들이 그러거나 말거나, 형부는 선물 고르기 삼매경에 빠져 헤어나오질 않고 있었다. 진짜 체질이군, 체질이야.

엄마가 좋아하는 보라색 꽃에 아빠가 좋아하는 양주, 언니가 좋아하는 때깔 고운 한우와 내가 좋아하는 치즈케이크를 한 아름 품에 안고 형부와 나는 드디어 우리 집을 향해 출발했다. 처음엔 아무렇지도 않게 룰루랄라 콧노래까지 부르던 형부가 점점 집이 가까워져오자 가쁜 호흡을 내쉬기 시작한다.

"얼씨구, 안 떨린다더니."

"그, 그러게."

"푸하하."

부축이라도 해줘야 하나 걱정했는데 다행히 보모도 당당히 형부는 아파트 안으로 들어갔다. 엘리베이터가 눈 깜짝할 사이에 13층에 도착했다. 이제 저 벨만 누르면 '누구세요?' 하며 엄마나 언니가 불쑥 튀어나올 것이다. 형부의 얼굴은 폭발 직전까지 타올라서, 심지에 라이터 불만 댕기면 금세라도 뻥하고 터질 것 같았다. 진정해요 박병장, 내가 웃으며 형부의 어깨를 툭툭 두드렸다. 각이 바짝 잡힌 형부가 긴 심호흡을 내뱉었다.

"유진이니?"

"응, 엄마!"

현관문이 벌컥 열렸다. 터프한 엄마의 과감한 손동작이 철문을 타고 고스란히 느껴졌다. 형부가 흠칫 뒷걸음질을 치다 아차 싶었는지 다시금 점잖은 자세를 취했다. 그리고는 그대로 허리를 꾸벅 숙여 목청이 터져라 인사를 했다.

"처음 뵙겠습니다, 어머님!"

"누, 누구……. 어머낫!"

"……죄송해요."

"죄송합니다, 제가 너무 모자랐습니다."

"죄송할 것까지야 없지만……."

아빠와 엄마 앞에 언니와 형부가 무릎을 꿇고 앉았다. 엄마는 TV에

시나 보던 박지안이 우리 집 거실에 앉아 있는 것 자체를 아직도 실감하지 못하는 듯했다. 엄마, 고작 앉아 있는 걸로 놀라면 안 되거든요! 이 남자분, 엄마 큰사위 되겠다고 찾아온 거거든요!

"그래, 두 사람이 언제부터 만났다고……?"

"예, 따님 스물여섯 되던 해에 만났습니다. 저는 스물일곱이었습니다."

"오래됐구먼. 큰딸, 어떻게 그간 일언반구도 없을 수가 있어?"

"아빠, 죄송해요. 다른 사람도 아니고 박지안 씨라서……. 어디서부터 어떻게 말씀드려야 할지 몰라 결국 이렇게 됐어요."

"아무리 그래도 만나는 사람이 있으면 있다고 언질이라도 했어야지. 선 자리 알아보러 다닌 네 엄마는 뭐가 되라고."

"죄송해요, 진짜 드릴 말씀이 없어요."

"여보, 당신은 뭐 할 말 없어?"

"나, 나요? 나야 뭐……. 아이고, 테레비보다 훨씬 잘생겼네!"

"어, 엄마……."

"호호, 내가 아직 경황이 없어서. 지안 씨, 진짜 우리 딸이랑 사귀는 거 맞아요?"

"예, 맞습니다! 제가 따님을 쫓아다녔습니다."

"세상에, 말도 안 돼!"

"엄마!"

붉으락푸르락하는 언니를 보다가 그만 깔깔 웃고 말았다. 넌 좀 있다 두고 보자, 언니가 무시무시한 눈초리를 보내왔다. 나는 모르는 척 슬그머니 시선을 피했다.

"여하튼 일단 식사부터 하십시다. 먼 길 오느라 시장할 텐데."

"아버님, 말씀 편하게 하십시오."

"아니, 괜찮습니다. 초면에 그럴 수는 없지요."

"아빠, 그래도 언니 남자친군데 존대는 좀 그렇잖아요. 나도 형부한테 종종 반말하는데."

"형부? 벌써 형부라고 부르는 게냐?"

"응? 어, 그, 그게……. 형부 맞잖아요, 크크."

"하여간 밥 먹자. 여보, 상 내오지."

"아, 알았어요. 아이고, 나는 마냥 얼떨떨하네."

엄마가 저녁상을 준비하러 부엌으로 향했다. 나도 쪼르르 엄마 뒤를 따랐다. 언니와 형부는 그대로 아빠 앞에 앉아 있었다. 슬쩍 아빠의 얼굴을 살폈는데, 어쩐지 표정이 좋지 않았다. 언니가 오랫동안 남자친구를 숨긴 게 그리 서운하신가? 이거, 내가 예상했던 그림이 아니다.

어저께 던졌던 친구 온다는 말이 약발이 좀 있었는지, 상다리가 휘어질 만큼은 아니었지만 형부는 그럭저럭 푸짐한 식사 대접을 받았다. 밥 먹는 내내 엄마는 아이구, 아이구를 연발하기 바빴고 언니는 음식이 귀에 들어가는지 코에 들어가는지 모를 정도로 안절부절못했다. 형부는 맛있어 죽겠다며 밥을 두 공기나 뚝딱 비웠다. 나는 이 언밸런스한 저녁 분위기가 내심 불안해졌다.

"형부, 오늘 여기서 자고 갈 거죠?"

"민유진, 그만 해라?"

"바보야, 형부 피곤하잖아. 자고 가요, 형부."

"아버님, 어머님, 그래도 되겠습니까?"

"밥상 물리고 한잔하면서 얘기하십시다."

"감사합니다, 아버님!"

형부가 세상을 다 얻은 양 활짝 웃었다. 그 모습에 엄마가 또 한 번 "아이고, 테레비보다……." 하다가 아빠의 눈총을 깨닫고는 말허리를 잘라 잡수셨다. 내 주책없는 성격은 백 퍼센트 엄마한테 물려받았음이 명백해지는 순간이다.

"그래, 아직 제대는 안 했다고 했죠?"

"예, 아버님. 말년휴가 나왔습니다. 복귀하고 이틀 후 제댑니다. 제대 후 바로 찾아뵈어야겠다고 안일하게 생각하고 있었던 점, 용서해 주십시오."

형부가 또 한 번 고개를 꾸벅 숙였다. 아니야, 괜찮아요, 엄마가 양 손을 저어 보였다. 형부가 사온 양주 한 잔을 꼴깍 털어 넣으신 아빠가 "음……." 하고 언뜻 흡족한 표정을 짓다가 '이게 아니지!' 싶으신지 이내 덤덤한 얼굴로 돌아간다. 비싼 건 귀신같이 아신단 말이야, 내가 속으로 쿡쿡댔다.

"박지안 군, 내 솔직히 말하겠습니다."

"예, 아버님."

"유리야, 너도 잘 들어라."

"네, 아빠."

언니와 형부의 얼굴에 일순 긴장이 가득 들어찼다. 덩달아 엄마와 나도 뻣뻣하게 굳었다. 쉰을 넘긴 나이에도 여전히 장난꾸러기 같은 면모를 지니신 아빠가 저렇게 진지하게 나온다면 분명 뭔가 대단한 이야기가 기다리고 있을 게 분명했다.

"둘이 결혼할 생각이 있는 건가?"

"예, 물론입니다. 따님과 결혼하고 싶습니다."

"유리는?"

"저, 저도요."

"……내가 반대하면?"

"아빠! 형부가 어때서요!"

순간 놀란 내가 와락 소리를 질렀다. 이놈의 지지배가, 엄마가 손바닥으로 찰싹 내 허벅지계를 때렸다. 나는 쥐어박혔을 때 재인이 녀석이 지었던 표정을 따라 하며 빨갛게 달아오른 허벅지를 벅벅 문질렀다.

"아버님, 제가 부족한 부분이 있다면 고치겠습니다. 마음에 차지 않으신다면 찰 때까지 노력하겠습니다."

"아니, 박지안 군이 부족한 것은 없어요. 박 군이 좋은 사람이라는 건 익히 알고 있어요. 내가 반대하는 이유는 절대 박지안 군이 싫어서가 아닙니다."

"아빠, 그러면 왜……."

"큰딸, 잘 들어라. 나는 박지안 군이 하는 일에 대해 잘은 모르지만, 수많은 사람에게 관심과 감시를 받는 일이라는 건 안다. 네가 박지안 씨와 교제를 하거나 결혼을 한다면 평생을 얼굴도 모르는 사람들의 입방아에 오르내리게 될 거야. 너는 견딜 수 있을지 몰라도, 아비 된 입장으로서 내 딸이 그리 불편하게 사는 모습은 보고 싶지 않다."

"아빠……."

"나는 결혼이란 더욱 안정적인 삶을 살기 위해 치르는 통과의례라고 생각한다. 나 역시도 그랬었고, 내 딸도 그러했으면 하는 게 바람이야."

"아빠 마음 잘 알아요. 하지만 저랑 지안 씨, 서로 많이 좋아하고 있고……."

"그렇게 오래 사귀었으면서 사람들에게는 비밀로 하고 있지? 당장 나와 네 엄마한테도 비밀로 했지 않니. 떳떳하지 못한 사람처럼 숨어서 연애하는 것, 아비는 달갑지 않구나."

"아버님, 곧 공개하겠습니다. 제대하자마자 발표할 생각입니다. 그 점은 걱정하지 않으셔도……."

"어찌 되었건 유리는 여러 차례 곤욕을 치를 겁니다. 그리고 교제 사실이 알려지면 박 군에게도 플러스요인은 아닐 것으로 보입니다만. 내 딸이 누군가에게 짐이 된다고 생각하니 마음이 좋지 않군요."

"절대 그런 게 아닙니다. 플러스건 마이너스건 저는 이제 아무런 상관이 없습니다. 따님만 제 옆에 있으면 저는……."

"우리 딸을 예뻐해주는 박지안 군의 마음만은 고맙게 받겠습니다. 하지만 사람도 물고기처럼 자기가 노는 물이라는 게 있는 법입니다. 고리타분하게만 듣지 말고 다시 한 번 생각해보기 바랍니다. 둘 다 어린 나이들이 아니니까."

형부가 아무런 대답도 하지 못한 채 고개를 푹 숙였다. 살짝 입술을 깨무는 것 같았다. 언니의 두 눈에 그렁그렁 눈물이 맺혔다. "그럼 편히 쉬다 가요, 박지안 군.", 아빠가 마지막 인사를 남기며 안방으로 들어가시자 엄마가 그 뒤를 종종걸음으로 따랐다. 나는 당황한 나머지 눈동자만 좌우로 굴려댔다. 아, 내 시나리오는 정말로 이런 게 아니었는데!

"두 사람, 이제 어떡할 거야!"

캄캄한 아파트 놀이터에 어른 셋이 울상을 한 채 서 있다. 나와 형부는 서로의 옆구리를 찔러가며 눈치만 보기에 바빴다. 언니가 기가 차다는 듯 허, 통한의 한숨을 내뱉었다.

"내가 왜 지금까지 엄마 아빠한테 말씀을 못 드리고 있었는데! 이렇게 될까 무서워서였단 말이야!"

"언니는 아빠가 반대할 줄 알고 있었어?"

"민유진, 내가 누굴 닮았지?"

"아, 아빠?"

"내 잔걱정 많은 성격이 누굴 닮았지?"

"아, 아빠……."

"넌 알면서도 이렇게 사고를 치니?"

"그, 그게……."

"최대한 돌려 말하고 또 돌려 말하면서 차근차근 이해시키려고 했는데 두 사람이 다 망쳤어!"

"유리야, 미안……."

"언니, 진짜 미안해. 우린 언니 부담 좀 덜어줄까 하고……."

"몰라! 두 사람이 책임져. 이제 어떡해!"

기어이 언니가 엉엉 울기 시작했다. 당황한 형부가 언니를 안아서

달랬고 나는 쭈뼛거리며 그 옆에 서 있었다. 이러다 슈퍼스타 박지안의 처제가 되겠다는 내 달콤한 꿈이 한순간에 물거품으로 변하는 건 아닐지 걱정이 덜컥 치밀었다. 에잇, 이놈의 오지랖!

"걱정하지 마, 유리야. 내가 다 알아서 할게."

"뭘 알아서 한단 말이에요! 아빠가 저렇게 단호하게 나오시는데 지안 씨가 뭘 어떻게 하겠다고요!"

"내가 누구야, 전 국민의 사랑을 독차지하는 박지안 아니야! 걱정 붙들어 매. 아버님 마음 꼭 돌릴 테니까."

"정말 자신 있어요?"

"나만 믿어. 처제, 처제는 나 믿지?"

"그럼요! 형부 파이팅!"

나는 너스레를 떨며 형부와 힘껏 하이파이브를 했다. 히히, 실없이 웃고는 있지만 형부의 표정은 영 편치 않아 보였다. 에휴, 일이 이리 될 줄은 꿈에도 몰랐다. 맘 좋기로 둘째 가라면 서러울 우리 아빠가 의외의 복병이 되실 줄이야…….

"아버님, 저도 가겠습니다!"

새벽녘, 갑자기 들려오는 우렁찬 목소리에 언니와 내가 동시에 잠을 깼다. 무슨 일인가 싶어 방문을 열고 나오니 등산복차림을 한 아빠와 트레이닝복차림의 형부가 거실에서 대치상태로 서 있었다.

"박지안 군, 이게 무슨……."

"아침운동으로 등산 즐기신다고 들었습니다. 저도 따라가겠습니다!"

"아니, 그게……."

"두 자매분은 더 주무시고, 아버님, 가시죠."

"바, 박 군!"

형부가 불쑥 아빠의 팔짱을 꼈다. 당황한 아빠가 얼른 팔을 빼려고 했지만 젊은이의 완력은 당해내지 못하셨다. 형부는 현관을 나서며 언니와 나를 향해 찡긋 윙크를 해 보였다. 언니가 하, 기막힌 웃음을 내뱉었다.

"아빠 등산하신다는 거 형부한테 말했었어?"

"아주 예전에 스치듯 말한 적이 있었던 것 같은데……."

"형부는 머리도 좋아. 유재인은 저런 거 안 닮고 뭐 하는지."

"잠이나 더 자자."

언니가 머리를 벅벅 긁으며 방 안으로 들어갔다. 새벽 5시, 어중간한 시간에 잠이 홀딱 깨어버린 나는 부엌으로 가 커피 물을 얹었다. 아, 우리 언니 정말 부럽다. 연애 숙맥이었던 민유리가 저런 월척을 낚을 줄이야!

몇 시간 후, 등산을 마치고 돌아온 아빠와 형부의 입에서 언뜻 막걸리 냄새가 났다. "웬 술 냄새?" 하고 물었더니 형부가 품 안에서 납작하게 찌그러진 빈 막걸리 병을 꺼내 흔들어 보인다. 정상에서 야호를 외친 후 한 사발씩 진하게 나누셨다나. 저건 또 어느 틈에 챙겨간 건지, 하여간 수완 한번 대단하다.

형부가 샤워를 하러 욕실에 들어간 사이 아빠는 엄마가 갈아준 마 즙을 한 잔 꿀꺽하셨다. 흠흠, 헛기침을 두어 번 한 아빠가 엄마에게 조용히 이른다. 박 군도 이거 한 잔 갈아주지. 그 말에 엄마가 배꼽을 잡고 깔깔 웃으셨다. 아무것도 모르는 민유리는 아직도 팔자 좋게 자고 있다.

　"그럼 박 군, 조심해서 돌아가요."

　"아버님, 또 뵙겠습니다."

　"아, 뭐……."

　아빠는 2년 전, 직장생활로 모은 돈으로 2층짜리 건물에 그럴싸한 차이니즈레스토랑을 여셨다. 어엿한 사장님이 된 아빠가 엄마와 두 딸, 그리고 사위 '후보'의 배웅을 받으며 기세등등하게 집을 나섰다. 남은 네 사람은 어제저녁 먹다 남은 나물과 밥을 양푼에 넣고 쓱싹 쓱싹 맛있게 비벼먹었다. 형부가 제일 열심히 먹었다. 저 사람은 군대 짬밥도 두 대접씩 잡술 사람이다.

　"지안 씨, 언제 출발할 거예요?"

　"어디를?"

　"서울."

　"글쎄."

　"오후엔 차 막혀요, 일찍 출발해요."

　"언니는 왜 사람 등을 떠미냐? 냉정하게시리."

　"그런 거 아니거든!"

　눈에 쌍심지를 켠 언니를 보며 형부가 피식 웃는다. 그러더니 엄마를 향해 살갑게 말을 붙였다.

　"어머님, 저 천천히 가도 괜찮지요?"

　"아이고, 물론이고말고요!"

"어머님, 제발 말씀 좀 편하게 하세요. 네?"

"그래도 될는지 모르겠네…… 그럼 그럴까?"

"하하, 감사합니다!"

엄마와 형부는 벌써부터 쿵작쿵작 죽이 잘도 맞는다. 그래, 이제야 좀 내가 상상했던 그림이 나와주시네. 언니는 아직도 무언가에 쫓기는 사람처럼 불안해했다. 언니가 아까 등산을 마치고 함께 돌아오던 아빠와 형부를 봤어야 했는데.

"어머님, 레스토랑은 점심시간이 제일 바쁘지요?"

"뭐 그렇지. 그래도 장사치들이 바빠야지, 한가하면 큰일이잖아."

"맞습니다. 저희 같은 사람들도 가끔 한가하면 오히려 불안하다니까요."

"지안 씨는 좀 쉬어도 돼. 군대 가기 전엔 테레비에 온종일 나오더니만, 뭘."

"하하, 안 됩니다. 바짝 벌어서 유리 먹여 살려야지요. 어머님, 레스토랑 위치 좀 가르쳐주십시오."

"그건 왜요?"

엄마와 형부의 대화를 잠자코 듣고 있던 언니가 형부에게 불쑥 물었다. 일 도우러 가려고, 형부가 덤덤한 투로 대답했다. 말도 안 되는 소리 하지 말아요! 놀란 언니가 기함을 했다.

"어차피 휴가가 워낙 길어서 달리 할 일도 없어. 처제, 같이 갈래?"

"힝, 난 그냥 쉴래요. 유재인 그 꼴통 때문에 그동안 얼마나 힘들었는데!"

"그래, 그럼. 어머님, 저 혼자 다녀오겠습니다. 아, 아버님께는 비밀로 해주십시오, 하하."

"아이고, 험한 일인데 괜찮으려나……."

"부대에선 삽질도 하는데요, 뭐!"

군인정신으로 중무장한 박 병장을 보며 언니가 깊은 한숨을 뱉어 냈다. 하지 말란다고 들을 사람도 아니니 애초에 말리길 포기한 듯 싶다. 나는 짐짓 걱정이 되었다. 군대 간 박지안이 차이니즈레스토랑 에서 서빙이나 하고 있단 소문이 돌면 좋을 게 없으니까. 하지만 그 런 사실은 나보다 형부가 더 잘 알고 있을 게 틀림없다. 형부는 아빠 의 환심을 사기 위해서라면 뭐든 가리지 않고 할 작정인가 보다.

아, 든든하도다, 나의 형부여!

하루만 그러다 갈 줄 알았다. 그런데 벌써 나흘째 형부는 아빠 레 스토랑에서 서빙을 하고 있다. 그간 아빠와 형부가 얼마나 친해졌는 지는 잘 모르겠다. 하지만 아빠가 어느 순간부터 형부에게 자연스레 말을 놓으시는 것으로 보아 둘 사이에 아주 진전이 없는 것 같지는 않다.

엄마와 언니가 장을 보러 갔고, 나는 집에 혼자 앉아 쥐포를 씹으 며 인터넷 서핑을 하고 있었다. 갑자기 요란하게 전화벨이 울렸다. 고 등학교 동창 녀석으로부터 걸려온 전화였다. 생전 내가 연락하기 전 엔 기별도 없던 애가 웬일이래, 반가운 마음으로 덥석 통화 버튼을 눌렀더니 대뜸.

- 민유진! 너 진짜 치사하다!

"응? 뭐, 뭐가?"

- 너네 짜장면집에 초훈남 종업원 있다며!

"야, 짜장면집이 아니라 차이니즈레스토랑이라니까!"

- 지금 그게 중요한 게 아니고, 훈남 종업원! 그런 건 이 언니한테 미리미리 정보를 줬어야지!

"응? 그, 그게⋯⋯."

- 완전 박지안 판박이라며! 어제 우리 회사 언니들이 점심 먹으러 갔다가 홀딱 반해서 들어왔잖아! 나도 구경하러 방금 가봤는데 어찌나 줄이 길던지 결국 포기했다, 야.

"그, 그랬어?"

- 세상에, 어디서 그런 귀한 종자를 구했니? 너희 아버지, 능력 좋으시다!

"어, 뭐⋯⋯."

능력은 우리 아빠가 아니라 우리 언니가 좋은 거지, 나는 친구의 격앙된 목소리를 들으며 속으로 쿡쿡 웃었다. 친구의 말에 따르면 이미 주변 사무실 여직원들 사이에서는 '짝퉁 박지안'에 대한 소문이 자자하단다. 가만, '짝퉁 박지안'이라⋯⋯. 이거 언제 어디선가 많이 듣던 별명인데?

마트에서 돌아온 엄마와 언니에게 이 소식을 전하니 엄마가 덩실덩실 어깨춤이라도 출 기세다. 큰딸아, 네가 진짜 효녀로구나, 엄마는 양손으로 언니의 볼을 어루만졌고 언니는 그런 엄마에게 별소릴 다 한다며 역정을 부렸다. 쳇, 좋으면서 괜히 심통은.

"애들 참 순진해, 도플갱어도 아니고 그렇게 닮은 사람이 세상에 어디 있다고. 나 같으면 당장에 몰카 찍어다 인터넷에 퍼뜨린다."

"박지안이 지방 레스토랑에서 서빙하는 걸 누가 상상이나 하겠니."

"장난도 너무 길어지면 못써. 지안 군도 이제 슬슬 올라가야지."

"아빠가 인정해주실 때까지 버틸 눈치던데?"

"남자가 그런 고집도 좀 있어야지, 암."

"엄만 올라가라는 거야 말라는 거야?"

"아이고, 그저 좋다, 이 엄만!"

세 모녀는 끊임없이 수다를 떨며 두 남자가 귀가하기만을 기다렸다. 가스레인지 위에서는 냄새 한번 근사한 갈비찜이 보글보글 끓어가고 있었다.

"이거."

어른 다섯이 둘러앉아 갈비찜 뜯기에 심취하고 있는데, 아빠가 바지 뒷주머니에서 무언가를 꺼내더니 형부에게 불쑥 내밀었다. 두툼한 흰색 편지봉투였다.

"이게 뭡니까, 아버님?"

형부가 영문도 모르고 봉투를 받아들었다. 손을 넣어 내용물을 꺼냈는데, 놀랍게도 새파란 배춧잎 같은 만 원짜리들이 한가득이었다.

"이, 이게……."

"자네 일당. 그간 수고했네."

"아버님, 안 주셔도 됩니다. 도와드린다고 가서는 방해만 했는데요."

"내일 올라가게."

"아, 아빠!"

단호한 아빠의 지시에 모두의 얼굴이 급격히 굳었다. 뭐야, 두 사람 친해진 거 아니었어? 평소 전혀 완고하지 않던 분이 저리 완고한 척을 하시니 이거 원, 적응 안 돼 죽겠다.

"유리, 유진이도 그만 올라가라. 너희 각자 하는 일도 있는데 마냥 여기서 놀 수는 없잖니."

"아빠, 우리가 싫어요? 그렇게 빨리 보내고 싶어?"

"엉뚱한 소리 말고 내일 당장 세 사람 다 올라가."

"아버님, 그럼 이 돈은 돌려드리겠……."

"어허, 어른이 주는 돈인데 적다고 무시하는 건가?"

"아닙니다, 절대 아닙니다!"

형부가 펄쩍 뛰며 격한 손사래를 쳤다. 아빠가 씨익 웃으셨다. 그 웃음에서 아빠 특유의 장난기를 캐치한 사람은 비단 나만이 아닐 것이다.

"그걸로 우리 유리 유진이랑 맛있는 거 사먹게."

"아버님……."

"그리고 박 군."

"예."

"제대하고 또 놀러오게."

"예? 예, 알겠습니다!"

"아빠!"

언니와 형부의 얼굴에 함박꽃이 피었다. 아이고, 두 사람 다 입 찢

469

이지겠네그려. 나는 엄마와 손뼉까지 쳐가며 하하 웃었다. 10년 묵은 체증이 단숨에 해소되는 느낌이었다. 그래, 결국은 이렇게 잘 풀릴 줄 알았다니까!

황송해 어쩔 줄 모르며 형부가 아빠의 잔에 술을 가득 따랐다. 아빠가 허허, 만족스러운 듯 웃으셨다. 7부, 8부, 이런 거 절대 모르는 우리 아빠는 술 한번 꾹꾹 눌러담아 잘도 따르는 형부의 주도(酒道)가 꽤나 맘에 드시나 보다. 오고 가는 술잔 속에 싹트는 애정을 한동안 지켜보다 나는 슬며시 자리에서 일어나 방으로 들어왔다. 침대에 걸터앉아 전화기의 send 버튼을 꾹 눌렀다. 신호음이 들리는 것도 잠시, 이내 익숙한 목소리가 불쑥 귓속을 파고들었다.

- 누나!

"유재인이, 너 숙제 다 했어?"

- 하고 있어요! 누나, 아무리 휴가라지만 어떻게 애제자한테 전화 한 번 없어요?

"네가 하지 그랬어?"

- 공부는 안 하고 귀찮게만 한다고 신경질 부릴 거잖아요.

"잘 아네."

- 쳇.

머리도 나쁘고 눈치도 없는 재인이가 툴툴거려왔다. 내가 무슨 신경질을 부린다고 그래. 앤 어쩜 이렇게 고루 모자란 건지, 누구랑 정말 비교된다 비교돼.

"유재인."

- 네?

"너, 레스토랑 서빙해봤어?"

- 아니요.

"등산은 해봤어? 산꼭대기에서 막걸리는 마셔봤어?"

- 안 해봤죠. 갑자기 그런 건 왜요?

하긴 해봤을 리가 없지. 나는 체념 섞인 한숨을 내뱉었다. 고등학교 때부터 아이돌 될 준비만 했던 녀석에게 난 도대체 뭘 기대한 거야.

- 근데요, 누나.

"응?"

- 누나가 하라면 할게요.

"뭐?"

- 레스토랑 서빙? 까짓 것 하죠, 뭐. 등산이랑 막걸리? 러닝머신 세 타임 뛰고 맥주 마시는 거랑 비슷하죠?

"……."

- 또 뭐 시킬 거 있으면 말해봐요, 일본어 빼고는 다 잘할 자신 있으니까.

"됐다, 이놈아. 내일 올라가서 숙제 검사할 테니까 각오 단단히 해!"

- 누, 누나! 휴가 일주일이었잖아요!

"시끄러워, 끊엇!"

나는 당황한 티를 내지 않으려고 서둘러 통화를 마쳤다. 고개를 돌려 화장대 거울을 보았는데, 시골 아낙처럼 두 뺨이 빨갛게 물들어 있었다. 어머, 웬일이야. 나 정말로 그 바보한테 흑심 생긴 거 아니야? 안 되는데! 난 선생이고 걘 학생인데!

닫힌 방문 틈으로 하하하, 시원한 웃음소리가 새어 들어왔다. 아빠의 웃음소리가 단연 제일 크다. 크크, 며칠간 근엄한 척하시느라 고생이 많으셨다 우리 아빠. 나는 지금쯤 완전히 봉인이 해제되었을 아빠의 얼굴을 떠올리며 허공을 향해 씩 미소를 지었다. 누가 보면 정신이라도 나간 줄 알겠다.

박지안의 등장으로 말미암아, 우리 가족의 생활은 아마 조금 변할지도 모른다. 그리고 언니는, 30년간 고수해왔던 삶의 패턴을 한순간에 바꿔야 할 수도 있다. 민유리는 지금쯤 많이 불안하고 또 많이 설렐 테지. 뭐, 늘 그랬듯 씩씩한 척, 강한 척만 해대겠지만.

하지만 나는 믿는다. 저렇게 든든한 형부와 함께하는 언니의 앞날은 맑고 밝고 화창하리라는 것을. 박지안이 민유리를 지켜주고, 민유리가 박지안을 신뢰하는 한 두 사람의 미래에는 축복과 평화만이 깃들리라는 것을. 착한 언니와 똑똑한 형부가 머지않아 알콩달콩 행복한 가정을 꾸려나가리라는 것을.

나는 장담한다.

나의 유재인을 걸고 말이다. 흐흐흐.

페퍼민트

귀동이네

작가 후기

PARK

로즈마리

2008년 겨울, 저는 매우 힘든 나날을 보내고 있었습니다. 정말이지 웃을 일이라곤 하나도 없는 지독한 하루하루였지요. 가만히 앉아 있자니 속이 답답해 견딜 수가 없어 마치 허공에 대고 화풀이라도 하듯 격한 타이핑을 시작했습니다. 그게 제 인생의 첫 소설, '헬로, 미스터 페퍼민트(이하 '페퍼민트')'의 출발이었습니다.

피폐한 정신으로 어찌 이런 말장난 천지의 글을 쓸 수 있었는지 지금 생각하면 무척 신기합니다. 하지만 페퍼민트가 있었고, 관심을 보내주시는 독자님들이 있으셨고, 정성껏 남겨주신 응원의 메시지가 있었기에 저는 팍팍했던 지난겨울을 무사히(?) 넘길 수 있었습니다. 늦었지만 지면을 빌려 진심으로 감사의 인사를 전합니다. 고맙고 또 고맙습니다.

어려서부터 제 주변에는 글을 잘 쓰는 사람들이 참 많았습니다.

그들의 글과 제 글을 비교하며 저는 꽤나 의기소침해했지요. 하지만 이제 아주 조금만, 딱 밤톨만큼만 자신감을 가져도 될까요? 허락해 주신다면 'Beginner's luck'이라 불러도 과언이 아닐까요. 페퍼민트를 영양제 삼아 더 나은 글, 더 좋은 글을 쓰고자 늘 고군분투하겠습니다. 박지안을 걸고 약속드려요! 하하.

페퍼민트를 책으로 엮어주신 '도서출판 가하'에 감사드립니다. 박 윤아 차장님, 이승진 과장님 고맙습니다. 다음에 또 좋은 인연 맺을 수 있었으면 좋겠어요. 연재되는 동안 꾸준히 읽어주시고 많은 조언 주셨던 로망띠끄의 회원님들께도 또 한 번 인사를 올립니다. 정말 큰 힘을 얻었습니다! 마지막으로 이 책을 선택해주시고 실속 없는 후기까지 꼼꼼히 읽어주신 독자님께 무한한 감사를 표합니다. 부디 이 글이 독자님께 실망스럽지 않아야 할 텐데…… 덜컥 걱정부터 앞 서는 것을 보니 저는 아직 작가가 되려면 한참 먼 듯해요.

자, 이제 정말로 '페퍼민트'와 작별하겠습니다. 박지안과 민유리보 다 백 배, 천 배는 더 행복한 여러분이 되시기를 기원하면서 이만 물 러갈게요. 항상 건강하시고, 사랑하시고, 평안하세요. 어제보다 오 늘, 오늘보다 내일 더 큰 기쁨과 조우하시기를 간절히 바랍니다.

2009년 설레는 날에
최인정 드림

셸 위 댄스? Shall We Dance? 김윤희 지음

댄스 안무가 주은과 인기 탤런트 채헌과의 미묘한 만남.
자기가 아무리 스타라지만 멀쩡한 사람을 스토커 취급하다니!
잘 지내보려는 주은의 의도와는 달리 그와의 시간은 점점 더 최악으로 치닫는데,
……그런데 어쩜 이렇게 몸치일 수가 있지? 저 몸매에, 저 외모에? 믿을 수 없어!

'마음을 훔치다'의 김윤희 작가가 선보이는 사랑의 판타지!

수면에 취하다 서야 지음

사랑했기에 결혼했다.
하지만 엇갈리는 시간 속에 남겨진 것은 상처입은 마음뿐.
윤이 숨기려고 했던 진실이 드러난 순간, 유신이 선택할 수 있는 길은 이혼뿐이었다.
하지만 그는 자신의 처음이자 마지막 사랑인 유신을 이대로 놓칠 수는 없었다!

'은행나무에 걸린 장자'의 서야 작가가 선보이는 열정적 사랑 이야기!

드림 커플 이진현 지음

KBC의 가상 결혼 버라이어티 쇼, '드림 커플'의 연상연하 부부였던 은효와 정인.
현실과 가상 사이에서 감정의 혼란을 겪게 된 은효는 정인에게 사랑을 고백한다.
하지만 모든 것은 가상현실이 불러온 허상이라 생각한 정인은 그의 마음을 거절한다.
그리고 6년 후 라디오 프로그램에서 두 사람이 재회하는데…….

'해적의 여자', 이진현 작가가 자신있게 선보이는 2009년 신작!

미몽 迷夢 　류진 지음

황금의 눈을 가진 자가 황위를 잇는다는 율법 아래 대율국의 황제가 된 헤윰.
그녀는 황권을 확립하기 위해 정체불명의 사내 무위랑과 손을 잡는다.
푸른 눈을 가진 오만한 이방인은 만남을 거듭할수록 그녀의 본능을 일깨우지만,
그녀는 한 남자의 여인으로 살아갈 수 없는 운명인데…….
'파애', '폭풍지애'의 류진 작가가 보여주는 색다른 로맨스의 시작!

일월 日月 　이리리 지음

그저 정혼자의 현모양처가 되고 싶었던 채연.
가족을 위해 공녀가 되고 이국땅에 와서도 조용히 살고 싶은 그녀의 소망은 바뀌지 않았다.
그러나 그녀의 앞에 나타난 두 남자는 그녀의 운명을 비틀어 놓고,
사랑과 증오로 얼룩진 인연은 세 사람을 거대한 정변의 소용돌이 속으로 휩쓸어가는데…….
'연의 바다'의 작가 이리리가 선보이는 정통 역사 로맨스!

블루노트 　지도 지음

아버지의 죽음 후 냉철한 사업가로 변신한 서준.
화려한 경력과 고상한 약혼녀까지 완벽하게 갖춘 그의 미래는 확실했다.
재즈바에서 노래하는 몽환적인 그녀, 은혜를 만나기 전까지.
멈춰있던 그의 심장은 은혜의 재즈를 듣는 순간 처음으로 뛰기 시작하고…….
'찬란한 청춘'의 지도연 작가가 선보이는 몽환적 재즈 로맨스!

도서출판 가하는
여러분의 원고를
기다리고 있습니다.

접수형식 : 제목, 시놉시스(줄거리), 원고, 연락처
접수처 : coin@gahabooks.com

www.gahabooks.com